立听师语

（2017）

——北京师范大学教师访谈录

主　编：程建平
副主编：刘长旭　陈　霄

光明日报出版社

图书在版编目（CIP）数据

立听师语：北京师范大学教师访谈录．2017 ／ 程建平主编．--北京：光明日报出版社，2019.12

ISBN 978－7－5194－4580－5

Ⅰ.①立… Ⅱ.①程… Ⅲ.①访问记—作品集—中国—当代 Ⅳ.①I253

中国版本图书馆 CIP 数据核字（2020）第 011216 号

立听师语：北京师范大学教师访谈录．2017

LITING SHIYU：BEIJING SHIFAN DAXUE JIAOSHI FANGTANLU. 2017

主　　编：程建平

责任编辑：曹美娜　黄　莺　　　　责任校对：龚彩虹

封面设计：中联学林　　　　　　　责任印制：曹　净

出版发行：光明日报出版社

地　　址：北京市西城区永安路 106 号，100050

电　　话：010－63139890（咨询），010－63131930（邮购）

传　　真：010－63131930

网　　址：http：//book. gmw. cn

E - mail：caomeina@ gmw. cn

法律顾问：北京德恒律师事务所龚柳方律师

印　　刷：三河市华东印刷有限公司

装　　订：三河市华东印刷有限公司

本书如有破损、缺页、装订错误，请与本社联系调换，电话：010－63131930

开　　本：170mm×240mm

字　　数：377 千字　　　　　　　印　　张：21

版　　次：2021 年 1 月第 1 版　　印　　次：2021 年 1 月第 1 次印刷

书　　号：ISBN 978－7－5194－4580－5

定　　价：85.00 元

前　言

思曰容，言心之所虑，无不包也。这是师者得以为人师、行世范的源头活水。享则以思者所述所行为基，借由微信公众号这一自媒体宣传阵地，广罗读者共品文间笔下的人文关怀，体味高校立德树人的坚定信念和科学范式。《立听师语——北京师范大学教师访谈录》一书即以“定格师者，聆听师道”为初心，将北京师范大学教师群像映刻在每一篇文章的生动描述中，享其思，享其情，享其感；以亲采原创、深度访谈展现新时代下的“北师大故事”，并以其背后的教育初衷和家国情怀丰满“中国故事”。

隶属于北京师范大学党委宣传部的微信公众号“BNU 思享者”（微信号：bnusixiangzhe），为了致敬广大基层教师的匠心坚守，推进“四有”好老师队伍建设，以做高质量、真实、深度与趣味同在的系列人物专访，原汁原味采集教育故事，传递“师道告白”来诠释“学为人师 行为世范”校训精神在北师大教师群体的当代传承。自上线以来，受到广大读者与校内外师生好评，2018 年 1 月，“BNU 思享者”微信公众号荣获第二届“全国高校网络宣传思想教育优秀作品推选展示活动”工作案例三等奖。

本书辑录了“BNU 思享者”于 2017 年 6 月至 2017 年 12 月推送的近 60 篇文章，分属于聆听师道、院长访谈、书记面对面、师大青椒四个栏目。主题涵盖人才培养、学科建设、科学研究、校园文化等多个方面，将师道师德浓缩其中。

“不媚俗市场、不流俗时髦，不盲目取悦学生。”在自媒体文章爆炸式增长、阅读量 10w + 成为创作目标的如今，“BNU 思享者”始终秉持这一原则，严把关高要求，精雕细琢每一个字句，做最真实最深度的教师访谈。这是“BNU 思享者”不渝的创建初心，也是北师大教师思政工作团队的使命。从线上到线下，本书的出版也秉持这一原则，致力于用文字记载最真实的师者形象，为读者传递最无私的师道精神。

期待本书能够作为新时代高校宣传网络思想政治教育的代表成果，可以在日异月更的变迁中昭彰不渝的师者初心，于春华秋实的发展中彰显温暖的教育本色。“学为人师，行为世范”。木铎金声百年不辍，振聩人心。让我们一起聆听师道、定格师貌、昭彰师德，将北师大这批教育者为人师、行世范的师大故事以思为基，享以世人。

目　录
CONTENTS

第一篇　聆听师道

第二篇　师大青椒

第三篇　院长访谈

第四篇　书记面对面

第一篇 01

聆听师道

王晨：用心用情发掘每个学生内心蕴藏的力量

推送时间：2017 年 06 月 16 日

王晨，教育学部教授，部长助理，2005 年 8 月于北京师范大学教育学院毕业后留校工作，承担外国教育史的科研和教学工作，曾获北京师范大学本科优秀教学奖、研究生优秀教学奖、本科新生优秀导师、优秀本科毕业论文指导教师、北京师范大学优秀班主任、青年教师教学基本功大赛二等奖，首届北京师范大学多媒体教学软件比赛三等奖。

1
朝向真理，朝向整全
自我教育，永不止息

教育因主客体的不断改变而成为世界上最特别、最奇妙、最千变万化的事情。但同时教育万变不离其宗，其核心要义始终燃烛于每一位教育者和受教育者心中。对于教育事业，王晨心怀冷静，也饱含热情，践行着“教育就是不断地淬炼每个人内心的力量，与自己残缺的状态做斗争”。他认为教育最先和最根本的必是自我的教育，在漫长的人生和社会斗争道路上，自我教育永无止境，朝向整全人格、朝向真理之途、朝向既定标准、朝向英雄榜样，与自己残缺状态的斗争一刻也不会停止。弦歌不辍，守先待后，不断完善，这就是他的幸福。注重于自我的完善，不管是在内心的战场，还是在社会人生的战场，我们即便不能收获大量的金钱、无尚的荣誉和响亮的名声，但我们依然是英雄。我们是我们自己的英雄，是教育的英雄，也是人类中最沉默、最愚蠢却又最高尚的英雄。而英雄必将趋向真理和自由。

王晨对于教育和学术的那份热忱，使他的思想永远在路上，不断从先贤的言行中学习为师之道、从身边的教师身上学习优秀品格。在王晨看来，一个教师能否被称为“四有”优秀教师，不是由自己评判的，而是由他人评判的，尤其是自己的学生的评判。

在艰辛的求学路上，学子们每一次迈步前进，都离不开每一位对其言传身教的恩师，王晨亦是如此。教师们超凡的专业素养和高尚的品格使王晨深受感染，同时他也以此标准要求自己，以期将这种影响传递到自己的学生身上，薪火相传。

2
为学之路，永无止境
为学之心，泰而不骄

谈到自己的老师对自己的影响，王晨首先回忆起其在浙江大学读硕士生时的授课老师——我国著名的比较教育学家王承绪先生。他满怀敬意地说：“王先生给我们上课时已经 90 高龄了，当时浙江大学教育学院的教学楼还没有通电梯，几乎每周都会见到王先生上、下 8 楼去资料室查阅资料，拄着拐杖颤颤巍巍地走，有时我们在他身边经过，他由于走不快还会站在旁边让我们先过。此情此景让人感触颇深。因为资料室在 8 层顶楼，一般年轻的学生都会怕麻烦不怎么去查阅资料。王先生这种为了知识上下求索的精神，以及活到老、学到老的品格使年轻学子们汗颜。”王晨感叹道：“要有扎实学识，必须要下苦功夫。像王先生这样的大专家、大教授，依然在不断地学习、查资料、做研究，沿着知识的阶梯上下求索，我们又有什么理由不去努力呢？这应该就是所谓的学无止境吧。”

而王晨眼中王承绪先生谦虚的品质、作为大学者的胸怀则从另一个侧面将一位耄耋学者的形象刻画得更为立体。王晨回忆说：“当时我和几名年轻的学生听完讲座，在送王先生回家的路上谈到先生为中国比较教育学科做出的成绩时，王先生淡淡一笑，他说：‘我其实也没做什么事，我就翻译了一两本书，以后的学术工作还得由你们年轻人来做’。”不仅如此，王先生还曾送给王晨一本书，上面写着：王晨学兄。当时王晨一看，觉得十分费解，先生是不是写错了？但是王先生解释说：“学对于学者而言，别人总有所长，学永远要称为弟，这样才能保持谦虚上进之心。任何人都是学兄，我都要向别人学习。”盛名享誉国内外的比较教育领域大家竟如此的谦虚，这在当时给王晨极大的震撼以致如今提及仍不敢忘怀。王晨感叹道：“王先生对于自身的成绩、学问，永远保持谦虚、不自满的心态，永远保持向别人学习，永远提醒着自己不完美，所谓的‘四有’优秀教师不过如此。”由此不免深思，我们年轻一辈更当如何？

为学之路似蜀道，崎岖羊肠，延伸向上，不见终端。有所成者无不是手胼足胝，亦所甘心之人。为学之心类灯塔，穿破雾霭光耀黑暗，直照前方，是教育者必须授予学生的核心精神。唯有以一颗泰而不骄的为学之心指引前行，才能扛得过漫漫为学之路上的种种艰辛。这是王老先生在潜移默化中教授给王晨的，也是如今王晨作为一名老师，最想要传递给学生的致学之道。

3
求知为学，砥砺前行
育人之道，春风化雨

业精于勤而荒于嬉，求知求学容不得半分懈怠。这一真知灼见是王晨在读硕士期间从自己的硕士导师徐小洲教授身上探寻到的最宝贵财富。王晨谈到，有一次去办公室向硕士生导师汇报最新的阅读学习进展，导师心事重重地对他说：“我这几天心里很慌，很有负罪感。”王晨心里一紧，忙问导师怎么了，没想到导师回答说：“有几天时间没看书了，感觉心里空落落的。”对这一往事，王晨如今提及依然感叹：“当时无法体会导师的那种状态，而现在却是真真切切地感受到了导师当时的心境，这种负疚感就这样从自己的导师那里传递到了我的心里。”生有涯而学无涯。王晨以学习者身份再次告诫我们，从导师口中一段简短的对话里学到的为学之道如能始终秉持于心，则当有深远回响。

王晨的博士生导师——张斌贤老师，也给了他很大的影响。王晨提到，有一次他们在一起聊天，几个学生开玩笑说：“有的时候人是没法和大趋势去抗衡的，个人努力挺没用的，随波逐流可能是一个相对比较简便的方式。”张斌贤老师听后，拍了一下桌子，生气地说：“你们怎么能这样去想，像你们这样既没有家学，也没有所谓的背景，都是从自己最基本的状况，一步一个脚印奋斗出来的孩子，对你们来讲，个人的努力奋斗是至关重要的，怎么能有这种想法！”王晨当时听罢脸就红了，这件事情让他真正认识到求知为学者当须不忘初心，砥砺前行。什么时候忘却了初衷、不想为之奋斗了，那自己的求知为学的道路可能就到头了。

谈到自己的恩师张斌贤老师，王晨觉得最让他敬佩的是老师对学术研究、对学科的无限忠诚和执著。把研究的推进、学科的发展、人才梯队的培养，看作是自己工作第一要务。对于学科的未来发展，张斌贤老师怀着满腔热血、没有任何杂念地，不顾利益地投入大量时间和精力去钻研探索，不断进取。对此，王晨表示，这可能是自己还需要进一步磨练学习的地方，“在对自己研究课题的不断探索、对学科发展的不断推进上，我还需要继续体会张斌贤老师那份毫无保留的冲劲，并不断地化为自己继续前进的动力”。

张斌贤老师对于学生的“仁爱之心”也潜移默化地影响着王晨，影响其后来对自己的学生的教育。王晨认为，爱是教育的灵魂，没有爱就没有教育。爱学生是教师最高的职业道德。优秀教师要用自己的仁爱之心去培育爱、激发爱、传播爱，通过真情、真心、真诚拉近与学生之间的距离，春风化雨，润物无声。像张斌贤老师就经常会以座谈会、读书会、茶饮会等各种形式和学生们讨论学问，畅谈对于学科发展的看法、设想，叙述学界的先贤事迹，以及自己处事的原则、方法等，引发学生产生强烈共鸣。王晨坚信，只有具备这种感情才能看到每一位学生身上的闪光点，才能因材施教，把他们培养成有理想信念、家国情怀的高素质人才。

4
用心用情，兢兢业业
弦歌不辍，薪火相传

王晨细数了自己从大学开始，求学路上数位老师对他的种种影响。这么多年，他一直在向这些榜样学习，以他们为标杆，不断提升自己，并想着怎么把这种求学致知的价值信念、教书育人的品质精神传下去，影响自己的学生。对此，他丝毫不敢有疏忽懈怠。他认为，唯有如此才能使先贤们的理想信念、道德情操、扎实学识、仁爱之心一代代保留，并延续下去。

王晨真挚地说道：“有时候你会发现名利都不重要，重要的是你能给你的学生带来什么，能不能对他的内心有真正的触动、能不能让学生记住你，并在多年之后向别人传颂。”他一直把这个作为自己教书育人的标准。“这就是这么多年来，我从自己的老师或者身边的老师的身上，看到的并且一直在我脑海中记下来的。有些事已经一二十年了，变成我的生活的记忆、生命的历程，化为我的血肉。他们影响着我，我一直在向他们学习。”

正所谓“三寸粉笔，三尺讲台系国运；一颗丹心，一生秉烛铸民魂”。王晨在教学方面投入了大量的精力，对于教学工作不敢有丝毫放松，力求精益求精。他开设的《外国教育史》的课程，课件算起来有1000多页。对于自己的教学课件，王晨每年都会根据最新的科研进展去更新内容。求知要求新，他认为这是做老师的本分。

王晨非常在意自己在学生群体中的口碑和评价，为此他投入了大量的精力在科研教学工作，以希望收获学生的一个“赞”字。他表示，希望同学们上完他的课，能够真的有所收获，让这门课确实有其存在的价值。在他看来，任何东西都比不上学生发自内心的认同与赞扬。王晨上过的课很多，各类课程开过近20门。他十年如一日坚持给本科生上课，也尝试过很多新的教学方法，涉及很多评价手段以及教学环节，如实践、小组讨论、小组作业、设计评价量表、学生的面谈反馈等。王晨表示，在学生的面谈反馈和论文的评语工作上，他花的时间和心思非常多，可是这是他乐意做的。在他看来，给学生真实、有价值的东西，让学生在自己的课堂上、在与自己的相处中有所收获，自己才会有幸福感。用心用情、兢兢业业地去发掘每一位学生蕴藏在内心的力量，激发每一位学生的潜质。这是传承自自己求学路上诸位恩师身上的育人精神，也是王晨在教育实践中片刻不敢忘怀的师者情怀。

寄语：北师大建校115周年

- 每个个体都是滚滚历史长河中的尘埃，面对一个伟大的机构115年的诞辰，作为一个渺小的个体只有敬仰之心。我怀着敬仰之心期待北京师范大学有更多的115年，期待她更加辉煌、更加伟大。
- 对于青年学子，我希望他们能够忠于真理、忠于祖国、忠于职业、忠于友爱、忠于内心，而当这五者发生冲突的时候，忠于智慧。谨请以此踏上你们的征程，我们会在背后一直注视着你们，就像许多年前，我们的师长在背后注视着我们一样。

（王娟　王湾　李安诺）

扫描二维码即可阅读全文

董世魁：千秋苍茫高原行，绿色发展中国梦

推送时间：2017 年 06 月 20 日

董世魁，环境学院教授，博导，美国康奈尔大学自然资源系客座教授。2003 年 7 月北京师范大学资源学院博士后出站留校工作至今，一直从事生态恢复与重建方面的科研和教学工作，获 2016 年北京市师德先锋荣誉称号、2015 年感动师大新闻人物、2015 年北京师范大学教书育人模范党员教师。

1
人物事迹

董世魁二十年如一日，长期坚持在青藏高原的三江源、可可西里“无人区”、阿尔金山、“生命禁区”羌塘高原地区及印度和尼泊尔喜马拉雅山区开展生态环境保护科研工作。他带领研究团队先后十余次前往青藏高原开展科研工作，经历了高原缺氧的痛苦，遭遇了沼泽地多次陷车、野牦牛攻击的险境，克

服了野外宿营缺水少粮的艰辛，获取了数以千计的第一手实验数据，采集了数百份动植物标本和土壤样品，发表论文 250 多篇（SCI 论文 90 余篇），出版教材、专著 11 部（英文 3 部），获教育部科技进步一等奖 1 项、二等奖 1 项，西藏自治区科技奖一等奖 1 项、二等奖 1 项，北京市教育教学成果一等奖 1 项，入选科技部中青年科技领军人才计划、北京市优秀人才奖励计划。

2
知行合一作世范
玉汝于成为人师

在北京师范大学从教的 14 年里，董世魁一直以陶行知教育家的“学高为师，德高为范”为行动准则。他坚信，做一名教师，就要坚守课堂，重视教学工作。在课堂上，董世魁一直跟学生说：“教师，一生有两样东西非常重要，即学识和人品。如果非要两者选一的话，人品更重要，因为如果一个人连‘德’都做不到的话，学问再高也不会有什么成就。”他严格要求自己，通过言传身教，让学生做到具有高尚情操和渊博学识。

在追求学识的道路上，董世魁要求学生做到“求真、求实”。从 2012 年开始，团队科研工作从青藏高原的三江源拓展到整个青藏高原，包括青藏高原的“无人区”，比如可可西里、阿里、阿尔金山等地区。野外条件比较艰苦，经常需要扎营露宿，可是无论条件如何艰苦，董世魁一直强调要真真切切地去实地研究考察，必须拿到第一手资料。通过挖掘这些宝贵的一手资料，科研团队为当地稀有动物保护提出对策和建议，并将建议层层上报，为保护国家一级动物提出了一系列的政策建议。这丰硕科研成果的背后正是严格遵守德育标准、坚持求真务实的科研态度的完美体现。

从事环境研究工作二十多年来，董世魁认为自己是众多长期坚持青藏高原研究的一名普通科学工作者，始终坚信“只要我们付出努力，我们这一辈的环境问题就能够得到改善，就能够为下一代留一片绿水青山”。保护好青藏高原的生态屏障，一直是他的职业追求和理想信念。

面对思想活跃、思想还不够成熟的学生，董世魁始终怀着“仁爱之心”，像家长一样关心学生，主动伸出援助之手，做学生的贴心人和引路人。学生生活学习上遇到困难，心情比较低落的时候，也会主动向董世魁倾诉。董世魁会耐心地有针对性地为学生做一些心理疏导，为其缓解精神压力。一位来自农村的博士研究生，因家庭条件不好，向董世魁提出要提前毕业工作，以缓解家庭困境。董世魁鼓励他要坚持继续完成学业，同时每个月拿出一部分工资补贴学生，让学生少一些经济压力，以便能够顺利完成学业。“这是一种爱心传递”，董世魁如是说，学生在工作岗位上会将“仁爱之心”不断传递下去，这才是对他最大的欣慰。

3
桃李芬芳天下知
立德树人育英才

在繁重的科研工作之余，董世魁为本科生、研究生开设了精彩的课程。国际视频会议课程 *Global Seminar Course*：*Environmental Sustainability*，由北京师范大学、美国康奈尔大学、澳大利亚墨尔本大学等全球六所大学的著名教授共同讲授，课程内容主要是针对全球的敏感环境问题进行讨论。美国特朗普政府宣布美国退出《巴黎协定》，董世魁在课堂上结合实际案例，号召学生以全球共同发展为己任，遵守《巴黎协定》。高深的知识在董世魁的讲解中，变得深入浅出，深受同学们喜爱。这门课程更是荣获“国家来华留学生全英文授课品牌课程”，董世魁表示，同学们对课程的喜爱才是他得到的最大奖励。

“教书和育人是相辅相成，育人要贯穿到教学过程中”，在日常教学中，除了讲好书本知识，还会把研究中的一些故事讲给学生，让他们知道做研究就要具有坚持不懈的精神品质，这样才能取得良好的成果。

作为一名自然科学老师，董世魁也非常注重与思想政治教育相结合。2012 年，董世魁受印度一所大学邀请作学术报告，学术报告主要内容是关于喜马拉雅地区生物多样性的保护问题。讲解过程中，台下一位印度学者看到学术报告中的一幅地图，马上站起来说：“你这个地图当中为什么把印度的克什米尔地区划到中国的范围内？”董世魁立刻回应道：“这是一个自然的边界图，而且是国际山地发展中心公开发布的图，并没有政治边界线。”这位印度学者继续发问：“作为一名学者，你觉得克什米尔地区是属于中国还是印度？”董世魁义正辞严地说：“我无法回答您这个问题。我今天讲的是生物多样性保护的问题，生物多样性保护是没有边界的。我们共同的责任是保护生物多样性，而不是敏感地谈论政治问题。而且我本人觉得在边界问题上，我们没有侵犯任何国家的利益，区域和全球生物多样性保护是我们共同的责任。”通过这个例子，董世魁告诉学生，在国外要有理有节，谈到国家利益纷争的时候，一定要坚定自己的原则和立场。爱国不是常常挂在嘴边而已，更多的是落实到自己的实际行动当中。

4
“亚洲水塔”我来守
绿水青山永长留

与环保工作结缘于1995年，1995－2001年董世魁在甘肃农业大学草业科学专业攻读硕士、博士研究生，师从任继周、胡自治、龙瑞军教授。2001年至今在北京师范大学从事博士后研究、留校任教，先后得到生态学家康慕谊教授、环境学家杨志峰教授等知名学者的指导，将草业科学专业所学与环境科学专业所学密切结合起来，开启了高寒草地生态保护与恢复这一专业方向，与先后招收的10余名硕士、博士研究生，共同致力于退化高寒草地生态恢复研究工作。

因申请到环境保护部环保公益性行业科研专项经费项目——“高寒荒漠区国家自然保护区生态监测和综合管理研究”，三年来，董世魁和项目团队20多人克服了种种困难，先后7次进入无人居住的阿尔金山国家级自然保护区，累计行程逾万公里，成功实施了研究方案，顺利实现了研究目标、研究成果汇集成书。同时，他得到了“科研工作苦乐并存”的体会、“环保工作任重道远”的心得、“人与自然和谐的环保之道”的感悟。而这次科研活动只是董世魁众多科研项目中的一个，他一年中有半年多的时间奔走在野外，采集第一手实验数据。科研成果被国家环保部门采用，能为保护生态环境献计献策，比他自己得奖还要高兴。

“环保工作任重道远”，站在办公室书架前，看着满架的学术著作、研究成果和最爱的牦牛、羚羊照片，董世魁如是说。“大自然造就了一幅旷美、绮丽的画卷，人与自然和谐相处才是保持这美丽画卷的必由之路！”

寄语：北师大建校115周年和青年学子

作为北师大人，祝愿师大的明天更美好，我与师大是一个命运共同体。如果师大的天很蓝，我的明天会更蓝！

北师大的青年学子们，你们是未来的领导者和创造者，我希望你们能用你们今天的所学、所想、所做去影响我们的未来，尤其是在可持续发展方面。

（王娟　彭玉婷　郭文杰）

扫描二维码即可阅读全文

豆俊峰：奔跑吧，师门！

推送时间：2017 年 06 月 21 日

人物卡片

豆俊峰，水科学研究院教授，博士生导师。2005 年至 2006 年在法国国家科研中心做博士后研究，2007 年进入北师大水科学研究院工作。研究领域为水污染治理、污染土壤/地下水生物及化学修复、吸附材料的开发和应用、有机污染物的生物降解、突发性水污染事故的应急处置、近海溢油污染处理等。主讲《水处理理论》《环境监测与实验室质量控制》等研究生课程。

个人事迹

连续三年获“京师英才”称号，获能源与环境领域 2012 年埃尼奖（Eni Award）提名。先后承担/完成国家自然科学基金、国家自然科学青年基金、环保部公益项目、中国博士后科学基金、国家留学回国人员启动基金、北京市科委重大项目等多项课题的研究工作。发表论文 50 余篇，其中 SCI 论文 30 篇。申请发明专利 70 余项，已经获授权发明专利 50 多项。作为技术骨干参与了汶川地震灾后应急与评估、河南大沙河跨界砷污染、山东临沂跨界砷污染、兰州自来水苯超标污染事件等多次突发性环境污染事故的前期应急处置和后期修复工作。

“每个学生对于豆俊峰来说，都像是自己的孩子，每个家长都希望自己的孩子可以飞得高，飞得远。只要我的学生足够优秀，我都希望他们可以去更高的发展平台，即使有一天他们将会离开，但作为老师还是支持他们远行。”

——豆俊峰

1
科研攀峰：“无论遇到什么样的困难，我们一起去面对”

走进豆俊峰的办公室，我们被他的书桌吸引了。一大摞 A4 装订本上记录着密密麻麻的实验数据、翻得很旧的水处理理论书和一个棕色的大容量运动水壶。正埋首于文献资料中的豆俊峰冲我们扬起脸来微笑示意，已经是博士生导师的豆俊峰看起来十分年轻。他的年轻有为与工作勤勉是分不开的。豆俊峰 2015 级博士生袁静向我们表示：“不管什么时候走进豆老师的办公室，都能看到他在厚厚的书中埋头研究。你们看到的，就是他工作的常态。”

2008 年 1 月山东临沂突发砷污染水体超标事件，豆俊峰赶往污染源现场指导。时值北方寒冬，白天，豆俊峰在现场东奔西走，调研一手数据，保证水体检测工程顺利推进；晚上，他在临时安排的房间里挑灯夜战，分析整理数据，研究方案终于伴着清早的日光逐渐明朗。这样的日子持续了几个月，直到污染问题有效控制，豆俊峰才放心离开。

被问起科研中遇到的困难，豆俊峰十分平静地说，“做科研本就是一件很辛苦的事情，没有任何捷径可走，在这过程中遇到一些困难也是常有的事。重要的是如何分析问题、解决问题，学会总结。”

面对研究领域里的学术难题，豆俊峰精益求精，迎难而上；而当学生遇到科研困难时，他亦悉心指导，倾力相助。

学生在科研过程中遇到各种困难，有时会用邮件的形式与豆俊峰及时沟通交流，豆俊峰始终坚持，无论多忙也要及时回复学生邮件，为学生解疑解惑。

遇到通过邮件沟通也无法解决的难题，他便亲自去实验室，指导学生，与学生一起分析和解决难题。2015 级硕士生洪晓曦告诉我们，“不记得有多少次了，在周末的实验室里总能碰见豆老师，对我们学生来说，豆老师的办公室门始终是敞开着的。”就连在外工作时，豆老师也放不下还在学校做实验的学生，经常打长途电话指导学生修改实验方案，帮助学生解决遇到的问题，常常一打电话就是一个多小时。微微发烫的手机，一端是豆老师远在异地的耐心指导和及时建议，另一端则是学生认真的回应，解惑之后的喜悦和攻克难题的信心。

豆俊峰说：“在科研过程中，我认为最重要的一点就是无论遇到什么样的困难，都坚持跟学生一起去面对。”

师生在共同面对困难、克服困难的过程中，彼此增进了情谊，收获了成长。回忆起带学生的第一年，豆俊峰眼中闪烁出一丝光芒，既欣慰，又感慨。

正值暑假，豆俊峰开车带着两个男学生一起去北京大兴的实验基地进行反应器设备的运行与调试实验。炎炎烈日下，与学生一起光着膀子挖土取样。因取样实验要求，需要用工具将土壤铲到小推车里，然后再用设备一点点运输到一个比较高的设备仪器里。过了一会儿，一个学生就支撑不住了。豆俊峰没有责备学生，他明白学生第一次进行取样工作，面对这样艰难的条件，难免会坚持不住。豆俊峰判断学生可能有些中暑，体力不支，一边让他平稳坐下，给他递了一杯温水，一边跑到旁边买了些面包饼干，看着学生费力吞咽的样子，他不免有些心疼，于是让他稍作休息，并鼓励他克服困难，一会儿继续加油。在他的鼓励下，学生坚持了下来，而这一坚持就是长达一个多月的暑假。豆俊峰一直与两个学生一起坚持到了最后。做完实验的三个人身心疲惫，但是当面对实验数据的时候，都无一不感到油然而生的快乐，正像其中一个学生感叹的那样：“一切付出都是值得的。完成任务之后，就连看着手上的水泡都是幸福的。”

豆俊峰 2013 级博士生秦伟回忆说：“在我上学的整个四年时间，豆老师都和同学生一样早出晚归。在搞好教学科研的同时，对其他事物也事必躬亲。不仅如此，豆老师对实验室的其他学生也很关心，不时进行指导。”正是这种事必躬行的学术态度，让豆俊峰老师不断攀登科学的高峰；而正是与学生并肩战斗在科研一线的学术韧力，才能让他在不断攀登的路上，心有所喜、欣然向前。

2
独属荣光：一个拥有 20 多项专利的师门

谈起自己的学生，这个有些内敛寡言的豆老师就变得话多起来。“我到现在都还记得刚来北师的那一年，我被学院安排做博士班的班主任，刚开始听到学生们叫我老师，我真觉得特别不好意思，脸都会红。转眼间，我自己也带了好些学生了。”

在豆俊峰培养的学生中，有 6 人被评为北京师范大学优秀毕业生，4 人获得北京市优秀毕业生，4 人获得国家奖学金，3 人获得周廷儒奖学金，学生们在豆俊峰的指导下，获得授权发明专利 20 余项。这样的师门荣耀，听起来都让人惊叹。

问及培养学生的“独门秘笈”，豆俊峰收敛了一直挂在脸上的浅浅笑意，表情变得严肃而凝重，“科研路上从来都是一分耕耘一分收获，这些年来我对学生的要求也十分严格。为了让我的学生可以尽早进入科研状态，每年招生一结束，我就提前联系我的学生，他们都是大四一毕业就得来这边着手实验。等到他们研二的时候，基本就有了写论文的实验数据。研二阶段，为了让他们全身心投入科研，我也不会给他们安排任何杂活，而是要求他们大量阅读英文文献，密切关注学术前沿，并作定期汇报交流。关于写文章，刚开始的时候都不会写，但是没关系，多修改几次就学会了，也就能写出好文章来了。基础差一点的就多指导几次，总能写好的。”

豆老师骄傲地说：“好在他们都很努力，也收获了各自的研究成果。今年我的一个博士毕业将要去清华继续从事科研做博士后，我特别支持他。希望我的学生们无论去了哪里都可以努力踏实。”

面对不同的学生，豆俊峰尝试根据学生的个性特点，因材施教，激发和调动学生的积极性。在他所带的学生中，基础也各不相同。豆俊峰表示：有的基础好一些，就会从一开始就高标准，严要求，保证他们在原有的基础上不断进步。有的基础差一点，则会以鼓励为主，鼓励他们多跟自己比，保证自己处于不断进步的状态，不要盲目去跟他人比，平时多去努力，最终也会十分出色。

“我有一个学生刚来的时候就跟我说，老师，我从小到大就没有拿过一个奖项，来到这里以后心里总有点自卑。我鼓励他说，这都没关系的，过去怎么样都不要紧，重要的是你有一颗积极向上的心，从现在开始好好努力，一定能创造自己的精彩。你们大概想不到，就是这样一个从未拿过任何奖项的学生，在北师的这三年时间几乎拿到了所有能拿的奖项，这是他坚持努力的结果。”

因材施教，源于豆俊峰对学生的关注和爱护，也是他“真正把学生放在心上”的为师之道。看到学生不断进步、获益匪浅，豆俊峰坦言这是他身为一名教师莫大的欣慰。对此，2015 级硕士生洪晓曦很有感触：“豆老师对学生要求严格，也非常为学生着想。为了全力支持我们做科研，豆老师很少给我们分配学术以外的事情，那我们还有什么理由不努力！”

3
老师陪我一起夜跑

作为一名青年教师，豆俊峰特别注重在生活中和学生互相陪伴，共同成长。这个获得了20多项专利的师门大家庭不仅一团和气，彼此更像是亲密的朋友。其中，一起去操场锻炼身体就是豆俊峰和学生之间的一种独特交流方式。

豆俊峰说：“平时与我的学生们主要都是通过邮件的形式交流，他们提出的既有科研上的问题，也有生活上的一些问题。一起去操场锻炼身体也是我们之间一种独特的交流方式。做好科研不仅需要灵活的大脑，也需要强健的体魄。从高中开始，我一直坚持晚上去操场跑步，除非遇到紧急事件或者是极端天气。我一直觉得体育锻炼不仅可以强身健体，更可以提高一个人的精神气质，所以我一直鼓励我的学生也坚持锻炼。为了督促他们，每天晚上我都会去操场陪着他们几个一起跑步，就这样，我们一起坚持下来了。我的一个学生原本身体素质不太好，总是容易生病，我也一直比较担心，但在长期的体育锻炼后，他现在身体素质好多了。”

2014级硕士生郑现明是每晚和豆老师一起操场跑步的师门一员。谈起他和老师的“夜跑”时光，他十分感谢，体会到了老师的用心良苦：“豆老师老挂在嘴边的话就是，体力是搞好科研的前提。我从小体质就一般，豆老师一直鼓励我坚持锻炼，而且还亲自充当教练指导练习，帮我我练就健康体魄，对此豆老师真是费心费力。”

4
把尊师重道的师门规矩承继下去

说到对师道的理解，豆俊峰跟我们分享了他与恩师之间的故事。“这么多年过去了，我依然清晰记得，我的硕士生导师和博士生导师是如何在日常的学习和生活中教会我读书做人的，他们的示范行为对我的一生产生了重要的影响。在今天我所该做的就是去传承这种师道精神，把我曾经获知的传递给我的学生，也引导他们在今后的传承中将师道精神发扬光大。我总是和学生说：要懂得感恩，知恩图报，不论是教导你的师长，还是帮助过你的同辈。”

为了让学生安心学习，专注科研，豆俊峰常常提醒学生：“如果生活中遇到了什么样的困难，尤其是经济上的问题，一定要主动告诉老师，老师或许帮不上什么大忙，但一定会倾尽全力跟你一起去面对苦难。”2015 级博士生袁静回忆道：“有一次研二的一位学生因家人病重请假回家，豆老师立即准假，还时刻关注着她家里的情况，送去电话慰问，让我们同学帮助她排解减压。”

关于师者，豆俊峰说：“最近陪着儿子在读古文经典的过程中，更是感悟到，师者，所以传道授业解惑者也。我该做的就是及时给学生们答疑解惑，并以自己的亲身示范告诉他们如何为人处事。之前我的一个学生，时间观念不强，好几次开会都迟到了。在我看来，孩子们之所以会出现这种情况很大程度上是缺乏这方面的意识，我应该让他意识到问题的严重性。于是我找他谈了谈，提醒他每个人时间的宝贵性。假如有十个人开会，你迟到了五分钟，等于是浪费了五十分钟的宝贵时间，这是今后一定要避免的。好在学生也都是理解我的用心，之后再也没迟到过。”

谈及日常与学生的相处中是否会发生师生矛盾，豆俊峰的回答是十分自信而坚定的，“在我看来，只要你是真心实意，设身处地替学生着想，就不会有师生矛盾。我们做老师的，不能以自己的想法去限制学生，更不能以统一的标准去要求学生，而是要从学生的角度去考虑问题，哪些对他们的成长来说是十分重要不可忽视的，哪些是应该尊重他们自身的差异性和主体性的。我们能做的更多的是引导、支持和鼓励。我知道我的学生们平时做实验都很辛苦，尤其是女孩子，更加不容易。有一次，我的一个女博士在做实验的过程中出现了严重的过敏反应，被迫停了几天，但是最后还是坚持完成了实验。”

“之所以选择豆俊峰老师作为导师是因为豆老师全心全意搞科研的精神吸引着我。”

“学识渊博，才思敏捷，严谨治学，认真钻研，豆老师是我科研道路上的榜样，时时激励我要成为像他这样的学者。”

“豆老师不仅能在学术上指导学生，更能在精神上引导学生。”

“作为毕业生，继续从事科研就是对豆老师科研事业的支持。像豆老师所说，传承是我们学术人应该长期坚持的传统，在传承中发扬光大，在传承中继续开拓创新。”

来自学生的这类评价太多太多。正如众多学生所言，豆俊峰在真正身体力行地践行着“学为人师、行为世范”的校训精神。在他的影响和带领下，学生们学术上备受鼓舞、不断拓宽思路；在生活中团结友爱、互帮互助，做到了“教学相长”。

采访临近尾声，我们邀请豆俊峰面对我们的镜头，为北师大 115 周年校庆送上自己的寄语，豆俊峰开始变得有些紧张和羞赧，中途好几次的努力尝试都没能顺利拍摄。豆俊峰含着歉意解释道：“我这个人确实是不善言辞，面对镜头也会不自然。我说过的，做过的，其实都是一些最基本的，也是我应该做的。”

一句简单的“最基本的”和“应该做的”，胜过太多语言。豆俊峰面对科研、面对自我的不苟与谦和的态度，令人敬佩与动容。哪怕只是短暂的采访，我们也深感有幸能够接触到这样的老师，更难忘他真诚开朗的笑容。就像2015级硕士生洪晓曦总结的那样：“豆老师是用自己的实际行动教会我们如何解决在科研和生活上所遇到的问题。能够遇到这样一位老师，真的很幸运。”

寄语北师大115周年校庆和青年学子：

劳而不怨，失败不气馁；
泰而不骄，成功不自满；
海阔凭鱼跃，天高任鸟飞。

（王娟　沈珊珊　李姝）

扫描二维码即可阅读全文

苏立增："三心二意"的人生

推送时间：2017月06月23日

人物卡片

苏立增，教育学博士，北京师范大学教育学部教育心理与学校咨询研究所教师，自1979年始在师大求学从教38年。主要研究与教学领域是学校心理健康教育与咨询理论、儿童青少年发展辅导、中外学校咨询与发展比较研究、学校心理健康课程设计与实施以及中小学心理健康教育专业师资核心技能培养等。在心理教师的培养与对在职教师专业核心技能培训方面成绩显著，被北京市教育心理学会和学校卫生学会授予2016年度"卓越贡献奖"。

个人事迹

苏立增在学校心理健康教育领域的研究始于20世纪80年代，从学校德育改革的角度提出了心理健康教育应成为学校教育的新领域的观点，并率先在中小学开展调查研究，开设实验辅导课程。此后逐渐深入并扩大研究视角，尤为关注人与环境的关系、生态对人心理产生的影响，以独特的视角探寻生态心理辅导的理论与实践，取得了很大成绩。出版了国内首部探索生态心理辅导的专著《生态心理辅导实务》，并指导一线教师应用于学生辅导实践。在心理健康课程设计与辅导方面，曾出版专著《国外学校健康课程发展》，最近编译了美国学校咨询课程辅导系列：《学生个性社会性发展活动课程》《学生学业发展活动课程》和《学生职业生涯发展活动课程》。在教书育人、工作学习中，苏立增已形成与北师大休戚与共的“一体化”特质。

1

象牙塔里的先锋路：守望心理健康责任田

如果说，以勇气向现实发出挑战是先锋者宿命的话，那么在学校这个象牙塔里开辟出一条求实的先锋路，需要的不仅是学术“勇气”，更需要学术“底气”。

苏立增早在20世纪80年代，就开始学校心理健康的研究和一线实践。求学执教38年，她始终坚持面向教育实践开展科学研究和教学工作。她与很多中小学结成密切的合作关系，常常把课堂搬到中小学的教室，带领学生进行观摩学习；熟悉学校环境，了解学生，向一线教师学习。同时学习借鉴国外的经验，她以自身所学身体力行，将教育部颁布的中小学心理健康指导纲要转化为现实具体教学中的学业指导、生涯指导、个性与社会发展指导，以常年的扎实研究踏出了一条心理健康研究的先锋路。

苏立增认为，“学生是发展的个体，既具有可塑性，又有多变性，关注学生心理健康并对其进行有效疏导是助其成长必不可少的关键环节。”她主持编译了国外中小学普遍使用的《美国学校辅导教师工作指南——基于全国标准的辅导课程活动》，作为学校开展心理健康教育的参考教材，将其植根于中国的土壤，收获了“墙外开花墙内香”的实践成效。

虽已退休，出于对学科发展的热望和培养人才的工作需要，她接受了部门返聘，继续指导学生、上课、实习、下校调研，像年轻人一样热情四溢，充满斗志。为了开创专业新领域，学习借鉴国际经验，她曾到国外中小学进行实地调研，对学校咨询教师的日常工作做“如影随行”式的观察，获得了第一手宝贵的资料，对专业发展起到了积极的推动作用。

常年的坚持和扎实的研究，让学校心理健康教育在象牙塔里开出了田野的花朵。苏立增是真正把心理健康教育视为自己的学术生命。无论是执教时光，还是重返校园，她总是葆有一种学术热忱和生活热情，于谨严治学之中，她实现了对专业的推进；于精益求索之中，更实现了一种蕴含着真正生命激情的自我。从这个意义上来说，她是执着的，亦是幸福的。

2
六十余年的赤子心："三心二意"悟人生

六十余年的生活阅历，赋予了苏立增一种洗尽铅华的通脱与平和。面对繁忙的工作与恬淡的生活，她有一套独特的心得体悟，那就是"三心二意"。

苏立增解释道，所谓"三心"，为"心静""心净"与"心境"。"心静，就是宁静致远，以静修身，去思考，不焦躁，不趋炎附势，不急功近利；心净，就是坦荡如水，内心洁净没有污浊，全心全力为心之所向而竭诚奋斗；心境就是不断追求境界，做人做事不拘泥，不计较，大大气气。"她将这"三心"称之为"甲子之悟"，时时以其自省。六十余年的生命记忆由此定格，化作一种自我规诫的行事箴言。

"二意"，一是情意，就是要讲求真情实意；二是道意，所谓道就是有规矩，讲原则。其实，现在提倡的"四有好老师"就是一种"道"，既要讲求情感的付出，也要讲求意志的付出。苏立增将"四有"好老师的践行之道进一步的解读为："以真情实意对待工作，对待他人，规规矩矩地按照国家的要求立德立身，培养人才。"

苏立增的"三心二意"，大有一派中国传统文人的雅趣和寂静。这雅趣，是对生活的无限热情；这寂静，则是对心灵的一份淡泊。这是苏立增随处安然的处事之态，她也用自己的平易恬和影响着周边的人。

3
慈母之心，春风化雨；严师之态，金花艳艳

在治学方面，苏立增扮演着"严师"的角色。因为师门学生全是女生，她戏称"金花满门"，苏立增从女性立场出发对每个学生进行循循善诱与因材施教。学生一入学，就对她们提出明确就业规划的要求，对于有志从事中小学教育事业的，苏立增尤其支持并在日后的培养中有所侧重，锻炼学生的实践能力和个人素养。苏立增倾尽所能为学生提供全方位学习指导，尤其注重培养他们的专业实践能力，即使学生毕业后仍继续关注学生的工作与发展。由于她在教育教学始终强调扎实的专业理论和规范的专业训练，学生们在各自的工作岗位上都能够很快进入状态，尤其是在教师基本功和专业技能大赛比武时都"出手

不凡、硕果累累”。她说，每当看到学生们的成长进步都由衷的高兴，这时更能体会到做教师的幸福和价值所在。

在生活中，苏立增则是学生心中的“慈母”。她认为，“老师的幸福感即来源于以慈母之心对待学生，学生的幸福让老师倍感欣慰”。出于“三心”的修己处事之道，她常常把学生的困难当成自己的事情，对学生倾囊相助。面对生活拮据的学生，她积极资助其完成学业；甚至学生结婚成家、生子、买房，只要他人有求，她必有应。时光荏苒，一批批的学生带着稚嫩面孔来苏门求学，又带着满满的规划与自信投入工作，但是他们都不曾远离，无论天南海北，还是大洋彼岸，他们时常在“苏门大家乐”的群聊中互相支持、互相关心，苏立增也时时与学生分享自己的生活体悟。她的学生这样评论道，“谢谢苏老师的分享，我感受到生活原来可以这么优雅惬意”。

一直以来苏立增对进门求学的学生有四个要求：首先要学业有成。学生要有明确的学习规划与发展目标，积极参加各种研究课题。其次要事业有就。她时常教育学生一入学就要有明确的人生及就业规划和工作意识，做到有备无患。再次要情感有托。积极处理好个人的感情问题。最后要家庭有融。成家迎子要创建独立的经济保障。她以自己的经历告诫学生一定要处理好事业与家庭的关系，用心营造其乐融融的家庭氛围。

寄语北师大建校 115 周年和青年学子

北师大走过了 115 周年的光荣历程，母校给我们提供了一个巨大的包容的舞台。

我们要继续传承学校的优良传统，真心实意地、全心全意地为学校的发展，为人才的培养和科学教育的发展积极做出自己的贡献。

（王娟　展婷婷）

扫描二维码即可阅读全文

孙宇：760 +的每日一读

推送时间：2017 年 06 月 29 日

孙宇，政府管理学院教授、博士生导师。长期从事现代公共行政、电子政务、互联网治理、信息通信技术变迁和技术政策以及信息化理论和实践等领域的教学和研究。曾获北京师范大学第十一届青年教师教学基本功比赛（文科组）一等奖、首届多媒体教学软件比赛一等奖；北京师范大学 2014 年优质研究生课程优秀奖，2016 年本科教学优秀奖；北京师范大学 2014 年度优秀辅导员，2014 -2015 学年优秀新生导师，2015 -2016 学年优秀新生导师；北京师范大学 2008 年优秀共产党员，2015 年教书育人模范党员教师；2017 年度北京高校优秀党务工作者等荣誉。

1
“处处留心皆学问”

“一千个读者眼中有一千个哈姆雷特。”关于立德树人，每位老师都有自己独到的见解，这是需要老师倾尽一生思考的问题。

自 2000 年从教以来，孙宇一直坚守在教学一线。提及立德树人，她说这需要在工作中不断去摸索、去感悟。在孙宇看来，全国高校思想政治工作会议召开得非常及时、非常重要，为新中国教育史上增添了浓墨重彩的一笔。“这次会议给每一位老师就‘培养什么样的人，怎么培养人’提出了更高的要求。作为老师，怎么把这些要求言传身教传递给学生，如何把思想政治工作贯穿教育教学全过程，实现全程育人、全方位育人，这是需要我们不断反思的。”

工科出身的孙宇始终探索学科融合和教学改革，把所学的工科专业和所从事的公共管理进行融合，谋求转型。尽管转型的道路荆棘重生，但她从未放弃。孙宇说：“其实转型挺痛苦的，我一直试图寻求两个领域的融合。在互联网时代，学生更需要有宽广的视野，尤其是我们公共管理学科。实践中的公共管理覆盖面广、‘海纳百川’，如何培养学生真正做到‘处处留心皆学问’，是培养重点。”

孙宇强调在公共管理学科的教学中最重要的就是“如何讲好中国故事”——这对于我们每个老师都是一个重大考验。“祖国的综合国力在不断提升，在世界舞台上发挥的作用凸显。尤其是党的十八大以来，我们国家举办了多次主场外交活动，中国正在逐步走近世界舞台中央。我们这个学科在公共行政和公共服务肩负着重要使命，不管学生未来身处什么工作岗位，身上都肩负着重要的历史责任。让学生树立起这种使命感和责任感，对教师而言，讲好中国故事至关重要。针对这一点，我觉得仅凭说教是不够的，更要靠行动影响他们，寓引导于无形。”

2
培养“网生代”的学生

面对“网生代”的学生，孙宇一直在探索更好的沟通方式。她分门别类建立师生互动 QQ 群、微信群，有的是全体学生的读书群，有的是在校生的群，每个年级还有各自的群。从 2015 年 6 月 25 日开始，她坚持做微信群的“每日一读”。每天早上八点之前，孙老师会在群里发一段文字，涵盖哲学、历史、国际政治、中国传统文化等，最近在读的是《中国通史》。“虽然中国的国际地位在不断提升，但是当前的国际政治形势依然复杂、严峻。”通过 QQ 群、微信群，可以引导学生交流讨论热点话题，帮助学生掌握学科知识，领悟自身所肩负的社会责任。

在这样一个虚拟空间中，孙宇与学生敞开心扉，畅谈时事政治，人生百态，不仅能及时、动态地了解学生的学业、生活、社会态度，而且能更好地做到因材施教，引导学生“三观”养成。

虽然每天只是一则书、一段文、一件事，却能够加深对学生的了解，抓住学生的兴趣点，挖掘他们的潜力，更有针对性地培养学生。孙宇常说：“老师对学生最大的影响就是身体力行，我希望自己对学术、对工作和对生活的积极、乐观、向上的态度能够感染学生们。”

孙宇认为，“网生代”的孩子，敏感性很强。他们非常关注社会上发生的一些热点问题，但是另一方面，孩子们的思想尚不成熟，需要老师正确引导。孙宇鼓励学生走出校门，参加社会实践。她强调：“向社会学习，为社会服务，是在培养“网生代”学生的过程中需要坚持的。”

在指导学生方面，孙宇一直坚持因材施教。她对学生的要求非常严格，要求学生进行清晰的学业规划。导师分配一结束，她就会找每一位学生谈话，了解学生的诉求，指导学生进行学业规划。对于打算就业的学生，每个寒暑假要求学生必须进行社会实践，去实习，积累实践经验；对于有意向考研或读博的学生，对他们进行学术指导，带他们参加各种学术会议，给他们争取更多的出国交流机会等。对此，2014 级本科生罗玮琳是这样描述自己的导师的：“有爱、有温度，有才、有实力，在工作和生活中都熠熠生辉的女神。”

孙宇说：“不管是本科生、硕士生、还是博士生，其实在校学习的时间并不长，在这几年里，学生要修读学分、撰写论文、谈恋爱、找工作……我要求每个学生都要有自己的规划，不能稀里糊涂过日子，要有适合自己的节奏。”对于一些不善言辞的学生，孙宇有针对性要求他们在组会上多发言、多作学术展示，给他们更多机会锻炼自己。“组会每月都会开，按照课题将本硕博学生混合编组，学生之间的传帮带很重要；不同层次的学生在交流过程中，会激发出很多新想法，对我也有更大启发，这就是教学相长。”为了帮助学生适应社会，她会在学生毕业之前，分别找学生谈话，指导他们确定恰当的心理预期。对于老师的“套路”，学生们感触很深。2013 级博士研究生焦旭也曾这样评价自己的导师：“治学精湛，淡泊名利，志趣高雅；教书育人，孜孜不倦，尊称女神。”

3

“课堂要紧跟时代潮流”

教师的责任不仅在教书，更重要的是育人。孙宇认为，她在培养学生的过程中肩负三大责任。

一是激发兴趣。学生出入门庭，对于自己所学专业感到迷茫，不知所措。

教师需要通过各种方式，来激发他们发现自己的兴趣所在，培养他们对专业的热爱，对学业的激情。

二是鼓励创新。以《行政管理思想史》这门课程为例，孙宇大胆尝试教学改革，不再是“满堂灌”地讲解各个思想流派，而是点到为止，给学生讲解知识树、提供大量的经典文献，让他们自己去阅读，写读书笔记。让学生挑选自己感兴趣的思想家，进行挖掘，甚至八卦等，让学生不拘泥于传统形式，运用他们喜欢的时代语言和表达方式来展示他们的研究成果。2015 级的一位同学以《当大卫休谟遇上李白》为题进行课堂展示，将行政哲学、行政思想、文学有机结合在一起。“只要巧激励，孩子们的创造力是无穷的。”

三是思想引导。在让学生进行自主学习的过程中，孙宇发现有些学生“三观”会跑偏，甚至走向极端。这时候她就通过各种方式来引导学生，把他们拉回正轨。在《互联网治理》这门课中，孙宇会给每个学生一个议题，让她们课后准备、课堂展示，随后组织全班同学就该议题展开辩论，思想交锋，并适当引导，让学生在思辨中渐渐养成对问题的研判。为了提高学生课堂参与的积极性，孙宇会通过角色扮演的形式来生动课堂。在讨论网约车政策的那节课，她把学生分为不同的角色，分别代表政府、租车公司、网约车平台、出租车司机、私家车司机、乘客等，让同学们通过角色扮演明白：政府在做决策的时候必须兼顾不同的利益主体，谋求公共利益的最大化，让人民群众有获得感。通过这种教学方式，把大社会融入到小课堂中，在虚拟场景中，引导学生的“三观”养成。“教师的责任就是培养人，培养德智体美全面发展的社会主义事业建设者和接班人。”

孙宇给本、硕、博开课有八门次之多，教学任务重，但这从未削减她对教育的热情。“别的单位我不了解，但这是我们政府管理学院大多数老师的工作常态！我只是一个缩影而已。”孙宇笑着说道。社会在与时俱进，教育当然要紧跟时代潮流。为了给学生们提供最新的教学素材，孙宇每年还安排了大量的科研活动和学术交流，“跟不上社会发展的脚步，我们的课堂是缺乏生命力的。”作为一名教学一线的老师，她认为从事科研工作是为了更好地站在三尺讲台上，让课堂更有内涵，更有深度。

从事教学工作多年，孙宇每年都会指导各级各类学生。按照政府管理学院的人才培养计划，公共事业管理本科生会在第二年开始接受导师的全面指导，孙宇觉得这种人才培养模式对本科生成才非常有益。问起师门人数时，孙宇会心一笑，虽然没有挨个数个，但是现场可以从电脑里找到数字。原来工科出身的孙宇，电脑文档条目清晰，每种类型的学生都有一个包括学生学号、姓名、联系方式等的详细表格，学生在培养过程中的各种档案在电脑里按照学生的姓名逐一设立专有文件夹。

怀揣着儿时的教育梦，孙宇从来都不觉得累。在她看来，北师大是培养老师的最高学府，忆起自己当年刚刚进入北师大的点点滴滴，孙宇内心充满了感恩。师大浓厚的人文气息，师大的教学名师，师大的学术讲座，让她从一位年轻的新手教师逐步成长。孙宇说："我来到师大之后，一有机会就去旁听名师大家的课，从他们身上我学到很多。我时刻提醒自己，三尺讲台，责任重大。与学生相处的过程是教学相长的过程。和学生在一起，我会感觉自己很年轻，永远跟着时代走。和学生在一起，我感到由衷的快乐。"

寄语北师大 115 周年校庆和青年学子

十年树木，百年树人。在迎接北京师范大学 115 年华诞之际，我期待历史传承大放光华，期待其在知识殿堂中宏伟壮丽、璀璨夺目；期待在汩汩流淌的知识长河中、在历史峰回路转处，都高耸着铭刻北京师范大学的丰碑！

莘莘学子，你们在这里青春激荡、思想锤炼、志趣养成、友谊凝结，爱情开花……这是雏鹰震翅、傲视四野、代际守望，背影卓卓的地方。无论你们走向何方，身在哪里，这里始终保留着对你们的希冀、赞许和掌声！

（王娟　彭玉婷　郭文杰）

扫描二维码即可阅读全文

辛涛：不喧哗，自有声

推送时间：2017 年 7 月 7 日

“我本来就是属黄花鱼的——溜边儿走。从学术角度、个人角度来讨论问题对我来说相对容易，但对于宣传这类太过外在的东西，我不太擅长。”

他近五年共发表 SSCI 论文 20 余篇，多项成果实现了中国学者在国际教育测量期刊的突破；

他及其团队的论文占中国大陆学者在同领域国际主流学术期刊发文总数的一半以上；

他多年来参与教育评价政策领域的制定，研究成果被写入国家政策文件；

他的学术研究推动解决了认知诊断理论发展和实际应用的多个困境；

他开拓性地将测量理论应用于心理和教育领域的实际问题中。

就是这么厉害的一位国际优秀学者，在一开始收到访谈邀请时却因性格内敛而不愿意接受采访。在我们的再三邀请下才接受了采访。就是这么一位谦虚、低调的国际优秀学者，自嘲自己是“属黄花鱼的——溜边儿走”。访谈中，他自始至终都避免谈自己的成就。然而，他的履历响当当地告诉我们，“不喧哗，自有声”！

“思享者”会客间：大腕来啦~
人物介绍

心理学部教授，博士生导师；现任中国基础教育质量监测协同创新中心常务副主任，教育部基础教育质量监测中心副主任，兼任教育部基础教育课程教材专家工作委员会委员、中国教育学会学术委员会委员等。1997 年于北京师范大学发展心理研究所获心理学博士学位，2004 年于美国哥伦比亚大学教育学院获测量、评价与统计学博士学位。主要研究领域包括教育质量评估、心理测量与评价、考试理论、发展心理学。开设《心理学研究方法》等校级优秀研究生课程，编撰了多部教材。

1
优秀学者的成长路径
进击的学者：
从初中物理老师到北师大心理学博士

师大宣：辛老师，请问您是什么时候跟师大结缘的呢？

辛涛：我 1988 年来师大心理系，到现在差不多三十年了。咱师大有一批老师和我一样，先上的中师，中师毕业后教了一批学生，然后再去考大学的。

师大宣：这真是特殊的经历啊~

辛涛：对，教育口的很多老师，特别是年龄跟我差不多的一批人，初中毕业就先上了中师，中师毕业教了两年书再考大学，之后再考研究生。

师大宣：您是基于什么原因选择心理学呢？

辛涛：就我个人而言，是因为感觉自己当时的知识储备教初中的孩子还是有很多不能够完全驾驭的地方，所以去考了大学。

你知道的，关于教师的发展是有阶段性的。在第一阶段，怎样把知识传授给孩子让孩子能懂，对新手老师是一个很大的挑战。所以，那时觉得自己应该再充电。而且，当时很重要的一方面是想去了解孩子，上心理学也主要是这个原因。后来，也就沿着这条线走了，没有再去教初中，不过研究也是集中在基础教育领域。

只有瓶子满了，才有东西往外倒

师大宣：感兴趣为什么您在北师大取得博士学位之后，又去哥大再读一个博士？

辛涛：其实，对于心理学和教育学来说，方法学是支柱性的。从学科发展来说，我们国家的心理学和教育学在方法学的建设上，在当时是落后于国外的。

当时我教的课程包括心理学研究方法、SPSS 的应用等，搞心理学的人对量化研究可以说是孜孜以求的。虽然我出国之前已经评上副教授了，但自己当时教量化研究方法时，感觉还是像教初中一样，都是只停留在量化研究的操作上，凭的是愿意摸索、愿意比别人多花时间练习。但是毕竟我的训练是关于心理学的专业训练，而不是量化研究方法的训练，所以对于其背后更深层次的、原理性的东西，很难说有多通透、透彻。后来就去美国那边访问，国外很多朋友说："既然你是教方法的，你必须自己懂，不然你这'半瓶子'去教孩子，去倒也倒不出什么东西来。"他们当时就鼓励我再读个博士。我当时挺愣的，就用一个月的时间考了托福和 GRE，申请了一个学校，就这样被录取了。

2
心理学是值得玩味的、别扭的学科
学科在性格中的奇妙印痕

师大宣：辛老师，可否谈谈心理学科对您的影响呢？

辛涛：心理学是一个值得玩味的、别扭的学科。

它既不是纯粹的文科也不是纯粹的理科。从文的角度来说，它是理科，但是从自然科学角度来说它又与一般的理科不同，它注重对结果的解释。

学心理学对我的影响是很大的，一方面学心理学要有理论的支撑，要有偏向人文方面的积淀，看各种各样的书包括哲学史等（因为心理学最早的发端于哲学）。另一方面，心理学追求的是科学化的倾向，所以量化研究是群体性的追求，当然这也是师大的整体倾向。所以我们在读书的时候，一方面要看很多人文方面的书籍，另一方面也要有勇气去挑战学习量化研究相关的课程，特别是数学课程。

当时，师大的心理系为我们开了七八门数学方面的课程，甚至包括数学系都不会开的课，如拓扑学。我到国外去学方法，一方面是因为前边提到的为了更好地教给学生方法课，同时也因为心理学院对我们的训练以及心理学科学化、量化的价值取向。

辛涛推荐：心理学入门必读书单

师大宣：作为一个心理学出身的学者，您最喜欢的书籍有哪些？

辛涛：我比较喜欢哲学，因为心理学早期的所有理论来源于哲学。

波林的《实验心理学史》（商务印书馆出版）值得推荐。这本书系统阐释了心理学从早期到现在的发展，特别介绍了从 19 世纪末到 20 世纪初为什么会出现不同流派，受哪些因素影响而发展变化等。当然，这些现在称作实验心理学，而这些心理学理论追溯到最初，都是来自亚里士多德、柏拉图到中世纪的笛卡尔等一系列贯穿下来。

罗素的《西方哲学史》（商务印书馆出版），与刚刚提到的《实验心理学史》不同，它是从纯哲学流变的角度来叙述。学习和研究哲学的流变，对激发心理学方面的思考也是大有裨益的。

3
绕不开的学术终极三问

师大宣：辛老师，您目前的研究方向，是心理、教育测量研究都在做吗？会不会感到学科之间的矛盾冲突呢？

辛涛：教育、心理测量背后的原理是一样的，都是研究“得分到底意味着什么”。但因为我做的很多工作是偏教育政策性的，所以大家给的标签是教育测量。

其实从 20 世纪 80 年代到现在，跟我一样的许多学者都在思考学术事业本质相关的三个问题。

——学术本身的含义是什么？

——学术在学科内部的含义是什么？

——学术怎样跟社会发展结合起来？

终极追问 1：学术本身的含义是什么？

辛涛：讨论学术的本质，有两种角度。

一般来说，按照科学角度，学术是一个基于大家共同感兴趣的话题而不断丰富的话语体系。也就是学术共同体的话语体系。这是科技哲学研究的基本问题，大体上讲，真正的学术来源于一群对某个话题感兴趣的人的推动。这群人就是科学共同体。

现在，科学共同体已经比较结构化、社会化，但早期的科学其实是基于个人兴趣。当然，从社会经济发展角度来讲，现在的学术越来越超越个人兴趣而成为有组织的群体性行为，所有的学术都面临着更高位的整合与合作，个体化的学术很难产生一些大的推进。

现在，无论是我们国家的要求，还是科学自身的发展，都要求学术研究越来越趋向于以合作的方式有组织地开展，很少能够倒退到像过去那样，出现一些天才、科学家，迸发式的一个人就能把研究做得很彻底，像牛顿等，几乎是集个人之力，把这个领域的研究推到所处时代的极致。现在的学术已经有了很大的变化，变成了一个合作性的、高度组织化的行为。这就意味着现在的学术已经由过去基于个人兴趣的自发式的研究发生了非常大的变化。虽然学术生态允许个人化的研究，但是从学术研究的成果角度来讲，群体化、高度组织化是大的趋势。

终极追问 2：学术在学科内部含义是什么？

辛涛：学科本身是同一个领域知识的不断累积。对知识累积而言，任何一个学科都有一个学科内部比较认同的学术规范，涉及方法学、伦理学等多种视角。

比如就教育学而言，单纯强调量化是受到质疑和批判的，量化是不能解决教育学的本质问题的。但对心理学而言，量化研究则是主流的取向。在心理学领域如果不做量化研究，而写一个“论……”或者是以个案研究为主的论文，（这样一篇论文）是通不过评审的。所以，学术在一个学科里的规范包括方法、伦理等，构成了这个学科发展的一些基本环境、背景。学术的规范推动了整个学科的发展。我说的好像有点太散了，哈哈，跑题了。

终极追问 3：学术怎样跟社会发展结合起来？

辛涛：我现在的研究领域跟实践、政策的结合是必然的。

因为测量和评价有方法论的含义；同时，测量和评价本身又有很强、很广的应用价值。所以，测量和评价研究做深入之后，自然而然会跟实践和政策发生关联。特别是我们国家现阶段对测量和评价需求又比较多。所以我回国以后不久就参与了两方面工作，一个是从 2007 年开始，协助学校相关领导和教育部相关部门推动教育部基础教育质量监测中心的成立，相关工作推动了国家基础教育质量监测体系的建立。

另一个是参与制定了《3 ~6 岁儿童学习与发展指南》，这个指南是儿童少年基金会和教育部联合推动的，需要编制儿童早期学习与发展标准，并检验这些标准对于 3 ~6 岁儿童而言是不是适切的。而我正是学测量与评价方法的，所以作为一个技术支持者，参与组织协调了这个指南的制定。

4
术业追求：为面向未来的教育教学提供政策性指向

师大宣：辛老师，您做了一些关于学生发展核心素养的研究，能介绍一下吗？

辛涛：学生发展核心素养提出的最初背景，是怎样把党和国家的方针具体化、细化，落实到日常教育教学活动中。党的历届代表大会尤其是十八大，对教育问题着墨很多。

研究和提出学生发展核心素养很大程度上是因为，对教育系统的每个人来说，教育方针朗朗上口，能够说得出来，但是为什么这样的教育方针培养出来的人依然存在很多问题？我们常提，学生社会责任感、实践能力、创新精神不足，身心健康状况也欠佳。所以，目前很重要的一点就是把教育方针进一步具体化、细化，让一线的老师、学生、家长做事的时候不再使用范畴式的概念，而是在当时情境下，明白孩子应该在哪些方面重点着力，比如责任担当、实践创新、人文素养、科学精神等方面，实际上就是把核心素养对应到教学、学习，把结果对应到评价。

在国际大背景下，全球化进程和反全球化进程、信息化发展，以班级授课制为代表的传统授课模式显然已经不再适应全球化和信息化进程。同时，我们国家要从世界边缘走近世界中心，传统的学习、教学模式也已经不能满足国家发展战略雄心的需求。基于这样的背景，我们需要对面向未来的教育教学提供政策性指向。

师大宣：您怎样评价我国的高等教育质量和育人质量？

辛涛：分为两个层面。

从国家监测角度来说，在抽象意义上，教育质量是以教育方针为指引的国家的倡导和期望；在具体意义上，我们倡导的教育质量是以课程为标准的国家法律文件对学生的基本要求。所以，我们采用的是一种规范化方法和技术、采用国际成熟手段来对教育质量进行评价。但是从微观角度来看，我们设定的课程标准，孩子有没有达到？这不是统计意义上的。要在技术方案上把软的东西在监测评价中体现出来，比如国家义务教育阶段的监测，艺术、体育、德育在中高考中体现很弱。对于语文、数学和科学的学习，也不是简单意义上的背诵和记忆，更多的是运用知识解决现实问题的能力。

师大宣：每个学校情况不一，运用知识解决现实问题的能力和德育如何在监测中体现呢？

辛涛：我们监测的手段是多样化的。

有纸笔性的考试，也有表现性的测试，让学生自己去发挥。比如，让学生去动手操作、进行实战。通常是在同一天，全国各地20万学生同时做测试，且在测试前学生不知道谁被选中。这些测试与学生升学不挂钩，不涉及学生个体和学校，只是提供一个数据。在德育方面，有表现性成分。因为国家有德育课程，在学生思想、行为方面都有规定和要求。

5
师德不仅是倡导的概念，更是落到实处的行动

师大宣：辛老师，请问您是如何看待“师德”的呢？

辛涛：就师德而言，高校和基础教育领域有一致的地方，也有跟基础教育、一般意义上的师德不一样的地方。

从一般意义上的基础教育来说，师德最新的、最准确的表述是习近平总书记的“四有”好老师。对当下高校而言，强调教师的师德要重视以下三点：

第一点，要让学生感受到真诚。让学生感受到老师对所教的知识、所教的学生、所研究的专业领域是充满真诚的、全身心投入的，这是师德的重要体现。

第二点，能教给学生真智。大学老师很重要的功能是把学生带到学科的前沿去。就高等教育的几个使命来看，高等教育最根本的使命是人才培养。也许我们的科研不是最弱的，但我们的人才培养可能是和西方国家相比还是有一定差距的。虽然人才培养和我们国家高等教育的课程体系有关，但老师自身层面能不能给学生提供好的课程，也是师德很重要的一方面。

第三点，除了教给学生有形的知识外，还需要通过老师的力量、学术的感染，让学生在这个学科形成良好的学术规范。同一个学科作为学术共同体是有学术规范的。无论是自然学科还是人文学科，都会不时出现一些声音，如自然科学所做的研究是否可重复等，这都是一些言传身教的东西。师德的涵义很广泛，但是职业道德应该是其重要内涵之一。

总之，师德建设一定要落到实处。仅仅靠倡导不足以解决师德所有问题，光有宣传很难将师德建设落到实处。只有通过实际的可操作的路径才能使之落地，比如具体到让老师用心准备课件等，这可以让学生很直观地感受到师德，

如果没有具体的操作，一味大力倡导概念，这可能很难达到预期的效果。

6
高校思政关键要入脑入心

师大宣：辛老师，能否从学科教育角度谈谈如何将学科教育与思政教育结合？

辛涛：对于任何一个国家来说，意识形态教育的意义和重要性都毋庸置疑。

关键是怎样以鲜活的方式使之入脑入心。现在，高校思政工作通常是学文件、听报告、到红色基地去参观“三部曲”，有没有将思想政治教育与学科结合的更新更好的做法，是一个很值得研究的问题。

师大宣：关于教师思想政治教育，您有什么想法？

辛涛：从整体来说，每个学科以马克思主义作为指导，这也是国家整体意志的体现。我非常认同“学术研究无边界，课堂讲授有纪律（有禁区）”。

寄语北师大建校 115 周年及青年学子

任何一个毕业生都希望母校越来越好。我在师大学习、工作这么多年，也亲历了母校的几十年发展，对母校的感情不言而喻。我想不出华丽的词来，希望学校能够保持自己的特色。师大本身的气质和北大、清华不同，她敦厚，她是一所非常有特色的学校，一直以国家教育发展为使命，走在国家教育改革的最前沿。

“学为人师，行为世范”是师大的标志，希望同学们能秉承学校的精神和使命，保持师大人独特的气质，无论什么时候，在什么地方，都能踏实认真地做人做事。

（陈霄　黄凌梅）

扫描二维码即可阅读全文

保继光：走进师大数学，走近数学大师

推送时间：2017 年 07 月 11 日

师小萱语：
也许您知道他曾两任师大数院分党委书记、两任院长；
也许您了解他是宝钢优秀教师奖得主，国家教学奖拿奖无数；
不过，您也许不知道……
党委宣传部本期“聆听师道”，带您走近保继光老师，
看看数学家的养成记，体味他与“12345”的奇妙结缘。

人物卡片

保继光，数学科学学院二级教授。先后就读于北京师范大学数学系、北京大学数学科学学院、加拿大 University of British Columbia。曾两次任北师大数学系党总支部书记，两次任北师大数学科学学院院长。研究主要涉及几何、材料和生物等领域的偏微分方程，在 *American Journal of Mathematics*、*Archive for Rational Mechanics and Analysis*、*Advance in Mathematics*、*Scientific Reports* 等国际高水平刊物上共发表 70 余篇科研论文，出版本科生教材《偏微分方程》（“十二五”普通高等教育本科国家级规划教材、北京市精品教材）和研究生教材《偏微分

方程》，以及 10 余篇教学论文。

个人事迹

曾获宝钢优秀教师特等奖，明德优秀教师奖，国家级高等教育教学成果二等奖，北京市优秀教育教学成果奖一等奖，北京市优秀青年教师，北京市优秀博士学位论文指导教师，北京市翱翔计划优秀指导教师等奖励。2003 年和 2006 年分别当选为北京市海淀区第十三和十四届人民代表大会代表，2007 年当选为北京市第十三届人民代表大会代表。

1
情系数学："一家三口都是北师大数学系毕业生"
前半生有三分之二与北师大数学结下不解之缘

谈起自己的求学之路，年过半百的保继光要分享的经历太多太多。"数学"无疑是他人生经历中的一个关键词。从 1981 年考入北京师范大学数学系，再到 1988 年硕士毕业留校任教至今，保继光自己感叹道："前半生有三分之二与北师大数学结下不解之缘。"说起与师大数学结缘，他认为这好像是命中注定的。

保继光与数学的奇妙缘分始于中学时代。1977 年读初二，作为班主任的数学老师程丽娜极力帮他规划人生，使他得以顺利考入北京八中。而后，1963 年毕业于北京师范大学数学系的叶德管老师教他数学，并且鼓励他献身数学，最后他得以顺利考入北京师范大学数学系。可以说，没有他们的鼓励和支持，就没有日后在师大数学系打下深厚学术基础的保继光。

初入师大，在别人还不知道研究生为何物的时候，保继光就梦想着要在读研期间在学术上干一番"大事业"。"四年磨一剑"，勤勤恳恳、全身心投入学业的保继光得到了保送研究生的机会，这也是国家第一次实行免试攻读硕士学位的政策，对于堪称"学霸"的他真的是"实至名归"。但是他日后也经常回忆道："我老说人的命运和祖国总是息息相关，一次是赶上北京市第一次高中全市统考，否则我就只能就近入学了；另一次就是第一次保研，全年级 140 多人就保了 6 个。"而后在导师朱汝金的指导下，他在数学研究领域了取得了一系列成果，同时也养成了讲课时整齐板书和修改论文时精细批改的习惯，至今仍未改变。

首届学校青年教师教学基本功大奖赛拿了一等奖

1988 年，保继光开始了他在师大与数学教学相伴的日子。他自言："在研究生方向的选择上，我认为是'《复变函数》课程（陈方权老师主讲）——分析二教研室——偏微分方程方向'的逻辑结果。"而当时保继光主讲的第一门课正是《复变函数》。

1991 年，28 岁的保继光参加学校首届青年教师教学基本功大奖赛，由于无处取经，只能自己摸索着准备。他选择了《复变函数》中"茹科夫斯基函数"一段，因为这一段内容既有严格的分析推导，又有很强的几何背景，能够图文并茂、全方位地展示教学基本功。当时没有多媒体设备，彩色粉笔在比赛中发挥了很好的作用，教学过程中的"对应关系"和"连续变化"被清晰地表现出来。保继光给自己的定位便是将某一课程的精彩片断真实地再现出来，写了满满三页教案的他最终在那次比赛中拿了一等奖，这对于初执"教鞭"的他来说是极大的鼓励。

在送走 1988 级学生后，保继光转而又开始筹划起读个博士。机缘巧合，1995 年随北京大学张恭庆先生读博，而后转赴加拿大读博士后。三年北大和一年加拿大的学习和深造，开拓了保继光的视野，增强了他学术研究的能力和信心。

从事数学是兴趣与工作的统一

"好老师要有仁爱之心。教育是一门'仁而爱人'的事业，爱是教育的灵魂，没有爱就没有教育"，保继光常以这句话来提醒自己。从教 29 年来，保继光始终站在教育教学的第一线，始终与师大数学"同呼吸、共命运"，在他担任院长的九年间，数学院拿回了基础数学重点学科，赢得了首批国家一级重点学科，建设了数学与复杂系统教育部重点实验室，取得了令人称赞的成就。保继光也常常引用北京邮电大学老校长林金桐说过的这么一段话："我们每个人都有三个母亲，一个是生育你的妈妈，一个是教育你的学校，另一个是培育你的祖国。三个母亲对你都是同样的期待。"他喜欢这个说法，他将自己比喻成孩子在北师大数学的怀抱里长大成人。值得一提的是，2014 年夏天，保继光的女儿于北师大数学系毕业，"我们一家三口都成为了北师大数学系的毕业生。"

不断有人问过保继光这个问题："研究数学的时候不觉得枯燥吗？"他总是这样回答："你有兴趣它就不枯燥。你认为一个小孩在那儿总打游戏，不吃不喝，你说多枯燥，老这么打，人不枯燥吗？人不觉得累关键是兴趣。我很幸运的是兴趣、工作什么都比较统一，这是比较幸福的一种生活方式。我也跟学生聊，不要攀比，你想好了就做，就坚持，那就一定没问题。但是学生坚持一段不出活，尤其做论文的时候他就不淡定了。有人讲社会比较浮躁，大家老在这儿玩命出文章，你这儿半天出不来，着急死了。其实，老出来也不是好事。”正是保继光对数学的浓厚兴趣，和日复一日投身于此的不懈坚持，让他领略了数学的奥秘，与数学结下了斩不断的情缘。

2
“十年磨一剑”：干大事、立大志、吃大苦

“360 行，只要你有志向，我就第一个站出来支持。”

“人无志不立，事无恒不成”，保继光关注学生的成长更多的体现在引导学生树立远大的志向上。他不在乎自己培养的学生是不是以后要当数学家，而是关注学生对自己未来的把握上。在谈及自己选择研究生的标准时，他坦然道：“这个人一定要有想法，就是要有理想，你以后想做什么事，我不管，如果你志向太小我还真不要，我就喜欢要有志向的学生，你的志向不一定说是偏要当数学家，你们也不要误解我们数学老师。”只要学生们有想法，不管他们是搞实际应用，还是搞科学研究，只要有自己坚定的志向，保继光肯定是那个永远第一个站出来支持的人。

“你看我的学生里面有当老板的，我支持；有搞特应用的、跨学科的，我支持；有搞教育、教文科的，我支持；有搞纯理论数学的，我也特别支持。但是，你在我这儿学必须得学好数学，这是我的要求。”平实就是保继光的本色，他也常常这样教育自己的学生。执教多年来，他培养的研究生有 37 人（11 名博士生，26 名硕士生），毕业生中有的去了北大、复旦、国外做博士后，还有的去北大、国外读博，也有的去了国内高校或中学任教，更有的去了证券公司、基金管理公司、金融集团工作，真可谓人才辈出。“桃李不言，下自成蹊”，保继光尊重学生选择，努力为学生在学术和人生道路上走的更远增添助力。

对于如何立志，如何在立志之后坚持下去，保继光也有他自己的“独门秘笈”。“科学”的立志，就在于立志要“科学”。养成科学、理性的思维方式，是对待人生选择的基本前提。保继光常说：“学习数学，我倒不是很介意说你学了多少数学知识，包括我上课的教学目的也不是让你学很多知识，但是我要让

你从中学到一些理性思维。”具体而言，是要从数学学习中养成不盲从、不盲信的习惯，要有自己独立的思考和判断。

岁末最后一天的师门守望

此外，在学生交往上保继光也与时俱进，坚持通过微信分享“心灵鸡汤”给他的学生们。他信奉“大道至简、知易行难”，每当学生们遇到各种问题时，一个鼓励的微信消息，一个的关怀电话，总能够陪伴学生攻克难关。保继光的师门还有一个多年的传统——每年 12 月 31 日，保继光的家里总是热闹非凡，所有在校的硕士博士们都会在保继光家里聚会，大家一同诉说一年的收获与感悟，也一同分享各自的困惑与迷茫。一年的耕耘将要结束，而新的征程又蓄势待发。跨年夜，与一路同行的师长一起度过，定别有一番意义。在这个其乐融融的年终聚会里，学生们真正感受到了师门的传承和家的温暖。正是通过思想的引导和生活的关怀，保继光为学生们坚持梦想、努力奋斗铺就了前行的道路。

3
“爱数学，更爱教育；能知足，所以常乐”
“大学教育不是科普讲座，不能怎么好玩怎么讲!”

“大学教育不是科普讲座，15 分钟的教学也要有相当的知识含量，不能怎么好玩怎么讲”，这是保继光 1991 年参加北师大首届青年教师教学基本功大赛时，评委老师对教学的点评。正是基于这样的标准，徒手作图的保继光，写了满满一黑板的教学内容，用彩色粉笔清晰描绘出“对应关系”和“连续变化”，在短时间内展示出了一副学术版的“饕餮盛宴”。这些评语让保继光记了一辈子，至今也是他教学上的指导原则，也是他反对无原则的“素质教育”（即把课讲得既容易，又好玩）的常用武器。现在的他，讲课的时候一方面要注意激发学生的兴趣，另一方面又要注意不能太庸俗化，要有档次。容易的问题不要复杂化，复杂的内容也不要简单化，正所谓“世之奇伟、瑰怪、非常之观，常在于险远，而人之所罕至焉，故非有志者不能至也。”

“中学教育要传递出数学有用的正能量!”

对于中学数学教育，作为一名师大人，保继光显得“忧心忡忡”。北师大每年本硕博的毕业生里，去中学做老师的有很多，可是真正喜欢数学专业、热心教育事业的就不知道到底有多少了。保继光说：“其实现在咱们的同学不了解，现在中学数学教师不只是需要教育学方法和心理学知识，更重要的是一提到数学就充满着激情，传递着数学有用、我爱数学的正能量，这比讲多少道理都有用。”数学有数学的问题，教师也有教师的问题。对于中学教师的培养，不仅要求政治上合格，业务上过硬，而且要有踏实肯干的劲头，也要有科学探究的兴趣，这样的教师才是未来中国基础教育发展的重要基石。所以，保继光认为我们的师范教育要做的还有很多。

保继光历来这样教育自己的学生：“做数学教育或者做应用数学，比做纯数学可能还要辛苦，因为懂的要多。”

保继光希望那些立志从事基础教育的同学们能够做到“顶天立地”。“顶天”就是要求学生对数学前沿或者应用前景有所了解，不一定对学生的问题给出最终的答案，但要告诉他们寻找解决方法的途径；“立地”就是要学生知道基础教育有什么问题，要有精力去中学听听课，了解现在的中学生、现在的老师是什么状态。

“做了老师就要有‘干一行、爱一行’的劲头！”

在保继光眼里做了老师就要有那股“干一行、爱一行”的劲头，不要觉得学这个没用，学那个也没用，不仅科学研究需要兴趣，教育教学也需要兴趣。凡事贵在坚持，立大志、能吃苦、敢干事，同样是“立德树人”应该做到的。

保继光常常这样告诫自己：做人和做事，“品味”很重要。做研究也好，做教育也罢，正是在做人做事上追求高“品味”，保继光才始终恪守了“爱数学，更爱教育，我知足，因此我常乐”的人生格。

寄语北师大建校 115 周年和青年学子

立雄心大志，做一个具有品位的人；从小事干起，做一个实实在在的人。

走进师大，走近大师；走进师大数学，走近数学大师。

（王娟　郭文杰　李姝）

扫描二维码即可阅读全文

刘静玲：把爱的接力棒传下去

推送时间：2017 年 07 月 14 日

人物卡片

刘静玲，环境学院教授、博士生导师。现任北京师范大学教学指导委员会委员，北京市女教授协会北京师范大学理事会会长，中国生态学会生态教育工作委员会秘书长。2002 年起进入北京师范大学环境学院任教，主讲环境科学概论、环境学原理、环境生态学方法等课程。其中，环境科学概论成为国家、北京精品课程，国家精品资源共享课程，即将上线的 MOOC。研究领域为水环境毒理学、水生态安全和可持续发展教育等。

人物事迹

主持或作为骨干参加完成国际、国家及省部级科研项目 20 余项，发表 SCI 论文 40 余篇，出版专著和教材 12 部。获国家科学技术进步奖等国家、省部级各项教学与科研奖 19 项。荣获“北京市教学名师”“北京市师德先进个人”“北京市教育创新标兵”“优秀环境科技工作者奖”“北师大钱媛教师奖”“本科生教学优秀奖”和“优秀本科生导师”等称号。

独树一帜的教学方式：一对一考核与“5 +1”联盟

走进刘静玲老师的办公室，办公桌上摆放着的学生合影映入眼帘。刘静玲老师与学生们的笑脸定格在照片中，灿烂而明亮。表明采访来意后，刘静玲谦虚地笑笑，说自己远没有像报道的其他教师那样优秀，自己还有很多需要学习和完善的地方。

刘静玲一开口便谈起自己的恩师。她不无感慨地说，从中学到博士后，一路走来，遇到了很多好老师；从教 30 年，自己也接触了很多优秀的老师。正是这些老师们的无私关爱、平等分享，以及他们对学术的严谨态度，对刘静玲产生了深刻影响，也时刻激励着她，要对得起“教师”之名。刘静玲说：“老师们的言传身教也使我爱上了教师这个行业。我的老师把爱的接力棒传给了我，我更要努力传递下去”。刘静玲认为大学教师的个性化与多样化特点，决定了不同于中小学教师的风格与风范，“学高为师、身正为范”，更要看教师的品德和精神。大学作为开放的场所，大学教师的科研、教学对学生、社会都有一定的影响，团队合作精神更加重要，大学教师一言一行都要传递正能量。

刘静玲一直坚持为大学一年级的新生讲课。她认为：学生进入大学有一个“断奶期”，在这之前都是受到家长和老师的精心呵护。进入大学后真正开始独立，很多学生在自我管理、自主学习等方面都存在一定问题。在一批又一批的环境学院新生成长路上，都留下了刘静玲老师亲切鼓励与教导。刘静玲时刻保持着年轻的心态，青春的活力，刘静玲还向这些十八九岁的孩子们学到了不少新词儿、新玩法和新观念，伴随着新生们度过了大学的“断奶期”。

刘静玲主讲的国家级精品课环境科学概论，既是环境学院大一本科生的首门专业基础课，又是非环境专业的通识课，“作为一门基础课、专业导引课和通识课程，我注重知识面的宽口径和系统性，为学生的大学规划做导引。”刘静玲生动地阐释着她从讲课中体悟的道理：面对新的学习阶段，学生就像拎着旅行箱突然一下来到了大超市，眼花缭乱，各种商品都有：通识教育模块，人文、社科课程、讲座，国际化、网络课程，但是不知道哪个更有价值，该把哪件商品放到自己的篮子里。书籍浩若烟海，是永远都看不完的，必须学习思考和选择。所以，大学老师要让学生学会学习的方法和决策的方法。为了提高学生的独立思考、发现问题、解决问题以及团队合作的能力，刘静玲大胆采取了“理论 + 案例 + 实践”的教学模式，要求学生在课后读经典、看文献，参加生态考察和社会调查，参与学术交流和科学论坛，主办绿色沙龙和小型国际研讨会，研讨会中学生用中、英文展示成果。刘静玲说“一开始心里没底，不确定学生是否能够适应这么繁重的任务，但是目前看效果还蛮好，学生们反馈说是痛并快乐着，也算是收获了大学难忘的奋斗时光。”

刘静玲始终相信“每一个学生都有闪光点”，鼓励学生们勇于挑战自我。对于有些学生抱怨刘静玲要求太严格，给他们的压力太大，刘静玲也时常反思自己是不是操之过急，教学方法应该如何的与时俱进？她希望在有限的时间内，将环境科学发展、现状与发展趋势全方位呈现给学生，引导学生既尊重自然又要学会妥善应对复杂环境问题；既有国际视野、又有系统的环境科学思维；既掌握环境科学理论知识及学科前沿，又有关心环境的责任与担当，成为有专业素质、有服务社会情怀的优秀人才。为此，刘静玲研读国内外教材与网络课程，自学积极心理学和高校教师师德相关书籍，用在教学改革过程当中。同时，虚心学习各专业优秀教师的教学方法，选择适合专业的方法并作优化。她创新的互动教学方法、案例学习方法和一对一的考核方式，在学生中反响很好。学生纷纷表示学习和了解环境科学思维方法和关键知识点，又创造了更多与老师深入探讨环境与社会的机会。

2004—2014 年，刘静玲及其团队与环保部宣教中心联合创建的环境学原理——流域水环境公共政策，引进国际 BELL（Business Environment Learning Leadership）课程教学模式，面向不同学校、不同专业、不同层次的学生和社会，同时和其他师范院校进行联合，形成了“5 + 1”的协同创新联盟。2012—2016 年，在教师创新团队和同学们的共同努力下，环境科学概论作为国家级精品资源共享课程在爱课程网站上面向全国高校师生开放，MOOC《环境科学概论—行动篇》即将上线。这门课程凭借持续不断的创新和深入教学改革，在国内外大学也产生了很好的反响和示范作用。

“在这门课上，刘老师充当着一个大家庭中母亲的角色，为大家指导环境科学的学科研究方向。刘老师很忙，时间总是排得满满的，但她仍抽出时间为同学们进行学科答疑和论文指导。很多次到刘老师办公室，都看见她在废寝忘食地工作，我又是感动，又是惭愧，更觉得是一种激励……”2009 级环境科学专业的古沛川同学诉说着他的百感交集。

“大一时刘静玲老师给我们上的环境科学概论，当时印象特别深刻……刘老师与我们分享她与环境的故事，还第一次听了刘老师谈到处理家庭与婚姻的女性感悟，体现了她的智慧与包容……”2012 级环境学院刘锦钰在博客上写到。

“刘老师注意启发和调动学生的积极性，课堂气氛很活跃；上课案例丰富，不厌其烦，细心讲解；最重要的是，刘老师能虚心并广泛听取学生的意见和反馈信息，是一个不可多得的‘四有’好教师。”2016 级硕士研究生孙斌说。

最让刘静玲感到高兴的，就是看到学生们在学业和科研方面，尤其是环保事业上有所进步。刘静玲的学生王晨，曾在比利时留学，并作为优秀博士生和留学生代表受到了习近平主席的接见，目前已经获得环境遥感博士学位，现在不仅在环保部遥感信息中心工作，同时家庭幸福，喜得爱女。每当看到、听到学生的喜讯，刘静玲都觉得非常欣慰，她说，“学生的喜报是我收到的最好的教师节礼物”。

“如果你有丰富的想象力，教师节那一天，空中无形的电波交织成巨大的网络到处传递着爱的信息，浓浓的师生情谊充满着我们美丽的校园。这也是我最爱九月的原因。”刘静玲用她的文学想象表达着一名师者的幸福。最爱九月，不仅仅是因为收获桃李的祝福，更是那些祝福的短信背后，为学生的成长感到深深的欣慰，为自己的付出感到真正的“值得”，因为师生是一生的缘分。

与众不同的学生观：学生也是正式的科研人员

除了教学，科研也是培养学生的途径。学生是多样化的，每个学生的特点悟性和未来规划都不一样，因此每个学生都需要个性化培养，需要老师做好科研培养个案。在这个问题上，刘静玲有着与众不同的学生观。刘静玲坚持认为学生也是正式的科研人员，特别是硕士生和博士生。在一个研究团队中，本科生、硕士、博士和教师彼此平等，大家共同完成任务，是合作伙伴，是战斗盟友。正是在平等交流、对话沟通的过程中，才更能激发学生的潜能、主动性和创造性。

在漫长的科研道路上，刘静玲从未退缩过，她也将这种精神传递给自己的学生。刘静玲得知自己一位学生萌生退学之意，没有急忙制止，她知道，这个时候讲道理学生一定不能接受。于是，她以平等的朋友身份倾听学生内心的声音和发现问题所在，“在确定提交退学申请之前，给你一个月时间，出去找到工作，确保能够养活自己”。刘静玲并没有放弃学生，帮助他确定合适的选题、延迟开题报告时间，嘱咐师兄师姐多多照顾和开导他。一个月约定之日，学生像是倔强离家而去的孩子，重新回到了科研团队，迷茫的心态终于得以释解，最终在全组的共同帮助下，完成开题—研究—论文撰写—毕业答辩。时光荏苒，曾经的执拗男生已经毕业，某日在电话里激动地感谢老师当年的帮助。无法想象，当年如果没有老师的帮助和教诲，他无法蜕变为勇敢前行的环保专业人才，是老师及团队让他有了克服困难的勇气。

刘静玲说，在科研的路上，学生或多或少会遇到不同的坎，很多学生都是“鸵鸟式”思维，遇见困难就想马上掉头跑开。因此，面对不同的学生要采取不同的方法，不能操之过急，科研就是探索无人走过的小路。他要往西，不妨让他向西走一段，探险创新之路；他打算逃跑，不妨陪着他静静思考，寻找破解之良策；他掉头另谋他路，不妨默默祝福，希望他能够认清自己，走好自己的人生之路。最重要的是尊重学生，发挥学生的长处与潜能，鼓励学生学会以成年的心态和专业的精神，担当起服务社会和保护环境的责任。

环境科学是跨领域学科，需要一支具备强大多样性学科知识的团队来分析复杂的环境问题，需要碰撞交流、团队合作来解决问题。艰苦的野外采样，重复枯燥的科学实验，一丝不苟地分析文献，煞费苦心地准备开题答辩，课题验收前夜的通宵达旦……几乎构成了每一个项目的“保留节目”。“研究过程和成果汇总时总有遇到瓶颈的时候，这时候不能停下来，要发掘团队每个人的力量，立体全面地看待学生，将每个人最好的一面展示出来，坚持、坚持、再坚持。”

和刘静玲一起攻关的学生从中也品味到科研的乐趣和艰辛。正在美国普林斯顿大学攻读博士学位的2007级学生张哲赟，在大一学习环境科学概论时，从经常的学科问题讨论到大学规划，在刘静玲的导引和培育下，进入了自己喜欢的环境化学973课题组。张哲赟说，“从最初进入实验室的不适到最终在导师牛军峰教授指导下发表了SCI论文和专利并出国深造，刘老师给了我无私的指导和帮助，我领悟到环境科学工作者所肩负的社会责任，学习到了严谨务实的科研作风，最终我发表了高水平科研论文”。

富有个性的专业理念：
不在其位，亦谋其政！

全球环境系统耦合在一起，环境问题牵一发而动全身。刘静玲在讲课中，经常将国际、国内案例进行比较；同时几经周折请来国际专家学者，让学生们真正与专家面对面，打开学生国际视野。对于刘静玲而言，教师作为表率，更应该具有全球化视野，“一名好老师，要广泛了解自己领域的最新进展，否则永远是一本老教谱”。“大学师生亦师亦友，要相信坚持教学相长、共同创新。”刘静玲始终带着年轻的心走在教书育人路上。

古人云：在其位，谋其政。刘静玲却认为，不在其位，亦谋其政。因为环境问题需要多学科的合作，环境问题从源头上解决需要全社会公众的参与，所以环境科学的工作者还有责任和义务以提升全民环境素养为己任，在各种可持续发展教育、科学普及以及服务社会等方面付诸行动。刘静玲认为：我们每个人都是环境问题的制造者、受害者，但是我们不能当旁观者。现在网络上很多人遇到问题就喜欢吐槽，吐槽是于事无补的，更重要的是如何解决问题。要为环境和谐，贡献自己的光和热，为社会贡献自己的才华。环境问题的解决不是一蹴而就的，更需要树立正确的可持续发展观念，并采取科学有效的行动，提高环境管理的有效性！

“在可持续发展教育方面，我们可以做得更好”，刘静玲提到，北师大是师范教育的倡导者，但是目前国内可持续发展教育、绿色教育远远不能够满足国家生态文明和绿色发展的需求，构建从幼儿园开始的生态文明服务教育体系，北师大更应该贡献自己的一份力量。我们要做具有引领性、前瞻性的工作，更需要培养具有环境责任和引领未来的复合型优秀人才。这需要我们直面现实和环境问题，集中学校环境科学与工程等优势学科共同攻关，集国内外学校协同创新之力搭建多学科的可持续发展教育平台，对中国可持续发展教育进行评估重组优化，构建完整的可持续教育体系，这样才能在可持续发展教育复合型创新人才培养上产生重大突破。

谈到自己的学生，刘静玲的眼里涌出浓浓的暖意。她说自己对学生就像对待自己的孩子，要包容，但绝不能包容错误，失去严格的要求。“严格和爱的结合是一门学问，严在当严处，爱在细微中。”对学生的关爱常常引来女儿的“嫉妒”。“我的女儿常常开玩笑说我对自己的学生要比对她还好。女性在生活中要扮演多重角色，为人师、为人妻、为人母、为人女，要承担社会和家庭的很多责任。”一谈及家庭，刘静玲的语速变得轻快、活跃起来。

如何完美地兼顾事业与家庭，刘静玲有自己独到的理解。事业家庭都要全面兼顾，如果有一方面的缺失，长时间也会影响人的发展。大学教师是一个对于智商和情商要求很高的职业，同时也是太阳下最光荣的事业，做一个德才兼备的好教师不是一件容易的事。“一靠效率。每天 24 小时的时间都是有限的，规划管理好自己的时间，单位时间内做的事情又多又好，就可以挤出时间安排自己的生活。平时和家人一起爬爬山，和学生开 party，和老朋友聚会畅聊，我感到我的生活很充实，很快乐。女性一定要培养自己的爱好，有自己的生活。二靠家庭成员间的互相帮助与扶持。家庭生活中遇见问题不可怕，有问题是常态，如何解决问题才是关键。家庭中要形成合力，成员之间交流和分享，齐心协力的去做事。三靠感恩。家庭生活需要经营，不能只求回报而不付出。常怀感恩之心，珍惜、感激彼此的相遇，互相包容与坦诚。”因为选择了环境保护作为终身奋斗的事业，尊重自然、爱护地球和服务社会是我人生的绿色梦想！我要与自己的学生共同努力，坚持走下去！

“从家庭生活角度，刘静玲老师告诉我们女人要外柔内刚，自尊自爱。在我看来，外柔内刚就是指女人要有坚强的内心和足够独立的思想，思想和内心对别人的依赖比外在的对别人的依赖更可怕。”2012 级博士生陈舒涵感叹，“外柔内刚可以是女性的一种魅力，从刘老师身上我领悟了这种魅力，也看到了这种目标。”

这位大方典雅、向我们娓娓道来的女性，无论对学生，还是对待科研；无论对生活、还是对待自我，都有着一种与众不同的独特魅力，教学、科研、家庭都被她和谐地融到一起。刘静玲散发出来的独特魅力，背后是她静心教学、潜心育人的思索与热情，更是她留意风雨、着意栽花的潇洒与智慧。从教三十载，她无私地将自己的德、才、情传递给学生。学生的健康成长和全面发展就是她最大的事业，她坚信，终有一日，他们会从这里展翅高翔。

寄语北师大建校 115 周年及青年学子

祝愿北师大发展越来越好。在“双一流”的旗帜下，将北师大建设成为世界知名大学。

祝愿同学们身心健康，完成自己的学业，实现自己的理想，收获自己的爱情，找到一份美好的工作。

（王娟　张盼　李姝）

扫描二维码即可阅读全文

周亚：做一名精益求精的教学工匠

推送时间：2017 年 07 月 24 日

“我不善言谈，也并不突出，北师大比我优秀的老师还有很多。”

“系统科学学院很小，但系统科学学科很强，系统科学学科的老师们都很优秀。”

“我希望能够有更多的机会宣传系统科学学院，宣传系统科学学科，宣传系统科学学院优秀的老师们。”

——周亚

人物卡片

周亚，系统科学学院副教授，博士生导师，院长助理，北京师范大学研究生教学督导。曾担任北京奥组委志愿者部观众服务处副处长、北京师范大学管理学院分团委书记。主讲课程有博弈思维，博弈论，数据、模型与决策，活动管理等；研究兴趣包括行为博弈、项目绩效评价、教育大数据、人力资本等。

人物事迹

2004年入职以来，多次获得北京师范大学优秀共产党员称号，曾获北京师范大学本科教学优秀奖（2014）、博弈论课程获得研究生教学优质课程特等奖（2014）、博弈思维（2015），数据、模型与决策（2016）等课程获得北京师范大学教改示范课称号；曾获北京市教育科学研究优秀成果奖（2008）。

1
教师们走的每一步，都是为了“青胜于蓝”

作为一位在师大学习工作24年的“老师大人”，“传承是大学的根本使命”是周亚一贯秉承的信条。学生时期，老师们对他的传承是执著进取、精益求精的教学工匠精神，激励他在多年后的教学生活中积极向学生传递正能量。“大学的根本任务就是传承，在人才培养方面，本科是大学的根本。”

“系统科学学院的老师们都非常重视教学、重视人才培养”，周亚也不例外。他认为教学必须要研究学生。“我做过团委书记，亲近学生是我的本能，这在教学中的体现就是要了解学生、了解当代学生认知的特点。现在的孩子变化很大，每一届学生都具有独特性。整体上看，这一代孩子讨厌被灌输，参与课堂的积极性非常高，欲望很强烈；同时，语言、获取信息的能力等基本素养都非常好。这就要求我们不能抱着对以前学生的理解和看法，来教现在的学生，也倒逼我们教师必须要发挥工匠精神。只有这样，才能培养出比我们更厉害的学生。”了解并接受学生的特点，对教师教学提出了新的施教要求，从这个角度讲，周亚认为教师要有点紧迫感。这种压力与动力的转换，就将师者的责任感与使命感推向更高，教师们走的每一步，都是为了“青出于蓝而胜于蓝”。

多年授课，周亚有一个习惯，坚持将公式符号一个个地敲在PPT上，在他心里，这是对学生负责，绝不可以偷工减料，绝不可以出错。他还要求自己每次上课前必须更新教学大纲和讲义，关注成果运用的推陈出新和课堂内容的与时俱进。“这就要求你自己必须要有敏锐的眼光与洞察力、有勇于学习与创新的开拓力。这同样是工匠精神的体现。”

周亚的博弈思维课被评为我校本科教改示范课。学生们对这门课评价很高，“不水”。由于是全校通识课，每次都会有超过10个专业的学生来选择这门课，这在周亚看来是批判性思维的试验田。一位哲学学院的同学在学完课程做总结时，曾直言不讳，“我觉得博弈从哲学的角度来讲是错的”。周亚表示自己非常鼓励这种做法。“任何一门学科都是从某个角度来解释这个世界的，不可能这么全面，现在讲是对的，以后就可能被时间证明当时是不全面的，甚至是错的，这是事物发展的基本规律。所以，我在课堂鼓励学生表达自己的观点。”尊重学生、包容万象的气度与胸怀是师者探索真理之路上孜孜不倦追求的真谛。

周亚认为，大学应回归到“知识传承”“人才培养”的本源，教师应该牢固树立“以立德树人为己任”的信念，勤于思考自身领域知识与国家发展、政策制定、民族命运之间的关系。在博弈思维课上，他注意将课程与国家、社会的发展联系在一起。如讲到纳什均衡时，他会启发学生思考，制度也应该是一个纳什均衡，否则就会有人有偏离动机；在讲到动态博弈中的先动优势和后动优势时，他会启发大家思考为什么习近平总书记在深化改革时，会提“顶层设计、整体推进”，除了利益格局的因素外，还有一个原因是当前的改革更多带有“先动劣势”特征，这就是改革深水区的一个重要体现……他发现，在讲解完理论知识后，这些例子进入课堂，一方面，能使学生更深入地理解课程内容，觉得博弈就在身边，并不遥远。另一方面，还能在课程中延伸出党和国家政策、习近平总书记系列讲话，实践了全学科育人、全过程育人。周亚认为，改变教学方式，以一种潜移默化的方式进行思想政治教育工作，或许更适合当前 95 后大学生的学习和认知特点。

2
排球场上，学生亲切称他“师爷爷”

自 1993 年来师大读本科到现在，已有 24 载，周亚唯一不变的爱好就是打排球。“我很喜欢排球，因为它讲究的是团结、拼搏精神，而这样的精神可以体现在各个方面、各个领域。”2007 年，周亚开始以教练员的身份带学生，直至今日，已经整整 10 年。

周亚带的第一支排球队是原管理学院的“小 V 缘”排球队，在 2009、2010 年，“小 V 缘”是一支在师大排球场“孤独求败”的队伍。而周亚目前带领的政府管理学院排球队，也实现了师大“星星杯”三连冠。

2017 年，政府管理学院排球队在师大学生排球社举办的“木铎杯”中夺得冠军，由周亚担任教练的经济与工商管理学院学生排球队夺得亚军。这样，他一人兼任冠亚军队伍的教练，成为了 2017 年“木铎杯”排球赛场最大的赢家。

周亚也曾带领师大学生排球队参加了北京市大学生排球联赛。2014 年，这支队伍从乙组打起，获得乙组冠军，2015 年升级到甲组，取得了甲组亚军的好成绩。问到为什么还愿意教其他学院的学生打球，周亚说“一花独放不是春，百花齐放春满园”，他愿意为师大的外场排球做出自己的贡献。

周亚表示，学生打球所需要的所有经费，都由他负责解决，学生从一开始学球，用的就是最好的排球，费用不菲。由于周亚的第一波徒弟现在又有了徒弟，所以，球队的学生都亲切地称周老师为“师爷爷”。

周亚为他如此热衷于指导学生排球给出了自己的解释。“非正式群体在组织管理中有非常重要的作用，随着真正学分制的实施，高校学生之间的关系要靠宿舍和社团来维系，他们构成了学生管理的基本单元。基层有了活力，机体才能有生命力。”同时，和学生一起打排球，也是周亚了解当代学生的一个重要途径。

多年的排球教练生涯也让周亚收获了友谊。2017 年，北师大教育发展基金会的认捐景观树活动发布后，周亚将消息传达给“小 V 缘”排球队已经毕业的队员们。当晚，队员们自发组织捐款，第二天，队长联系教育发展基金会认领了一棵排球场上的古树，以这棵树来见证“小 V 缘”所有队员以及教练之间的友谊。周亚说，以兴趣维系的感情，更深厚。

3
瞄准现实需求，“要做有用的科研”

谈到科学研究，周亚认为有两点是非常重要的，第一是要增加知识，加深我们对这个世界的认识。第二是要解决现实问题，做有用的科研。为此，周亚举了两个例子。

一个是师大刚刚获得的国家发改委的教育大数据示范工程的例子。周亚在这个大数据的项目中承担了一项任务，即构建教育宏观管理科学决策的信息平台。“事实上，我是一个不爱领头承担任务的人。不过当我们学院领导找到我说起这件事时，我想这事我能做，因为这是一件放在我心里 10 多年的事情，于是我就应承了下来。之所以说是放在心里 10 多年，主要是因为，我们小组 10 年前就有过类似的设想，并已经着手开发平台背后的方法、模型、机制，甚至软件的雏形我们都曾经有过，但后来因为经费问题，再加上自己的某些原因，项目就被搁浅了。现在有了这样的机会，我深刻认识到，科学研究是一个厚积薄发的过程，做好了准备，到了成熟的时候，自然就有了收获。我们相信，我们做的信息平台和政策模拟系统的确能给国家各层级教育行政管理部门科学决策提供一定的帮助，能解决现实问题。”

第二个例子，从 2013 年至今，周亚一直在做预算资金绩效评价方面的工作。这也是一个非常有现实意义的领域。周亚虽不爱发表这方面文章，但他一直在不断积累，“已经关注这个领域四年多了。最近，我想要做一件事情，就是准备在北京市各大单位举行 40 场免费的讲座，纯公益性的，面向的群体是北京市有相关需求的各大单位，包括行政和事业单位。我希望能够通过讲座指导他们从绩效的角度管好和用好财政资金。我想，这也是对我这多年积累的一个总结，算是为社会做贡献吧。”“第一要瞄准现实需求，第二做事情要慢慢积累，厚积薄发。量变是质变的基础，当积累到一定程度时，就会实现质的飞跃。”周亚如是总结他对科研的理解。

周亚重视社会服务工作。2007 年底至北京奥运会、残奥会结束，周亚按照北京市委的统一安排，前往北京奥组委挂职。本来抱着“学习学习，帮忙不捣乱”的态度去挂职的他，突然被委派作为主要负责人，具体负责奥运会观众出版物项目的管理工作。要知道，这是国际奥委会重点监控的一个项目，中英文版本共 7 套书，总发行量近 300 万册。周亚接手时，一个最大的问题是进度严重滞后。周亚积极、超负荷的工作为此系列出版物出版赢得了时间，高质量完成了该项工作，赢得了国际奥委会的高度评价。在挂职总结会上，志愿者部主管领导称他是“做实事的挂职干部”，同样给予了高度评价。

寄语青年学子

优秀是一种习惯。什么是优秀？

以工匠之心对待一件事情，久了，便成为优秀！

（王娟　王湾　林晗）

扫描二维码即可阅读全文

滕彦国：学生是我学术生命的延续！

推送时间：2017 年 07 月 28 日

师小萱语：
他怀揣对地质的热爱奋斗 24 年；
他奋战在汶川等灾区做应急处置；
他自制学生海报记录点点滴滴。
党委宣传部“聆听师道”推出水科学研究院滕彦国教授专访，
看他如何书写“不广求，故得；不杂学，故明”的故事……

人物卡片

滕彦国，水科学研究院教授，博士生导师。主要研究领域为地下水地球化学、地下水环境安全与风险评价等。2007 年入选北京市优秀人才培养资助计划，2008 年被评为北京师范大学抗震救灾优秀工作者，2009 年入选教育部新世纪优秀人才支持计划，2010 获得侯德封矿物岩石地球化学青年科学家奖，2016 年入选国家环境保护专业技术领军人才。讲授本科生公共平台课《现代地球化学概论》、研究生学位专业课《环境地球化学》等。

人物事迹

主持国家科技重大专项课题、省部级重大项目、国家自然科学基金等科研项目6项，获省部级科技进步一等奖1项，二等奖4项，三等奖2项，申请发明专利20余项，发表中文核心期刊论文100余篇，发表SCI论文80余篇，出版专著9部。针对各阶段国家需求和社会需求的差异并结合不同时期国内外研究的热点和发展前沿，在环境生物地球化学和环境水文地球化学领域开展一系列研究工作。并在我国典型矿区（攀枝花矿区、德兴矿区）、典型流域（晋江流域、松花江流域）、典型地下水水源地（宁夏吴忠金积水源地、沈阳市多个地下水水源地）、典型场地（西南某极低放废物处置场、东北某石油污染场地）进行了试验示范，取得了一定的创新性研究成果，为环境污染防治和环境管理提供了重要的科技支持。

1
唯不过一句“用心一也”

又是一年盛夏。骄阳如火，灼热的不仅是行人的身躯，还有中国百万高考学子一颗焦急等待的心。而24年前高考结束时，一位青年学子，如今北京师范大学水科院的博导滕彦国，怀揣着对地质学科的热爱与向往，在期待和等待中度过了决定其人生道路的那一年的盛夏时光。

“懵懂的我，涉世不深，但在高考志愿的填报上却坚定而执着，清一色的地质专业。入学之后，时值地质行业不景气，很多同学转了专业，但我并未受此影响，而是不懈努力，执着追求。”

“蚓无爪牙之利，筋骨之强，上食埃土，下饮黄泉，用心一也。”滕彦国凭着一腔热血和朝乾夕惕毫不懈怠的前进之心，在求学路上走得踏实而又坚定，最后成为了自己最想成为的人：一名从事地质研究和教学的大学教师。

谈及为何会从单纯的对学科的兴趣，转变成从事相关领域研究和教学的老师，进而明确了自身的职业规划和人生道路选择时，滕彦国说到：“求学期间，聆听大师教诲，感受大家风范。让我对师者这一行业有了更为深刻的理解，进而心向往之，促使我成长为一名大学老师。当我的第一篇论文发表、获得第一个基金、主持第一个重大课题、获得第一个奖励的时候，我都会想到那些给予过我谆谆教诲和无私帮助的老师，我也将一如既往地按照先生们的要求，坚持立德树人，不忘初心，继续前进。”

2

“学生是我学术生命的延续和事业生命的闪光”

一位合格的老师会在潜移默化中对学生形成深远持久、根深蒂固的影响。对滕彦国而言，对一个领域的热爱也不单单是从事这一领域，更重要的是能够将自身所学所知所想传承下去，为地质领域培养出更多更优秀的人才。这是滕彦国作为一名地质学科热爱者的理想，也是作为一名大学教师的学术责任。

滕彦国2003年开始指导硕士生，2008年开始指导博士生。迄今为止，所指导的28名硕士生，已有22名获得硕士学位。所指导的15名博士生，已有10名获得博士学位。

谈及自己的学生们，滕彦国由衷地说道：“我为学生们的每一份报告、每一篇论文、每一项专利、每一个软件而由衷高兴。分享他们的快乐、分担他们的忧愁，与他们一起成长，共同进步。”亦师亦友，切磋琢磨。办公桌前，学生们对着老师倾吐内心真情，在美好人生的道路上不断突破自我；会议室里，师生探讨科学问题，在学术科研的道路上不断开拓创新；西操场上，师门运动竞技健身，在青春似火的年代不断释放激情。

在滕彦国办公室的墙上，贴着一张他培养的学生名单海报，详细记录了学生的姓名、学号、照片、年级，当问到为什么有这样一张海报时，他回答：“我自己设计的，贴在办公室是想学生们回来的时候更有家的感觉。”

在滕彦国看来：“学生既是自己学术生命的延续，也是自己事业生命的延续。因为有学生，使老师的学术生命延续，事业生命闪光。”

郑洁琼

滕彦国的开山大弟子，博士生郑洁琼这么谈及自己的恩师：“2008年，我非常有幸成为滕老师的开山博士，那时候老师是院里最年轻的博士生导师、教授，这令我感到非常的骄傲和自豪，敬佩之心也油然而生。之后，我和几个硕士生就跟着老师在他的300办公室里一起学习、写论文、做课题。老师总是最早到办公室，沏上一杯茶，一坐就是一整天，严谨认真的科学态度、勤奋钻研的科学精神，一个个出色的科研成果不断地从老师的键盘下涌出。我总是惊叹于老师对科学前沿的精准把握，专业领域知识的深厚渊博，对论文问题分析的一针见血。他对学生也总是爱护有加，逐字逐句地帮我们修改论文，鼓励我们挑战前沿课题，野外在水流湍急的地方亲自采样。他亦师亦友，闲暇时向我们讲述他自己的故事，传授他自己的经验，他在学术上严格要求我们，在生活中教我们尽情放松。感谢老师的教导，这是我受益终身的财富和勇往直前的精神力量。”

吴劲

2016 届毕业的博士生吴劲跟着滕彦国读了六年的书。硕博六年，两千多个难忘的日夜。在毕业一年多之后回想起导师滕彦国，吴劲依旧有说不完道不尽的感谢：“作为导师，在教育和培养学生方面，滕老师倡导的是身教胜于言传，以身作则的教育培养理念。记得我在攻读研究生期间，刚开始的时候科研作风浮躁，急功近利，还很懒散。滕老师发现之后，并没有直接批评我，而是让我和他在一个办公室学习。刚开始，我感到受宠若惊，很开心。慢慢地，我发现，滕老师每天来的比我早，回的比我晚，这让我自惭形秽。于是下决心，从作息习惯做起，改变自己的科研作风，从‘要么来的比滕老师早，要么比滕老师回的晚’变成‘去的比滕老师稍早，回的比滕老师稍晚’”。

在学生科研指导方面，滕彦国非常尊重学生自身兴趣，总是强调科研学习要“兴趣为先，自由探索”。同时，他还教导学生要有大局意识、全局观念，要重视自身综合能力、统筹能力的训练和学习。

瞿攀

2014 级硕士生瞿攀说：“在科研动态汇报会上，滕老师会要求学生轮流担当汇报主持人，他说这样不仅能锻炼学生的科研能力，还能提升学生的交流、组织和统筹能力。即使再忙，老师都会尽力参与学生们的科研动态汇报会，并详细记录每个人的学术进展情况。如果有的学生松懈了，老师会拿出以前的会议记录，让我们对照曾经制定过的学习计划，思考、总结问题出现的原因、可能的解决方法等。”在学生们看来，这种看似委婉的督促方式，要比劈头盖脸的批评，来得更为有效。

滕彦国作为师者的责任意识并不单单体现在对学生们的学术训练和培养上，他也十分关心每个学生的生活。他还会细心地去了解、体察每一位学生的思想动态、心理状况，及时掌握学生心理活动，适时疏解学生心理压力。

李娇

2014 级博士生李娇说："我读博期间，曾一度迷茫过，甚至想要放弃。而滕老师却像亲人、朋友一样，对我耐心疏导，鼓励我要放下包袱、大胆探索、积极尝试、努力实践，给了我最为有力的精神激励和学术引导。我今年已经顺利毕业了，在这里，我要真诚地向滕老师表示我最为衷心的感谢。"

3
安全无小事，躬行出真知

实地野外调研考察是地质工程工科学科绕不开的一个必要环节。滕彦国在大学毕业硕士研究生尚未入学时，便开启了第一次的野外地质调查研究工作。"在川西高原的深山中，与学校老师、地质队员、当地村民共住一个大帐篷，一个大通铺，泡菜、腊肉、山泉水，朝七晚六的野外化探取样及物探测量工作，身体疲惫但乐在其中。"

而正是这次野外工作中，发生了两件对滕彦国将来指导学生科研和野外工作有重要影响的"小事"。一件事是，在进行岩石的 γ 能谱测量中，滕彦国是负责携带仪器探头并对准岩石露头的探测和记录工作的。在一次测量中，滕彦国随手将用于记录的 HB 铅笔笔尖朝上插在了衬衫的口袋里，一名同行老师看到后立即提醒他说："铅笔不能这样随意放，在这样的高山密林里穿梭，很容易掉落，即使不会掉落，在上山时也容易戳伤自己"。

还有一件事，滕彦国为了尽快完成野外工作任务，和队友擅作主张晚回驻地。有一天在进行野外化探取样时，想着一条剖面还有几个点就可以完成，于是和队友擅做主张，一直工作到晚上七点才往驻地赶。回到驻地已经八点多，此时的野外纵然繁星满天也照不明繁林叠嶂。饭后，一名老师找到滕彦国，面色凝重地说："以后工作，无论进展如何，六点前必须回到驻地，这里大部分地区山高林密，晚上非常危险，工作任务根据实际进展可以调整，万一出现意外，后悔都来不及。"

安全无小事，滕彦国现今回想，依旧对这两段话感念在心。工作以后，在多次的野外调查与勘测中，作为老师，滕彦国也时时不忘叮嘱随行的同学们一定要精心准备、注意细节、认真工作，在保障安全的前提下顺利完成各项任务。

滕彦国高度重视学生野外实践安全并常常亲力亲为，到实验现场指导学生开展科研实践的传统是师门内无人不知的。据 2014 级博士生李娇回忆道："2015 年 5 月，滕老师带着课题组学生前往松花江流域五常市傍河取水试验基地开展野外实验。从地质勘查、水文调研、野外打井再到抽水试验，滕老师都亲力亲为，与学生们一起奋战。尤其是做抽水试验的时候，每天早上四五点钟起床，和学生们一起坐着皮卡车，顺着极其颠簸的小道进入野外试验场地。伴着蒙蒙小雨，滕老师一边提醒学生注意安全，一边安排分工并亲身示范，带领大家开展各类实验。他不拘小节，中午和学生们一起在附近的农户家中随便吃些饭后，继续试验，一直到很晚才能回去，有时到宾馆后已经晚上九点多了，第二天四点多又得起来。一连十多天，各类试验顺利完成。虽然每天风吹日晒、起早贪黑，但滕老师每天坚持和学生们在一起。"

4
心向往之，便终身践之

2006—2016 年，十年不过须臾，但成就却经得起时间的打磨和洗礼。作为水科学研究院地下水科学与工程系主任，滕彦国与地下水科学与工程系的老师们一同努力，不断前进。亲身践行证实"团结就是力量，合作创造奇迹"。这十年，从第一个实验室的建成，第一个野外基地的运行到第一个省部级平台的获得，都是滕彦国团队共同奋斗的结果。

为保障饮用水安全，为环境污染应急处置，他们奋战在四川汶川灾区、福建东南沿海、北京平原山区、东北白山黑水、西南崇山峻岭，西北戈壁荒漠。这一山一水一城一池之间的往返奔波铸就了强有力的地下水科学与工程研究创新团队，真正做到了把文章谱写在祖国的大地上，将精神弘扬在学者的心间。而滕彦国也用其二十多年的学习与工作印证了那句话：兴之所至，心之所安；心向往之，便亲践之。

寄语北师大 115 周年校庆和青年学子

希望学校以 115 周年校庆为契机，不断深化改革，不断开拓创新，早日把我校建成京师风范、中国特色、世界一流大学！

希望广大青年学子，秉承学为人师、行为世范的校训精神，继承和发扬北师大的优良传统和宝贵的师大精神，在全面建成小康社会，实现中华民族伟大复兴的征程中，用你们的知识和汗水，挥洒你们的青春和激情，创造你们的辉煌！

（王娟　张盼　李安诺）

扫描二维码即可阅读全文

董卫华："最强大脑"幕后 BOSS，地理空间认知领跑者

推送时间：2017 年 08 月 23 日

"我们希望不仅引领国内地理空间认知的基础性实验研究，而且在国际上有中国的声音。"

"《最强大脑》栏目组给不给资金支持，我们都会做，将地理空间认知的基础性研究成果科普化、大众化。"

"如果说个人努力所取得的成绩是加法运算，那么团队协作所产生的成绩则是乘法运算。"

——董卫华

人物卡片

董卫华：地理科学学部教授，博士生导师，地理学院副院长。长期从事地理信息科学空间认知的基础性研究工作。2011 年入选"北京市科技新星计划(B 类)"，2011 年获"北京市科学技术奖（三等奖)"，2015 年获得"全国青年地理科技奖"。2012 年、2014 年两次荣获"北京师范大学京师英才"一等奖，2013 年、2014 年两次荣获"北京师范大学十佳辅导员"称号。讲授本科生课程数字地图制图原理及应用、3S 综合实习（野外实习），研究生学位基础课程地理信息系统分析与应用、地理信息科学。

人物事迹

2008 年入职以来，已经承担国家 973、863、国家科技支撑项目、国家自然科学基金等课题十余项，以第一作者（或通讯作者）发表 SCI/SSCI/EI 等 30 余篇，出版专著 3 部。于 2016 年与江苏卫视《最强大脑》合作，成为“一眼辨山”出题者。他所在研究团队在以眼动跟踪技术为基础的地图视觉认知领域进行了多年探索，积累了较为丰富的研究经验，研究成果得到国际国内同行的一致认可。团队与领域内的国内外同行保持密切交流，团队成员赴美国、德国和奥地利等地进行访学、交流和联合培养等。研究团队与德国慕尼黑工业大学联合组建了地理空间认知与可视分析研究中心，由董卫华教授和德国科学院院士孟立秋教授联合担任研究中心主任，旨在进一步推动地理信息科学空间认知研究的发展。

1
实验室从 0 到 1，创新永无止境

2008 年，毕业于武汉大学的董卫华入职北京师范大学，随后到香港理工大学、瑞士苏黎世大学等多地访学。在此过程中，董卫华道：“从科研的角度来说，我其实一直在思考如何把人类空间认知研究，包括心理学、认知神经科学融合到地理学当中去，解决地理学的基础性科学问题。”这实际上也是地理空间认知的重要内容，以地理学和地理信息科学为基础，引入认知心理学和认知神经科学实验手段和方法的交叉性研究。

实验室承担的教学与人才培养

这种交叉性学术研究让董卫华成为地理空间认知的领跑者。在国内，董卫华及其研究团队引领用眼动跟踪技术来进行空间认知研究的方向。2016 年，在中国 GIS 理论与方法年会上，董卫华发起了眼动跟踪与空间认知的专题研讨。在国际上，用眼动跟踪技术做空间认知研究的团队并不多。研究团体相对集中，大多是一些精英小分队。“比如，美国加州大学圣芭芭拉分校地理系的空间思维研究中心和我们相似，是把地理学、心理学以及认知神经科学结合起来研究的。”

交叉性学术思想也是董卫华组建地理空间认知与空间思维实验室的重要思

想基础。董卫华在北京师范大学率先建立了地理空间认知与空间思维实验室。“空间认知既是心理学的重要研究内容，也是地理学与地图学的基础研究问题，国内对此方面研究不足。实验室是在我来到北京师范大学之后，带着团队人员逐步构建起来的。”

针对实验室设备，董卫华说：“空间认知实验仪器，除了大型项目需要到心理学院借设备以外，一般的实验在实验室内就能完成操作。”实验室的设备既能在室内检测地理空间认知能力，也能在真实环境如野外考察中看人们如何进行导航、确定方位与方向及如何识别地表要素和空间表达。更进一步的是，它还能构建虚拟环境，对无法实地开展的野外研究进行虚拟建模以达到探测目的。“这就是把室内与室外、真实与虚拟结合在一起。我们团队就是在此基础上从事地理信息的空间认知等方面的内容研究，包括定位、定向及空间可视化等。”

2017 年 1 月，在地理空间认知与空间思维实验室的基础上，目前国内唯一的专门针对空间认知研究的地理空间认知与可视分析研究中心在北京师范大学成立，由董卫华教授和德国孟立秋院士担任主任。“目前在国家基金委和德国基金委有联合项目申报，双方团队也在共同发表文章，共同来构建合作平台。”对于此，董卫华希望：“它不仅可以引领国内地理空间认知方向，而且能在国际上有中国声音。”

董卫华及其团队致力于地理空间认知研究，这不仅对学术界具有重大意义，而且通过定量研究揭示出普通大众的空间定位能力通过训练能够得以提升。董卫华团队将地理专业与非地理专业进行对比研究，发现学过一两年地理学专业的学生在空间能力方面明显优于其他非地理学专业的学生。董卫华提到：“有的学生在入学时是个路痴，经过大学四年的地理学课程学习与野外实践，其空间定位定向能力显著提高。”

谈及实验室目前的研究方向，董卫华说：“我一直想了解人的视觉和大脑是如何理解地理信息的，就想把人眼、大脑综合起来研究从而揭示规律。眼动跟踪技术是依据测量眼球位置与眼球运动的信息来进行的，逐渐成为我进行地理空间认知研究的技术基础。”关于实验室下一步的计划，董卫华坦言：“我们将深入目前所做研究，进一步揭示大脑的空间推理、空间思维过程。”

2

成果丰硕：从“翱翔计划”到“一眼辨山”

地理空间认知与空间思维实验室成立以来，不仅成为“翱翔计划”的“宝地”，而且是江苏卫视《最强大脑》中“一眼辨山”的发源之地。

“翱翔计划”是北京青少年科技创新学院的特色课程，采取中学与大学联合培养的方式。北京师范大学地理空间认知与可视分析中心是北京市青少年地理组的学习圣地。

从2012年开始，每年来北京师范大学的中学生大概20名左右，2017年已经是第五批了。“他们来自不同的学校，唯一的共同点就是对地理感兴趣。他们定期来这边进行学习，通过学习，有几个同学会选择我们实验室作为其定点方向。‘翱翔计划’有个特点，最后需要答辩，要求完成一个课题。他们可以根据我们这边的研究来确定他们的课题。”据董卫华回忆：“有学生课题答辩之后，希望报考北京师范大学地理科学。”

董卫华与江苏卫视《最强大脑》栏目开始合作的时间是2016年6月，他和团队仔细推敲后推出“一眼辨山”。所谓“一眼辨山”，是指让挑战选手通过庐山实景照片找出等高线地形图上的观察点与观察角度。“我们出题一是想研究等高线地形图如何抽象表达现实世界，二是想考察人的地理空间定位、定向、空间旋转匹配和空间运算推理的能力。”

董卫华坦言：“虽然在接到《最强大脑》邀请之前，就一直从事地理空间认知领域研究。但在酝酿‘一眼辨山’的过程中依然遇到很多问题，比如数据问题、软件问题、野外考察问题。半年之内，既要前往庐山考察，还要设计一套专家选题、选手答题、后台控制等功能于一身的系统，感到压力很大。但这是在以前的地理学科中没有的，这点让我们感到欣喜，而且还具有科普价值。”于是，当时我就和小组成员说：“《最强大脑》栏目组给不给资金支持，我们都要做，将地理空间认知的基础性研究成果科普化、大众化。”

通过努力，最终做出来的节目达到预期效果。节目播出后，反响非凡。在2017年1月13日播出，收视率达1. 2%，几天之后，网络点击率高达一两千万，受到全国的广泛关注。

董卫华还收到北京师范大学二附中的邀请，承担2017年5月二附中科技文化节的地理项目。而此次出题，就是在“一眼辨山”的基础上进行简化，来考察学生的地表空间感知能力。“一眼辨山”所取得的科普效果不仅赢得国人支持，而且还得到德国科学院孟立秋院士的认可。他在德国慕尼黑工业先进技术研究院作报告时引用了董卫华团队在“一眼辨山”节目中的研究成果。

对于“一眼辨山”的意义，董卫华认为，这不仅使地理学被认可，而且有利于提升人类空间认知与思维能力，从而针对性地开展科研训练。通过《最强大脑》媒体平台的传播，进一步推进了地理科学科研成果的科普化、大众化。

科普的意义是让大家重视地图这种基本工具的使用，而不只是被动地认知。关于为何“一眼辨山”是重要的科普，董卫华说：“第一，人类很早就用抽象符号来表示周边环境。要让人正常地识别这些符号，就需要加强这方面的训练；第二，中国在这方面的科普与国外相比还较薄弱。强调读图、用图的重要性，代表着对人的空间能力的重视，我们从小就要训练这种能力。”谈到人的基本空间能力，董卫华认为：“地理专业的人如果不能通过地图确定位置、辨别方向、识别真实环境，就无法进行野外考察，空间认知能力影响到人的生存。”

3
团队协作：从加法运算到乘法运算

董卫华团队所取得的成就离不开团队协作，无论是“实验室从0到1”“翱翔计划”还是“一眼辨山”，都不得不提到董卫华对团队建设的重视。除了每周必开、每人必发言、发言必提意见的例行组会外，董卫华还特别重视科研团队的建设。“第一，我们构成一个团队，大家并肩学习进步；第二，团队里老带新的传统、对应的合作小组，让新加入的同学能很快融入。”董卫华还说：“团队建设不是单纯的把几个人凑到一块，而是把本硕博当成团队来做。如果说个人努力所取得的成绩是加法运算，而本硕博团队协作所取得的成绩实际上是乘法运算。”

正是在乘法运算中，团队成员专业知识变得更加扎实。而这扎实的专业知识是研究的重要基础，正如董卫华所言：“需要多学科的融合，既需要广，也需要深。将扎实学识融会贯通，解决地理学所关心的空间思维问题。”而多学科的融合，涉及心理学方面的内容，“比如导航地图认知实验时，就需要研究地图如何设计的问题。在设计实验的时候，还需要看是否符合心理学实验设计规范，要借助心理学来为地理学服务，这时候不懂心理学是不行的，心理学知识必须认真学。”因此，董卫华会引导学生在选课的时候，加入心理学、统计学、数学、脑认知等方面课程，并通过小组例会的形式共同学习。通过这种乘法运算，“共同补课”。

董卫华所带领的团体不仅与德国慕尼黑大学有合作，而且与北京师范大学脑认知国家重点实验室的老师们也有密切配合。在国际、国内合作中，董卫华及其团队的科研水平也在不断提升。

4
培养学生：从班主任到导师

董卫华不管是当班主任还是做导师，对学生都尽职尽责。从 2011 年到 2015 年担任本科班主任，这期间他常进男生宿舍聊天，组织班级活动，拓展科研方面的训练，提升学生适应能力。董卫华说："大一过后，绝大部分学生能适应，但也存在感情、生活上有困难的学生。需要给予重点帮助，在学生有困难的时候老师要陪在身边。"曾经有一名同学因家境贫困而产生自卑情绪，后经董卫华的引导和鼓励，重拾信心。不仅保送清华大学，后来还出国留学。

2011 年，董卫华招收第一批硕士生。除团队乘法运算之外，"启发思考""刺激好奇"和"科研训练"这三个关键词，也是董卫华对自己学生培养思路的总结。"我比较尊重学生的思维方式，继而启发他们对问题的思考。"董卫华认为："如果学生怀着浓烈的好奇心做科研，会更有意义。如果缺少好奇心，对于长期做基础研究是不利的。我要刺激这种好奇心，让学生深入思考问题。只有这样，再加上严格科研训练，才能培养出一流科研人才。"

寄语北师大和青年学子

作为党员老师，首先要认真践行"四有"好老师的标准，培养一流人才。另外，要瞄准世界一流，在北师大建设"双一流"过程中做出贡献。

（王娟　周明婷　马赛男）

扫描二维码即可阅读全文

周良书：争取不给学生丢人

推送时间：2017 年 09 月 07 日

“一个头脑受过训练的人，看一件事总是以批判和客观的态度。他不容许偏见和个人的利益来影响他的判断和左右他的观点。他一直是好奇的，但绝对不会轻信于人。”

——寄语青年学子

人物卡片

周良书，法学博士，马克思主义学院副院长，教授，博士生导师。主要从事中共党史、大学校史、执政党建设研究。北京大钊学社副社长，2011 年入选北京市社科理论人才“百人工程”，被评为全国高校思想政治理论课教师 2016 年度影响力人物。迄今培养的硕士生、博士生、博士后及访问学者达 30 余人。

主要事迹

在《哲学研究》、《马克思主义研究》、《当代中国史研究》、《党的文献》、《北京师范大学学报》（社会科学版）、《中国高校社会科学》上发表学术论文 90

余篇。出版《中共高校党建史（1921—1949）》《邓小平与中共历史学》《中国高校辅导员工作史论》《20 世纪以来中国传统文化演变的历史考察》等多部著作。曾获安徽省哲学社会科学优秀成果一等奖（合作），并主持“中国高校共产党建设史（1921—1949）”“中国共产党高校党建史研究（1949—1978）”两项国家社会科学基金项目和多项省（部）级课题。2017 年“新形势下党中央重塑党内政治生态的价值取向、宏观思路和基本策略研究”课题获国家社科基金重点项目立项。

1
苦中有乐道，但使愿无违

周良书之前学的是社会学，但他的老师告诉他，如果不会写文章，就去看看《毛泽东选集》，于是周良书就认认真真地把四卷本的《毛选》反复看了好几遍，也是在这个过程中，原本就对历史感兴趣的他开始确定自己的研究方向。“我到现在都还保留着大学时期买的那套《毛选》，虽然已被翻烂了，但我会一直留着它作为纪念。”

提及他的学术成果，周良书显得格外平静，“谈不上什么成果，就是一些‘课堂作业’吧。”这些收获的背后则是日复一日的付出。他的 2016 级硕士生回忆道：“还记得去年寒假与同门一起去老师的书房跟老师道别，打开门，眼前的一幕让我们有些触动。陈旧的屋子里，暖气管已经有些老化了，周老师身上裹着厚厚的羽绒服，不畏寒冷地沉浸在书海中。”

科研之路虽然充满艰辛，但在周良书看来却是一种享受。周良书 2014 级的硕士生告诉我们：“平日里只要没有工作，周老师就会待在自己的小书房里，看看书，写点东西，而这一待常常就是一整天，有时候他甚至会忘记还有吃饭这件事。相比于其他同龄人，周老师显得更加稳重，这大概与他的读书生活有关。周老师一直对传统文化比较感兴趣，还在大学期间他就经常通过写诗来直抒胸臆，谈到与历史有关的古典书籍更是整个人都变得兴奋起来。我们都很难想象：平日里性格较为内敛的周老师，在自己的小书房里看着电脑桌面上自己列出的选题竟会高兴得手舞足蹈。”

对学术的热忱和投入，让周良书在家庭生活中显得有些“缺位”。夫人有时会“抱怨”他陪孩子的时间太少。对此，周良书的心情很复杂，“我认为，在孩子的成长过程中，父亲的身教言传也很重要。所以，我跟夫人解释：晋代的谢安说，‘我常自教儿’。你看北京的冬天很冷，可是每天孩子一睁眼，父亲早已去学校了，每天晚上，孩子要睡觉了，看见父亲十分疲惫地回到家，她会明白，父亲是在很认真地工作，这对她也是一种教育，一种潜移默化的影响。”一直以来，周良书都希望给家人和他的学生树立一个认真做事的形象。在他看来，这个世界上没有那么多的好运气，事业和人生都要靠自己的踏实和勤奋来书写。

在学生的心里，周良书有着诗人般的情怀。2016 年 8 月底，张静如先生去世，9 月份在给研一新生上的第一节专业课上，周良书选择用专题的形式给学生们讲张静如先生的学术思想。回忆起那节课，周良书 2016 级的硕士生至今印象深刻：“在那节课上老师与我们分享了他为先生写的一篇悼文，文章有千余字，并且全由古文撰写而成，老师的语调看似平和却饱含深情。不禁让人感慨，得有怎样的古文功底才能写出这样真切而又充满悲情的文字？”

2
人生有幸，得遇良师

时常有人问周良书，为什么要这么辛苦呢？说到这里，周良书沉默了片刻，“我知道我的身上是有责任的。”多年前的一个午后，周良书去硕士生导师王先俊家道别。屋子里，周良书与恩师及其儿子围坐在一起。当着周良书的面，王老师对他的儿子说，“目前我的学生中，在学术方面，良书将来要超越我。”听到老师这句话，周良书有些诚惶诚恐，之后每每想起老师的这句话，他都久久不能平静。但他明白，自己所能做的就是用一生的时间去努力。

“这些年来，老师的话一直鞭策着我，所以无论什么时候，我都不敢懈怠，更不敢瞎胡闹。”也是从那时起，周良书才切身感受到一个好老师是可以影响学生一生的，每每想到这里，他都觉得自己的肩上也有着重重的责任。

2004 年，周良书有幸来到北师大追随党史大家——张静如先生攻读博士学位。谈到已故的这位恩师，周良书的声音有些低沉，“要说做学问，在我们这个圈子里没有人不知道张先生，跟着先生读书，感触更多的还是在做人方面。”对于学生，先生总是尽心尽力。也许他不会每天都给学生打电话，但是每个学生的活动轨迹，他总是十分清楚，学生遇到困难，他从来都是倾尽全力。

如今，距张静如先生去世已有一年时间了，周良书还是会时常想起老师对他的教导。“我常常想着，先生还没有做完的事情，我们这些学生可以接着去做一做，我们做不完的，可以让我们的学生接着做下去。曾国藩说：‘办大事者，以多选替手为第一义。’我虽然办不成什么大事，但如果能够找到一两位合适的学生把先生为我开辟的研究方向接续下去，这就算是一件很好的事情了。”

从教十几年，每年都要上讲台，但周良书依然觉得战战兢兢，责任重大。“上场当念下场时”，从第一天站上讲台，他就会想，这是一个开始，但终有一天他会离开讲台。等到那一天到来，他的学生，他的同事又会如何评价他？他们又将以怎样的方式送别他？每每想到这里，他都会更加珍惜每一次走上讲台的机会，也会对教师这个职业多一些敬畏。对他而言，这也是一种约束。

3
我跟学生们有个约定

除了静静地读书与思考，周良书最喜欢的就是与学生们在一起。周良书坦言，带学生的这些年，他时常感到快乐和温暖。学生的信任与成长，都给予他继续前行的力量。他觉得，老师都是从学生时代走过来的，最应该理解学生的难处，等到有一天学生也成为了老师，他们也就能真正体会到老师的不易。

在周良书看来，教师也需要不断成长。学生不断提出问题，而老师在面对和解决问题的同时也是在锻炼自己。因此，要感谢学生帮助自己成长。说到平日里对学生的专业指导，周良书说：“我一直都强调‘指导教师要多下水’，教学生游泳，自己站在岸上是不行的，作为指导教师一定要先下水游几圈给学生看看，这样才能真正起到亲身示范的作用。”

谈到与学生们的共同成长，周良书笑着眯了眯眼，“这些年来，我与我的学生们一直有个约定。他们每个人刚来，我都会告诉他们：‘老师跟你们保证，我会好好干，争取不给你们丢人，争取不会让别人在说起你们的老师时让你们觉得脸上无光，羞于启齿。如果有一天，你们发现我写了不好的文章，做了不好的事情，你们可以指责我，甚至可以直接打电话来骂我。但你们也要答应老师，好好读书，与人为善，凡事多谦让，不给老师丢人。’这算是我们师徒之间的一个约定吧。”

而这样的约定，在周良书的学生心里，早已化为一种前行的动力。周良书2015 级的硕士生感慨：“每当我们觉得身心疲惫，有些迷茫，想想刚来时周老师对我们说过的话，心里就会觉得十分温暖，充满力量。后来才知道，原来每一届新生报到和毕业生离校之际，老师都会叮嘱一次，而这样的约定也从不因毕业离校发生终止。”

4
自己做不到的，又有什么资格要求学生做到

问及对学生的培养，周良书低头沉思，“总的来说，我对我的学生还是十分严格的。”

对此，周良书的学生深有体会，“周老师常对我们说：你们跟着我读书，不要指望我会偏袒你们。相反，要是你们毕业论文写不好，我肯定是第一个站出来不让你们通过的人。你们若是与其他同学发生矛盾，到我这里诉苦，我肯定也不会一味护你们。”

面对周良书一贯的高标准和严要求，刚开始，学生中也有不太理解老师的。“老师不都应该是更加偏袒自己的学生嘛，怎么还会有老师不让自己学生的论文通过？难道老师就不担心自己的学生受委屈吗？”

面对学生们的种种疑问，周良书从来都是用行动去回答。在朝夕相处中，学生们也渐渐开始明白：“平日里，尽管周老师总是十分严格，但他对我们提出的任何一个要求，他从来都是以更高的标准去要求自己的。”周良书说：“自己做不到的，又有什么资格去要求学生做到呢？”

周良书 2015 级的一位博士生对周良书指导论文的经历记忆尤深。“有一次，我把自己写好的论文拿给周老师看，没想到被老师一顿狠批。当时心里有些委屈，文章明明是我十分用心写的，怎么到老师这就如此不堪，老师是不是太过苛刻了？带着这样的困惑，我十分沮丧地就走了。第二天一大早，我竟收到周老师发来的邮件，里面是论文的修改稿。每一个修改的部分，他都用红色单独标注出来了，看到文档上密密麻麻的红体字，我感到十分震撼。看了老师逐字推敲的修改稿才真切体悟到老师的用心良苦。一看发件时间，凌晨三点半。我当时怀着十分复杂的心情给老师回了一个邮件：“老师，我保证再也不会让您有下一个凌晨三点半。”

每个老师都有自己带学生的风格，聊到与学生们的相处，周良书的话也开始变得多起来。在他看来，对于师生关系的确定，无论是老师还是学生都没有太大的选择性，这也决定了老师带的学生是多种多样的：积极性、兴趣点、包括男女性别都有差异。在周良书的心里，每个学生都是独一无二的。作为老师，他最深的体会就是有教无类。周良书从不会将学生进行横向的比较，而是密切关注每个学生自身的成长。“只要你进步了，老师就一定能看得到。”这是周良

书常跟学生说的一句话。

“学生中有一点就透的，说一说就可以一直走下去；有说一段走一段的，所以每一段我都得讲一讲；也有拉着走，赶着走，带起来较为困难的，但我都没有放弃过。”说到这里，周良书的嘴角微微上扬。在他的观念中，既然学校和家长把孩子交给了他，他就有责任带着学生一起走好这段路。

之所以能做到因材施教，缘于周良书平日里对学生的细微观察和关爱。但他对学生的关爱从来都不是挂在嘴边而是放在心底的。

周良书2014级的硕士生告诉我们：“老师平时工作很忙，见面时也不会主动问我们太多，但我们的近况，他都了然于心，我们的喜怒哀乐，他也看在眼里。我记得周老师多次讲过的一个场景：一个清晨，周老师上班路上无意间看见一个学生因为毕业论文，站在一棵梧桐树下愁眉紧锁，周老师的心里十分难受。转眼间，学生们都陆续毕业，但在老师的心里，他们却不曾走远。”

带的学生逐渐多了起来，也有让周良书操心的，但这从不影响他与学生之间的感情，反而会成为一种无尽的牵挂。对于老师说过的话，周良书的一位学生至今印象深刻：“周老师一直不太放心我们的一位师哥，但他又不习惯直接表达关心。他对师哥说：‘以后不管你走到哪里，老师有时间都会去看看，去你工作的地方看看，去你的家里看看，只有看到你工作顺利，家庭幸福，老师才会放心。’我至今还记得那个全场静默的时刻，所有的人都被老师的话感动了。即使我们总要离开，但只要想到老师还在牵挂着你，就会倍感温暖。”

在学生形塑三观，成长发展的关键时期，导师就像是大海航行中那座可以遥望的灯塔。作为导师，周良书总是想尽可能地给学生们传递更多的正能量。他也知道，目前社会上的确存在一些不好的现象，学生在成长的过程中也会遇到各种各样的挫折。他常告诉学生，每一天都是由黑白交替的，黑夜来临我们就闭眼休息，积蓄能量，等到白天到来，我们就珍惜时光，认真做事，何必去想那些不愉快的事呢？说到这里，周良书诙谐一笑：“用当下时髦的说法，我这大概就是所谓的挫折教育吧。”

“上学期我十分用心地写了一篇文章想要投出去发表了，没想到一直被拒，心里实在是觉得郁闷和沮丧，就跑去找老师倾诉。但是老师拉开自己书桌的抽屉跟我说：‘你们平日里会听到老师又发出来一篇文章，却从不知道在老师的抽屉里还有八九篇文章是没有发出去的，人生哪有那么多的一帆风顺呢。但是不管结果怎样，你都要认真做好自己该做的事。只问耕耘，不问收获，总会有水到渠成的那一天。’”周良书2016级的硕士生回忆道。

5
虽不能至，然心向往之

从教多年，周良书有做学问和育人两方面理想。在做学问方面，周良书希望将来能够留下一点自己的文字。社会科学研究的时效性太强，很多文字都是难以留存的。而他的理想就是尽可能写出一些经得起历史检验的文字，希望20年后的自己再看到今天写的东西不会觉得脸红，对得起自己的努力就好。

在育人方面，周良书希望自己能尽可能多地培养学生，尤其是培养出超越自己的学生。这些年来，“钱学森之问”常被人提及，引发人们对中国整个教育制度的各方面思考，但周良书却常跟他的学生聊起另一个较少被提及的故事，那就是“苏步青效应”。有一次，苏先生在接见自己的学生时说：“人家都说‘名师出高徒’，我看还是‘高徒捧名师’。我自己并没有什么了不起的地方，倒是你们出名了，把我捧出了名。但是，我要说，有一点你们还没有超过我，那就是我培养了一代像你们这样出色的数学家，而你们还没有培养出超过自己的学生。”

说到这里，周良书的神情有些严肃：“这个问题对我们北京师范大学来说，更加值得思考。青出于蓝而胜于蓝，为什么我们很难培养出超过自己的学生，尤其是在人文社会科学领域。只有学生超过老师，学术才能不断得到发扬。这大概是作为一个老师最值得骄傲的事情，而这种超越也不会遭到老师的嫉妒，或许这也是作为师者最伟大的地方。”

采访临近尾声，周良书说：“当然，今天我说的话，或许有些高标准，有些理想状态了，我说这些并不代表我自己都能做到，只能说‘心向往之’吧。我总觉得，别人能做好的，只要自己努力，也可以去做好。另外，人生不是一帆风顺的，谁都会有一些烦恼，但我们总要学会乐观。”说到这里，他又爽朗地笑了起来。

寄语北师大

京师学堂，上善乐育，
躬耕励耘，晨曦本为载光曜。
木铎金声，两泽相丽，
以友辅仁，立身方可行大道。

（王娟　沈珊珊）

扫描二维码即可阅读全文

夏星辉：星火辉光照亮环保之路

推送时间：2017 年 09 月 20 日

师小萱语：

她是中国环境学科一名优雅的“科学匠人”；

她强调做科研最重要的品质是脚踏实地；

她奔波在祖国的大江大河间，耕耘在教学科研第一线；

她用星火辉光照亮环保之路。

人物卡片

夏星辉，环境学院教授，国家杰出青年基金获得者，教育部“长江学者奖励计划”特聘教授，曾入选“教育部新世纪优秀人才支持计划”和“科技北京百名领军人才培养工程”，2015 年获茅以升北京青年科技奖，2016 年获中国青年科技奖。主要从事流域水环境研究，重点研究水－沙－污染物/碳氮等营养元素的相互作用以及污染物的形态和生物有效性。主持国家“973”课题、国家自然科学基金重点项目和面上项目以及国际合作项目等 20 余项。曾以第一完成人获国家自然科学二等奖，同时还获国家科技进步二等奖，北京市自然科学一等奖，教育部自然科学一等奖和科技进步一等奖等奖项。以第一/通讯作者发表SCI论文80余篇，其中《环境科学与技术》等TOP刊物论文36篇。

1
做科研最重要的品质就是脚踏实地

提起科学家，我们往往会想到什么？戴着一副度数不低的眼镜，不苟言笑，而且，似乎总是男性居多。然而夏星辉，她是不同的。

作为一名环境专业的学生记者，我不仅有幸听她的课，还拥有很多与她面对面交谈的机会，我被她深深吸引。她思维很快，表述清晰，却也不会带给你紧张感，甚至她总是会为你考虑得更周到些。她身材中等，一头的短卷发，说话时嘴角总噙着一抹微笑，语速适当，优雅又温柔。在提到自己的成果时，她的眼睛里是满满的欣喜与自豪；提起对待学术的态度，理性和踏实是她强调的重点；回忆起自己的求学经历，她的言语间充满感恩。她的身上，是知识沉淀下的优雅和阅历带来的从容。

在2015年国家自然科学奖评选中，夏星辉以第一完成人的身份获得二等奖。她说，“我只是热爱科研，每每看到成果出来，总能给我莫大的鼓励。”这就是夏星辉，中国环境学科一名优雅的“科学匠人”。

作为一名科学工作者，她十分理性。“我认为做科研最重要的品质就是脚踏实地。”在采访的过程中，夏星辉多次提到这句话。

国家杰出青年基金获得者，教育部“长江学者奖励计划”特聘教授，曾入选“教育部新世纪优秀人才支持计划”和“科技北京百名领军人才培养工程”，2015年茅以升北京青年科技奖获得者，2016年中国青年科技奖获得者……她用这份漂亮的履历告诉我们，在科研的道路上从来没有捷径，只有脚踏实地，才能一步步迈向科研的高峰。

无论是在课堂上，还是在野外采样的过程中，她总是寻求解决问题的最佳方法，并在遇到困难时理性思考问题的来由，将挫折变成科研过程中的宝贵经历。

在一次采集水库沉积物样品的过程中，科研小组租了一辆体积较大的客船，当时水面上风平浪静，干扰较小，但大家却始终无法使船在采样点稳定住，这样就很难采到需要的沉积物样品。一直拿着采样仪器的男生累得满头大汗，大家刚刚来到野外时还是欢欣愉悦，后来就变得垂头丧气起来。见此情景，夏星辉便建议大家不要急躁，应该积极思考，找出原因。终于，同学们发现由于船体积过大，而且配备的是自动引擎，即使在无风的水面，位置也难以固定住。于是，大家当即决定换成一艘手动控制的小船，终于成功稳定在采样点，采到了实验所需的样品。

夏星辉后来常常在自己的课堂上提起这件事。她语重心长地告诉学生们，在科研上遇到困难要善于思考，不要畏惧退缩。

这只是夏星辉科研过程中的一件极小的事，但却从一个侧面折射出她对待科学研究一贯秉持的理性认真、严谨求实的治学精神。

夏星辉和团队获得国家自然科学二等奖的课题是“流域水沙条件对水质的影响过程及机理”，这一课题在环境生态领域一直少有人问津，但在夏星辉眼里，却是她认定一定要做好的大问题。在采访过程中她这样说道，“我不会追求国际研究的热点问题，而是更关注当前实际存在的环境问题，只要存在，其背后隐藏的科学问题就值得我去研究”。

世界上许多河流具有高泥沙含量的特征，我国尤为突出，黄河就以多泥沙著称，但目前现行地表水质量标准、水质监测规范以及水污染防治技术不适用于高含沙河流，严重影响流域水环境管理决策。因此，夏星辉团队针对这一国家重大需求，以我国河流的主要污染物（耗氧性有机污染物、有毒有机污染物、含氮化合物和重金属）为研究对象，以黄河、长江和海河为研究重点，阐明了泥沙对污染物迁移转化过程的影响，揭示了泥沙对水质的影响机理，剖析了泥沙对水质评价的影响，取得了开拓性和系统性的创新性成果，共发表了 SCI 论文 110 篇，8 篇代表性论文总他引 900 余次。成果受到了国际上的广泛关注、肯定和高度评价。

2
为学生播撒知识的种子

“当看到学生在各自的工作岗位上施展才华，取得优异成绩，实现人生价值时，曾经是他们导师的我真的感到无比高兴。”在第三十二届教师节表彰大会上获得表彰时，夏星辉这样说道。

脚踏实地，不仅如此要求自己，同样的，夏星辉也如此要求学生。她提到了自己教学育人的方式方法，“我非常愿意指导本科生做科研项目，通常会让本科生和研究生一起开组会，鼓励他们在本科期间培养较好的科研素养，这也是我作为北师大教师该做的事。”

对于有志做科研的同学，夏星辉总是悉心教导。她说：“首先一定要打好专业理论基础，然后是要积极培养自己的实验技能，并在日常学习和科研中锻炼逻辑思维，最重要也是最容易忽略的是锻炼文字概括能力和写作能力，这样才能做出好的成果并将它完整准确地描述出来。”

而夏星辉的课堂上也总是坐得满满当当，每个学生都聚精会神地认真听讲。她的学生这样评价她：“夏老师讲课时语速不紧不慢，对我们像邻家姐姐一样平易近人，像慈祥母亲一样细心呵护。作为一名优秀教师，她令我们受益匪浅。”

3
我是一名真正的师大人

1992 年，夏星辉从武汉大学环境科学系本科毕业，来到北师大环境科学研究所攻读硕士。北师大环境科学研究所是由我国著名环境保护专家刘培桐先生创建，也是当时国内最好的环境研究所。她坦言，自己在本科期间就一直向往能够来北师大继续深造。经过努力，她以专业第一的成绩考入北师大，师从许嘉琳教授。

“许老师是一名严师。”夏星辉回忆道，“这种严格的要求培养了我，给我以后的科研工作带来了很大的帮助。”

1998 年，夏星辉在北大取得博士学位，应母校邀请，她回到北师大环境学院任教。从此，她与北师大结下不解之缘。至今，她在北师大任教已有十八年。

“我非常热爱北师大，是北师大成就了我；我非常热爱环境学院，是环境学院给了我各种锻炼的机会，引领着我在教学和科研的道路上一步步前进。”

夏星辉在师大成长，从默默无闻到享誉中外，从一名青涩的青年教师成长为从容淡定的科学家。她活跃在师大的讲台上、实验室里，或是奔波在祖国的大江大河间，抑或辗转于学术会议中，她的工作、生活忙碌而充实，单调却不枯燥。

如今的夏星辉，认真踏实，严于律己，执著地耕耘在教学科研第一线。她总是从容不迫地在科研的高峰上不断攀登，从不妥协，从不畏惧，哪怕这座高峰后是更高的山，这条路的尽头还有更远的征程。她的安静里蕴藏着巨大的力量，她的不争里是对真理的渴望，她的随和里饱含着对生命的热爱。她也期待着，有更多有志中国环境事业的青年们，能够坐得住“冷板凳”，踏踏实实地去探索更多的真理。

（张欣燕）

扫描二维码即可阅读全文

何香涛：那些年，那些不朽星辰照亮了北师大

推送时间：2017 年 09 月 22 日

师小萱语：

钱瑗、钟敬文、俞敏、启功……

这些名字辉映着百年中国历史文化长廊，

这些星辰照亮着北师大生生不息的精神夜空。

何香涛与这些星辰又有什么样的奇妙交集？

人物卡片

何香涛，天文系教授，博士生导师。国际天文学会会员。曾任中国天文学会副理事长，北京市天文学会理事长。当选第七、八、九、十届全国人民代表大会代表。主要从事类星体和活动星系核方面的研究工作。1984 年首批被国家授予有突出贡献的中青年专家。曾独自获得国家自然科学三等奖和国家教委科技进步一等奖。两次获国家科普创作奖。1990 年被国家教委和国家科委联合授予全国高等学校先进科技工作，1997 年和美国国立基特峰天文台台长共同获得美国天文学会的 Chretien 国际观测奖，2014 年获中国天文学会最高奖张钰哲奖。

1
“老师大”人诉衷肠，“朴实奋进”京师情

师小萱：何老师，您在师大这么多年，有哪些“师大人”给您留下了深刻的印象呢？

何香涛：从 1956 年来师大到现在，已经有六十多年了。

我可以算是真正的老“师大人”，有幸见证了北京师范大学建校 115 周年中一半的历史，对师大也算非常了解，对师大的感情非常深。与许多从师大走出来的大师有过交往，不过给我印象最深的就是钱瑗、钟敬文、俞敏、启功四位“老师大人”了。

师小萱：您能给我们讲讲和他们交往的故事吗？

何香涛：当然可以，先讲钱瑗吧。

钱瑗英语很好，她在英国的时候，刚好我也在英国，但是见面不多，回到学校以后才慢慢了解。钱瑗为人低调、谦逊，对个人待遇要求不高，但是对业务要求精益求精，在教书育人方面做了很多工作。遗憾的是去世太早，她的学生们为了纪念她设立了“钱瑗奖学金”。钱瑗不只是业务好，而且人品好，可谓是德艺双馨，是我们教师的典范。

师小萱：看杨绛先生《我们仨》的时候，就对钱瑗老师印象很深。那其他老师呢？

何香涛：看看我墙上的那张照片，你们说说是谁？

那是我的老邻居——钟敬文。我们一起在筒子楼里住了十年。钟老学富五车，当时书堆满了屋子，不过那仅仅只是钟老所有藏书的几十分之一而已。钟老终生与满屋的书相伴，兢兢业业，毫无怨言。

师小萱：原来您和钟老是邻居呢，你们经常交流学术吗？

何香涛：算是吧！钟老是研究民间文学的。他的最后一届研究生答辩，请我担任答辩委员会的主席，我感到受宠若惊。心想他是研究民间文学的，怎么能让我一个学天文的去参与答辩呢？后来我把他学生的论文拿过来一看，原来题目是《山海经》中的天文问题。我就把《山海经》以及相关的材料看了一遍。

作为答辩主席，我草拟了一份评阅意见拿给钟老看。钟老却说评价太高了，论文审查的要求是很严的，最后只能重新草拟了一份。钟老在学问方面的要求特别严谨认真。遗憾的是他 99 岁去世，没能等到百岁寿辰。钟老一生虽坎坷曲

折，但学问真的是了不得，师大人朴实奋进的品质一直与他同在。

师小萱："老师大人"的学术品格太值得我们这些后辈学习了。那您和俞敏老师有什么故事呢?

何香涛：我们是好朋友。

曾经有一段时间，我学下围棋，知道俞敏的围棋不错，就经常去找他下棋。偶尔看一些书，遇到英文问题也经常会请教他。学中文的俞敏，不仅中文好，英文、日文、德文也很棒。

他曾经去日本用日文讲历史，下棋的同时还能解答儿子学德语时遇到的问题。令人意外的是，俞敏先生的梵文最好。全中国懂梵文的不是很多，而他懂梵文的同时还懂藏文，真的很了不起。但他的专业是音韵学，研究古代音韵，所以那些都只是他专业之外的业余才能。

师小萱：真的是太佩服俞敏先生的才华了，像他这样在语言、音韵上都有天赋的人真是太少了。

何香涛：是啊，不过人各有所长吧！启功先生也是这样，为人朴实，对人和蔼。

印象最深刻的是有一次在人民大会堂举行的春节团拜会上，我当时是人大代表，启功先生是政协委员，一起参会。喝茶的时候，我问启先生喝什么茶，启功先生笑着说："我是胡人，胡人就胡喝。"

师小萱：哈哈，先生还这么风趣呀。何老师，您也收藏启功先生的字吗?

何香涛：有啊，启功先生的字非常好。

当时我也想求启功先生写一幅字，但不好意思开口。记得当时我是河北省的人大代表，要出画册，想请启功先生题字。向他说明后，先生为我横竖写了好几个字，还谦逊地说自己写得不好。河北省出面赠予启功先生一个大砚台，他说："不错，个儿够大的。"

师小萱：是嘛?"生不逢时"啊，要是早一点，我也想请先生题几个字。

何香涛：这个也不难啊。

启功先生对车队司机的请求也是有求必应。每个司机的手中几乎都有启功先生的题字。然而对于侄女所在工厂的请求，却表示了拒绝。有名气的人请启功先生题字一般会被拒绝，可普通人的请求从未被旁置。这就是先生的为人啊。先生一生谦逊平和，淡泊名利，对普通人关爱有加，我想这才是大家风范。

师小萱：听说启功先生原来是学画画的?怎么后来转向写字了?

何香涛：这你就有所不知了。启功先生的画也很棒，新中国成立前就赫赫有名。

他是满族人，是皇族正根儿，师从清末民初画家溥心畬。后来由画画转向了写字，名声大振。他自己常说：“一开始别人说我画画得不错，不过这配字稍微差一些，那我就学写字吧。”练了一段时间的字后，“别人说我画画得好，字也很好，但总觉得不像是配画的字，因为这字写得很正规，画的字需要有艺术性。好啦，那我就不画画了，只写字好了。”

年轻人应该多看看启功先生的画册，启功先生的画绝对不是职业画家的画，而是文人匠人的画，真的是一代大家。

2
回首天文发展路，几经波折铸辉煌

师小萱：何老师，能给我们讲讲您的求学经历吗？

何香涛：好啊！我中学时期上的是教会学校，非常看重英语。后来与苏联关系交好，改学了俄语，虽然自己的俄语学得不是很好，但还是发挥了些作用。

苏联是第一个发射人造卫星的国家，并且第一个发现了月球背面的山，而后将整个历程写成了一本书，当时我就翻译了这本书。书里写到苏联当时在月球背面发现的山有些是以中国科学家的名字命名的，比如祖冲之。但后来中苏关系恶化，这本书也没有出版。

改革开放后，我和一批人被外派学习，学习到很多的知识，视野也变得开阔了。现在师大发展得很好，我想这一切都是大家努力的结果。

师小萱：听说您是师大天文系的开山鼻祖，能给我们讲讲关于师大天文系的事吗？

何香涛：当然可以。现在回想起天文系的发展，也并非是一帆风顺的。

1956 年我来师大的时候进的是物理系，物理系有几个水平较高的老师，但是缺乏德高望重的教授，并且当时普遍物质设备匮乏。但是我们师范大学的功底较好，师大人也非常努力，这才是我们得以延续辉煌的法宝。

院系合并的时候，全国只有南京大学天文系，院系很小，是南京大学天文系把中山大学天文系和齐鲁大学天文系给合并了。而我们在当时的党委书记的力推下，成立了北师大天文系，是全国第二个天文系。当时天文系基础很弱，老师只懂一些天文知识，根本谈不上科学研究，经过我们的努力，才得以发展，中间也经历了“几起几落”。

招收第一届本科生的时候，老师较少，我也刚留校，给本科生讲授基础天文学。在教学期间，学校图书馆为我提供了很多的支持和帮助，在教学生的时候我也在不断学习，补充知识，全力以赴。

3
寻找天空中最亮的星：谆谆不悔育英华

师小萱：那您是如何看待自己在天文系的教书生涯呢？

何香涛：天文系培养的学生有几个较为知名，说明我这一辈人的努力还算没有白费。

我们最大的特色就是培养的人还不错，很出色，国内有名，国际也知名，天文系的口碑和声誉都很好。前不久诺贝尔奖获得者名单出炉，我的一个博士生和获奖者一起写的文章，名字还放在前面，虽然学生并未获奖，但足以表明天文系的育人工作还是非常出色的。

师小萱：师大建校已经 115 周年，值此时刻，您对学校发展有什么建议吗？

何香涛：我希望学校在专业发展方面提供具体的支持和指导。

加强学科建设，平衡学校资源分配；也希望在具体事务方面照顾老师的切身利益，提高教职工薪资待遇，激发老师的积极性，科研经费的使用中提高人头费的占比。

我认为学校好不好的关键：一是看学科的成果怎样，如何产出更多优秀的科研成果，并被广为认可；二是出了多少高水平的老师，社会影响力有多大。一定要为教师们创造优越的发展条件，只有我们共同努力，师大才会得到更大的发展。

（王娟　田琳　周明婷）

扫描二维码即可阅读全文

边玉芳：爱的教育，成就更美好的人生

推送时间：2017 年 10 月 09 日

师小萱语：

她是“中国好老师”公益行动计划的推动者；

她是家庭教育畅销书《读懂孩子》的作者；

她是致力于青少年儿童健康成长的行动者；

她是“边家军”备受学生爱戴的“总司令”；

她就是北师大教授、著名儿童心理学专家边玉芳。

人物卡片

中国基础教育质量监测协同创新中心教授、博士生导师、学术委员会主任，北京师范大学心理健康与教育研究所所长，北京师范大学儿童家庭教育研究中心主任，国家基础教育德育监测牵头人和首席专家，兼任教育部中小学心理健康教育专家指导委员会委员、教育部基础教育质量监测中心核心专家、中国高等教育学会学习科学研究分会副理事长、中国教育学会教育统计与测量分会常务理事等。近三十年来一直从事儿童青少年发展、心理健康、家庭教育、教育测量与发展性评价等专业领域的研究。

1
以爱之心，讲好“中国好老师”故事

“帮助老师，就是在帮助孩子”，这是边玉芳一直秉持的教育理念，为了让每个受过教育的孩子都能拥有更美好的人生，边玉芳和她的团队一直在行动。没有爱就没有教育，但光是有爱，却不能遵循科学的教育规律，依然会造成事与愿违的严重后果。

为了真正提高广大中小学教师的育人能力，由中国基础教育质量监测协同创新中心牵头在全国发起了“中国好老师”公益行动计划，作为这个计划的首席专家和副主任之一，边玉芳一直在努力思索如何才能通过自己的专业所学，真正帮助中小学老师提高育人能力，将“四有好老师”的要求融入到教师的日常工作中去，让更多的孩子可以在老师的正确引导下，实现全面发展，健康成长。

在这个公益行动计划中，边玉芳和她的团队努力挖掘全国中小学教师的感人故事，经过她们的整理和提炼总结，分享给更多的教师。

“这些故事不是我们创造出来的，我们只是扮演收集者和整理者的角色，我们想要提供一个好的平台，把这些动人的、充满智慧的真实故事分享给更多的人。”之所以这样去做，一方面是为了提高教师群体的职业幸福感，在社会上营造一个尊师敬师的良好氛围；另一方面也是帮助教师群体提高自身的职业素养，使他们可以更加恰当地去处理一些“问题学生”在成长过程中遇到的难题。

不仅要做好，还要始终坚持做好。如今这个行动计划已经覆盖全国三分之二的地区，并仍在继续前进着，这也得益于众多热心人士的主动参与和全国各地专家学者的大力支持。边玉芳坦言，在这个过程中，自己也从这些中小学教师的身上学到了很多，他们为学生做的很多看似平凡却又温暖的小事让她感动。他们在处理学生问题时所展现的教育智慧让她钦佩，这些故事值得被挖掘，也应当分享给更多的人。

边玉芳强调：“对我们高校老师来说，这同样是一个十分难得的学习过程。相比于中小学教师，高校教师虽然面对的是不同的教育对象和学生需求，需要采用的是不同的教学内容和教学方法，但教育的本质是相通的，都是为了让每个受过教育的人都能够拥有更加美好的人生。”

2
读懂孩子并不难：能被需要也是一种幸福

这些年在与学校的长期接触中，边玉芳越来越清晰地认识到，学生在成长过程中面临的很多问题从根源上来说很多是缘自家庭，要想真正帮助孩子健康成长，还需要引导家长科学育儿，发挥家庭教育的积极作用。

生活中，边玉芳时常会被咨询到有关家庭教育的问题。在这个过程中，她开始思考，如何才能在最短的时间内让家长们系统地了解家庭教育的规律，更科学、更好地教育孩子。作为一个研究者和学者，她认为写书大概就是最好的方式。

边玉芳的工作时间早已被各项科研任务占用，要想做好这件事只能利用自己的业余时间。通过与家长们的接触，边玉芳感受到："要想改变家长，说容易也容易，说难也很难。"了解孩子的成长规律是每个家长的必修课。将自己所学的心理学与教育学知识结合起来，真正帮助家长们解决一些实际面临的问题，这是边玉芳在五年的写作时间里一直坚守的初衷。

经过五年时间的漫长写作，2014 年《读懂孩子——心理学家实用教子宝典》这套家庭教育的系列丛书正式出版，很快受到家长和教师的喜爱和认可，这是边玉芳不曾预想到的。看似惊喜的背后是边玉芳五年里不曾动摇的初心与坚守，是学生们共同参与的辛勤与付出，是与家长们不断的讨论与完善。

让边玉芳最开心和满足的不是所谓的"畅销书作家"，而是在那一刻她更加真切地感受到自己所学的知识是有价值的，是被这个社会所需要的。她认为家庭教育还需要有更多的人去关注、去研究。在边玉芳看来，北师大的教育学和心理学都是全国顶尖的，这样独特的学科优势，也赋予北师大一种责任，那就是家庭教育中应当有北师大的声音。

作为一名研究者，我们在边玉芳身上看到了一种分析问题的理性精神；作为教育领域的一名行动者，边玉芳还有一颗关照人心，体悟冷暖的感性心灵。边玉芳说，做科研必然要以理性思考为基础，但如果缺乏感性的认知，也难有坚持下去的动力，教育领域就更是如此。

3
面对科研挑战，勇做开拓者和引领者

热爱和专注于科研工作的边玉芳在工作中也会遇到很大的挑战和难题。知识的价值不仅是成就一个更好的自己，更是为了服务于国家的发展，满足于社会的需要。

边玉芳所在的中国基础教育质量监测协同创新中心同时也是教育部基础教育质量监测中心，承担着国家的重大任务。通过科学的监测让国家掌握我国基础教育质量状况，同时帮助国家建立一套独立于高考之外的评价体系。边玉芳负责的是德育监测，这在国际上没有太多可供借鉴的成功经验，她和团队将要做的是一项全新的开拓性工作。说到这里，边玉芳坦言，这是她这么多年工作中遇到的最大挑战。

因此，边玉芳刚开始面对德育监测任务时心里是有犹豫的，怕的不是困难和艰苦，而是做不好怎么办？如果做不好，损害的将不仅仅是她个人的名誉和利益，更是关系到首次全国基础教育德育监测的成败，她不知将如何交代。

作为中心的一员，边玉芳不忍心辜负领导和同事们对她的信任，她明白，这件事情，即使再难做，也总是需要有人去做的，既然如此，那就接受挑战。事实上，正如她事先所预料的，对她来说，的确是一项史无前例的挑战。在此过程中，她常常需要面对各种不同甚至是截然对立的观点并作出决策。繁重的工作量让团队的每个人都必须投入百分之一百二十的努力。

好在功夫不负有心人，团队的进展还是比较顺利的，前期阶段性的成果也得到了教育部的肯定。5 月 25 日，第一次国家德育监测已经顺利实施，全国有 20 多万中小学生参加了测试，这对整个团队来说都是一个巨大的鼓舞。说到这里，边玉芳忍不住笑了起来，“我们团队的人现在无论遇到什么困难都会说，我们连德育监测都能搞得定，还有什么困难是我们不能克服的？”

4
生活化繁为简，在学术人生里她活成“少女”

说到畅销书作家，边玉芳感慨：“其实我自己很不喜欢这个称呼，在我看来，我的身份始终还是一个研究者，一个学者。”这是边玉芳对待学术的单纯心态。

问及这些年工作繁忙的她是如何平衡家庭与工作的关系，边玉芳的内心有些复杂，“这些年来，我一直都觉得自己特别幸运，不论是我的大家庭（边家军），还是我的小家庭（三口之家），都十分支持我的工作，因为有他们的支持，我才可以心无旁骛地投入到我的每项科研工作中。”说到这里，边玉芳稍稍沉默了片刻，语调缓慢下来。家庭给了她太多的支持，但那个三口小家同样也需要她的照顾。在她心里，总觉得这些年来，自己几乎把所有的时间和精力都投入到工作中，自己对家庭的贡献太少了，亏欠的太多。

女儿研究生毕业去了上海工作，作为母亲，边玉芳有万般不舍。在女儿的心里，尽管妈妈已经不再年轻，却还是那么天真单纯和可爱，也不太会享受生活，就连衣服和化妆品都是她买给妈妈的。已经长大的她希望妈妈的边家军可以让妈妈一直这么单纯下去，幸福下去。

说到自己的边家军，边玉芳的脸上不禁流露出欣慰的笑容。边玉芳从 2007 年开始在北师大带学生，到今年刚好是边家军成立十周年，学生们自发地从各地赶回北京共同纪念这个重要的日子。作为老师，边玉芳总是感到十分满足，“学生们还能记得这个团队，记得我这个老师，我真的特别感恩，这说明在他们的成长过程中，我这个老师多少是起到过一些作用的。”

十年的时间，边玉芳带的硕士生已经有 20 个，博士生也已经有 18 个。对于边玉芳和每一个学生来说，边家军都是一个温馨的大家庭。在办公室的墙上挂满了边家军的合影，记录着他们一起走过的岁月。在每个人的手里都有着一把共同的特制钥匙扣，这对他们而言，是一种象征，更是一种情感的归属。

谈及自己多年来一直从事的工作，边玉芳说，“我一直都喜欢与学生、老师还有家长打交道，我也喜欢把自己的生活处理得很简单。我想，无论今后我去做什么，始终都离不开教育和心理这个领域的。如何使我们的儿童和青少年更加健康和快乐地成长，这是我一直关注的。”

寄语北师大

北师大是培养学生的地方，也是培养老师的地方，它的教育学和心理学都是全国最好的，而这都是奠定美好人生的重要学科。我们的学生中未来会有人成为教师，他们应该为更多孩子的美好人生奠基。教育的本质就是让每个受过教育的孩子都能拥有更美好的人生，我希望每个师大人都能去传播这种理念，把这样的精神带到世界的每一个角落，帮助更多的人成就幸福的人生。

更多事迹

主编的《经典心理学实验书系》获第三届中华优秀出版物正式奖、《中国教育报》评选的“2010 影响教师的 100 本图书”之最佳图书奖、华东地区优秀教育图书一等奖等多个奖项；著作《读懂孩子——心理学家实用教子宝典》系列书籍是中国教育报 2014 年度“教师喜爱的 100 本书”（TOP10 图书），中国教育新闻网、中国教师报联合评选的 2014 年度“影响教师的 100 本书”之 TOP1、国家新闻出版广电总局 2015 年评选的“大众喜爱的 50 种图书”；《教育实验学》《基础教育质量监测的工具研发》分获第四届、第五届全国教育科学研究优秀成果二、三等奖。为中小学生和大学生编写的《大学生心理健康》《心理健康教育读本》等教材在全国各地广泛使用，获得一致好评；所承担的多项课题成果获浙江省人民政府基础教学优秀成果一等奖等奖项。曾被评为浙江大学优秀教师，2005 年入选浙江省新世纪 151 人才工程。到目前为止，主持教育部、科技部等国家级、省部级以及其他各类课题五十余项，在心理、教育相关的各类中英文学术期刊上发表论文 100 余篇。

（王娟　沈珊珊　林晗　周明婷）

扫描二维码即可阅读全文

王学松：行走世界的汉语教师与文化使者

推送时间：2017 年 10 月 10 日

“你在哪里，中国就在哪里。我们的师生情谊，也许可以这样来形容，正所谓：一壶浊酒喜相逢，‘中外’多少事，都付笑谈中。”

——王学松

人物卡片

王学松，文学博士，汉语文化学院教授，博士生导师，校教指委委员。1991 年毕业于北师大中文系古代文学专业，获硕士学位。此后，一直在北师大从事对外汉语教学工作至今。期间，受学校委派曾先后赴美国的明德学院（Middlebury College）中文暑校和达特茅斯大学（Dartmouth College）、韩国的三星公司人力开发院和成均馆大学、日本的金泽大学任教。并在韩国、泰国、马来西亚、澳大利亚、埃及、英国、匈牙利等地开展面向汉语教师志愿者和当地汉语教师的培训。

人物事迹

获得北京师范大学教育教学成果一等奖、教学名师称号等奖励。主持过全国教育科学基金项目“汉语国际推广师资培养中文化类课程设置研究”、教育部社科基金项目“张炎词研究”、北京市社科基金项目“在京留学生业余文化生活调查”、北师大自主科研基金项目“海外中小学汉语教学研究”等。目前的研究工作主要集中在汉语教学与文化传播、中国古代文学领域。

1
对外汉语教师：行走世界的中国文化符号

作为一名汉语教师，王学松常常向其他人这样描述自己的工作：“我们汉语文化学院老师的工作性质和其他学院的老师可能有点不太一样，那就是我们的教学任务比较重，同时又特别在乎自己的教学工作。外面的留学生来中国学习，或者我们去国外任教，我们自己本身就成了外国学生和老师了解中国的窗口。”王学松也提起时下流行的一句话“你在哪里，中国就在哪里”，他说这句话是每一位汉语教师身份的真实写照，也是工作和生活中的座右铭。

记得早年在韩国三星集团任教的时候，王学松第一天上班，西装革履的穿着给外方负责人留下了很深的印象。当被问及在国内教学是否也这样穿着的时候，王学松笑了笑说：“不是这样。”后来在三星老板的建议下，王学松又换上了在国内上课常穿的衣服。后来他才意识到这也许是韩国人想通过他的穿着、说话方式、吃饭等细节去深入地了解一个中国人的平常生活罢了。

想到这里，王学松总能感觉到自己身上的责任，学生们可以从吃饭穿衣上了解中国人的日常生活习惯，那也一定会通过教师的言行举止了解中国人的品德修养和中国文化的丰富内涵，这就要求我们时刻注意自己所代表的“中国形象”。而这样的例子对于常年在全球各地从事汉语教学工作的老师们来讲实在是太多了。所以，在王学松看来汉语学院的老师对于自身工作、生活都有一种特殊的要求，对自己的专业知识，尤其是人文素养方面的表现更敏感一些，主观上要求也就更多一点。

2014 年，习近平总书记在北京师范大学强调全国广大老师要做“有理想信念、有道德情操、有扎实知识、有仁爱之心”的好老师，作为一名对外汉语教学老师，王学松的感受同样深刻。他认为老师们的理想信念很重要，特别是做为一个经常在国外从事教学的老师。

早年国外的生活经历，或多或少使得王学松见识到了国外先进的科学技术或者管理理念，意识到了中国与发达国家的差距，但是他也经常和同事以及中国学生们提起：发展才是硬道理，有些事情不能太急，中国毕竟太大，有些事情总是需要积累的，但我们要相信中国发展的潜力和前景，需要往前看，只要发展了，很多问题都可以解决的。正是怀着对国家发展的信念，走在传播汉语文化路上的王学松们，才能以更加自信的面貌展现在外国学生眼前，才能感染一批批学生，才能将汉语文化的魅力传递给世界。

王学松对仁爱之心的理解可能也有自己的独特之处。当王学松 1991 年留校任教后，有一个特别明显的感受就是老师和同学们之间的关系是非常亲密的。中国学生和外国学生在这方面可能有点不同，外国学生们因语言不通、环境不熟悉、离家又远，总是会有些不适应的地方，所以这就要求王学松经常需要多和学生接触，关心他们的生活，在他看来这也是仁爱之心的最直接的表现了。

多年任教经历中，令他印象深刻的是一个来自 Dartmouth College 的黑人学生，天性比较敏感，来中国学习后和同学们接触少，以致产生很多误解，王学松就利用课余时间和他聊天互动，想各种办法让他融入到中国学生们中去，后来他也都和其他同学成了朋友。像这样的例子，王学松那里还有很多。作为一个对外汉语教师，不仅对中国学生要有仁爱之心，更要对远离家乡、在中国求学的外国学生们多点关怀。

2
对外汉语传播的路上：星星之火、亦可燎原

从 1983 年进入北师大读书，到 1991 年留校任教至今，王学松真可谓见证了对外汉语传播的点滴历程。对于汉语言文化学院的教师们来讲，每隔 3 ~ 4 年，大多都会得到出国教学的机会，或是国家分配的任务，亦或是校际之间的交流，有的可能去了非洲肯尼亚，也有的可能去了美国，在国家对外开放最早的那几年里，他们正是通过汉语教学，通过一点一滴的努力为中国的对外开放贡献了一份力量。

王学松记得 2002 年第一次去韩国任教，那时候中韩建交不过才 10 年，汉语还不普及，韩国人对中国还不太了解。当他完成教学任务准备回国，在韩国首尔明洞给亲友购置化妆品时，只能求助当地的朋友，历经曲折终于找到一个懂中文的店员买了礼物。

而 12 年之后，当 2014 年王学松再次到明洞购物时，惊讶地发现到处可见可以提供中文翻译服务的导购和店员，当地人可以用熟练的中文和前来购物的中国游客流利对话。而当他偶尔坐公车迷路时，也会有好心的乘客操着一口中文来指点。此情此景，对于王学松来说实在是感慨万千，汉语在韩国普及程度已

经超过了他的想象。

据国家汉办的统计数据显示，2016 年全年共派出的汉语教师志愿者已达 6000 多人。如果再加上其他途径派出的汉语教师，总数可能超过 10000 人。这些汉语教师志愿者绝大部分都是本科毕业生和在读的硕士生，他们分布在世界的各个角落。有时候王学松给这些学生们上课的时候就这样讲："在国外，你们每一个人都成了中华文化的符号，你们就是星星之火，分布在全球各地，努力地促进汉语和中华文化的传播。而通过汉语教学，你们也将当地文化吸收进来，每个人也都成了多元文化的象征，这不仅对个人成长有着重要作用，对于中外交流更是意义非凡。"

谈及一期又一期的赴外志愿者培训，王学松说和学员们告别时常说的一句话就是"江湖再见"！对于他们这些常年奔波在对外汉语教学一线的人来讲，真的是不知道什么时候在什么国家又重逢了。而曾经的志愿者们，有的更是留在了国外，在那里工作、生活。美国、英国、德国、韩国、乌克兰、埃及、泰国……王学松对于自己学生的归属可谓是"信手拈来"，除了曾经带过两个乌克兰的学生外，他们大多数都是中国人。

在王学松看来，学生们在国外教学，有能力在国外扎根是一件很好的事情，他们也像是星星之火，将在当地发挥更大的影响。而对于他们这样的师生情谊，也许就可以这样来形容，正所谓：一壶浊酒喜相逢，"中外"多少事，都付笑谈中。

3
对外汉语教学的讲台上："三个阶段"和"三个节点"

作为一个致力于对外汉语教学和中国文化传播的老师，王学松也经历了自己作为"教书匠"的"三个阶段"和"三个节点"。

在王学松看来，每个教师的职业生涯当中都会有几个印象深刻的事件，姑且可以称之为关键"节点"。第一个节点就是在王学松刚开始教学那一段，学院安排经验丰富的老教师和王学松"结对子"，一对一的进行帮扶，很多细节在他那还是历历在目。

第二个节点就是 1995 年左右，王学松参加学校的青年教师基本功大赛，前前后后准备了几个星期，很多以前教学上不注意的细节都被发现了。尽管在比赛时也出现了超时等问题，但是受到了评委老师和学生们的极大鼓励。在那次比赛中，王学松又一次体会到：来自学生的鼓励，对于青年教师来讲是非常重要的。

第三个关键节点就是王学松在担任普北班（Princeton in Beijing）任课教师的

经历，至今他仍认为这次经历可以称为一次“磨难”。当时这个项目的美国负责人号称将全美最顶尖的学汉语的大学生都带来了，如何教好这些“优等生”，确实是一个挑战。和学生们同吃同住的日子，面对凌晨一点还有求教的学生和课堂上的不断提问，教过普北班的老师们都说：“教过了普北班的学生，足以应付全美的汉语教学了。”也正是这个经历，让王学松至今想起来依然感觉到收获满满。

对于对外汉语教学，王学松也把语文教学与文化教学的关系概括为三个阶段：第一阶段就是以语言教学为主；第二阶段就是语言教学与文化教学并重；第三个阶段大概就是语言教学、文化教学和文化传播，可以看作是把语言教学和文化教学放到文化传播中去寻求新的突破，这就需要从文化传播的视角来看待语言教学和文化教学，或者其他的文化交流活动。

而文化传播则需要我们对自身文化的自信。习近平总书记曾多次提到文化自信的概念，认为文化自信是是更基础、更广泛、更深厚的自信。热爱中国传统文化的王学松对此也表示赞同，也认为文化的力量是历久弥新的，中国改革开放近四十年取得的巨大成就和中国文化是离不开的，传统文化有一股自省的力量，中国能不断的从中汲取营养，图强自新。

作为汉语与文化传播的“使者”，王学松始终坚持对中国文化的自信。可能也正是这种文化自信的力量推动着他不断将中国文化传递给更多的人，做中外文化的“摆渡者”吧。

寄语北师大和青年学子

走过 115 周年，北师大依然如早晨八九点钟的太阳一般，朝气蓬勃！祝福我的大学：永远是莘莘学子的幸福乐园，永远是贡献社会的知识库、思想库、人才库！“将来事业更无穷”！

作为师大人，心中常有“师范”二字，从树立师道开始，让社会更美好，“兼济天下气如虹”！

（王娟　郭文杰）

扫描二维码即可阅读全文

张润枝：润物无声　让思政课枝繁叶茂

推送时间：2017 年 10 月 11 日

“我从事思政课教学工作 18 年了，最初同学们是在听润枝姐姐讲故事，后来是听润枝阿姨讲故事，现在都有同学叫我‘奶奶’了，你们是在听‘润枝奶奶’讲故事……”

——张润枝

人物卡片

张润枝，马克思主义学院分党委书记，教授，博士生导师，中国高等教育学会思想政治教育分会学术委员会委员。曾获北京市教学名师奖，入选教育部全国高校优秀中青年思想政治理论课教师择优资助计划、全国思想政治教育中青年杰出人才支持计划，获评全国高校思想政治理论课教师 2015 年度影响力人物。

没有晦涩难懂的理论，也没有乏味冗长的说教，听过张润枝课的学生都说，“上她的课确实是一种享受”。温柔亲切的话语、幽默生动的讲解，总是给人一种如沐春风的感觉。课堂上，同学们不仅津津有味地凝神听讲，还灵活运用手机网络平台进行课堂互动，教学效果与学习效率都得到明显提升。

1
“原来思政课也可以很生动”

新学期伊始，大一新生的思政课模块之《思想道德修养与法律基础》课堂座无虚席。“张老师课讲得好是尽人皆知，我们几个先下手为强，在选课系统刚开通就‘抢’到了她的课，”坐在前排的几名女生得意地告诉记者。

讲台上，一位中年女教师正笑眯眯地看着大家。她中等个儿，头发微卷，散在肩头，虽然戴着眼镜，一双含笑的眼睛依然炯炯有神，仿佛一下子就能猜透对方的心思。“大家好！我叫张润枝，如果把我名字的‘枝’字改为‘之’，‘润之’二字是不是更方便记住？”别开生面的自我介绍一下子就吸引了大家的注意。

“我从事思政课教学工作 18 年了，最初同学们是在听润枝姐姐讲故事，后来是听润枝阿姨讲故事，现在都有同学叫我‘奶奶’了，你们是在听‘润枝奶奶’讲故事……”幽默的话语逗得同学们哈哈大笑，大家对眼前这位和蔼可亲的老师逐渐产生了好感。

“张老师能让我们在乐趣中学习”“她把理论与实际结合得非常自然，使理论很有说服力”“原来思政课也可以很生动”……张润枝的课受到学生的普遍欢迎。满分为 5 分的学生评教成绩，她的得分多在 4. 8 分以上，去年更是有几个班的同学给她打出了 4. 97 的高分。

1993 年，张润枝从北师大历史系毕业后留校任教，自 1999 年开始为本科生讲授思政课。经过多年的教学实践，她逐步形成了自己的教学特色，潜心致力于思政课教学。

“教师经常思考教学的目的并在教学过程中一以贯之，是保证教学质量的基础。”而思政课教学目的的核心在于培养学生正确的价值观、道德观、政治观，“因此，我牢牢根据这一目的解读教学内容、设计教学案例。”

例如，入学适应教育对大一新生来说十分重要，它能让同学们正确认识大学生活，明确自身定位，对此，张润枝设计了课程绪论《我的大学》这一章节。她通过回忆自己 20 世纪 90 年代在辅仁校区读大学的经历，为大家讲解北师大悠久的历史文化，介绍启功先生等名师大家，带领大家思考大学的意义。

“大学是研究高深学问的地方，在一所好的学校读书，能够让你‘发现你自己’”，“现在不都流行一句话叫‘主要看气质’吗？相信北师大这所与众不同的学校一定会带给大家不一样的风格和气质！”同学们陶醉其中，听张老师将校园故事娓娓道来。在以情动人的同时，她还引导学生从价值层面考虑问题，使教学“源于生活又高于生活”。

张润枝认为，教学作为教师的本职工作，需要教师投入极大的热情，付出相应的时间，这是教师的职责所在。17 年来，她努力将思政课的教学目标贯穿课堂始终，采用丰富的教学手段，让思政课更加生动，更加入耳入脑入心。她因此被评为北京市师德先进个人、北京师范大学最受本科生欢迎的“十佳教师”、高校思想政治理论课教师 2015 年度影响力人物……这一系列荣誉都是她牢记使命、不忘初心的体现。

2
“分众教学”让师生心贴心

“请大家拿出手机扫描一下大屏幕上面的二维码”，话音刚落，同学们齐刷刷举起手机，打开微信“扫一扫”，一个叫作“木铎思享”的微信公众号便映入眼帘。如今，学生在课堂上使用手机不再被老师视为“心头病”，手机反而成为思政课教学必不可少的工具。

“在信息网络日益发达的今天，教师不懂得利用新媒体技术是万万不行的，互联网教学早已成为课堂教学的补充手段”，因此，张润枝积极组织助教团队开发了“木铎思享”这一课程微信公众平台。课堂上，学生可以针对教学内容在微信号中随时提问，助教在线进行后台处理，教师或当堂回答，或课后回答，公众号同步推送，使学生疑问得到及时反馈。公众号还设置师生对、微调查、微书单等栏目，丰富了教学内容。她还组织团队开展“图说”思政课教材的工作，站在学生的视角，汲取学生话语中的有益因素，以图文方式对“基础课”教材进行改编，并推送至微信平台。首期推送即获得 5 万余阅读量，受到学生广泛好评。

让思政课成为大学生真心喜爱的课程，是张润枝一直以来最大的心愿。而要实现这一目标，就不能不对其进行改革。我们都知道，本科生的思政课大都采取大班教学模式，无法聚焦学生个体需求，教学针对性和实效性难以体现。“针对这一情况，我强化问题导向，通过多渠道发现学生存在的问题，并根据问题对他们实施分层分众教学，将课堂教学与课下的学习延展相结合。”

张润枝每学期都会通过发放调查问卷、个别访谈、设置课堂学习档案等方式了解学生的学习期待和思想困惑，根据学生的不同情况组织差异性小组，为每位学生“私人定制”教学内容……在实践中，她逐渐建立起“面向所有学生的课堂教学体系”“面向小众群体的课下交流体系”和“面向优秀学生的引领团队培养体系”三级教学体系。

很多学生对思政课都存有偏见，但在张润枝的课程改革后，他们的态度却来了个 180 度的大转弯，理科生小王就是其中的代表。“我发现这种教学模式非常适合我，张老师因材施教，我突然觉得思政课一点都不枯燥了。相反，我还能有更多机会和老师交流，老师也给了我很多指导。”

“分众教学”密切了师生关系，让师生面对面心贴心。有很多学生在毕业多年后依然会与张润枝保持联系，他们说，张老师亦师亦友，是他们大学四年中一个温暖的回忆。张润枝主持申报的教改课题也入选教育部首届全国高校思想政治课教学方法改革项目择优推广计划，受到同行广泛认可。

思政课改革任重而道远，张润枝一直在努力推进。

3

“传播马克思主义是我的责任”

小苏是张润枝带的一名研究生，谈起自己的导师，她总是由衷地说：“张老师是个女强人，无论是教学、科研、学生工作，还是家庭生活，她都做得非常好。每当我看到她时，我就会感受到有一股无形的力量在鞭策自己，激励我努力学习，一点也不敢放松。”

就像小苏说的一样，长期以来，张润枝在科研之路上永不停歇。“要给学生一杯水，教师就要有一桶水”，她深知，扎实的学识素养能够为教学打下坚实的基础，让教学工作锦上添花。她以马克思主义理论研究为使命，立志做坚定的马克思主义传播者、践行者。

近年来，张润枝主持省部级及中央部委委托课题 10 余项，出版专著、教材多部，发表学术论文 40 余篇。北京高校优秀德育研究成果一等奖，全国思想政治教育中青年杰出人才支持计划、全国高校优秀中青年教师择优资助计划入选者，北京高校思想政治理论课名师工作室主持人……这些荣誉都是她孜孜以求、务实创新的结果。

张润枝还兼任中国纪检监察学院师资库专家、北京市干部教育网络课程授课教师等，积极为中央国家机关和地方政府部门、学校相关单位开展理论宣讲，传播马克思主义。

“理论宣讲是我的责任，我要尽自己所能让更多的人了解马克思主义。”她曾多次为入党积极分子培训班举行讲座，面向大学生群体讲解理想信念，引导同学们在关注自己的“小时代”的同时，不忘社会的“大格局”，关心时代变迁、社会进步。

心怀育人梦想，追求信仰人生。就像她的名字一样，张润枝始终以特有的亲和力关爱着学生，如春风化雨般润物无声，让思政课这棵大树愈加枝繁叶茂。

（王腾）

扫描二维码即可阅读全文

蒋福宾：与化学结缘的三十四年

推送时间：2017 年 10 月 13 日

我希望启发学生，让他们可以跟着我的思路一直往下走，掌握思考问题的方法。因为只有这样，他们以后才能够自己读懂和领会。

——蒋福宾

个人简介

蒋福宾，化学学院教授，学院工会主席，化学国家级实验教学示范中心（北京师范大学）副主任，教育部高等学校实验室建设指导委员会委员，中国核学会同位素分会副秘书长。2009 年获得教育部高等教育教学成果奖二等奖（排第四），2010 年获得国家级优秀教学团队（排第六），主编《基础化学实验操作规范》北京师范大学出版社（排第 2），参编《综合化学实验》北京师范大学出版社，发表 SCI 论文 20 多篇。

1
与北师大实验教学一起成长

转眼间，蒋福宾从教已经三十年了。回忆起与化学结缘的三十四年时光，蒋福宾至今历历在目。大学毕业后，蒋福宾先后在重庆建筑工程学院和广西大学工作了十几年，从那时起他就一直从事与化学教学相关的工作。

2006 年，蒋福宾从清华大学化学系博士后出站来北师大任教。当时国家级实验教学示范中心建设工作刚开始启动，北京师范大学积极申请第一批指标。加入实验教学中心团队后，蒋福宾也面临着从教学科研岗转到工程实验岗的问题，在蒋福宾看来，这就是他与化学实验教学之间解不开的缘分，他看好实验教学的发展前景，选择与北师大实验教学一起成长。接下来的所有日子里，他愿意与北师大实验教学一起面对这个新兴工程即将带来的一切机遇和挑战。

要想让北师大化学实验教学中心成功申报，首先要面对的挑战就是从学校众多学院中脱颖而出，拿到学校的申报资格。当时，学校的申报指标只有 1 ~ 2 个。在学院党政和中心主任欧阳津教授领导下，经过副主任申秀民、蒋福宾和实验中心的职工不懈努力，2006 年，北师大化学实验教学中心终于走出学校成为北京市实验教学示范中心。

化学实验中心团队深受鼓舞、一鼓作气，于 2007 年顺利将化学实验中心升级为国家级实验教学示范中心建设单位。2012 年，实验中心通过验收，正式成为“化学国家级实验教学示范中心（北京师范大学）”。

说到这里，蒋福宾难掩内心的自豪。这一级又一级的挑战，与北师大一起走过的每一段路都让蒋福宾深切感受到，他与北师大化学实验教学中心的紧密相依和共同成长。工作生活中与学生们建立起的深厚感情，于蒋福宾而言，是另一笔宝贵财富。

2
带学生就像带孩子一样

来北师大前，蒋福宾曾在广西大学当过班主任，带了自己职业生涯中第一批学生。如今，二十多个年头已经过去，蒋福宾还是会一直通过微信和 QQ 等方式关注着每一个学生的成长。

那时的蒋福宾刚从大学毕业不久，和学生们年纪相仿，与学生相处更像是朋友。平日里，他不仅关注学生们的学习，也十分关心学生们的生活。曾经那段朝夕相处的时光在蒋福宾和学生们的心中都刻下了深刻的印记，就连学生们毕业十周年、二十周年的聚会也会主动邀请蒋福宾一起参加。

“这些年来，他们取得了好的成绩会主动跟我分享，工作上遇到难题也会找我咨询。很开心，这些年过去了，我们的感情还是跟以前一样。”说到这里，蒋福宾的脸上不禁流露出欣慰的笑容。

2006 年，蒋福宾在北师大带了自己的第一届学生，回忆起来，蒋福宾感慨，“带学生就像是带孩子一样。我对他们一直很关心，学生们对我也很好，他们现在很多都已经是中学的教师了。”这些年来与学生们相处，最让蒋福宾感到温暖的就是每次课程结束后，学生们都会主动要求与蒋福宾合影留念。学生们这样的举动，对蒋福宾也是一种莫大的肯定和激励。

在北师大的这些年，不论是本科生的毕业论文还是本科生科研基金项目，只要找到蒋福宾，他从未拒绝过，每一次都是手把手地教学生们如何进行规范的实验操作，如何科学地记录实验数据。只要是蒋福宾指导过的学生，他都当作是自己的学生。2008 年，蒋福宾指导的一个本科生在第六届全国大学生化学实验邀请赛中取得二等奖的好成绩（此前我们没有得过二等奖），后来学生想要继续深造，蒋福宾就尽自己所能推荐他到清华读博。看到学生们越走越远，越走越好，蒋福宾也发自内心地替他们高兴。

3
帮助学生养成良好科研习惯

现在，蒋福宾主要负责化学合成实验和中学化学实验及教学研究两门课程。对于课程教学，蒋福宾有自己的方法。拿实验讲义来说，课堂上，蒋福宾就这么带着学生一句一句地去解读。每读到一个实验步骤，他都会问学生，为什么是这样。

“我希望启发学生，让他们可以跟着我的思路一直往下走，掌握思考问题的方法。因为只有这样，他们以后才能够自己读懂和领会。”蒋福宾认为，实验讲义虽然很短，但为了学生们的实验安全和科研效率，是一定要认真读懂的。

培养学生，蒋福宾一直都是循循善诱，注重引导的。有一次，北师大二附中的几位中学生来学校实验室做关于剩饭剩菜中亚硝酸盐含量的测量实验，找到蒋福宾作他们的指导老师。为了能真正锻炼学生们动手做实验的能力，全面了解整个实验流程，蒋福宾并没有直接把实验方案给孩子们，而是要求他们查资料，制定好实验方案后再指导他们进行实验。

实验操作过程中，蒋福宾没有直接告诉学生实验可能不会成功，而是在学生遇到问题时，引导他们正确思考，帮助他们发现和解决问题。这样的指导方式让学生们受益匪浅，印象深刻。

没有好的科研习惯，不仅会影响科研效率，还会带来实验过程中的安全隐患。对于这点，蒋福宾深有感触：酒精与空气混合后易爆，所以在拨动酒精灯的灯芯前一定要先熄灭火焰，这是一个大三学生早已掌握的实验知识。但一次实验课上，一位学生发现所使用的酒精灯火焰小，想将灯芯拨多些出来，因疏忽大意，拿着玻璃棒就去拨弄燃烧着的灯芯，导致空气进入酒精灯内，与酒精蒸气混合形成爆炸物，最后灯头直接飞了出来。正好打在学生额头上，导致轻度烫伤。

这样的实验事故让蒋福宾至今想起还心有余悸。在他看来，作为一个大三的学生，依然出现这样的问题，全是因为不好的实验习惯造成的。习惯一旦养成就很难改变，而好的科研习惯需要接受专业的训练。实验过程中，蒋福宾要求学生每完成一个实验步骤就想好下一步要做什么。

在中学化学实验及教学研究课程中，为了让师范生将来在教师岗位上能更好地上好演示实验教学课，对他们的指导，蒋福宾也会显得格外严格。他不仅要求学生养成良好的科研习惯，还要求每个学生在站上讲台前都要做好十足的准备。“为什么这个实验明明会做，上了讲台还是会出错，主要还是因为你准备不够充分。”这是蒋福宾最常跟学生说的一句话。

课堂上，蒋福宾要求学生主动转换自己的角色，“从现在开始，你不再是学生，而是一名教师，讲台下坐着的同学都是你的学生。”蒋福宾认为，这样的课程设置对每个大三学生来说，都显得更加紧迫。“已经大三了，如果这个时候学生还无法顺利完成一个实验，那么以后还怎么讲课呢？站在讲台上都讲错了，将来讲台下的学生会怎么看你呢？这是蒋福宾替学生担忧的地方。

课堂上，蒋福宾组织学生们进行抽签讲课。每个学生根据自己抽到的实验题目，在五分钟以内讲清楚实验原理并且完成操作演示。在蒋福宾看来，第一次课讲得不好没关系。他会认真记录下每个学生在讲课中存在的问题，甚至是学生在黑板上板书的笔画顺序。学生演示完，蒋福宾会结合每个人的具体问题做出点评，等到第二次试讲的时候，学生就会有明显的进步。

4
教育帮扶，要改变的是贫困的思维

2015 年 4 月 –2016 年 4 月，蒋福宾赴云南省临沧市永德县扶贫挂职一年。谈起挂职的经历，蒋福宾说，习近平总书记一直强调教育扶贫，在这方面，北师大的确做出了优异的成绩。我们不仅向当地的学校捐献了很多教育设备，学校组织部还派出共产党员小分队赴云南永德县开展志愿服务。根据永德县的实际需要，共产党员小分队为永德县各级干部讲党课、开展科技讲座和服务。

耿向东教授、曹红斌教授和张欢教授分别以“共产党的政治品格”“永德特色资源产业”“公共政策的公平感：基于社会评估的视角”为题，为全县四百余名中层干部作了报告，全县各乡镇干部通过视频会议系统同步学习。当地干部认为报告内容丰富、理论联系实际，具有很强的针对性和指导性，使大家提高了认识、开拓了思路。

在挂职干部的努力下，北师大二附中与永德一中实现“一对一”对口帮扶，永德一中的老师来北师大二附中可以随意听课。“要说协助他们管教育，我不专业，也不擅长。但在这段经历中，我切身体会到一个基层干部的不易。”

一天傍晚，蒋福宾接到县政府办公室电话通知，当地的一所小学突现流感，需要分管领导前往。接到通知后，蒋福宾第一时间赶往学校。天色越来越黑，车子在崎岖的山路里绕来绕去，蒋福宾的内心也是焦灼不安。两个多小时后终于到达学校，发现情况并不严重，蒋福宾才松了口气。处理完事情回到县城，已经是第二天凌晨了。

教育扶贫，最重要的是改变人的思想观念，改变因为经济贫困而带来的贫困思维。蒋福宾告诉我们，其实当地青山绿水，物产十分丰富。可当一个人已经没有了自力更生的上进心，只等着国家和政府给低保，就很难实现真正的脱贫了。因此，教育扶贫最重要的就是改变人的思想观念，特别是孩子们的思想观念，让他们学会勤奋和自力更生，学会靠自己的努力改变命运。

5
让工会成为所有教职工的大家庭

为了促进学院科研和教学的发展，提高教职工的工作积极性，蒋福宾和工会委员班子一直在努力。作为化学学院的工会主席，蒋福宾常常思考：如何才能创办出一些有意义的活动，吸引更多的教职工自愿加入。

这些年，在蒋福宾的积极倡导下，工会组织了很多有特色的活动：每个季度工会组织一次教职工集体生日会，把这个季度过生日在的教职工集中在一起庆祝生日。一个精心策划的集体生日会在每个教职工的记忆里都会更加难忘，“集体生日会”也成功获选校工会“特色工会活动”。

平日里，工会委员们坚持设身处地为每位教职工提供服务。工会活动室全面开放，教职工的孩子可以在这里学英语、练书法，组织新教师“认家门”活动，更是起到了与学院领导牵线搭桥的沟通效果。蒋福宾一直非常关注退休教师，积极组织座谈会，主动为老职工购买纪念品。正是这些积极有益的活动逐渐让工会成为所有教职工的温暖大家庭。

谈及工会给大家带来的快乐和温暖，蒋福宾强调，“这不是我一个人就可以做到的。我们工会的委员们十分给力，他们每个人对待工会的工作都十分认真，十分投入。正因为有了他们每个人的支持和付出，每个活动才可以顺利地进行。”

（王娟　沈珊珊）

扫描二维码即可阅读全文

倪文东：篆隶楷行草，一笔一划皆“人生”

推送时间：2017 年 11 月 3 日

“北师大的书法专业绝不是让学生只练字、写字，它一定要和学生的综合学养结合起来，一定要与文学、历史、哲学、美学、文字学结合起来。”

——倪文东

人物事迹

从事书法教学、创作和研究工作 30 余年。担任首届“中国书法兰亭奖”教育奖评委、教育部人文社科奖评委；书法教学成果三次获得省部级优秀教学成果二等奖；2014 年被评为北京师范大学教学名师；曾在北京、西安、太原、黄陵、新疆和台湾举办个人书法篆刻展览；书法作品被中国美术馆、炎黄艺术馆、陕西美术博物馆、清华大学等收藏。主编和出版有《20 世纪中国书画家印款辞典》《中国篆刻大字典》《书法创作导论》《书法概论》《篆刻临摹与欣赏大典》等 30 余部著作、教材和大型工具书。发表论文 30 余篇，论文获全国第六届书学理论讨论会二等奖。

1
邂逅师大，见证书法系的成长

回想与北师大结缘的日子，倪文东说要从书法系筹建开始。北师大有着悠久的书法教育传统，早在辅仁大学时期，启功先生就为师生作过多次书法演讲和辅导。1986 年，教育部委托北师大暑期举办“全国书法教师讲习班”，启功先生为学员亲自授课。后来，启功先生和秦永龙都在文学院为学生讲授书法课。但在北师大书法作为专门的学科开始招生，却是 17 年前的事情。

1999 年，北师大正式向教育部申请开办美术学书法专业方向，2000 年起在全国范围内招收书法专业本科生，2002 年开始招收硕士研究生，而后又在艺术学一级学科招收书法方向博士研究生，在艺术学博士后流动站接收博士后研究人员，形成了较为完整、系统的书法学人才培养体系。倪文东对此回忆道：“北师大从 1999 年正式开办美术学书法专业方向，2000 年开始招生，当时比较缺教师，我就从西北大学来应聘，那时候我 40 多岁，与书法系第一任系主任秦永龙一起扛起了北师大书法专业创始、发展、建设的大旗。”那时候，我们一起拟定培养计划、聘请专业教师、举办学术讲座、开展学术研究、购买教学设备和图书资料，几乎天天待在办公室里加班加点。

倪文东见证了北师大书法系的成长，而书法系的成长又见证了这所百年学府培养综合人才的过程。或许很多人都认为，“书法没有必要成为一门学科，自己练练字也就可以了”。但是，倪文东谈到在北师大书法专业筹建之初，秦永龙和启功先生谈书法系培养学生的问题时认为：“北师大的书法专业绝不是让学生只练字、写字，它一定要和学生的综合学养结合起来，一定要与文学、历史、哲学、美学、文字学结合起来。我们培养的是学者型书法家，要培养书法工作者。”启功先生也对此谈到：“这样就有了学术方面的要求，把书法教育与做学问、搞研究结合起来，和综合修养结合起来，这才是一个比较丰满的书法家，才符合时代发展的需要。”

正是基于这样的办学理念，在启功先生的关怀下，在秦永龙的努力下，北师大书法系才真正在基础学科林立、优势学科遍布的北师大校园里安了家。

书法系的成长离不开倪文东等老师的努力。但是对于倪文东来说，邂逅北师大意义更加特殊。

来北师大之前，倪文东在西北大学教了很多年的书法选修课。单纯教授书法课，这对于具有深厚书法专业素养的他来说实在是过于轻松了。来北师大之后，倪文东倍感压力。对他来说，从一个书法公共选修课的老师成为书法专业任课老师，经历了“适应、学习、转换”的过程。篆隶楷行草，书法技法、书法史论、书法美学、碑帖学……对于出身中文、自学书法的他来讲，即使再难，也是乐在其中。至今仍是本科学历的倪文东，一心扎在教学和科研的第一线，不管是在西北大学还是在北师大，著作等身的他始终坚守自己“与书法为伴、与书法教育为伴”的初衷，深耕沃土育栋梁，也正是在教学和科研上的不断努力，倪文东成为了北师大为数不多的没有博士学位的博士生导师，可谓“传奇”。

2
书法教育要立足现实，满足社会需要

担任教育部艺术学理论教学指导委员、中国书法家协会理事的倪文东，这些年最大的感受就是书法教育迎来了发展的“春天”。2011 年国务院学位委员会一致通过，将艺术学科独立成为艺术学门类，将艺术学科从文学中独立出来，成为新的第 13 个学科门类。而书法作为艺术学门类下设的五个一级学科中美术学的二级学科，正式有了自己的学科地位。而后，2013 年教育部发布了《中小学书法教育指导纲要》，又大大推动了书法教育的发展。

倪文东带领学生团队用了三年时间，针对全国高等书法教育的情况进行了调研。目前，全国有 130 多所高校招收书法本科生，招收书法硕士研究生的高校接近 90 所，培养书法博士的也有 20 多所高校。

这些高校主要分为四个体系：一是以北师大为首的师范院校体系。这个体系体量最大，占所有本科生源的三分之二，包括南京师范大学、河北师范大学、陕西师范大学、江苏师范大学等院校都开设书法专业。二是艺术类院校。最早开始招生的是中国美术学院，后来中央美术学院、四川美术学院、天津美术学院、西安美术学院、鲁迅美术学院、湖北美术学院等“八大美院”也都陆续开始招收书法专业学生。他们把书法作为艺术类人才培养值得探索的创作模式。近年来，其他一些综合院校和理工院校也陆续开设了书法专业，在建筑、传媒、陶瓷、设计等跨度较大的专业也实现了书法教育的融合。可以看出，书法已经渗透到教育体系内各个学科的方方面面。

谈起不同院校培养学生的模式，倪文东认为，普通院校和艺术类院校之间的差异主要体现在招生要求、培养模式、学科重点等几个方面。艺术类院校的招生一般是对文化课成绩划设一定的分数线，只作为资格准入。最终，以专业课的成绩高低进行录取。在培养方式上更注重学生专业素养的培养，重视线条、色块、构成、创作等元素；而综合、师范院校，培养学生的要求和特点却大不一样。从招生方面来讲，北师大等师范院校将文化课成绩与专业课成绩综合相加进行录取，在课程体系设置上，比较偏向文史基础，将古汉语、文字学、古典文学、文艺学、历史文献等课程纳入培养体系。

对此，倪文东谈到："这种培养模式适合'大文化'的需要。真正的书法家不是写几个字、搞几个造型就行，一定要有文化修养。出笔成文，笔下就应该有你的理念、思想，你所创作的艺术作品，会反映出作者的文学修养。这是一个书法家长久发展，真正成为大家、大师的基本要求和标志。"

"有汉字，就有汉字的书写问题"，书法教育的发展应该和整个社会发展相适应。在倪文东看来，书法的应用极其广泛，建筑行业、平面设计、影视创作、媒体编辑，各行各业都需要一些懂得书法专业知识、熟练掌握书写技法的人发挥作用。在学科融合不断加剧的现代教育体系中，书法教育应该是一个"大综合"的教育范本，在跨学科和交叉学科齐头并进的时代里，也只有满足社会需要的书法学科才会有更大的发展空间。

3
老师要比学生更勤奋

倪文东在教学和培养学生方面积累了大量的经验，有着独特的思路与做法。在本科教学上，倪文东主要讲授专业基础课，为本科生讲授书法概论，致力于让学生系统掌握书法学科的基本知识和艺术规律。倪文东不仅在艺术与传媒学院新生班讲授书法概论课，还在继续教育与教师培训学院远程学历教育书法学专业班讲授。这门课也在智慧树网络在线教育平台上上线，吸引了全国 55 个院校 3 万多名大学生在网络上学习书法知识，可谓风靡一时。

在研究生教学方面，倪文东注重课程实践与改革，他在讲授篆书理论与创作、篆刻理论与实践两门学位课程时，皆致力于讲授篆书、篆刻的基本概念、源流发展、艺术理论等基本模块，而剩下的则让每个研究生以专题汇报的形式进行自主研究和探索。学生可以选择某一位古代书法家或篆刻家，针对其生平历史、游学为官、作品风格等方面，搜集有关文献材料，并撰写相关论文，制作教学 PPT，并现场临摹书法家的作品，最后由学生和老师进行点评。这样的教学模式和方法，对学生来讲是一件压力很大的事情，但也是对学生最好的锻炼，其过程本身作用鲜明、意义重大。同时，倪文东还注重社会实践，经常带着学生们外出考察，访碑游学，参观博物馆，开拓学生的视野，增加学生的阅历，丰富学生对书法文化厚重历史底蕴的认知和思考。

对于博士研究生的培养，倪文东强调论文选题的重要性。他要求博士论文的选题不要都选纯理论的课题，一定要和古代及地域的书法遗迹结合起来。今年刚刚毕业的博士研究生陈思，论文研究题目是“陕西汉中石门石刻书法文化研究”，她对陕西汉中地区记录古代官员带领民众修筑从秦岭到巴蜀道路的摩崖石刻进行了全方位的研究，不仅对碑刻文字进行详细的考证和研究，还搜集了关于历代碑刻详尽的文献资料，对当时交通、地理位置等研究颇为用心，自己手绘地理位置图，复原石门石刻现状，同时纠正了一些已有研究成果的错误，形成了近 30 万字的博士论文，对研究当时的历史文化有一定的参考价值。

倪文东的另外两个博士也正在对陕西耀县的北朝造像记书法文化、陕西昭陵唐代石刻书法文化进行研究，这些石刻造像在中国文字史、中国佛教史、中国书法史等方面都占据重要的地位。这对于散落在中国大地上，鲜为人知的、有地域特色的、有文化背景的“活材料”来说，实在是书法博士论文选题的“最佳之选”了。

常年累月的外出实践和学术积累，使倪文东对于全国各地碑刻的情况有了系统、深刻的了解和认识。他常常深入田间地头，带着学生们“访碑游学”。他强调：“那些编印在册的碑帖常常和原始的碑刻有一些区别甚至出入，我们一定要到田野中去考察，了解古代碑石的保存状况，调查中国碑石文物的保护现状，这样的调查工作对国家、对学生都很有意义。”书法本来就是非常贴近生活实际的一门学科，而只有扎根实际的学生，才能为以后自己的专业成长积累更多的“养分”，才会走得更高、更远。

“要给学生一碗水，老师就要有一桶水，甚至一缸水”，作为书法专业课的老师更是如此。倪文东常讲：“书法专业的老师，篆隶楷行草都要临摹学习，都要精通，无论是理论研究，还是创作实践，作为教师，都应该做到最好，做到一流的。老师的字写不好，学生就不会买你的账，这可不比其他专业。书法专业的老师要在各种字体、各种风格流派方面都要远远超过自己的学生，才能算得上一位合格的书法专业教师。这对于老师来说，也是极大的鞭策。”几十年如一日，读书、写作、磨墨、挥毫，“不用扬鞭自奋蹄”，倪文东始终不敢轻易放下手中的“笔”。

4
一位书法教育家的展望

“我过去的梦想就是当一名书法老师、一个书法家。现在，可以说，我的梦想实现了。书法就是我的生活，它遍布在我生活的方方面面。早上醒来看书法，和朋友聊天聊书法，看书法的书，每天都要练书法。书法已经成为我的一种生活常态，和我的生命息息相关”，已到花甲之年的倪文东常常和学生们这样形容自己与书法的关系。

“书法是什么，书法就是对汉字的加工和美化，对汉字的美的再创造。”

一个能将自己的梦想、爱好、工作和生活都融进书法里的人，血液里到底流淌着多少文墨书香呢？恐怕，也只有倪文东心里明白。因为如此，他对书法，对北师大书法才会爱得“如此执着、如此深沉”！

17 年里，在艺术与传媒学院艺术学科综合发展、齐头并进的体系中，书法学科也脱颖而出，积累了丰富的物质和人力资源。不仅培养了体系健全、团结奋进的师资队伍和研究人才，而且积累了丰富的教育、教学经验，在教学模式和培养方式上也有自己突出的特点和广泛的社会影响。未来的发展中，如何传承北师大书法的“金字招牌”启功先生的书法艺术，是书法系必须要思考的问题。

在退休返聘的日子里，倪文东也没有停止对北师大书法学科发展的认真思考和殷切展望。倪文东认为，书法是所有艺术学科中最具中国特色的专业和学科，是中国文化的核心。音乐，中国有，外国也有；美术，中国有，外国也有；影视，我们有，外国也有；舞蹈，我们有，外国也有。书法，只有中国有，外国没有！在国家不断重视中国传统文化的传承和发展，教育部要求中小学开设书法课，而中小学书法师资严重缺乏的情况下，北师大书法学科应该如何面对、如何发展？我们应该有我们自己的思考。

北师大有完整的教育学科体系，有悠久文史传统，有启功先生这面书法旗帜，有先生的学术理念和艺术创作宝库。倪文东表示，时代的发展，无形中把北师大书法学科，推到了前头，我们应该有所作为，我们必须有所作为。建议北师大书法学科可以联手教育学部、文学院、历史文化学院，启功书院等，充分利用北师大综合文史学科优势，同时引进一些高端的书法专业人才，适度扩大本科生和研究生招生规模，成立独立的“启功书法学院”，开展书法理论研究、创办书法专业杂志、举办书法教师培训、开办书法高端论坛，把北师大的书法专业做大、做强，努力成为全国书法教育的排头兵，发挥北师大在全国书法教育界举足轻重的作用和影响，实现北师大书法专业的再跨越！

寄语北师大与青年学子

北师大 115 周年风雨历程，始终坚守自己的学风，塑造了师范立校的典范，北师大应该扎扎实实做好师资培养，同时也要重视有特色的学科建设，除了心理、教育、文学、历史这些优势学科外，还应该重视书法这一类真正具有中国特色的专业学科，争取做大做强，成为全国一流学科。

青年学子们要坚持北师大“严谨、务实、求实”的一贯学风，把“学为人师，行为世范”的校训传承下去，要谨记自己的责任和担当，将来做一个优秀的、合格的、人民喜欢的教师，打好基本功，扎扎实实地学习，不要辜负北师大好的学习氛围，也不要辜负青春大好时光、更不要辜负老师们的殷勤期望！

（王娟　郭文杰）

扫描二维码即可阅读全文

吴玉军：教师要做社会的风向标和社会的良心

推送时间：2017 年 11 月 15 日

“从事思想政治教育教学和研究是一项很有意义的工作，因为人的思想问题是最为复杂的，从事这一工作可以对人生、对社会有很多的认知和体悟。

——吴玉军

吴玉军，哲学学院教授，博士生导师。主要讲授西方政治思想史、当代政治思潮等课程，从事政治哲学特别是国家认同问题研究。出版专著《非确定性与现代人的生存》《现代性语境下的认同问题》《自由》，译著《经验及其模式》《美国中小学社会课教学策略》等，主编教材《西方政治思想史》《为了未来——教师职业道德读本》，发表论文 90 余篇。主持国家和省部级科研项目多项。2010 年入选北京市新世纪社科理论人才“百人工程”培养计划，2014 年被评为“北京市优秀青年人才”，2015 年入选国家万人计划“青年拔尖人才”。

1
十七岁，与思政教育结缘

自 1995 年考入北京师范大学，吴玉军就与思想政治教育结上了缘。一位来自山东昌乐的青年，先后在北师大就读哲学学院思想政治教育专业、外国哲学专业、马克思主义哲学专业，分别获得学士、硕士及博士学位。10 年的时间里，他徜徉在思政、哲学书海里，乐此不疲。

十年走来，在吴玉军身上发生了很多变化。带的学生越来越多，上的课越来越多，科研成果越来越多，而头发却越来越少。选择从事思政教育研究和教学，是他的“初心”，也是他的追求。

在吴玉军看来，从事思想政治教育教学和研究是一项很有意义的工作，因为人的思想问题是最为复杂的，从事这一工作可以对人生、对社会有很多的认知和体悟。做好思政课教育，首先需要有良好的理论支撑。“就像马克思所说的，‘理论只要说服人，就能掌握群众；而理论只要彻底，就能说服人。所谓彻底，就是抓住事物的根本。’一种理论体系能否打动人，前提是它是否科学，逻辑是否严密，说理是否透彻。”思想政治课教师必须做好研究，提高自己的理论水平，能够对棘手问题作出令学生信服的回答，只有这样，才能使学生心悦诚服地接受和认可所传播的价值理念。

在吴玉军看来，理想信念和道德情操对思政课老师来说尤为重要。“大学老师一定要考虑教育出的学生能够对社会做出多大贡献，老师本身又能为社会做出多少贡献。”他时时以培养出能够对国家和民族做出贡献的学生为要求来自勉，经常向学生讲物理学界一代宗师叶企孙先生家国情怀的育人故事。责任在心，担当在行。他将老师这一职业喻为“社会的风向标”，将知识分子拟作“社会的良心”，“老师有胸怀天下的视野和立场后，对学生的引导是有方向的，在课堂上的言谈举止是有自觉意识进行把握的”，“在课堂上无需赘述多少豪言壮志，但要给学生提供一种向上的力量”。

好的老师不应仅仅停留在对学生的传道授业方面，还需要对学生进行价值观的引导。“价值引导是教育者的天职，教师不仅承担传播知识、启迪智慧的任务，更是肩负精神熏陶、人格塑造和价值观养成的重任。”他认为，思想政治教育不是中国的专利。每个国家都通过特定的制度化安排引导人们对特定的价值观念产生认同感，都采取不同的方式进行思想政治教育，尽管很多国家并不将这一工作冠之以思想政治教育的称谓，但毫无例外都在引导公民确立社会期许的价值观念。

那么，老师应该以什么样的方式进行价值观的传导？在吴玉军看来，老师除了具备较高的理论素养外，还需要有很强的职责意识。高山仰止，景行行止，他常以柏拉图的教育思想为初心、为遵循——柏拉图讲过，教育就是从小在学校里接受善，使之抱着热情而又坚定的信念去成为一个完善的公民，既懂得如何行使又懂得如何服从正义的统治。教师作为学生的引路人，有责任有义务将他们引导到正确的道路上，使得他们有好的发展前途，为社会和国家做出自己的贡献。

在教育教学中，教师应该对不同的思想流派持开放态度，让学生了解不同思想流派的主张。当然，分析和讲授过程中应该包含价值关切，教师应该对各种流派作出分析和评判，以便引导学生对它们做出理性分析和把握。吴玉军认为，思想问题是十分复杂的。确保马克思主义在意识形态中的主导地位，一方面需要讲清、讲透马克思主义；另一方面，教师还需要加强对其他一些社会思潮的研究，只有知彼知己，才能做到立足于马克思主义的立场和观点，对各种社会思潮做出批判性的考察，才能用马克思主义有效引领社会思潮。

此外，思想政治教育的教学方式方法很重要。思想政治教育要讲究层次性，充分考虑学生的接受力。吴玉军归纳了当前存在的两种不良做法：一是“幼儿教育的成年化”，二是“成年教育的幼儿化”。我们不能用抽象的语言给低龄儿童讲授深奥的道理，用常识性的东西给理论层次高的大学生讲授本应在幼儿阶段讲授的简单问题。他引入德国哲学家费希特的教育思想，推崇“大学是‘科学运用理智之艺术’的学校”，理性、审慎能力的提升是包括思想政治教育在内的一切教育应该坚守的品质。

思政教育要遵循学生的身心发展规律，对于不同年龄阶段的学生在讲授内容、讲授方法上一定要有差别，有侧重。各阶段的思政教育需要有效衔接，教育内容在广度上要不断拓展，在深度上要不断提升，使各个阶段的思政课都富有新颖性和启发性，使学生充满好奇心。透彻的说理和论证，润物细无声式的娓娓道来方能真正说服人。在吴玉军看来，“思想政治教育是有很强的理论含金量的，思政教师需要以理论研究为后盾，对政治、社会做理性的洞察，引导学生以科学的态度触摸社会的脉搏，锻造他们理性的、审慎的能力，提升其反思和批判水平，培养其对国家和社会的担当意识。”

“仁爱之心”也是思政课教师的必备条件之一。吴玉军将“仁爱之心”细化为关心学生、爱护学生、体谅学生，将思政课堂带入到日常生活中对学生方方面面、点点滴滴的关心，在学业的关键点为学生提供帮助与支持。他认为老师的一个重要角色就是解答学生在知识上、情感上的困惑，将学生视为自己的孩子，将他们的成功看作是自己的成功，对待每一个学生都要投入饱满的情感，不负家长对学生的期许和对老师的信任。

2
十年，培养 50 多名研究生

从 2007 年开始带研究生起，吴玉军已先后培养出 50 多名研究生。在哲学学院，他担任思想政治教育研究所所长，主管本科教学的工作的副院长。多年的行政工作，让他积累了比较丰富的人才培养经验。他深深知道，对待学生不仅要投入时间，更要投入精力，倾注心血。“对学生的培养要投入饱满的情感，培养学生就像养育孩子一样，给学生投入多少时间和精力，学生就会有怎样的成长。新生刚入学时，如果老师对他们给予充分的指导和帮助，就能让他们迅速进入角色，适应大学生活。”

在本科生培养方面，吴玉军所在的哲学学院重点突出四个方面：一是国际化，学院争取在 2020 年实现本科生境外学习经历 100% 覆盖率，目前覆盖率为 70% 左右；二是学科交叉，鼓励学生去其他学院选修核心课程，为未来发展提供更多的学科知识储备；三是通识教育，鼓励老师开设面向全校学生的通识课程，将全校学生作为自己的学生，提高他们的哲学素养，同时鼓励哲学学院的学生修学其他学科开设的通识课程，提高其综合素养；四是重视“互联网 +”，开展 MOOC 教育、SPOC 教育，推进线上线下教学的有效互动与衔接。教育教学必须适应时代发展要求。培养厚基础、宽口径、国际化、通晓新技术的创新性、复合型人才，是人才培养的方向。也只有这样的人才，才能在激烈的人才竞争中脱颖而出。

学生要想有很好的发展，必须有一个好的学业设计和人生规划，吴玉军说，“对学生必须进行精致化的培养，精雕细琢，不能放任自流”。他将高校的发展落足于对人才的培养这一首要任务，将老师科研的最终归宿亦着眼于为学生培养提供便利。“关于学术，高校的老师要权衡好教学与科研的关系，遵循‘教学与科研并重’的原则。普通高校既不同于中小学，也不同于科学院；教学科研应该相辅相成，研究是为了教学，教学本身也促进科学研究。”

“学生的思想是很活跃的，北师大的学生的素质是十分高的。在课堂教学中，在与学生的课下交流中，学生们会给我很多启发，我自己论文中的很多想法就是在与学生们的交流中产生的。”

对研究生的培养，吴玉军坚持做人生规划引航师。新生一入学，他就谆谆告诫学生一定要有明确的规划与目标。他时常说："成功一定要有计划，有计划不一定成功，没有计划一定不会成功。"他培养了50多名硕士生，虽从未对学生当面责备过一次，但是学生还是对他有着发自内心的尊敬；在日常交流中他注意以自己的言行影响着自己的学生，教导学生戒骄戒躁，谦虚谨慎。

在学生看来，吴玉军老师既是学术上的良师，也是生活中的益友。每每临近毕业季，他时时考虑学生的承受力，不为学生增加压力，鼓励他们积极寻找施展自己的工作舞台；而对学生提交的毕业论文，大到逻辑结构的调整，小到标点符号，他都认真修改；为给学生及时反馈，他给自己立下规定，每个学生递交的论文，无特殊情况必须两天之内给予意见与回复，一杯清茗孤灯影，熬夜至子夜的一两点钟已是常态。

吴玉军就是以这样简单平实的话语和严谨自律的行为感染着他的学生，带给我们的，是无言的力量和无边的敬意。他用十多年的教育实践，在思政和哲学领域扎实地行进。他以自己对思想政治教育的认识和理解，不断提醒着每一位学生，不论是学习还是生活，既要仰望星空，更要脚踏实地。

寄语北师大及青年学子

祝我们的学校在未来有更大发展，为国家培育更多优秀人才。

脚踏实地走好人生每一步，快乐充实过好每一天。

（王娟　展婷婷）

扫描二维码即可阅读全文

刘全儒：华北植物第一人 & 荒野里的猎植人

推送时间：2017 年 11 月 16 日

“跟着我学，在毕业时必须能够识别上千种植物，不论将来是否从事科研。”

——刘全儒

刘全儒，生命科学学院教授，博士生导师。1979 年 9 月至 1981 年 7 月在山西朔州师范学校学习；1981 年 8 月至 1985 年 7 月在山西朔州市平鲁区从事中小学教学工作；1985 年 9 月至 1987 年 7 月在山西教育学院生物系学习；1987 年 8 月至 1990 年 8 月在山西朔州市平鲁区执教高中生物学；1990 年 9 月至 1993 年 7 月在北京师范大学生物学系攻读硕士学位；毕业后留校工作，一直从事植物分类学的教学和研究工作。1995 年 7 月晋升讲师。2001 年 7 月聘任副教授。2001 年 9 月至 2007 年 6 月在职攻读博士学位。2012 年 7 月聘任教授。

1
一位普通老师的话

“我只是一个平凡的普通老师，做的都是一个普通老师该做的事。”

“我教过两年小学，两年初中，三年高中，后来来到了大学任教，在北师大教书也有 24 年了。在教育系统走了一圈，依旧喜欢老师这个职业。”

“这些年得到的荣誉很多，获得的证书也很多，这是大家对我的肯定。可是这些都是外在的东西。我做的都是一位老师该做的事，该承担起的责任，该完成的任务。”

2
我培养的学生定要能识别千种以上的植物

刘全儒用三十多年的时间几乎教遍了中国教育系统内的学制。育人几十载，心得不多，却朴实真挚。作为导师，刘全儒对自己带的硕士博士从没有过高的要求，但却十分严格。“工作量一定要要饱满，做到硕博该做的事。跟着我学，在毕业时必须能够识别上千种植物，不论将来是否从事科研。”

刘全儒十分注重学生培养，针对未来不同的择业道路因材施教。如果学生将来想要当中学老师或者本身不适合搞科研，刘全儒便会着重培养学生的教学能力和基础知识。如果对科研有所长，便极力培养学生的逻辑思维、行文撰字和野外实地。不论将来从事哪行哪业，刘全儒都希望自己带出来的学生能有一份核心竞争力，能够为以后的发展多做准备。

“学生愿意学，愿意做，我会适当给他加压。因为在我看来发自内心的喜欢是面对未来种种艰难的前提，没有知难而退的人才才值得培养。”在这种培养模式下，刘全儒带出来的硕博都十分优秀，其中还有硕士进入北大清华做老师的。“对待学生高标准严要求的前提是我自己做得到。自己做到严谨认真，对学生要求严谨认真，才会在人才培养和未来择业就业上有所倚重。现在很多地方都让我推荐学生去就业，我想推荐的学生不砸锅才能形成良性循环，立起招牌。”刘全儒培养的硕士和博士就业都非常不错，中学大学都有他的学生站在讲台上授课的身影，这是刘全儒作为导师的骄傲。

从业执教几十载，教书育人数十年，刘全儒带过很多学生。在他看来，学生都是小孩子，允许犯错允许不知。可是学生也是一个个鲜活的个体，有多样的性情和复杂的情感。所以尽管做了很多，刘全儒依旧觉得作为老师还有很多不足，还有很多需要改进的地方。“路漫漫其修远兮，吾将上下而求索”。刘全儒用这样一句话回望自己走过的教书历程，也激励自己在未来继续前行。

学生何毅这样描述他的老师：“刘老师做学问的勤奋常常让我们这些学生自

惭形秽。生科院的不少教授都是典型的工作狂，但是如同刘全儒老师这样几乎全年无休的还是少数。除了出野外考察的时间，只要刘老师人在师大，那你就一定会在办公室里找见他。如果不在，那么要么是在上课，要么就是在去上课或下课回来的路上。除了午饭和晚饭后简短的休息，从早上八点半到晚上十一点，在那间拥挤的办公室里你总能看到他的身影。每年的六月到十月，总是刘老师最辛苦的一段日子，要么在车上赶路，要么就跟我们一起爬山、做样方、采标本。但在野外从来听不见他说过一句累，就算是在连我们都快疲惫不堪的时候，他也总是一副轻松自如的样子，走在前面给我们开路。”

“刘老师每年的休息日屈指可数，犹记得一年寒假过年回来见到刘老师，他兴奋地给我展示着桌上厚厚的一叠绘图纸：‘这是我寒假这段时间给书画的墨线图，你看看。’这是他从大年初二就坐在办公室里夜以继日的劳动成果，我说：‘老师您也不歇几天啊！’‘趁这段时间安静，最适合画图了。’他这样答道。而这些不仅给我们做了榜样，也让我们由衷敬佩。”

郝加琛自 2013 年入学以来，拜入刘全儒门下已有四年了。他眼中的刘老师是一个工作非常努力的人，每天大部分的时间都是在办公室度过的。“通常早上八点之前到办公室，午餐后很少休息，直到下午六七点钟才回家休息一个多小时，晚上八九点钟老师又会出现在办公室，直到十一点钟学院关门才回家。老师每天的工作时间在十小时以上，这足以让我们绝大多数研究生汗颜。而且老师的工作效率超高，就拿标本鉴定来说，老师一天可以轻松地鉴定二三百份标本，这相当于一个研究生几天的工作量。”

“尽管手中有非常充足的科研经费，刘老师还是非常节俭：单面用过的打印纸，老师会收集起来再次利用；10 年产的老旧打印机，仍在办公室服役；采集植物标本用的编织袋，时常被树枝刮破，刘老师也舍不得丢弃，会亲自用针线缝补好。而且刘老师时常提醒我们，出差时食宿尽量节俭一些，能省的尽量省下来。在老师看来，勤俭节约不仅是美德，更是一种积极向上的态度，刘老师以身作则，给我们研究生树立了极好的榜样。”

3
荒野里的猎植人

刘全儒谈及外界盛誉的“华北植物第一人”的称号，谦逊地摆了摆手并说道了他入门植物领域的缘由。“我对植物的兴趣在很小的时候就有了，很多想法都萌生在早年朴素的思想中。小时候家里养家畜，需要小孩子放学后去拔草喂养，从中我发现我对草十分敏感，也十分有兴趣。后来在山西教育学院进修植物学时发现山西还没有出版过一套植物志，我就觉得能出一个那该是多么好的事情啊。高中教学期间对植物学兴趣不减反增，所以我决定在自己喜欢的领域里深造。我的基础很差，之前并没有经过大学四年的系统培训就试图考研究生，结果自学考了两年才考入北师大。支撑我走下去的除了兴趣便还是兴趣了。”

刘全儒研究的领域时植物分类学。给大自然里的植物分门别类并给出名称属性便是刘全儒需要做的事。搞清楚植物的界、门、纲、目、科、属、种的阶元划分只是一部分，更重要的是要在植物身上发掘出其暗藏的经济价值和积极效应以便造福于人类社会，“植物猎人”的说法由此而来。植物分类学不仅能给社会带来极大的价值，还能给其他领域的开发和发展打下基础。比如国家在决定开发一个地区之前一定要做的一件事便是做该地区的动植物本底资料的评估。

钻研植物分类学，拿着一堆资料死记硬背是没有意义的。所有的植物都有自己独特的特征，重要的是去实地观察、研究，才能区分出它们之间看似非常微小、其实十分明显的差异。有关植物分类学的所有记忆，都是在理解基础上的记忆。所以对于植物分类学领域的研究者而言，野外考察、田间干活便成为家常便饭。“对于其他人而言，假期就是休息旅游，可是我们寒暑假、十一黄金周等假期都会在山沟里森林里考察，哪怕是去旅游区去也是去考察植被。即使前期会做充分准备，研究好植物最可能出现在哪里，也很难直接找到相关植物，我们就在山野林间转。”

野外采回的标本

野外往往意味着与艰难危险相伴而生，刘全儒便有被困荒漠的惊险经历。为研究荒漠中的植被，刘全儒带着学生去了内蒙古的阿拉善考察梭梭林。下了火车，刘全儒租车带着学生们向阿拉善腹地进发。荒漠植被景观和想象完全不同，戈壁滩一望无际，基本看不到乔木，即便有灌木，他们的地表覆盖度也很低而且矮小。荒野考察为安全考虑，本打算中午返回，所以没有准备食物。可是不幸的是，在走了大约 40 千米之后，九点多的时候汽车抛锚了，所有人只好等司机下车修车，这一等就等到了下午四点多。

抛锚点荒无人烟，手机也没有信号。在没有食物与饮用水并且和外界失去联系的被困情况下，学生情绪普遍恐慌。刘全儒当机立断表明，不能再等下去了，必须走，尽快找到附近的人家。在走了大约五千米时，师生一行终于找到了一户牧民。在牧民家中给当地的森林防护机构打过电话之后，刘全儒和学生们说：“现在就等着吧，估计过来还得很长的一段时间。”饥寒交迫的学生们听到还要等很久，便向牧民要了点吃的。热情的牧民拿出了烤馒头，可是掰开馒头里面全是白毛。城里来的学生们哪里见过这个！刘全儒拿过馒头仔细观察了一下说道：“这是根霉，影响不大可以吃，饿了就吃了吧。”说完自己就给学生们起了个头，吃起了白毛馒头。当晚十一点多，精疲力尽的一行人才安全抵达营地。惊险一日荒漠行，带给学生们的不仅是野外植被知识，还有刘全儒老师不畏苦难、沉着冷静的精神和野外生存技能。

近些年，野外植被考察出了好多起意外，很多人因故丧命。刘全儒带领的团队中的一位老师也曾经历过惊险一幕。一年五月，刘全儒和几位师生一起先乘火车后乘租来的汽车，辗转数日到达了内蒙古的大青山，做一个生态项目评价。大青山为阴山山脉，最高峰海拔 2338 米。这里的森林、灌木和草原镶嵌景观，是阴山山地生物多样性最集中的区域。

与刘全儒同行的师生中有几位是做 GPS 定位的，需要在一些具有明显特征的地方进行定位。一天，当刘全儒师生正在进行调查时，突然看到做定位的同学在远处拼命招手，刘全儒以为他们是在提醒自己小心，因为当地人经常开山放炮，连忙找地方躲了起来。可是等了半天没听见炮声，倒是看到两位男生狼狈地跑了过来。原来这次做定位的地方十分陡峭，险峻的山路让一位女老师被困半路，只能半蹲悬空等待救援。野外经验丰富的刘全儒并没有慌乱，而是带着男生绕到了女老师的上方位置，用八股样方绳拧成了一根“救生绳”，经过一番努力将女老师拉了上来。胆大心细经验丰富，沉着冷静遇事不慌，刘全儒用自己丰富的野外经验避免了团队不必要的伤害。而与刘全儒老师一起去过野外考察的学生也都表示跟着刘老师去心里有谱。

刘全儒的学生何毅谈及野外经历，刻画了刘全儒的“慈父”形象。“2013 年夏天，我们一行六人要在太白山主峰完成植被考察的任务，从山脚下的蒿平寺一直到最高处的八仙台，垂体梯度 2000 多米，只能依靠我们的双腿向上攀登，我们这些毛头小伙子对于海拔 3750 米是什么样的概念一无所知，缺乏心理及物资的准备。身为领队的刘老师发挥了至关重要的作用，他预料到我们会有一些人带的衣服不够，提前装上了一大包的厚衣服不声不响地背了上来。待到我们走到了海拔 3500 米的上板寺，半山腰的温度早已不同于山下的烈日炎炎，夜幕降临之后，山风呼啸，我们围坐在一座破庙之中相拥取暖，大家都竭尽所能地把所有的衣服套在身上。刘老师从他的大绿军包里面变戏法似的掏出了两件毛衣，三条秋裤，还有两条冲锋裤，发给大家，帮着我们这些人一起熬过了那个难忘的夜晚。事后回想起来，一是有些后怕，二是着实佩服刘老师的远见。”

野外缺少食物，刘全儒为同学们辨认可食用蘑菇改善生活；深夜遭动物打扰，刘全儒以木架拦牛，并安慰受惊学生好好休息；野外回程没有订到卧铺位，连坐的地方都没有，刘全儒就抱着标本箱蜷缩在角落里；辛苦往往与病痛相伴，野外生病，刘全儒便把帐篷变为指挥所，然后自己拖着病躯整理调查记录、核准植物名称、给压制的植物标本换纸……刘全儒多年的野外考察经历和课后孜孜不倦钻研的成果展现，不仅体现在一堂堂精彩的课堂讲授、一张张满载荣誉的奖状，也体现在大量的科研成果和出版过的数十本的科普读物当中。

而面对这些，刘全儒却只是笑笑摆摆手说：“该做什么就做什么，奖状之外，工作才是根本该继续的。”

更多事迹

获 2000 年度北京师范大学本科优秀教学奖、2004 年北京师范大学高等教育教学成果一等奖、“北京市优秀教师”、2006 年北京师范大学第四届本科教学优秀奖、跨校的生物学野外实习教学资源共享平台建设与实践获国家级教学成果奖二等奖、2007－2008 学年北京师范大学优秀辅导员称号、2007 年北京师范大学师德先进个人荣誉、是荣获云南省 2010 年度自然科学特等奖的编研成果《云南植物志》中的绘图者、2013 年度北京师范大学教学名师奖、2013 年北京师范大学第一届“最受研究生欢迎的十佳教师”荣誉称号。

参与完成的《主要农业入侵生物的预警和监控技术》项目获 2013 年度国家科学技术进步奖二等奖、参与编写的《中国之美·自然生态图鉴（6 册）荣获第一届山西出版奖优秀图书奖、2015 年生命科学学院七一表彰“四有”好老师称号、2016 年度宝钢优秀教师奖、中国植物保护协会科学技术奖励证书、主持建设的《植物生物学实验》网络课程被国家发改委“下一代互联网教师教育创新支持系统应用示范”项目收录等。

主持国家自然科学基金项目“世界沟瓣属（卫矛科）的分类学研究”和“中国及泛喜马拉雅地区滇紫草属的分类学研究”。目前承担《泛喜马拉雅植物志》紫草科的编研以及《北京植物志》（第 3 版）的修订工作。参加科技部基础工作专项“华北地区自然植物群落资源综合考察”和科技部支撑项目

“高寒草地生物多样性综合保护与持续利用技术”。对华北植物区系和青藏高原植物多样性保护有更多的关注。参加科技部基础工作专项“中国入侵植物志”的研编。

（王娟　李安诺）

扫描二维码即可阅读全文

黄会林：做一名教育青年人的人民教师特别光荣

推送时间：2017 年 11 月 17 日

“我一生都不会忘记那些为国捐躯的英勇战士，他们无怨无悔把最宝贵的生命奉献给自己的祖国，甚至连名字都没有留下，我们这些活着的人还有什么理由只为自己存在呢?”

——黄会林

人物事迹

黄会林先生多年致力于中国现代戏剧和中国民族化影视理论研究，在文化学术界开启了中国影视学派研究热潮。主编并参与撰写的《中国影视美学丛书》《新世纪高等学校教材影视艺术学科基础教程系列》《影视受众研究丛书》陆续面世，成为当代中国影视研究与教育领域具有里程碑意义的成果。发表影视、戏剧、文学、文化领域著作、文章约 620 万字；与绍武合作创作电影、话剧、小说、电视片、报告文学等约 320 万字；编集或主编出版 1540 余万字；共约 2480 万字。承担国家级、省部级“九五”“十五”“十一五”“十二五”“十三五”重大、重点科研项目及各种横向科研项目十余项。主持国家社科重大项目

“当代中国文化国际影响力的生成研究”、教育部哲学社会科学研究重大课题攻关项目“中国艺术学科体系建设研究”和全国艺术科学“十一五”重点项目“影视文化对未成年人成长的影响与对策研究”等。1992 年起享受国务院政府特殊津贴。曾获得国际、国内多项重要奖项。

1
六十甲子，与师大的四次结缘

“说起我和师大的缘分，起码有六十年以上，很悠久了。”陪伴师大走过六十二载春秋的黄会林，是北京师范大学资深教授、全国第一个影视学专业的博士生导师，更是艺术与传媒学院的主要创建者之一、北京大学生电影节的创办者。

黄会林教授出身耕读世家，乃书香门第之后。祖上家世煊赫，高祖黄赞汤，是道光年进士和翰林殿阁大学士。少年时代的她，因父工作调动，在上海和天津之间奔波。新中国成立后不久，她跟随父亲北上，插班进入北师大附属中学初二年级读书。“当时我家住在帘子胡同，就寻摸着找一个离家不远又名声不错的学校。1950 年春节过后，我顺利考入地处和平门的北师大附属中学。”当时年少的她，一定不会想到，她与师大的深厚缘分，肇始于此。

1950 年夏天，朝鲜战争爆发。举国上下，群情激奋，全民参军的口号不绝于耳。年方二八的黄会林，成为少数参军并且奔赴前线的女学生。她冒着炮火为队友送过补给、目睹过战友惨烈的阵亡、寒冬里就地掩埋过烈士的遗体……枪声、战火与死亡，这场异国战争，奠定了她这一生的价值观。战争结束后不久，她回到北京，带着对知识和继续学习的渴望，在 1954 年初，考入了北师大工农速成中学，读文科二年级。在这里，她不仅畅游在知识的深海中，还遇到了此生同甘共苦、风雨同舟的人生伴侣绍武。

在工农速成中学的第二学期，黄会林和同学在老师的带领下，第一次到师大校园参观。“记得我们从宝钞胡同乘公共汽车到铁狮子坟，下车后从东门进入学校。东门门口有两只威风凛凛的铁狮子，很有气派。”那时的师大校园和如今一样，有着郁郁葱葱的树木和姹紫嫣红的花朵，生机盎然，煞是好看。这一次短暂的美好相遇，给了她继续升学读书的目标和勇气。1955 年，黄会林从速成中学毕业直升北京师范大学，被保送至中文系，在北师大度过三年半的学习时光。

二十世纪五十年代，那是师大中文系的黄金时代。老先生们的治学与风骨，成为后人津津乐道的往事与回忆。黄药眠、钟敬文、谭丕模、刘盼遂、李长之、陆宗达、萧璋、俞敏等八位学界耆宿，治学严谨，授课又文采卓然。黄会林追忆道，“那时候，陆宗达先生给我们讲《说文解字通论》、刘盼遂先生给我们讲《古典文学》。”跟着这些老教授和他们的弟子学习，黄会林终身受益无穷。

1958 年，组织研究决定，“因工作需要”，黄会林从中国语言文学系提前毕业留校任教，成为现代文学教研室里的一名教师，直到二十世纪九十年代调入艺术系，她在这个岗位上一待就是三十多年。

从师大附中的热血参军少女，到师大工农兵速成中学畅游在知识海洋中的有为青年，再到师大中文系的一名怀揣教育梦想的大学生，最终，黄会林也在这里，走向教师岗位，成为一名燃烧自己、烛照他人的高校教师。

六十甲子，四次结缘。如今早生华发的她，再回首往昔，她见证了一所百年老校的六十多年的日月春秋，而师大也始终如母亲般给予她丰富的温暖、广博的知识和无穷无尽的力量。

2

抗美援朝，一段历练并净化心灵的岁月

1950 年 10 月 25 日，朝鲜战争爆发。彼时，黄会林刚升入初三。美国飞机炸死鸭绿江边渔民的消息传到学校，北师大附属中学全体师生义愤填膺，纷纷要求参军。“学生们天不亮就到学校跑步，锻炼身体，大家都卯着劲，许多同学写血书要求参军参战”，黄会林也是其中之一。最后她被幸运选中，成为学校一百五十名参军参干学生中仅有的几名女生，参军入伍，投笔从戎。硝烟、战火和鲜血，是这个热血参军少女在十多岁时最深刻记忆。

纵然时隔多年，那些赴朝参战的日子，依然粗粝而鲜活地存在于黄会林的记忆里。她回忆跟随中国人民志愿军进入朝鲜境内的第一个晚上，借宿在朝鲜农家，家中只有老大爷和大妈两人。他们得知这些人中还有女志愿军，觉得不可思议，感动之余，提笔写下“有朋自远方来，不亦乐乎”。黄会林被这种质朴的信赖和热情感动了，这一段插曲成为她终生难忘的回忆之一。

战场中，从作战科的一名标图员，到炮兵团的文化干事，再到战争前线送弹药、送补给的战士，黄会林吃过不少苦头。曾经敌军的炮弹就落在距离她不足十米的范围内，她与死神擦肩而过。战争最吃紧时，她背着挎包、步枪和手榴弹，咬牙随着军队，半夜行军 70 里。在进行了七天七夜的保卫清川江战役中，一百多名日夜相处的战友牺牲了。“我一生都不会忘记那些为国捐躯的英勇

战士，他们无怨无悔把最宝贵的生命奉献给自己的祖国，甚至连名字都没有留下，我们这些活着的人还有什么理由只为自己存在呢?”黄会林在自己的口述史中铿锵有力地说道。

黄会林终其一生，都在为师大乃至中国的教育事业奋斗。晚年时，有记者采访她为何在应享天伦之乐的年纪，依然如此精力充沛、干劲十足。她把原因追溯到自己参军的经历。在朝鲜战争中，她知道了人应该怎样活着、为何活着——“战友们用生命换来了祖国的和平。既然我们幸存了，我们就应该把他们的遗志完成，接续他们。是这些牺牲的战士保证了你的生命，所以还轮不到我去休息，去安度晚年。”

这段从军经历让黄会林更加热情、坚韧，始终对自己的事业葆有强烈的责任感。那些为了保卫祖国而甘撒热血于异乡的战友们，时刻提醒着黄会林，作为幸存者的她们，要为新中国的建设，贡献出自己应有的力量。

就这样，黄会林一生怀着质朴而热烈的目标，前行着，奋斗着，老骥伏枥，志在千里。

3
“二真”名言，教师岗位上奋斗不息

1958 年，在中国语言文学系就读的大四学生黄会林，提前半年毕业，留校任教。她在中文系现代文学教研室，研究“鲁郭茅巴老曹”，同时兼任大学的助教和辅导员。“我的教工号码是 58112，我记得很清楚”，黄会林说，“这就表明我是 1958 年正式进入北师大工作的，不会错。”

学为人师，行为世范。黄会林始终秉持着这样的观念：教育事业事关鲜活的生命，事关每一个青年的成长。在她看来，做一名教育青年人的人民教师，特别光荣，肩上责任也非常重大。在师大多年的辅导员和班主任生涯中，黄会林总是挥发光与热，激发学生的能动性和积极性，与学生有关的一切，她都兢兢业业，毫不放松。

黄会林回忆起曾经有一位贫困少年，开学时只带着席子，没有被褥，而且光着脚。黄会林问：“你为什么不穿鞋子?”这位少年说：“因为我只有一双鞋子。没办法换洗，只有上课时穿。”黄会林立马申请布票和棉花票，发动班上的女学生，在女生宿舍的楼道里为这些家庭困窘的少年们，絮褥子和被子，以保证他们能正常生活和学习，类似的例子，不胜枚举。“我尽我的所能去对待同学们，同学们用更多的回报来厚爱我，我这一生最幸福的可能是这个事”，黄会林说。

北师大现代文学教研室教学改革时，试图把传统的“鲁郭茅巴老曹”的作家作品研究，变成小说、戏剧、诗歌、散文分类的现代文学。教研室中各个老师按照分类来重新教授现代文学，由此契机，黄会林踏上了现代戏剧的创作和研究之路。

在这条路上，她和老伴绍武与无数有戏剧热情的少年们同行，一起把话剧艺术搬上神圣舞台，同时也把话剧教育落实到大学生的日常生活中。

身为学者兼高校教师的黄会林，治学从谨，严于律己。那种永远充满着一种燃烧不尽的激情和干劲，让她年过杖朝，依然为中国文化的海外传播贡献自己的力量。她常说，做人要真诚、做事须认真。这不仅是对弟子的谆谆告诫，也是一种自勉和自励之语。这“二真”箴言，是黄会林为人治学的态度，同时也是她身在教师岗位上，不断创造条件、更好地教书育人的真实写照。

4
北国剧社，高校剧社第一家

二十世纪八十年代中期，黄会林开设了一门《现代戏剧研究》课，有两百多名学生选修。黄会林在教学中，也在老伴的关注和建议中愈发感到，一部戏剧只有被搬上舞台，才会是真正完整的。因此，她开始鼓励大家多写剧本，进行创作。在她的鼓励和带动之下，学生们创作出数十部剧作，其中有《太阳神》《抹不掉的晨曦》《清晨下着小雨》《妒忌》等一系列出众的剧本。最终在六部剧本中挑选了四部，她拉着老伴一起和同学们自导自演，将剧本搬上舞台。

排演的过程，艰难摸索，自不必说，但学生们都全情投入，首演结束后，反响非常热烈。这次成功的戏剧实践，不仅让她意识到，学生的能力和才华是不可估量的、无限大的，还让她意识到一种更新的戏剧教育的可能性。这次实践，让他们有了成立高校剧社的想法。

直接促成北国剧社成立的事件，当属首届国际莎士比亚戏剧节。“1986 年首届国际莎士比亚戏剧节由中国承办，北师大接了排演莎翁作品的任务，因此需要成立正式的剧社。”北国剧社的成立大会在 1986 年 1 月 10 日晚上。那一晚上，北风凛冽，但北京戏剧界的权威泰斗和学者专家们纷纷来到会场，曹禺为北国剧社亲自题写了“大道本无我，青春长与君”的条幅。成立大会是热闹的，但更让人感动的是，这里有一群真正热爱话剧艺术、甘愿为此付出热情与心血的老中青几代人，大家欢聚一堂，充满了一种神圣的欢愉感。

“北国剧社”这个寓意深厚的命名，来自于二十世纪三十年代“中国之有戏剧当自南国始”的南国社的启迪。北国剧社，这个在中国话剧百年历史上被写进戏剧史的当代学生业余演剧社团，也寄予了黄会林对高校话剧社团发展和创造的厚望。黄会林对记者说，剧社的成立，让她深感作为教书育人的老师，需要一种基于对学生兴趣和能力了解基础上的“顶层设计”。“让学生在实践中体会到一些人生追求实现的可能性，只有他们体会到了，才乐于付出而不觉辛苦与疲累”。

北国剧社至今已成立三十余年，它的存在，让学生体会到的是一种丰富且高价值的艺术生活。中国话剧以其独有的艺术魅力，熏陶着大学生们在艺术王国里遨游，给他们以审美的享受，同时也在潜移默化中陶冶了性情，净化了心灵，体会着精神文明建设的深远意义。这种戏剧教育、情感教育和艺术熏陶的先见之明，是黄会林为中国话剧教育事业做出的卓越贡献。

二十世纪九十年代，花甲之年的黄会林仍然带领着师生，筚路蓝缕，以启山林，从无到有，建立起北师大的艺术与传媒学院。而后，激情不减的她，更是开疆拓土，建立蜚声业界的北京大学生电影节，创建中国文化国际传播研究院等。

结语

如果用关键词概括黄会林教授偃武修文、辛勤耕耘的一生，其间必定有热情、坚韧、投入、燃烧这几个词语。“战友们用生命换来了祖国的和平昌盛，而我作为幸存者，任何时候都要为祖国贡献自己的力量！”黄会林用其一生践行着对战友和祖国的承诺。

（王娟　周明婷）

扫描二维码即可阅读全文

何林：自己要比学生更努力一点

推送时间：2017 年 11 月 30 日

“如果我早上 8 点不到办公室，我就不可能要求学生早上 8 点半到。如果我自己做不到一周工作七八十个小时，我就不可能要求学生一周要工作 60 个小时。”

——何林

何林，物理学系教授，博士生导师，主要的研究方向为石墨烯和类石墨烯材料的生长与物性研究，致力于通过晶格对称性破缺来调控石墨烯的能带结构和电学性质。目前为 Science，Nature 子刊，Phys. Rev. Lett. Phys. Rev. 系列，ACS Nano，Small 等多个国际期刊的审稿人，受邀担任 Science China Materials 杂志编委。2013 年获得北京市“青年英才计划”支持；2013 年获得教育部“新世纪优秀人才支持计划”；2014 年获得国家自然科学基金委优秀青年基金；2015 年获得中组部“万人计划”青年拔尖人才。2014—2016 年连续三年获得北京师范大学优秀博士学位论文指导教师。

1
不忘初心，坚持学术理想

初见何林，很难想象这么年轻的他其实已经是一位有诸多科研成果加身的教授。回忆起初入师大的那段时光，何林仍历历在目。2009 年，他从北京大学博士毕业后进入师大工作，至今已走过了 8 年的教学生涯。

刚到师大的几年，何林可以说是“一无所有”，没有头衔、没有项目、没有实验条件。甚至前一两年，何林都没有自己的办公桌。后来系里的聂家财老师在有限的空间里从自己的研究生办公室里腾出了一个座位，这就成了何林当时的办公地点。当时的他感觉发展空间、成长空间很小，所做的工作也只是给学生上课。就是在这种状态下，他决心放弃原先的磁学研究方向，转向石墨烯和类石墨烯材料的生长与物性研究。下定决心后，何林开始从零做起，申请基金。在只有学校给予的 1 万 5 千元科研基金项目的支持下，他与国内外的一些单位、朋友联系，以合作的形式做测量和实验。那时，他想的最多的是怎样用最少的钱去做研究、产出效益。

从那时起，何林给自己定了“工作规矩”，每周要工作 80 小时以上。他坚信“一万小时定律”，“如果你要成为某个领域的专家，你需要持续地努力一万个小时，才会开始有自己独到的见解，或者说引领学科发展的创新思想。”2013 年，情况开始好转，何林因为在石墨烯研究方面陆续产出了不少科研成果，成功申请到了更多的科研经费。实验条件、学生招生情况、办公条件也随之改善。

当问到那时他为什么能下那么大的决心拼下去？何林说道：“一方面可能就是不喜欢当时自己所处的那样一个完全被忽视的状态，单位或任何人都觉得你不存在。你这个人走了或者在，也没有人会关心、在乎。”还有一个很重要的原因就是他有着自己的学术抱负。从博士期间他就立志将来能够在学术上做出成果，希望自己能够成为一名优秀的科研工作者。谈到自己的偶像英国曼彻斯特大学 Geim 教授（2010 年诺贝尔物理奖获得者），能感受到 Geim 教授对何林的影响之大。他希望能成为像 Geim 教授那样的科研工作者，学术上有很大成就，生活中特别简单和纯粹。

2014 年 10 月到 2015 年 3 月，何林受邀到曼彻斯特大学 Geim 教授研究组学习访问，他谈到：“在这半年中，我对他有了一个更深入的了解，以前只知道他科研做的特别好。有时候会有些奇思妙想出来，感觉他就是一个神话般的人物。但是接触一段时间后，发现这些其实都是理所当然的。因为他对这个领域的研究感兴趣，又这么努力付出，所以他不可能不出成果。同时，越接触越会发现他是一个特别有魅力的人，生活简单有规律，自制力特别强。他不会跟人太多寒暄，无论你是谁，只要你对工作感兴趣，做得好，他就会很愿意跟你讨论。他的名气很大，口碑很好，获得了诺贝尔奖之后，他也一直是这个领域做得最好的，一直在引领这个方向的发展。他不看重名利，是一个非常简单纯粹的人，一直在坚持着自己的研究兴趣。”

榜样的力量是无穷的。现在，何林所带的团队每年都会产出10篇左右的研究成果，工作强度、努力程度并未减少。平常基本上是一周工作7天，大概六七周才会休息一天。暑假他一般只休息4天，寒假休息一到两周。长期的坚持并不是一件容易的事，何林说：“短期内我所希望的就是自己做出来的东西能够引起国内外的关注，长期的话我希望自己将来能在历史上留下一个让大家都记住的成果。我现在离那个目标是有条件实现了，但是我还没有做到，所以我还得努力。”他一直在坚持着自己的学术理想，时刻都没有忘记自己的初心。

在高强度的工作下，何林也没有忽视家庭，每周会有专门的时间陪家人和孩子。在何林的书柜里，放着女儿送给他的变形金刚。办公室墙上，贴着女儿画的油画。对女儿的爱，没有因为工作强度大而减弱。“作出合理的时间安排是窍门”。因为女儿已经上小学，何林调整了工作时间，每晚九点从办公室回家，赶在女儿睡觉前参与到女儿的教育过程中。每周六晚，陪女儿锻炼身体，看电视。“女儿喜欢我陪着看电视，这是我的专利”，何林高兴地说。

物理学是一门以观察、实验为基础的科学，许许多多的物理知识都需要通过大量的实验而被总结出来，因此实验在物理学研究中发挥着非常重要的作用。师大物理学系的实验相对比较薄弱，主要出的成果是理论成果。2014年，何林创建了物理学系第一个低温强磁场实验室，从“0到1”，这其中的艰难我们也许无法体会。

下定决心研究石墨烯和类石墨烯材料的生长与物性后，何林开始四处找可以用来做实验的设备。他回忆说当时系里有一台扫描隧道显微镜，因为它有各种问题，用的人很少，但这台机器对于当时的何林来说就像是一根救命稻草，也是宝贝疙瘩，至少还有一台可以用的仪器。因为这个仪器比较擅长的是看一个材料表面的原子结构，石墨烯就只有一层原子，所有原子都在表面，因此用这个仪器研究石墨烯的结构和性质特别合适。

拿到了实验仪器仅仅是第一步。何林还面对着不熟悉仪器使用、经常维修仪器、不知数据是否准确等诸多问题，所以他有一段很长时间的摸索期。另外，石墨烯和类石墨烯材料研究领域面临的竞争非常大。他回忆说当时有很多人都劝他不要进入这个研究方向，无论是从他个人还是从所能获得的外部条件的支持来说，他都没有很大的优势。面对这些，他的选择只有一个：坚持，这样一做就坚持到了现在。

2014 年，何林有了自己的第一套实验设备，并建立了物理学系第一个低温强磁场实验室——北京师范大学低温强磁场扫描隧道显微镜实验室。随着学校和学院支持力度的加大，实验设备和实验条件越来越好。目前，何林负责的实验室有二维材料生长实验室、超低温－强磁场扫描隧道实验室等，实验平台已有近两千万的仪器，主要的仪器设备有低温强磁场扫描隧道显微镜、针尖增强拉曼扫描隧道显微镜等。现在实验室已建立得比较完善，扫描隧道显微镜已成为北师大物理实验一个很大的特色，基于这些设备也做出了一系列有国际影响力的成果。

实验室的影响力也在不断扩大，在国内外相关研究领域已具有一定的知名度。实验室的研究成果越来越丰富，并且具有很好的反响，何林所带的团队在石墨烯物性研究这一重要科学问题上取得了一系列原创性突破，例如首次通过 STM 直接观察到 AB－BA 畴界的拓扑边界态、直接证明了石墨烯单空位缺陷的局域磁矩，率先利用自旋极化 STM 研究石墨烯中的新奇磁性物态等。

2
言传身教，做学生的榜样

对何林而言，对一个领域的热爱并不仅仅是从事这一领域的科学研究，更重要的是能够将自身所学所知传承下去，为国家、社会培养出更多更优秀的专业人才。

何林对学生投入很大的时间和精力进行指导，学生的毕业质量也越来越高。从 2009 年工作至今，何林指导的学生中博士生已经毕业 7 个。刚刚参加工作还没有资格招收学生时，何林就开始协助其他老师指导一些高年级的博士生，很多学生在他的指导下都取得了很好的成绩，带着优异的学术成果顺利完成学业。每个学生，尤其是博士生，何林每周都会与他们单独讨论，采取一对一或一对二的形式，当两个同学做相近的课题时会加上他们一起讨论。他也会经常与学生单独交流询问研究的进度。没有实验条件时，他会通过各种办法联系其他学校让学生进行测量。在做实验数据分析时，何林也会全程带着学生一起分析，分析完了之后如果要做理论计算，他又会找理论合作者进行讨论，从而保证比较高效的工作。

何林一直坚持的一个重要原则就是言传身教，做学生的榜样。他自己做不到的事情，绝不会要求学生做到，“自己要比学生更努力一点”。“如果我早上8点起不来，我就不可能要求学生早上8点半到，如果我自己做不到一周工作七八十个小时，我就不可能要求我的学生一周要工作60个小时。”他说他对女儿也是这样，“对孩子来说，最好的教育方式就是做他们的榜样，言传身教。”

何林要求学生8点半到实验室，但自己一般是7点到7点半就已经在实验室或办公室了。在不需要送女儿上学的时候会更早一点，尤其是暑假经常是6点已经到办公室工作了。曾经有人问科比为什么会那么成功，科比反问：“你知道洛杉矶凌晨4点钟是什么样子吗?”何林说道：我们也许起不了那么早，但我至少知道北京的夏天太阳会大概几点钟出来。“每个课题我的熟悉程度和了解程度很多时候会超过学生，这样子才能够指导他们，带着他们很快地往前推进，这样才能保证每个博士生毕业的时候都有比较好的成果和好的发展。”

何林也会经常将自己做科研的一些感悟分享给学生。现在何林每周的工作时间会坚持在75小时左右，他鼓励自己的学生每周要尽可能工作60个小时。他经常跟学生讲：“做科研的时候经常一周前40到45个小时你是在熟悉这个领域，跟着别人走，从45个小时之后你才有了自己独到的想法。所以说，如果你的努力程度刚好到第45个小时，那你刚好处在勉强跟上这个领域、不出任何成果的状态。但是如果说你往后延长时间的话，可能到六七十个小时的时候，成果会增长的特别快，研究成果的质量也会越来越高。”与此同时，何林也特别反对低效的延长时间，他说：“如果我一周工作60个小时，但是出的成果自己觉得不满意，我并不会延长工作时间到70小时，而是要反思问自己这60个小时有没有很好地、很充分地去利用，怎么样才能让自己效率更高。”

物理学系每年国家奖学金的名额大概是8~10个，何林的学生一般会拿到3~4个。这几年学生出成果也越来越多，基本上每个博士生毕业都获得了学校的优秀博士论文，而且7个已经毕业的博士生都在高校工作。尤其是今年毕业的博士生三年出了十几篇第一作者（并列第一作者）的成果，毕业后到湖南大学任教，直接被聘为副教授、博导，待遇也非常不错。何林认为这对北师大的博士生是一个很大的鼓励，也就是，当你有研究成果了，当你足够优秀了，我们的毕业生并不比任何其他学校的差。

采访完何林老师，我们也去何林老师组内更深入了解了学生对老师的看法。博士生李思宇说：“进入何老师的课题组已经三年了。我眼中的何老师，既是一位儒雅谦逊的学者，也是一个严格负责的导师。作为一位科研工作者，何老师至今仍然保持每天十几个小时的高效工作时间，他常说‘科研的产出和付出的时间是成正比的’，他自律严谨的态度一直深深影响着组里的同学；作为一位导师，何老师关注着组内每位同学的成长，总是耐心指导循循善诱，他始终把握着课题组科研的大方向，关注每个人的课题进展，及时展开讨论和分析。在何老师的带领下，实验室始终保持高效运转，课题组也在短短几年中不断发展壮大，不断有好的科研成果涌现，相信未来课题组的发展也会越来越好。”

（王娟　马孟瑶）

扫描二维码即可阅读全文

包景东："让物理照亮人生"

推送时间：2017 年 12 月 7 日

"科研更多情形下是一种'小作坊'式的工作，写一篇文章，可以让十个、一百个同行看到，这个人数是'线性增长'，而当老师，你的学生是呈'几何增长'"

——包景东

包景东，物理系二级教授、博士生导师、校学位评定委员会委员。发表论著 3 部、论文 260 余篇，获中国青年科技奖、教育部跨世纪人才、北京市教学名师等奖励。在主持国家自然科学重点基金、国家精品视频公开课、两本国家级规划教材的过程中，形成了思维和计算双轮驱动的人才培养模式。主讲本科生力学、热力学与统计物理、批判性科学思维，研究生高等计算物理、科学方法论 5 门课程，力图使课堂教学有趣、有新意、有启发。

打开他的简历，丰富的学习和工作经历、繁多的学术和社会兼职、重要的科研教学奖项，会让人赞叹不已。然而在许多人科研一头沉的时候，他却选择走上一条科教融合、教学为先的道路。包景东秉承"精彩的课堂教学为核心、批判性思维和信息计算手段为驱动"的理念，给学生以信心和方法，从而"让物理与智慧照亮他们的人生"。

1 “以学生为中心”

“这两年，认识的人见到我都会问：‘包老师，怎么这几年您的学术会议开得少了，教学会议开得多了？’我开玩笑告诉他们说，我‘转型’啦!”这位说话不紧不慢的老师笑呵呵地说起同行口中自己的变化。包景东原先是做科研工作的，后来，随着年岁的增长，他萌生了把自己工作中所得的科学感悟和人生经历分享给年轻的学子，帮助他们成长的念头。于是，在此后的七八年间，他逐渐把工作的重心转移到了本科生教学工作上。

科学研究做得很出色，为什么会“转型”为一线教师呢？“科研更多情形下是一种‘小作坊’式的工作，写一篇文章，可以让十个、一百个同行看到，这个人数是‘线性增长’，而当老师，你的学生是呈‘几何增长’”，包景东说自己只想通过努力，把之前在科研中得到的东西“言传身教”给下一代。

“说到‘师德’，我认为，就是如何做一个‘好老师’的问题。”这位理论物理出身的老师简洁明了地给出了自己的理解。他认为，一个好老师更重要的是把握好教学，把“传道、授业、解惑”贯穿到教学中去。在教学的过程中，以自己的学力和人品来影响学生，培养他们严谨的科学精神与创新的批判性思维。

“现在很多高校提出以教学为中心，有的高校提倡以科学研究为中心，但我对这两种观点都不太赞同。”包景东如此说道。他提出自己“以学生为中心”的观点，“让学有专攻的教师承担他所熟悉的课程；同时年长的教师在教学上花费较多的精力”。这样就破解了教学与科研相冲突的难题，从而把科学的火花带到教学中去。他自己正是坚持低调做人、高调做事地在本科教学一线辛勤耕耘。

在对学生进行入学教育时，包景东用了“让物理照亮人生”的主题。“格物致知，物格而后知至”，他相信物理中蕴含的思想与哲理，会成为学生们无价的财富。

2 严慈并施，倾心执教

包景东早年曾在日本留学，他注意到了日本人的认真与守时，并深有感触。“这些品质是非常值得我们学习的。”在平时的教学当中，他总是适时地向同学们强调这一点。他一直希望学生们养成严谨的科学精神，而他的严格与严谨便体现在对学生“守时”这一小细节的要求上。“我的课没有一名学生迟到。”这是在包老师的潜移默化与严格要求中形成的好习惯。

虽然对学生的要求严格，但在对待学生的学习上，包景东是一位“慈师”。他总是秉承着“尽量鼓励、支持学生，而不是一味地批评”的宗旨。“有时学生提出来的问题很幼稚，但我从来不会嘲笑他。”针对学生的问题，他总是耐心解答，积极鼓励。

对待学生，包老师严慈并施，而对待课堂，他又显得细心、用心。包景东一直致力于使自己的课堂变得生动有趣，让学生更容易被吸引，更容易理解。在他的课件中，总是在枯燥抽象的理论中穿插生动的事例，“在具体的事例中教育学生，学生听得进，能理解，一辈子都不会忘”。包景东专门为此开设了一系列的课程，如国家精品课程《批判性科学思维》、学院路平台课程《批判性思维及在社会与金融中的应用》，此外，他还编写了《格物致理———批判性科学思维》一书阐释这一思想。

3
让学生感受分享的快乐

包景东始终强调，学习总会有疑惑，应当敢问问题。他说：“每周二和周五全天都可以在办公室答疑。”并且爽快地表示，即使是他在午休，同学们也可以直接敲门进来问问题。不仅如此，包景东还特意在本学期申请将课程安排在下午7－8节，这样每次课后都有很多同学围着他提问，他也总是非常耐心地解答，这样的问答环节往往会进行到晚饭时间。“因为这是值得的，我感到非常开心。”

除了在学校当面与老师探讨问题，不少学生会选择邮件的方式，包景东对此也十分乐于接受。邮件中学生们的提问形形色色，然而包景东总是事无巨细，一律认真地予以回复。“我不像你们年轻人，对电脑不是很熟，这点字我都打了半个多小时。”他指着电脑上一封短短的邮件说道。然而即便如此，包景东也会及时地回复邮件。一次，他在外出开会时收到了学生的邮件，这个自称对现代科技不熟的人硬是用手机打了三四段话，并且在关键段落细心地把字调成醒目的红色。

“学术在于交流，科学在于讨论。这个时代是分享的时代，应当使同学们感到分享的快乐。”包景东乐于把自己的经验、知识分享给同学们，也希望学生可以学会分享。“不要害怕别人比你进步。”包景东言简意赅。也是秉承这一理念，包景东为他的大一学生在周末开设了力学讨论课，利用自己的业余时间，不计报酬，只是希望同学们的能力在思想的交流与分享中得以提升，并以此为乐。“他们也使我得到了学习。”在分享中，同学们的思想也与老师擦出了火花，包景东在与学生们的交流、互动中学习到了许多，从年轻的思想中体验到“教学相长”的乐趣。

包景东希望学生们能在学习中培养严谨的科学态度，认真的行事风格。他对学生们提出的期冀是中山先生所说的“博学、慎思、笃行”。“在学习、生活中，做到‘博学’，广泛涉猎充实自己；‘慎思’，谨慎地科学理性地思考；‘笃行’，有着坚定的信念与目标，让物理照亮你的人生。”

（张燕语　盛唯佳）

扫描二维码即可阅读全文

第二篇 02

师大青椒

赵路：一份从涅瓦河畔寄来的工作札记

推送时间：2017 年 6 月 19 日

编者按 近日，在圣彼得堡国立大学访学的法学院青年教师赵路，给“聆听师道”工作组寄来一份独特的工作札记。为了原汁原味呈现札记字里行间饱蘸的深沉情感，我们征得赵路老师同意后，在成文时大幅引述原文，仅作必要注解，分享如下。

赵路，刑事法律科学研究院副教授，教育部国别和区域研究培育基地北京师范大学俄罗斯研究中心成员，法学博士，硕士生导师，俄罗斯联邦圣彼得堡国立大学访问学者。2008 年于吉林大学法学院毕业到北京师范大学刑事法律科学研究院任教至今，多年从事于法学教育与研究，曾获评 2012 年度“北京师范大学最受本科生欢迎十佳教师”。

1
回首从教选择：路途比终点更浪漫，更坚实

“我常常会想，如果时光会倒流，希望我依旧能够在毕业后就进入北师大，希望我的学习、工作、生活一切依旧，恰如这些年在北师大任教的时光一样。

或许，我就会有更多的机会和经验能够清楚地认识到自己的不足，会更加努力地工作和学习，会更加开心地对待生活，会更加丰富自己的课堂，会在学术上进行更深入广泛的研究……会尽力把所有的遗憾和缺点纠正过来。”

当她在那座俄罗斯最古老的大学里，伴着傍晚落日余晖，用键盘敲击出一串串缀满回忆的文字时，北师大的校园在静谧黑夜中星光斑斑，弯月如弓。这份回顾九年时光的教学札记，在这个热情的六月里，在毕业季依依惜别的情绪里，在涅瓦河北岸吹来的风中，显得真挚而特别，满怀情愫，令人动容。

她叫赵路。她是平凡的，北师大刑事法律科学研究院为数众多的青年教师一员；同时，她也是特别的，是以专业所长击楫中俄教育合作交流蓝海的一叶新帆。在圣彼得堡国立大学这座培养了俄罗斯现任总统普京和总理梅德韦杰夫的古老学校里，她带着感恩和收获在回忆中细数那些在北师大的难忘日子——

“北师大是大师辈出，名家云集之所，每天和一大批的先贤名师在一起，思想和行为无时无刻都在受到影响和熏陶。很多敬仰的前辈，他们不仅仅在学术专业上取得辉煌的成果，获得空前建树，也以高尚的人格为我们树立了师德的标杆。作为北师大纳流百川浩瀚沧海中一粒小小的粟米，看着北师大人每天都在创造着很多的奇迹，这种既是压力又是动力的感觉叫人觉得生命里满是生机和活力。每天紧跟着北师大前进的步伐，感觉就好像紧跟了时代的脚步一样。这些年，伴随北师大走过了一步步，每一步虽然都有很多的艰辛和困难，但是，更多的还是满满的幸福和充足。”

2

让法学承载民族精神　当是青年法学人的己任

潜心犯罪与刑法之道研究，就是在灰暗罅隙中捕罗星点天光，在黑暗沟渠中灌注理性之花。

“这些年，看到国家的日渐强大，看到法治社会秩序的构建完善，深深地为自己的国家骄傲，也由此觉得法律人的责任重大。我们迎来的是国民法治时代，是一个关注国民权利与自由的时代，是一次属于全体国民的法治行动。作为大学层次的法学教育，更应当是领军人物与精英人才规训的主要阵地。法律人要成为社会的良心。知其不可为而为之是法律人的责任，既要有心的柔软和对世情的悯然，又要有‘一夫谔谔’的硬气。法律人不应当流于平庸之恶，不应当放逐道德理想，否则就是在法理文本的隐蔽下对人性核心问题的刻意遮掩、改写和遗忘。”

“我自己从事犯罪学研究，可能很多人会对这个学术领域望而生畏，其实如果说的诗意化一点，我们正是在阴暗沟渠浇灌着理性之花，也正是专业的独特性和济世的应用导向，我希望有志从事这个专业的青年学生们能够有一双向下看的眼睛，对底层社会现实有更深切的关注，对规范秩序的法律制度有着更强烈的追求。有时候，也会有些高中生来问我高考专业选择问题，他们考虑的是毕业赚钱多少，好不好拿文凭，考虑这些无可厚非，我也能理解，但如果年轻一代的头脑中盘踞的都是个人中心、权利至上、锱铢必较的资本理性，我感到很痛心。”

当前主流法学在话语层面和视角立场上唯欧美是瞻，学人应当深刻反思。

“脱离传统的中华文化，无视中国法律历史渊源的法学是不可能真正成为中国人自己的法学。青年法律学人，应当把理论探讨的出发点放在中国的现实，而非任何所谓的国际规范或普世价值。如此，法学才能够触及历史真理，真正做到成为承载民族精神、接地气、和民心的科学理论，成为一个伟大的学术传统。”

“为更好地彰显刑事立法的精神，尽快编纂具有中华民族本色的刑法典是一个很重要的问题，有四个关键前提：第一，在于思想。青年法学人不必被陈旧的研究套路与理论范式禁锢了头脑，要能够借助他山之玉探寻刑法理论的真谛；第二，在于文化。中国刑法文化不应从国外刑法思想中找根源，而应从中国传统刑法文化中延续并打造。并不一定只有外来的和尚才会念经超度，中国刑法一样会成为其他国家仿效的模板；第三，在于技术。刑法适用于社会生活的方方面面，社会生活复杂多变，刑法不能为了稳定而失去应用性。立法机关必须随时协调现行刑法规范，保障其自身法规范的明确性，增加其法适用的灵活性。第四，在于应用。一部好的刑法典就好比一把好刀，没有一个善于用刀的人，再好的刀也是废铁。刑法应用者的多变性必然导致固定的刑法条文产生不同的适用方式与后果。好的刑法适用者，才能使一部刑法典最大程度上发挥它的功效。”

3

四千人次的公选课：
这个“犯罪学”的美女姐姐最受学生欢迎

数年执教时光，最令赵路难忘的是与公选课“犯罪学”相伴的岁月——

“我一直认为自己比较有学生缘。这在很大程度上可能缘于我在学校开设了三门与犯罪有关的公选课。而之所以能够一起就开设三门，还是要感谢北师大对青年教师多登讲台的鼓励和认可。在很多高校，公选课与基础课、专业课在工作量认定上大有不同，评职评优更多是倾向于教师的基础课和专业课。而且，公选课不但要达到一定的选修人数，同时还需要教师具有大量体系化的知识储备，同样需要大量的时间查找资料、准备教案、课件，课堂讲授，课后答疑考试，其流程并不比基础课和专业课轻松简单。所以，在很多学校，教师们并不愿意开设公选课。北师大在这方面作出了富有成效的改革，对公选课规定了详细的规则，为开设公选课的教师们提供了与专业课、基础课一样的授课条件，在课程设置上给予了很多支持，对于优秀的公选课，学校还专门配置了助教。而我，成为这一规定最切实的受益者。实际上，基础课和专业课很重要，但是公选课则更能体现实用性知识的价值，对学生扩展人文知识和综合素质更具有重要的意义，更能切实帮助学生融入社会生活。”

“在学院路开设犯罪心理实证之后，很多同学找我做心理辅导，探讨对犯罪侵害和犯罪预防的看法，分享生活中的经历，总结各种防止遇害的经验。为了能够使同学们真正掌握课程的知识，在讲授上我打破了传统的填鸭式教学方式，不以学生会背诵、重复概念理论为主要，不以学会书面的论证与分析为重点，而是将实践活动纳入到课程之中。为了使得同学们能够了解到不同犯罪的危害、预防犯罪的多种方式，我采取了影像分析、团队实践、经验分享等多种授课方式，带领同学们模拟分析案件，到司法机关实地考察，将实证研究紧紧地同理论学习结合到一起，这样就能够使同学们更加切实地了解课程的实质，掌握课程的内容，学会实用有益的知识。”

“一些同学，因为各种学习和生活的压力，多多少少都有一些心理问题。我常常会收到学生的短信、邮件，甚至有的时候，会打很长时间的电话和我说自己的心事。就在我于国外求学期间，选修学院路共同体课程的一些我们北师、北语、北体、北林的同学，也在经常地用微信联系我，有的学生或轻或重都有一定的抑郁症状，有的学生是因为情感上的困惑，有的学生是因为受到了严重的侵扰，有的学生是因为对未来迷惘困惑，有的学生则是因为生活的艰难，这一切都严重地影响到了她们的学习生活。每每这时，感觉到自己就是一个开释疑惑、缓解压力、给予帮助的驻足地，我也尽力地从各个方面竭尽所能。看到得以开释的同学能够重新回到正常的生活，尤其是看到很多的学生能够在课堂上多学一些有关犯罪的知识，多一些预防被骗、被害的常识，减少经济、人身、情感上的被害性，作为教师，我觉得当初开设这些公选课的目的已经达到。”

“从最初开设公选课时只有 30 个同学选修，直到去年学院路共同体选课同学超过600人，三门公选课近几年一直得到了北师大和学院路共同体各校选课同学的认可，已有四千多人次的学生在我的课堂上‘经过’。2012年，我获得‘北京师范大学最受本科生欢迎十佳教师’的荣誉称号。这是我十分珍惜的、一份来自学校和同学给予的荣誉。”

冯思潮，北师大文学院2012级汉语言文学本科生，目前在新加坡国立大学攻读硕士，曾在2016年9月—2017年1月选修赵路的世界经典罪案课程。她说，“课堂上，赵路老师和同学们一起分析罪案电影、犯罪实例，犯罪心理分析的方法、刑侦推理的思路、自我防御的意识，在技术层面使同学们获得了知识与方法，同时也向我们深入铺展了人性和世界的深奥与广阔。”

北京语言大学国际新闻传播专业大二学生戴雯，曾选修并多次旁听赵路的犯罪心理实证课程。她说：“若这个世界上的职业有向阳和背阴之分的话，赵老师的研究领域应属于为我们挡住黑暗的一类。常年与黑暗交手的赵老师留给我们的印象，总是那么简单、善良，温暖而又明亮。”

4
“我想做一名平凡的好老师”

被学生信任、依赖的感觉，对赵路来说，是一种莫大的精神财富和心灵慰藉。

“作为一名教师，在传道授业解惑，履守为师者的责任和义务的同时，每当看到课堂上一张张面对自己的笑脸，课后聚在讲台前辩论，甚至还会跟你到办公室、到食堂，甚至突然兴起，半夜小心翼翼、颇为客气但还依旧坚持询问问题的同学时，我感受到倾囊相授的快乐，得到了为人师者的极大安慰与鼓励。”

“课堂上，我经常会和同学们分享一句话：‘学会作出正确的选择，相信你的选择是最好的选择’。那么，对于他们，剩下的只有一个问题，那就是如何尽一切努力将它变成最好的选择。生活如此，交友如此，学业亦是如此。这是我的人生感言，也是我想和每一个课堂上的同学提出的建议。”

“做教师容易，做好教师不易。作为教师，责任不仅仅在于传授学生知识与技能，同时也要肩负起社会责任，教学生做人做事的道理。要在课堂、文化、实践中关注于对学生的教育，在思想引领、专业体验、文化涵养等方面对学生进行教导，让学生成为德才兼备、全面发展的人才。我很庆幸自己一直与优秀的老师在一起。无论是在吉大法学院求学期间，还是在我到北师大工作之后，我所遇到的老师，都是科研上精益求精，生活上身为正范。我愿意用‘四有’

好老师的标准严格要求自己，做一名平凡的好老师。”

师生之间心心相印的温暖和情谊，暗暗流淌、默默传递。

令文学院汉语言文学专业 2015 级本科生高欢印象深刻的是：雾霾天的时候，赵路老师总会提醒每一个人戴好口罩，一定要照顾好自己。就是这一小小的细节，润物无声，令人温暖而又难忘。

刑事法律科学研究院 2015 级刑法学硕士生徐永伟，提到赵路很激动，他告诉小编，“来听赵老师公选课的每次都有好几百人，赵路老师每节课都耐心地等待学生拷贝课件，直到确定学生都一一拷贝完才离开教室。她得知学生在没有暖气的教室有些着凉，就立刻联系学校，经过反复沟通，换到了暖和的敬文讲堂。”

赵路用爱和善意带给学生的温暖，同样让文学院 2012 级汉语言文学本科生冯思潮印象深刻。她这样说道：“老师从不拒绝同学的微信申请，和每一个学生保持联络，即便只是聊些生活琐细日常点滴。老师牵挂我出国后的安全，推荐给我一部韩国的罪案剧，让我去汲取些经验教训，建议我去学散打增强自卫能力……即便我只是一个选修过她一门公选课、没有更多交集的学生。她是我见过最没有架子的老师。”

2014 级地理科学学部本科生郑雪超一提起赵路老师，就有说不完的话。她总结到：“赵路老师对学生倾注了大姐姐一样的爱和暖意。在大学里有这么一段经历，一个欣赏的人，我觉得是一件很幸运的事情。”

5

对话俄罗斯副总理：师大青椒的国际范儿

如今，赵路带着北师大学为人师、身正为范的校训，带着新的希冀与挑战，远赴俄罗斯联邦圣彼得堡国立大学访学。在与冬宫遥相对应的古老学府里，她正是一张美丽的师大名片，自信而从容地在国际学术舞台上彰显学校风采。

“得益于北师大对教师培养和参加学术活动的支持，我曾先后两次得以到国外访学，并多次受邀参加了一系列国内、国外重要和重大的学术活动，以北师大教师的身份发表了多篇论文和主题演讲，得到了学术领域内同仁的认可，在学术研究上取得了一定的成绩。”

“2017 年 6 月，我以特邀嘉宾身份受邀参加圣彼得堡国际经济论坛。这是国际上很有影响的多国经济论坛，俄罗斯联邦现任总统普京每次也都会主持其中的主论坛。很多国家的重要官员、大企业经济团体和著名的经济学者都会参加。

在参加该论坛的教育分论坛时，我有幸同俄罗斯联邦现任副总理，中俄人文合作委员会俄方主席，负责俄罗斯文化教育问题的戈洛杰茨女士交流，很荣幸自己能以北师大教师的身份向其介绍我们的学校，对其告知北京师范大学是国内教育资源与学术资源最丰厚的大学之一，是中国教育界内对俄进行文化交流的重地，北师大有很多优秀的专家学者都曾经在俄罗斯学习生活，现在北师大也有很多的学者学子们在俄罗斯的一些高校和研究机构访问学习。”

“在结束谈话时，我和戈洛杰茨女士说，如果再到中国访问，希望她抽时间到北师大看一看，北师大有研究专家阵容最全面的俄罗斯研究中心，有历史最悠久的俄语教研室，这里工作的专家们同俄罗斯常年保持着良好的友谊和学术交流，为俄中的友谊作出了积极的贡献。当戈洛杰茨女士笑着回答会有机会时，我觉得自己作为一名北师大教师能够为学校做一点贡献真的是很光荣的一件事情。”

寄语北师大建校 115 周年和青年学子

我热爱北师大，这里的校园时而嚣喧热闹，思潮翻涌，时而静怡安然，云淡风轻。我感恩北师大，这里给了我放飞理想的机会。我祝福北师大，希望学校能够在新的世纪循本开新，取得更辉煌的成就！

师大学子是全国乃至全世界最优秀的青年群体之一，天高凭鱼跃，海阔任鸟飞。师大是港湾，社会是通途，要学会选择，善于选择，如果作出选择，就要尽一切努力把它变成最好的选择，一路走下去。祝福你们！

编者按　这份特殊的工作札记，也是一封赵路献给北师大情真意切的告白信，饱含着难忘回忆与满腔热忱，乘着涅瓦河北岸的风，漂洋过海，为这个炎炎盛夏，增添一份别样的精彩、温情与感动。

（赵路　李姝）

扫描二维码即可阅读全文

孙文超：最幸福的事情就是看到学生的收获与成长

推送时间：2017 年 6 月 26 日

孙文超，水科学研究院副教授、博士生导师。1981 年生，2010 年 9 月在日本国立山梨大学获流域综合管理专业工学博士学位，2011 年 10 月进入北师大工作。主要研究方向包括：流域水文循环过程模拟、陆面地表水遥感观测、水利大数据与信息化、水资源评价与管理。讲授水科学信息技术、遥感水文学、生态学原理、专业英语等研究生课程。

1
人物事迹

主持国家自然科学基金面上、青年项目、“十二五”国家科技支撑计划专题、水利部公益项目专题、环保部区域发展战略环境评价重点专题等科研项目。作为项目骨干参与国家重点研发计划课题、国家自然科学基金重点项目等多项国家级课题研究。发表论文 30 余篇，其中 SCI 论文 10 余篇。提出一种基于遥感水力学信息率定水文模型的方法，为解决稀缺资料流域水文计算这一困扰国际水文学界的难题提供了一种创新性的解决方案，在美国密西西比河、东南亚湄公河、缅甸伊洛瓦底江、我国雅砻江流域得到成功应用。博士期间曾获日本土木工程学会2010年度水工学论文奖，是该奖项设立近二十年以来第二位非日本籍获得者。亦曾获教育部科技进步二等奖、北师大“京师英才”等奖励。指导的硕士研究生宋皓、赵义于2016年和2017年连续两年获得北京市优秀毕业生称号。

2
亦师亦友亦兄长 深耕沃土育栋梁

2007年从师大硕士毕业，再到2011年从日本读博归来回校任教，孙文超与师大结缘已逾十多年。这些年里，孙文超取得的成绩得到了同行们的认可，但若问起他最有成就感的事情，他会说是这几年带了几个学生，看到了他们的成长与收获。他认为，作为老师，最幸福、最有成就感的事是看到学生的成长和变化，看到他们从初入校门时的青涩到离开师大时的信心满满。最令他开心的事是看到学生在生活、科研方面的进步。孙文超觉得身为老师不仅要在科研上做学生的引路人，还要在人生的道路上做学生的朋友和兄长。

对于他的学生，很多事情他都记忆犹新。还记得有个学生，求职受挫而心灰意冷，向他抱怨过去几年学习毫无收获，他其实心里有点生气，但是没有批评学生，而是积极了解学生面试的情况，指出其中存在的问题，帮助学生及时调整心理和求职策略，最后顺利找到了理想工作。对于学生的关心，孙文超做的还有很多。学生宋皓谈及孙老师在冬至将饺子送到他病床前的一幕时，总是感动不已。当然，孙文超对师大学生还有另外的“关心”。他认为，师大的学生学习、科研能力是比较强，只是有些时候不太会向外界展现自己的实力，认真踏实、严谨细致是优点，但是也需要不断超越自我的局限。

对于学生的培养，孙文超有自己的见解。对于他的学生，一入学他总是先了解学生的专业背景，根据他们的知识储备“因材施教”。他认为研究生不同于本科生，科研能力最重要的就是解决问题的能力，而能力的培养需要有效的方法。通过定期召开组会，布置任务，一方面，他要养成组内成员的团队意识，为学生们营造归属感；另一方面，是在指导某个学生的同时，其他成员也能丰富自己的知识，从中获益。学生赵义对此回忆道：“老师从不给我们限定任何坐班时间，但是要求我们将学习和生活分开；开题和毕业论文等重要环节，他放手让我们大胆去做，但是会跟踪进度，还会对细节严格把关。”根据研究的进展必要时随时讨论、布置任务、意见反馈、调整思路是他作为导师，强化以问题为导向培养学生科研能力的重要途径。

在专业课教学上，孙文超有自己的“诀窍”。要让学生“懂起来很容易”，是孙文超教学时常挂在嘴边的上的一句话。在专业英语课上，他将在日本攻读博士学位期间领悟的阅读英文专业文献的方法传授给学生。他认为相对于知识的积累，学习的方法更为重要。他说：“我不会要求学生背字典，但是我希望学生学会查字典的方法，当在科研上遇到问题时，要知道从哪儿找到研究思路，就像学会如何查字典一样，这个很重要。”另外，他也强调学习是持久的过程，坚持下去就会有意想不到的收获。“功夫不负有心人”，不断努力与掌握科学方法是研究生在科研道路上不断成长、取得成绩的“不二法门”。

3
计算模拟有“力量” 遥感水文我在行

孙文超的研究领域集中在流域水文模型和遥感水文两个方面。工作的这几年里，他主持了包括国家自然科学基金项目在内的多项课题，在流域水文循环模拟方面做出了很多有益的尝试。特别是在计算机数值模拟方面，通过复杂的计算机程序，模拟出水文循环过程的时空演变规律，为水资源管理的科学决策提供帮助。

当他回想起自己科研路上的点点滴滴，真可谓是感慨良多。在日本国立山梨大学攻读博士期间，当他遇到了瓶颈期，似乎做什么都是徒劳的。但是当努力跨越平台期后，不仅研究思路“纷至沓来”，而且科研能力也有了重大的突破，好像有了质的变化。对于他的导师，孙文超不仅感谢他在专业上的指导，更感激他给予的宽松学习环境。在汇聚亚洲各国青年学者的国际博士班里，大家一起研究东亚季风区水资源问题，孙文超觉得自己受用终身的科研习惯就这样慢慢从“量变”到“质变”了。

每当朋友问他具体做什么科研工作时，他会这样说：“我的研究是根据天上下了多少雨，预测河里有多少水。水文模型通过数学公式概化了径流产生的物理过程，进而对现实世界进行模拟，这里边有很多有意思的工作。”解释自然现象是每一个科学工作者孜孜以求的事情，孙文超也不例外，通过概化自然世界，他的计算模拟为“触摸”自然界的神秘面纱提供了切实可行的途径。

遥感水文同样也是孙文超研究的重要领域。实地观测的水文数据对水文水资源研究十分重要，但是站点维护费用很高，很多地方难以长期维持。即使有观测数据，由于各方利益冲突，也很难实现观测数据共享。通过遥感的方法对河道流量进行估算，能够规避这些局限，为合理制定水资源管理政策提供决策支持。通过卫星遥感，孙文超的视野拉向了更为宽广的远方。从美国密西西比河到跨越多国的湄公河，从流经我国和缅甸的伊洛瓦底江再到长江上游的雅砻江，都留下了他辛勤不倦的“身影”。眼睛到不了的地方，“心灵”可以到达，正是怀着探究世界奥秘的好奇之心、勇敢之心不断推动他在科学研究的道路上越走越远。

4
服务国家有担当　奉献社会有力量

在谈及他通过遥感观测获得的大江大河水文数据的价值时，他坦言道：“从宏观角度讲，我们人类与自然对水资源存在一种竞争关系，动植物生存需要水，人类生活也需要水。如果人类消耗过多水资源，留给自然生态系统的就会变少。有了遥感水文数据后，在缺少实地观测的地区就能够计算生态流量，进而合理规划人类用水量的阈值，实现人与自然的和谐发展。”

作为一名普通的自然科学工作者，孙文超也有很强的“家国情怀”。遥感水文数据不仅能为我国生态文明建设决策提供支撑，同样还能为争取和捍卫国家利益作出贡献。孙文超曾设想自己对河流遥感水文数据研究用于我国政府对外谈判的情形，他说：“我们国家是世界上陆地邻国最多的国家，我们有很多跨境河流，这些河流管理问题日益突出。在解决跨境河流问题的多国政府间谈判中，如果我们能采用遥感手段对其他国家提出的支持他们利益诉求数据的真实性、合理性进行评估的话，我们在谈判中就会处于十分有利的地位。”没有国家的繁荣昌盛，就没有我们现在安定幸福的生活，而如果没有人去维护国家利益，就没有我们个人的未来与发展。

寄语北师大建校 115 周年和青年学子

如果说教师是人类灵魂的工程师，那么北师大就是灵魂工程师的缔造者。愿我们的师大以“双一流”建设为契机，成为中国高校改革与发展的领跑者。

你们遇上了最好的时代，师大给你们提供了最棒的舞台。愿你们时刻将

“学为人师、行为世范”的八字校训箴言牢记于心，努力自由成长，做最好的自己！

（王娟　郭文杰）

扫描二维码即可阅读全文

惠凤鸣：摇不止的雪龙号，摇不垮的北师人

推送时间：2017 年 7 月 3 日

惠凤鸣，全球变化与地球系统科学研究院副教授。2009 年入校工作，2011 年在美国 USGS 数据中心做访问学者，2014－2015 年在马里兰大学做访问学者。主要从事极地遥感与气候变化方面的研究，连续两次被选派参加中国第 28 次、第 29 次南极科学考察，执行科研任务，参加 2015 年 8 月北极黄河站冰川野外考察。主讲海冰遥感、极地遥感与模拟等研究生课程。

人物事迹

曾获得“2012 年度感动师大新闻人物”“京师英才”“北京师范大学优秀辅导员”等荣誉称号。先后承担/完成了博士后基金特别资助项目、国家自然科学基金、973 专题、国家重点研发计划项目专题等多项课题的研究工作，发表 SCI 论文 20 篇。作为技术骨干参与并完成了世界首张全南极洲高分辨率地表覆盖图、我国南极维多利亚地新站选址工作、2014 年雪龙船被困南极救援工作等多项国家重要任务。

1
科研：雪虐风饕冰原上的科考勇士

海冰，对于中国这样一个大部分海域都处于温带到热带的国家而言并不是一个广为人知的词汇。海冰动态变化，海冰物理参数遥感制图研究更是一个相对专精的领域。除渤海和黄海北部冬季有少量海冰分布外，国内可供参考研究的区域并不多，因而从事相关领域研究的科研人员相对规模也不大。但就是这样一个“小学科”，惠凤鸣却将它做得有声有色，使其真正与国家战略规划挂钩，科学地造福于人民。

谈到自己的专业领域，惠凤鸣兴奋地揭下粘贴在自己办公桌上的北极地区图，讲解起了利用遥感技术研究海冰动态变化的实际效用。惠凤鸣谈到，一方面通过遥感技术将海冰动态变化制成图，对国家大型海洋远洋运输公司而言是极其有利的。不论是远洋航道的路线还是港口位置的确定，都需要相关的研究作为参考基础，以避免航运途中遭遇海冰，对船体造成撞击损伤，危及船上的人货，损害国家与企业利益。另一方面可以与现如今国家大战略的重点——海上丝绸之路的新航道规划挂钩，以相关的理论研究成果助力国家对外战略的发展。在惠凤鸣看来，这是一件功在当下、利在千秋的事情。“北极东北航道是一条没有海盗风险的新航道，相对于经过马六甲海峡的传统航线，中国经过北极航道到达欧洲的路线距离更短，航运时间也大大缩短，货物周转较快，航运成本大大节省。而目前存在的问题就在于如何规划航线以避开密集浮冰，解决航道安全问题。”能够为国家“蓝色引擎”献力，惠凤鸣表示十分地荣幸。

谈及自己的科研经历，南极作为全球最大的海冰分布地，是惠凤鸣绕不过的一个词。实际上，惠凤鸣以北京师范大学全球变化与地球系统科学研究院教师身份连续参加了我国第28、29次“南极”科考活动，在南极冰盖上对两台“极端环境无线传感器网络观测平台”进行维护和升级，同时挑选新的地点安装两台新的“平台”。科考是一种极具挑战性的经历。即使对可能遇到的困难做了充分准备，但南极的“冰裂隙”、突如其来的暴风雪以及广袤无垠的冰雪大地等仍是对科考队员心理和生理的双重考验。对于惠凤鸣而言，还有一重更大的挑战。“2011年11月雪龙船从天津出发不久我就开始晕船。往返南极两个月的航程，我什么都做不了，只能通过勉强吃下去的一点食物来维持身体机能的基本运转，以免脱水，耽误后续工作。而这两个月的时间就这样白白花费掉我也觉得非常可惜，本来可以为科考做更为充分的知识储备的。”惠凤鸣笑着和我们说起了这样一段经历。他不仅圆满完成了两次南极科考任务，而且通过分析实时卫星遥感数据，为科考船指引出了最短最安全的路线。

科研高峰只对攀登它而不是仰望它的人来说才有真正的意义。雪虐风饕的南极大地上，惠凤鸣的科考之路走得坚定而踏实。那一刻他忘却了周边肆虐的烈风，那一刻他收获了实验室里难以触及的现场经验。这些经历经验也让这位年轻的学者拥有了协助国家进行海上丝绸之路航线规划的能力，光前裕后。

2
带班：张弛有度生活里的真趣味

惠凤鸣温文儒雅的外在形象很难与其南极科考勇士的形象联系起来。实际上在科考之外，惠凤鸣更多时间是一位青年教师，一位青年班主任，2015 级硕士研究生班主任。惠凤鸣说："既然答应做班主任就一定要做我能做到的最好程度，不要不负责任。要多设身处地地为学生着想，怎样做工作对学生好。90 后的学生个性都比较强，这并不是坏事，而我能做的就是要和他们做朋友，和他们打成一片，让他们遇到了问题，心理上有压力时愿意和我沟通。同时我感觉最重要的是要尊重学生们自己的想法和选择。"简简单单的几句话背后承载的是无数日日夜夜惠凤鸣辛苦的工作。从新生入学开始，惠凤鸣抽出时间，约谈每一位学生，全面了解班级的每一位同学。

通过和学生聊理想，聊未来规划，惠凤鸣了解到每一位同学的前进方向，进而有针对性地引领他们朝着自己既定的目标前进。深度辅导手册上密密麻麻地写满了每一位同学谈及的关键词和惠凤鸣自己想到的可行性建议。学生工作不好做，最怕的就是学生遇到问题不愿意和老师倾诉。所以惠凤鸣也经常会通过班长、支书以及其他班委成员了解学生们的思想动态。惠凤鸣这样说："五湖四海的学生健健康康来到北师大，来到全球院，成为班级里的一份子，这本就是一种缘分。所以希望毕业时他们也要健健康康地毕业，不论是身体上的还是心理上的。只有提前帮助学生明确自己未来要做什么，要走哪条路，才能在接下来的时间里有针对性的培养薄弱处，这是我作为班主任能为他们做的一点事。"

惠凤鸣是一位极富生活情趣的人。繁重的科研任务之外，惠凤鸣坚持每周给自己放一天假，锻炼身体，找时间看话剧、听昆曲、京剧、相声，让自己浸染在中国传统文化世界中。第一次班会上，他就让学生思考如何平衡繁重的学业与自在的生活。在他看来，学习是根本，是作为一个学生在北师大三年所必须完成的课业，也是未来不论是步入社会工作或是继续深造读博的基础。但并不是一味地在实验室里工作就会完成自我的培养与发展的，要走出书斋去领略自然人文风光。惠凤鸣一直强调："工作不应该是生活的全部，生活的魅力在于丰富多彩。北京作为古都，作为中国的政治与文化中心，有其特有的文化魅力和艺术积淀。既然来到北京读书，不如多出去走走，感受一下文化的浸润。""科学与艺术相通的，生活与学术是两面。张弛有度的生活，才是有趣味的人生。"

"惠老师让我们积极组织一些有意义的活动为大家释放压力，丰富课余生活。每次班级活动，惠老师只要有空，也都会亲自参与到活动当中，与大家分享欢乐。"全球院 2015 级硕士研究生班班长贺红总结道。

在惠凤鸣的指导下，2015 级硕士班成为了一个满载荣誉的集体，不仅荣获北京师范大学 2015 - 2016 学年度研究生"优秀班集体"荣誉称号，主办的特色活动"合格党员从我做起—'两学一做'承诺签名"活动和"古韵流芳读诗词，中华精髓记心中"诗词大会还被选为学校优秀党日活动。几位同学均在校研会里担任重要部门的负责人，独当一面。在学业上，班级里基本上每个人都有发表过文章，参加过国际会议。

3
培养：精雕细琢塑人才

对于如何培养研究生，惠凤鸣强调了三点："首先我希望我的研究生能明白，读研和读本科是不同的。硕士一定要动手做实验，动笔写文章。写文章是培养一个人的思维逻辑性的重要途径。无论将来是否攻读博士，都应勤动笔。"在他看来，成文过程中的谋篇布局考量一个人的逻辑思维和做事情的层次分布。思维方式的培养与转变是研究生三年导师可以给予学生最重要的法宝。写文章不是最终目的，培养学生做事情的逻辑性条理性才是真。所以惠凤鸣总是不厌其烦的一遍又一遍地指导学生写好文章，常常是数易其稿，满纸批注。说到此处，惠凤鸣笑道："我不知道我的学生们怎么想我，大概也会觉得我烦吧，总是吹毛求疵。不过只有这样锻炼他们，才能锤打出一篇经得起推敲的好文。"2015 级硕士生欧阳伦曦已经"发表了中文核心一篇，SCI 一篇在投，并获得了 2016 学年的国家奖学金。"

第二点是注重方式方法，授人以鱼不如授人以渔。"我可以帮助他们解决实验过程中以及写文章、制图过程中的难题，毕竟谁也不是天才，总是会有做的不好的地方。但我只会提供范例，不会全程跟进。因为学生一定要自己动手，不能有依赖性。像我的一位学生，她的文章里有三个图做得不好，我指出来之后，会手把手教给她如何制作这一类型的图，而其余两个图就需要她自己完成。只有这样才能让学生养成独立自主的学习和工作能力，他们才能走得更远、更稳、更好。”教之以法，口传心授。“在课堂中，他循循善诱，强调独立思考，引导学生进行启发式思维。在这门课中，同学们体会到了学习的乐趣，在解决问题的过程中更懂得了科学探索的艰辛。”2015 级硕士生赵剑回忆道。

第三点是培养研究生一定要因材施教。因材施教，知易行难。不仅需要老师了解每一位学生的个性特点、思维方式、长技短板，而且对老师自身的综合素质提出了要求。惠凤鸣谈及几个例子：“我的第一个学生欧阳编程特别好，可是编程是个辛苦活儿，一辈子编程对他的体能素质等都会提出极大的考验。所以要培养起他的管理能力。站位要高，眼光要长远，综合发展。而我另一个学生英语不好，阅读英文文献很是费劲。于是我就找一本好书给他，让他将其中一章翻译出来，然后再考他。几次过后他再读文献问题就不大了。还有的学生编程不好，我买几本书让他自学。”根据学生的特点有针对性的去培养，这种方法让惠凤鸣带的六位学生均学有所成，抓住了硕士三年时光来提升自我。

他还鼓励学生一定要走出去，要有国际视野。在他看来，开放的世界，最忌讳的就是固步自封，闭门造车最后害的只有自己。天天窝在电脑前写代码并不是好事情，多参加国内和国际会议，多与同行交流交谈，会有更多的思想碰撞。有了世界眼光，有了出去看看的意愿，才会成长，才会有所发展。

实际上，惠凤鸣对于研究生的教育方式方法也是得益于他求学期间的经历。他的博士导师宫鹏先生，不论是工作态度还是工作精神，抑或是对学生的栽培，都是如今的惠凤鸣学习并亲践的榜样。惠凤鸣的第一篇英文文章被宫鹏先生逐字逐句地修改了七八次，每次的红笔批注中都倾注了导师对学生的心血。虽然文章已发表十余年，但被引用多达 140 多次。正是习得了导师身上这种精雕细琢的匠人精神，惠凤鸣不管是自己做事情还是对待学生都是认真细致，精益求精。

而如今，他也这样要求和对待自己的学生，循循善诱，不厌其烦。“哪怕科研再忙，他也总是会和团队一起做项目到深夜，每周一上午都会和学生相约在办公室做汇报。做得多做得少没关系，只是一种督促，防止学生产生惰性，从入学开始就养成学习的好习惯。没有完成工作不重要，重要的是为何没完成，只要有进步我便觉得学生这一周没有白费。而培养学生一定要以身作则，不仅要自己做到，还要做得比学生多。所以我这两年也在不断学习，提升自己。”身体力行，言传身教，师道传承不外如是。

结语

雪虐风饕，冰原上行走的是福国利民的科考勇士；书声朗朗，教室里讲课的是授业解惑的青年教师。而当二者的身份合二为一时，一个立体而鲜活的形象跃然于心。

惠凤鸣以其独特的魅力，将艰难崎岖的科研路走成了繁花似锦，万木葱茏的诗意幽径，将劳心劳力的教学路变成了豪情逸致、津津有味的艺术人生。科研与教学齐头并进，生活与艺术相得益彰。

寄语北师大建校 115 周年及青年学子

祝愿北师大发展越来越好。在“双一流”的旗帜下，将北师大建设成为世界知名大学。

祝愿同学们身心健康，完成自己的学业，实现自己的理想，收获自己的爱情，找到一份美好的工作。

（王娟　李安诺）

扫描二维码即可阅读全文

朱嘉：唤一声“嘉哥”你答应吗？

推送时间：2017 年 7 月 17 日

师小萱语：

他出身“学术名门”，

旧体诗信手拈来，家学渊源由来有自。

他负笈海外十年，

从实验到计算，科研历程起伏跌宕。

奖项纷至沓来，他说：“是沾了学生的福气！”

本期“聆听师道”，一起聊聊“嘉哥”的故事。

朱嘉，化学学院副教授，硕士生导师。2005—2006 年比利时蒙斯大学访问学者，2006—2008 年分别在德国明斯特大学、美国代顿大学和阿克隆大学做博士后研究。2009 年进入北京师范大学化学学院工作。研究领域为纳米材料的表面和界面间的相互作用、有机半导体中电荷/电子输运过程、DA 分子结构的电子转移过程、复杂谱图信号的模拟和数据挖掘等。主讲《化学分析》等本科生课程。先后承担/参与/完成国家自然科学基金、国家自然科学青年基金、国家科技部 973 项目的研究工作，发表论文 10 余篇。获得教育部、北京市、北京师范大学多项教育工作奖励，北京师范大学青年教师基本功理科组一等奖。

1
“世说行道险、人唏归去愁”
——每一次人生“转角”的回眸

说起求学经历，朱嘉喜欢用“激情”一词来概括。不论是早前求学时的一腔热血，还是后来科研路上的心情起伏，他始终怀着赤诚相待的理念去面对每次机遇的降临。从在中科院的经历到欧洲求学，从博士时代全新数据分析课题的挑战，再到博后时代开始的材料模拟计算的艰辛，每一次学业与科研上的磨砺，对朱嘉而言，似乎都不是值得唠叨的痛苦回忆。相反，他给所有人讲述这段经历的时候，更多地是坦然道一句：“我尚在途中……”

1998 年，他参与抗洪抢险，为灾民建设污水处理装置；

2000 年起，他参与分析北京大气颗粒物研究，一边修着电镜一边做实验；

再往后，他抱着啃不熟悉的数学物理公式……

“那日子就好像随时要被淹死！”

从实验做到计算，朱嘉的科研历程跌宕起伏，分分合合。那些苦与疲惫，在朱嘉看来，却算不上是普通的苦与累，而是求索中的喜与乐，别有一番求之不得的“情缘”。

云深雾漫漫
林密草茫茫
世说行道险
人唏归去愁
（朱嘉自作五言《登山一首》，2011 年 7 月）

2
“拳拳炽玉性，幽幽哺人心”
——“我的课就是交流！”

留学十载终归来，朱嘉谈起归国的选择只是一言而过：“好像想也没想，就进了北京师范大学，当了名普通到不能再普通的人民教师！”

从最开始的基础实验课，再到如今的化学学院本科生必修的基础理论大课——分析化学，朱嘉以那句“在路上”的一词匆匆掠过，也道出了对所讲授课程的总结和判断：“分析化学和其他化学二级学科不同，它不仅是方法和技术，而且更是汇集各学科的思想。所以，它也是化学学院学生最应该精通的一门课。”

“帮学生把行将熄灭的理想火焰重新点燃”

在朱嘉看来，教学和科研一样充满探索。已经有了八年教学经历的他坦言，“我上课更多的时候感觉自己仍然处于学生的状态……那感受就坐在台下听台上的自己讲课……我总会想这门课学生会怎么看，我上课讲的每一句话他们会怎么想，认同？反对？”

最终，朱嘉这么定位自己：

“我不过是学生学业征途上一个旁观者。我的课就是个交流！”

“绝不是单纯地传授学生知识，而是更注重让学生们扔掉浮躁和懒散，重新拾起知识的渴望、学习的热切，把那些行将熄灭的理想火焰重新点燃。”

“终极理想是做‘经师’，更做‘人师’”

朱嘉有自己的教育主张：既不拒绝新技术在教学过程的应用，又不盲目地把鼓吹技术作为花边和装饰。他先后获得北京师范大学第十二届青年教师教学基本功比赛中（理科组）一等奖，以及最佳板书奖；北京师范大学多媒体教学软件设计比赛一等奖；全国多媒体课件比赛优秀奖。依托个人在信息技术使用、理论计算和数据挖掘方面的经验，朱嘉也在课堂观测和分析技术探索上开启了新的尝试。比如与教育学部教师合作，参与“思维发展型课堂”的建设，以及相关全国网课和 MOOC 建设。跨学科的经历让朱嘉受益匪浅。正如与他共事多年的龚河华老师（全国教师志愿者联盟主任）对他的评价：“教学技能过硬，严格要求自己。上课精益求精，课程反复打磨、推敲细节，做了大量工作，取得了很好的成绩。”

在熟练教学基本功和新技术的同时，朱嘉认为：教师更要关注各种心理现象包括认知过程的变化，因为他认同的根基就是“教育的理论基础在于‘心理’”。在朱嘉看来，还是那句“师者传道授业解惑也”讲得最明白。真正的大师给予学生获得的绝不仅是知识，而一定是能够影响到学生灵魂深处的，这样才是真正的“人师”。

正如《礼记》所言，“经师易得，人师难求”。以其精湛的专业知识传授他人（作经师）并不难；而能以其渊博的学识、高尚的人格修养去教人如何做人（做人师）绝非易事。朱嘉说，这也是他的终极理想。

化学学院同僚、老教授尹冬冬这样评价朱嘉：“他是一位有教育情怀的青年教师。他‘很有心’，也很‘用心’。我听过他的‘化学分析’理论课与实验课，讲台上，朱老师精神饱满，课堂教学过程自然、亲切，总会给学生带来激发动力的时刻，他特别热爱教学工作。”

拳拳炽玉性
幽幽哺人心
道本师之源
何为解庸经
求知多歧路
勤思方可行
伴君荫情愿
不问身后名

（朱嘉自作《春日咏怀》，2016 年 4 月）

3
叫你一声“嘉哥”！
——学生眼中的朱老师

朱嘉是一位特别喜欢和学生交流的老师。浏览他入校以来的人人网相册就会发现，那里有学生很多照片。通过镜头，朱嘉记录下学生正当青春的很多瞬间，他曾动容地写下“这辈子当老师，是因为你们在这里”。

和学生在一起的日子，朱嘉收获了无尽的欢乐与惊喜，收获了无数的情谊与感动。这不仅仅来自他面对学生们时“亦师亦友”的关切，更多地是来自他“在学生角度上去看待问题”的教学理念。在学生眼中，朱老师亲切地如大哥一样值得信任，又真诚得如家人一般包容理解着自己。那份包容仿佛是人跌倒时候的扶助，更好像是人迷茫无助时给予一声问候。在他面前，学生们会保持着青春年少的素颜，那是无造作的真实的自己，因为他们知道朱老师在爱护着他们，小心翼翼地为他们每个人的精神家园添上一片瓦。

“老师要是没了学生，就什么都不是啦……”

“嘉哥”是化学学院 2012 级一班学生对班主任朱嘉的称谓，这份称谓有着特殊的意义。他们记得“嘉哥”为他们做着怎样的规划。“快乐、团结、勤奋、坚韧”，朱嘉提出的八个字的班训，刻写在开学的第一日，更刻写在每个人的心中。2016 年毕业降临，所有人各奔东西，“嘉哥”不无感伤地在人人博客中写道：

“我这个老师好像是为这一帮学生存在的，学生们走了，我这个老师好像一下子也就没什么存在的意义了……学生放假走了，学校里、学院里一下空荡着，没人挤食堂了……考试考完了，卷子判完了，事情当然还有很多，还要忙着做……老师要是没了学生，就什么都不是啦……"

化学学院2015级博士研究生雷震这样评价，"我和嘉哥在我2009年本科入学就认识了，那时嘉哥和我班里同学的关系都非常好！他精力非常充沛、学识渊博、待人热情、乐于帮助学生，最重要的是：他会找我们一对一谈心，真像我们的大哥一样。"

在化学学院2015级博士研究生杨少媛眼中，"嘉哥上课风趣幽默，对学生特别耐心，讲解问题耐心认真。在我大四迷茫不知道将来的路怎么走时，请教嘉哥保研、读研的问题，他也是特别耐心地给我建议，并且帮我推荐了现在我所在的实验室，从此我走上了生物化学的方向，感谢嘉哥对我的帮助。"

2016年毕业晚会上，化学学院2012级一班班长代表全班给"嘉哥"送上一件特别的礼物：写满全班同学名字的T恤衫，还有一句：

"嘉哥，我们爱你！"

4
"我们的征途是星辰大海！"

朱嘉所做的学生工作得到了学校的肯定和认可。他被评为北京师范大学"优秀辅导员"（2013）、优秀新生导师（2013－2014），化学学院"最受本科生欢迎的十佳教师"（2014）。

2012－2015年朱嘉连续四年带领学生到山西、江西、内蒙古和浙江开展暑期社会实践，其中两年他所带领的实践队获得校级优秀称号，他也获得优秀带队教师的荣誉。2013、2016年朱嘉带领的化学学院团队荣获北京市大学生化学实验竞赛二等奖和三等奖。

朱嘉一直认为这些荣誉都是他的学生们给予的，实至名归，他是沾了学生的福气。

"如果只看到眼前的东西，你只能做眼前一点事。但是如果把眼光放得远一点，你去争取这些东西，那你们的将来将无可限量。"

朱嘉喜欢一句流行语，"我们的征途是星辰大海"。他以这句话鼓励着他热爱的学生们，自己也在学术领域攀登不息。

"嘉哥"和他的弟弟妹妹一起，相互鼓励支持着，向着星辰和大海的方向，坚定而勇敢地走下去。

寄语北师大建校 115 周年和青年学子

致北师大：

希望学校拥有更多的荣光和辉煌。

我坚信，只要把握自己应有的社会位置、担负起应有的社会责任，只要北师人齐心协力，脚踏实地，做好力所能及的事，相信北师大明天会更好！

致青年学子：

几载青青几相望，
白驹尤微隙无常
曾记巍巍金声催，
流觞曲水叙衷肠
木铎铿锵响千里，
杏坛辉光动四方
征途漫漫待奋起，
星辰大海伴激昂。

（朱嘉自作《丁酉芒种赠化院毕业生》，2017 年 6 月）

（王娟　王湾）

扫描二维码即可阅读全文

丁道勇：一个“在乎”的人

推送时间：2017 年 7 月 31 日

“一名学生只有一位导师，导师是学生的‘唯一’。”

“学生‘在乎’老师的一言一行，老师也是如此。”

——丁道勇

丁道勇，教育学部教育基本理论研究院副教授，主要研究领域为教育哲学、学校教育。曾任北京师范大学教育基本理论研究院副院长、北京市中关村第一小学科研副校长。曾获北京师范大学“京师英才”奖、教育学部年度优秀教师。主讲教育学、教育的理论基础、教育哲学经典著作选读等课程；出版《儿童生态道德教育导论》《唤起教师的理论兴趣》等著作。

1
学为本位“兴”为引

在北京师范大学任教近十年，丁道勇一直把“学生应专注学习”这句话挂在嘴边。在他看来，学生的天职应是认真学习，如同老师的任务是引导学生走进学术。

丁道勇十分赞同一句古语：“不愤不启，不悱不发”。他认为一位优秀的教育者面对学生对知识的渴求状态，绝非填鸭式的浇灌，而是把握好尺度拿捏好分寸，先让学生积极思考，再适时进行启发。启在愤后，悱在发前。唯有如此严格要求学生，促使学生树立孜孜以求的学习态度和良好的预备状态，培养学生独立的思考能力和逻辑表达能力，才有利于教学的深入开展以及学生的长足发展。

课堂点名 or 不点名

从教伊始，丁道勇和许多“青椒”一样，不喜欢课堂点名。在他看来，“从教育评价的原理来讲，出勤率不可以当作学生成绩的记分项。学科的考核不是学生是否出勤，而是考核对该门学科知识的学习程度。如果学生认知很好，分数就应该给他。所以从原理上来讲，将学生出勤率折算成分数的做法，实际上是一件挺‘流氓’的事情。”

但工作几年后，丁道勇对点名考勤这件事的认知有了些微的扭转。因为他在教学过程中发现，长时间不点名，总会有几个学生钻空子，不是每位同学都能严以律己的。不点名考勤的做法某种程度上是对这种行为的放任，并不利于这部分学生的发展。

丁道勇调整思路，在新学期前几周连续点名，先把学生吸引到课堂里来。课后则让学生带着学习任务和课业要求回去思考学习。如此循环往复有利于调动学生对学习的热情和兴趣，养成良好的学习习惯。在丁道勇看来，这是主讲老师对班里每一位学生负责的做法。点名难聚人心，兴趣的培养才是吸引学生一心向学的根本途径。

在“在乎”的人眼中，处处皆值得研究。

在求知问学的道路上，丁道勇认为，学生一定要坚守自己的初心。

学生入学初，丁道勇就有意引导学生发现教育中的复杂和乐趣。丁道勇感慨，“同学们投身教育学专业真的很好，可能现在还不明显，但等他们为人父母后，一定会感受到的。”“少年不管，流光如箭，因循不觉韶光换”，无花空折枝，丁道勇说，“为人师者最怕学生毕业时做出这样的感慨。”也正因为此，作为教师，首先要认真负责，第一阶段一定要“压”着学生去学习，引导他们建立专业意识与问题意识。

丁道勇鼓励学生充分利用北师大丰富的教育资源，真正投入学科知识的学习钻研，而不是从一开始就埋头在学生活动中，本末倒置。他认为，学生一定要明确自己未来的方向，在适度参加社团活动、锻炼能力的同时更要付出时间精力去加强专业学习。丰富的课余活动是提升自身综合能力的方式，但绝不应该作为大学求学期间的主路。丁道勇相信，在“在乎”的人眼中，身边处处都是值得研究的资源。哪怕学习是一条崎岖难行的路，作为学生都应坚定地走下去，容不得偏离废弃。“腹有诗书气自华”，只有潜心钻研，严格要求自己，才能真正学有所成。

丁道勇说：“本科大好时光不去读书太浪费了，即使不被学生理解，也要做对得起为人师者身份的事。”

2

方法在前“心”为师

丁道勇重视学生学习态度和成效，同时不断探索适合不同学生群体特质的培养方式。

对每位学生负责，因材施教、量体裁衣。

丁道勇近年来为本科生开设“教育学原理”课程。为培养学生潜心学习的好习惯，丁道勇经常给学生布置一些思考题作为课后作业，要求下节课提供书面成果。学生的平时作业和论文用电脑完成。

有一年，丁道勇的课上迎来了十名韩国留学生。几节课下来，丁道勇发现这几名韩国留学生具备一定的中文听说能力，但汉字书写能力薄弱。丁道勇认为课后留“思考题”这种传统作业方式不适合他们，对其中文水平提升的实际效用不大。在和学生以及家长沟通后，丁道勇改变了作业形式，结合汉语学习难易特点，要求韩国留学生读上课要求的中文材料，每人每学期上交5份手写的阅读报告作为平时作业，这样既可以督促他们多读多写多练，提高中文水平，又可以达到预期的教育目标。

留学生试卷上的“老师我爱你”

不论是课堂上还是课后，丁道勇经常和留学生做一对一面对面交流。通过谈话，将课上讲授的知识同留学生的实际生活相结合，用实际例子帮助他们充分理解习得的知识内容和课程框架。例如，通过闲聊的方式引导韩国留学生分享韩国农村与城市的教学情况，鼓励他们去发掘其中的差异，再将之与中国的情况进行对比，帮助韩国留学生对教育问题形成一种更为宏观的比较视野。天南海北的闲聊实际上是“醉翁之意不在酒”，他是用自己独特的方式去启发教育学生。在丁道勇眼中，这些留学生和中国学生一样聪明、有能力、肯上进，只是中文水平暂时还跟不上。远离热土亲朋，在异国读书本就十分不易，作为他们在中国的老师有义务尽自己所能去帮助他们。

经过一学期的相处，留学生们都非常感谢丁道勇，期末考试时，有 4、5 个留学生在试卷边白处留下了“老师我爱你”。这件事对丁道勇触动颇深。他领会到教师对学生的谆谆教诲并非是为了收获什么回报，或是让学生感激。

教师在教学中，能为学生设身处地地着想，将心比心，在意学生，建立愉快的师生关系，这才是最纯挚宝贵的收获。时刻不忘想学生之所想，丁道勇对所有学生都倾注心血，亲身践行“有教无类”这四字的教育情怀。

3
“转换频道”点迷津

作为一名硕士生导师，丁道勇在教学指导工作的实践中总结出一条与学生的相处之道：“师生相得”。在他看来，导师最重要的任务是要在长期培养中帮助学生学会方法，激发学生的学术热情。

读研阶段，一位导师有多名学生，而一名学生却只有一位导师。这种多对一的情况下，导师可以算得上是学生的“唯一”。心思细腻的学生对导师的一句话可能都非常在乎，老师的建议对学生的判断选择意义重大。所以导师如何言传身教、以身作则地帮助学生学会学习，热爱学习，是每一位硕士生导师需要研究的课题。

学生在乎老师的一言一行，老师也是如此。这种双向互动在丁道勇这里做得十分到位。每位学生的论文，他都全程参与指导。从前期设计、资料分析、到田野工作、理论建构等，全面帮助学生把控质量。

丁道勇戏称自己需要经常“转换频道”，“扎进”学生的论文设计中，与学生一起“下水”。只有这样，才能在学生开展研究出现迷茫时及时站出来指点迷津，切实发挥“导师”的作用。丁老师对学生深深的关切与在乎，使得他和学生在相处中逐渐从工作对象转化为朋友伙伴，师生关系愈加亲密，真正做到了“师生相得”。

寄语北师大建校 115 周年及青年学子

经常有学生问我读这个东西、学这个东西、听这个东西有什么用，其实真要学东西就没有没用的，有的时候最有用的东西不是你专门去学的，而是你当时学的时候认为的“无用之学”。

我们教育学部学的许多学问，很难去定义其眼下有多少可操作性。但如果你真不学，你就真不知道这个领域是多么的有意思，有多么大的吸引力。如果没有这种觉悟，即使读到博士毕业，也不能算是真正入了门。

抓紧在大学的这段时间多学习，这是学生在大学唯一的本分，要多学习。

（王娟　吕一鸣）

扫描二维码即可阅读全文

满身风雨海上来：
七位海归教师的精神世界（上）

推送时间：2017 年 8 月 1 日

师小萱语：

近年，越来越多的“海归”选择了北师大，作为他们的报国梦开始的地方。党委宣传部本期“对话青椒”，带您走近经济与工商管理学院的 7 位“海归”，体味北师大教师不忘初心的“经邦济世、励商弘文”。

入校主旋律：因为爱，所以爱。

陈济冬，讲师，于普林斯顿大学获博士学位，研究兴趣为公共经济学与制度经济学、应用博弈论、中国经济与治理、实验经济学。

“我就是喜欢北师大，没有任何理由”

“在清华读研究生的时候，我就希望以后能成为一名学者。”一方面要做出有影响力的研究，另一方面要尽量用通俗的方法来传播自己和其他同行们的研究。教书育人和做学术研究是统一的，我决定成为一名学者时，也就选择了要做一名教师。最喜欢学院的地方是“研究环境很好，老师们的研究方向各异，大家做的内容很多是互补的，我可以从其他老师那儿学到很多东西。”

“我特别欣慰，无论是年长的还是跟我同龄的同事，我每天总能在他们身上发现很多值得我学习的地方。”

方芳，副教授，于日本名古屋大学获经济学硕士与博士学位，主讲会计学原理等课程。

“师大是我的安身立命之所，对我来说是家的感觉。”“我每天都在这里生活工作，见证她的四季轮回春夏秋冬，见证每届学生入学升级毕业离开，她对我的意义很重。”

方芳喜欢这样的生活，一边自己做研究，一边给学生上课。选择北师大，一方面是因为学校深厚的历史积淀和人文底蕴，另一方面，“我们经管学院和很多学校的不一样，它是经济类和管理类合在一起，研究经济的和研究管理的老师可以很方便的接触和探讨问题，进行跨学科的研究。在知识全球化的时代，跨学科研究是未来重要的趋势和方向。”

钱婧，副教授，于澳大利亚国立大学经济与商学院获博士学位。

钱婧从本科阶段开始一直在澳大利亚求学，最后选择回国做一个大学老师，“能够安定是很幸福的。感谢北师大经管学院给我这个机会，来师大第三年了，一直很努力，希望不辜负这个位置。”

刘盼，讲师，于爱荷华州立大学获经济系获博士学位。

刘盼喜爱经管学院良好的大氛围，同事之间相处非常融洽，合作机会也多。“我的学生们学习都特别认真，完全超出了我的想象，在这个好的工作环境中又遇到好的学生，让我在科研和教学过程中都很有动力。”

李堃，讲师，于美国伊利诺伊理工学院获金融学博士学位。

李堃从小就有当老师的梦想。“我的父母都是教育工作者，家庭环境的熏陶、父母上课的耳濡目染使我很早就确立了当老师的目标。大学是一个永远充满朝气和创造性的地方。在这里，我每天都可以与一群激情、富有活力的学生互相交流。我也愿意用我的心得和经验，帮助同学们在学习中获得乐趣，并热爱上他们的专业。

李堃最终选择安定在师大与家人有密切关系。“师大是一所百年老校，它的人文底蕴、学术氛围在全国都是顶尖的。我叔叔是我们市的高考状元，他选择了北师大外语系，所以我从小对北师大充满仰慕之情。”“希望我的课程对学生今后的学习、工作有所帮助，希望同学们觉得我是一个挺不错、比较负责任的老师。”

许敏波，讲师，于美国乔治城大学获经济学博士学位。

许敏波选择学经济学是一个很偶然的机会，“2000 年高考填志愿，那个时候经济学没有这么火，学经济学的人不是很多，当时看到武汉大学去我们地方招生的简章上有一个介绍，说有一个经济学实验班，还是双学位的实验班，有一个应用数学的辅修学位，但学费是一样的，所以我想还挺划算的，就报了这个专业。”

曹思未，讲师，于加州大学伯克利分校农业与资源经济系获博士学位，主要研究领域为技术进步与经济增长、科技政策、最优专利制度设计等。

曹思未本科学的是数学，后来选择了农业与资源经济系。“我现在钻研的方向，与技术创新、经济政策和政治政策方面很有关系。如果仔细了解一下就会发现，新的技术投入生产最早就是来源于农业，农耕时期创造出很多技术，而且一直持续到20 世纪中期。所以技术发展史是从农业开始的。而我所在的那个专业是农业与经济对技术的研究。”

育人 style：前沿研究、案例教学、给予安全感

陈济冬工作中最有趣也最有满足感的事，“就是大家觉得我上课还不错，对这个老师有认同感，也许传授给同学们的知识大家几十年后都不一定记得，但是至少我希望对大家能有一些积极的影响”，甚至“可能会比我发很多的国际顶级期刊都要有意义。”

国际上流行的经济学教课书中大部分的例子都是欧美国家的或者其他发展中国家的，如果简单地讲这些例子，大家会觉得没有感觉，不接地气。所以就有必要跟同学们多讨论一些中国的例子。因此后半学期，陈济冬会带着同学们分析一些我国经济发展当中的有趣的具体案例，帮助同学们学会从现象中抓住问题的本质，用逻辑和经验证据来分析问题。希望能以这样的训练过程培养同学们的问题意识、好奇心和逻辑分析能力。陈济冬以《公共经济学》为例，向我们谈到他作为一名青年教师，是如何结合前沿的社会科学研究，摸索出自己独到的教学方法的。“我其实是根据我自己和学术界同行们的一些最新研究，把一些专题梳理出来，很多知识来自于一些前沿的论文，这些论文可能让同学们自己去读会很难，那么我会尽我最大努力，用清晰浅显的讲法，帮助大家理解。”与此同时，陈济冬还在思索如何在课堂中更好地结合相互讨论的方式，来启发性地教学。他也在找寻一种较好的激励方式，让大家敢于回答问题。

刘盼谈到，“我热爱我的教学工作，特别想把自己知道的东西教给学生，希望我的学生将来回想起这门课的时候会觉得这门课是有用的，有意思的。”

对于李堃来说，教师的梦想在这里实现了，“在这里，我每天都可以与一群激情、富有活力的学生互相交流。我也愿意利用我的心得和经验，帮助同学们在学习中获得乐趣，并热爱上他们的专业。”李堃老师还依托教师发展基金的支持，创新教学方法，“金融学中的理论模型都是用于指导实践的。我会将书本上的理论和现实市场上的案例相结合进行讲授，帮助同学们加深认识。”

刘盼亦是如此，“经济学不是只学一堆枯燥的东西来纸上谈兵，要对以后理解现实生活中的种种现象有所帮助。”讲课中的她注重理论与现实的结合，每讲完一个模型或者理论，她都会找到现实数据让学生感受模型是如何应用到现实问题，“万变不离其宗，最根本的经济学原理都是相通的，可以应用到很多领域

上。”例如环境经济学是用经济学的方法解决环境治理问题。

钱婧说：“在当班主任和代课老师的过程中，我在不断琢磨如何与学生相处，希望与同学们保持一个舒适的距离，让大家可以有独立思考的空间，有成长和磨练的机会。当需要我的时候，我是在的，能给大家一份安全感。同学们和我的关系很好，有问题也会找我一起解决或探讨，这一点我感到非常欣慰。”

许敏波会尽量安排大家更多的时间和机会去解题、做题。“基础课一定要布置作业。在给大家介绍复杂概念的时候，一定要跟例子结合起来，将理论和实际结合，帮大家找感觉、更好地理解。”

部分文字来源：京师经管

（姚冬萍）

扫描二维码即可阅读全文

海雨天风任往来：七位海归教师的精神世界（下）

推送时间：2017年8月2日

师小萱语：

党委宣传部本期“对话青椒”，继续带您走近经济与工商管理学院的7位“海归”，在BNU这块共有的精神栖地上，一起浅吟漫唱、低徊高思。

出国深造源于“成就全新的自我”

方芳，副教授，于日本名古屋大学获经济学硕士与博士学位，主讲会计学原理等课程。

留学日本的方芳对日本严谨而纯粹的学术氛围感受最深，“老师每周会召集所有学生召开Seminar，讨论学习和研究的进展，让你进行汇报，所有人都会关注你的研究，给你提出建议。日本学生是对研究有兴趣，真的想从事研究才会去读博士。”方芳对学术研究孜孜求索，并在日本读博期间决定了将来要做一名老师。

李堃，讲师，于美国伊利诺伊理工学院获金融学博士学位。

在外求学十年的李堃认为年轻人应多出去走走，“我当初选择出国深造是源于大学的一次出国经历。出了国，我才知道自己曾经的圈子十分狭小，阅历不足。但出国可以弥补这一点。在国外学习，面临一个全新的环境，接受异质文明的冲击，促使你成长与转变成一个全新的自我。”试着参加暑期学校、夏令营之类的活动以开阔视野，领悟异域文化，在此基础上再决定自己将来的方向。

钱婧，副教授，于澳大利亚国立大学经济与商学院获博士学位。

在澳大利亚学习多年的钱婧，学会了包容和欣赏多元的世界。“和同学们相处的时候，会更愿意去接受、尊重和欣赏个体的独特性。除了学识的充实，更重要的是学会共存，把心打开，接受别人的不同。”

日常生活中很多矛盾与不愉快，都是因为我们着眼于自身，想要说服对方。或许沟通的目的在于更了解彼此，而不是推销自己的想法或生活方式。我们也许需要保持着一种互相尊重的舒适距离，有一种温暖但不灼热的人际情感。出国之后不能说认识改变了，但是情怀却是改变了。钱婧想回来做一些有意义的事情，现在也在一直努力着。“在这个土地上，努力不负初心，也许是对祖国的一种情怀吧。”

陈济冬，讲师，于普林斯顿大学获博士学位，研究兴趣为公共经济学与制度经济学、应用博弈论、中国经济与治理、实验经济学。

陈济冬建议“出国申请跟做其他事情一样，要尽量的把所有方面都做好。”如果是想要出国读博，最好在本科的时候能有一些国际交流的经历，“这样除了能开阔视野之外，还能在研究生申请当中解决‘信息不对称’的问题。如果你有潜力而国外的院系不知道你有潜力，这时候对你比较了解的老师的推荐信就可以起到一个很好的信息传递的作用。”

我们有话说：兴趣、实践、谦卑、永不气馁、发现自我……

1
“希望大家能够干自己感兴趣的事情，找到自己的兴趣”

陈济冬说：“因为任何事情只有你真正感兴趣，你才能做好。”怎么知道自己的兴趣所在呢？陈济冬对于做学者与做教师都十分感兴趣，正所谓学以致远，乐教方传。以做研究为例“它给人最大的快乐是在一开始和中间的过程，你发现问题，你想到各种各样的办法，天天睡不着觉，把那个办法想出来去解决这个问题的过程，这正是它有趣的地方。”

2
“实践出真知，多交流、多尝试、多努力”

就业后再选择出国深造的方芳谈到：“就业可以对实务有一定接触、了解，在经验积累中再摸索自己研究兴趣、研究方向，从而再进一步深造可能会更有明确的目的和意义。没有实践经验就不知道自己在工作方面可能欠缺哪一方面的能力，如果一开始就读研究生会很迷茫，先就业可以更有针对性地在深造过程当中学习、弥补自身的不足。”在将来对自己的发展方向感到迷茫时可以先走出校门，去外面的世界历练一番，然后再静心确定自己未来的方向。

希望在大学时光里，同学们都能够更好地理解自己、认识自己，毕业时获得一个充实自信的自己。Lucky is which preparation meets opportunity. “越努力越幸运，当你所有的准备遇到一个好的机会，就是你最幸运的时刻。所以要尽一切可能多努力去做自己觉得应该做的事。”

3
“谦卑会让你遇事时冷静，让你抓住最好的机遇”

曹思未认为，师大的学生都有一种谦卑的态度，以一种谦卑的态度对待别人，这会让你冷静地做出正确判断。谦卑具有优势也有劣势，希望大家发现其中的优势，也了解其中的劣势，这就是你能够做得到的最好的。

曹思未，讲师，于加州大学伯克利分校农业与资源经济系获博士学位，主要研究领域为技术进步与经济增长、科技政策、最优专利制度设计等。

4
“把自己和别人放在心上，呵护梦想与自由”

钱婧希望大家都能永不气馁，做一个心中有希望，行为有担当的人。每个人的未来和梦想都是不一样的。我们可以细化自己的梦想——“我想变成一个怎样的人”。在这个过程中要学会如何做取舍，学会不要与其他人比较，把心胸放得更宽广，而后脚踏实地、认认真真地去做好每一件小事。毕业之后，大多数人直接就业、保研或是出国，这些选择都无高低好坏之分，每一个平台都有自己的挑战和机遇。不过最终都会归结到一个问题——如何为社会做贡献。留学不一定是件好事，也不一定是件坏事，留什么样的学，哪个国家，什么专业，这些都是考量标准，关键在于知道自己想要成为一个怎样的人。

5
“发现自我，找到自己的兴趣”

许敏波说，希望大家好好学习，更希望大家能在学习的过程中发现自我。人需要在三十岁之前找到自己来这个世界的使命。这需要结合自己的热情、自己的兴趣、自己的能力等到一块去寻找。兴趣并不是简单地你喜欢什么，而是一个互动的过程。当你喜欢某个事情，你就开始去一点点了解它，接触过程中你就会得到一个反馈。如果你得到的是一个正反馈，你就会有幸福感，你的兴趣就会更高；如果得到的是负反馈，那你可能就没有兴趣去继续了。通过这种尝试你就慢慢地找到自己真正的兴趣所在，你到底想做什么、能做什么。

许敏波，讲师，于美国乔治城大学获经济学博士学位。

部分文字来源：京师经管

（姚冬萍）

扫描二维码即可阅读全文

周敏：在好奇与客观之间找平衡

推送时间：2017 年 9 月 15 日

师小萱语：

那一年，她是安徽省唯一一位获得保送清华大学资格的文科生；

那些年，她是在徐州矿井深处采访矿工、太行山腹地国家级贫困县采访农民；为了报道艾滋病，和艾滋病病毒感染者同吃同住，凡遇采访之事一马当先的女记者；

如今，她成为北师大新闻传播学院学生眼中独一无二的“女神”。

周敏，新闻传播学院副教授、硕士生导师、清华大学新闻与传播学院博士。研究方向为新媒体、风险传播、公共关系原理与实务。独立主持北京市社科基金、北京市社会科学界联合会、比尔及梅林达·盖茨基金会、中国互联网络信息中心（CNNIC）、新华社北京分社等机构委托课题多项。任教以来，在《国际新闻界》《现代传播》《当代传播》等 CSSCI 核心期刊发表学术论文 30 多篇，近日，在 International Journal of Disaster Risk Reduction 发表 SCI 论文一篇。出版著作《艾滋病媒体报道手册》《阐释·流动·想象：风险社会下的信息流动与传播管理》《中外商务传播案例经典》等，参与编写多部教材如《媒介文化十二讲》《大学生媒介素养》等。开设本科生和研究生等专业课题和全校公选课。

人物事迹

荣获“2016年度北京高校青年教师优秀社会调研成果奖”，北京师范大学“十佳教师”“优秀共产党员”称号，获得北京师范大学“本科教学优秀奖”、教育教学成果奖二等奖（集体），多媒体教学大赛优秀奖和青年教师基本功大赛二等奖。开设的现代公共关系原理与实务课程，被评为北京师范大学“本科教改示范课程”，曾带队参加由中国国际公共关系协会举办的“第五届中国大学生公共关系策划大赛”，获得全国第一名的好成绩。

1
创意，成就精彩课堂

师小萱：周老师，您开设的《公共关系》课程受到全校学生的欢迎，您可以和我们分享一下这门课吸引学生的“诀窍”吗？

周敏：我想可能是因为我的课堂比较注重培养学生们的发散性思维吧。

实际上对于同一个主题，不同学科背景的人会有不同的理解和操作方式。所以，我会把不同学科背景的学生进行排列组合以便发挥他们各自的学科优势和特长。而一些留学生参与到课堂中来也让这门课具有了国际化视角，学生喜欢这种学习方式。我想这样的形式让他们感到新奇，所以愿意来上课的吧。

师小萱：在这门课程中，您针对不同年级的学生会有不一样的教学方式和内容吗？

周敏：举个例子，就公共关系这门课来说吧。

大一的学生来自全国各地，还有一部分是留学生，对自己家乡有着不一样的深厚情感。所以我让大一的同学们做公关策划的第一案例就是推广自己的家乡。

而对于高年级的学生呢，我觉得着重培养他们的科研精神是比较重要的，也是我在他们身上的授课重心。对于他们，是不能采用“满堂灌”这种填鸭式的教学方式的，而是讲解一个理论，抛砖引玉，让学生自己去挖掘，逐渐形成一个理论框架。这就好像一个网，你给他一个钩子，就能一下子捞上来很多鱼。通过这种方式，将他们在大一大二所学的碎片化的知识贯穿起来，形成一个知识体系。

师小萱：那您的这种授课方式具体效果怎么样呢？

周敏：对于低年级新生而言，在他们讲解的过程中，我会强烈感觉到每个学生的表达方式都很有意思，他们的小脑袋里装满了各种新奇的想法，让我目不暇接。

我也能看到不同的公关创意、策划方案等，学生自己讲起来也特别有激情，讲完之后同学们给打分。现在的时代是个传媒的时代，各行各业都离不开媒体，每个人都有了智能化手机，甚至都是个“自媒体”了。

我的课堂上有个专题，叫作“如何和媒体打交道”。例如，课堂上的模拟新闻发布会环节，我们会根据当下的社会新闻，模拟一个突发事件，学生自愿组合形成新闻发布策划团队，上台模拟新闻发布会。剩下的同学们就是各路记者，国内的、国际的，他们的任务就是提刁钻的问题，设计各种陷阱，难倒新闻发言人。课堂上两大阵营绞尽脑汁，各显神通，接招拆招，刀光剑影。我在一边会做记录。模拟完毕之后，大家先一起讨论刚才的得失，我会做最后的分析和点评。孩子们做模拟很上瘾，都不愿意下课，哈哈！我相信通过角色扮演，他们获得的知识远比远观一个新闻发布会丰富得多。而这样的体验是在他们各自学科的课堂中比较难以获得的。

师小萱：授课效果的评价最主要的还是来自于上课的学生们。他们的直观感受是最为鲜活真实的。很高兴师小萱采访到了周老师班上的三名同学，让我们来看看他们眼中的“女神老师”的课是什么样子滴。

师小萱：李兆晴同学，你喜欢周老师的课吗？对你而言，周老师的课有什么吸引你的地方呢？

李兆晴：我特别喜欢她的课！周老师的课仿佛有一种魔力，一进她的课堂就倦意全无。她总是给我们带来学科最前沿的理论和资讯，教会我们用理性批判的眼光审视身边的媒介热点现象，用专业知识来解决公关的实际问题。每次上周老师的课都让我受益匪浅。

师小萱：常晋同学，你对周老师的课堂有什么样的感受呢？

常晋：周老师在我心里可是一个集可爱与智慧于一身的女神老师哦！每节课她都从现实出发，将新闻制造出的拟态环境与现实生活交融，更好地引发我们对当今媒介环境和网络使用的思考。我感觉周老师的互动性很强，让我们更有参与度地学习知识，而不是一味地坐听等灌。

师小萱：刘晓东同学，你认可前面两位同学的观点吗？可以和师小萱说说你的感受吗？

刘晓东：我是非常认可的。另外我再补充一点，周老师的公关课更像是一次次经验分享会，她总能以一个过来人的专业角度和我们分享关于公关、广告，甚至是生活中的小趣事。她本人真的是又亲切又有魅力，优雅端庄而不失睿智，是大家心中“女神”最好的代名词，这个称号在我心里可是当之无愧实至名归的。

师小萱：听完三位同学的评价，不免对周老师更为好奇，这样一位集美貌与才华于一身的美女老师还有什么我们不知道的闪光点呢？让我们跟随采访的深入继续来了解。

师小萱：周老师，您带的课这么多，您在讲授过程中有什么样的感受呢？

周敏：说实话很累，但是却很有意思。大概可以说是乐此不疲吧～

我之前也说过，对于同一个主题，不同学科背景的人会有不同的理解和操作方式。所以每堂课每一次主题的变换，我都能在这群可爱的小朋友身上得到新发现、新收获，这一点对我的教学是很重要的。

师小萱：那您的课堂上发生过什么让您印象深刻的事吗？有没有什么有趣的事跟我们分享一下哒？

周敏：有很多趣事，大部分是由于不同的文化理念和思想观念引发的让人啼笑皆非的故事。

比如在关于文化与公关的关系的讨论课上，有一个内容板块讲的是公共文化理论，意思说所有的公共活动都应在理解对方的文化基础上进行。

我问留学生你们最不能理解的中国传统文化是什么？一位韩国留学生回答道：“为什么中国人在结婚酒席上都要送别人烟？”在韩国人看来，烟对人体是有害的，但是，在中国，烟和酒都是比较高档的礼品。这就是文化冲突，这个案例对中国学生的冲击很大，因为大家从来没有想过我们身边这么习以为常的习俗，别人却不能理解。用别人的故事或者经验的分享来带动课堂教学，也是我经常使用的教学方法，孩子们会更有“共情”或者“共鸣”。

师小萱：真是“十里不同风”，这都是因为不同风俗习惯引发的趣味误会。文化一事真是让人想要深探究竟啊，那您认为兴趣对学生来说重要吗？

周敏：当然重要，我很注重学生兴趣的培养。

课堂上我比较能在短时间内捕捉到学生的兴趣点，从这一点出发给学生们设定一个固定的场景，我会采用模拟、案例分析、小组 PK 等方式鼓励学生积极主动参与，通过各种问题的对答，使整个课堂富有活力和生趣。课堂只有有了灵气，学生才会愿意以饱满的情绪投身其中。

师小萱：您在培养学生兴趣方面有什么自己的“独门秘籍”吗？

周敏：这是个好问题，哈哈！

例如在网络传播这门课中，我鼓励学生亲自动手，把自己包装成“网红”。

通过开设微信公众号、微博、短视频、网络直播等形式来“吸粉”，让学生自己真正去经营，然后期末汇报自己的成果。孩子们开始嘻嘻哈哈，觉得很好玩，认为直播这么简单的事情谁不会啊，但是一学期下来，就发现各种问题难以解决。我想自己参与总比远观来的效果好。

只有通过实践，才能把理论转化为实际的运用。大家发现一个“网红”的背后是对媒体的理解，对媒体的应用，乃至对话题的设计，这些都是传播学的内容。孩子们很喜欢带着问题到课堂上问我，我也很乐意帮助他们解决各式各样有意思的问题呢。

师小萱：这真的是很新潮啊，说得小编都动心了呢。那这样的形式，最后的成果如何来评判呢？

周敏：最后的学业成绩并不以这场“吸粉”大赛的成果来评定啦。

主要是通过这种形式来和学生形成互动，我会给学生提建议，大家一起讨论自己的产品定位、差异化竞争、市场预期、媒介购买等策略。这样的课程，不仅能让学生看到现象，更培养了学生的兴趣，还让学生懂得从理论的视角来分析、总结问题。

2
好奇，成就美好未来

师小萱：您认为新闻传播专业的学生应该具备怎样的品质呢？

周敏：他们应该成为全能型选手，动手能力一定要强。

我对学生一个最基本的要求就是，一定要有扎实的基本功，练就一身好文笔和采访能力。这是他们安身立命的本钱，是他们从业的基础。现在大部分人都在追求“远大新”，这个网络发达的时代，大家都在聊大数据、新媒体、虚拟现实等这些比较前沿的技术，我支持我的学生们懂得这些，但是基本功是永远都不能被忽视的，这才是根本。

师小萱：听说您是在大三的时候选择新闻专业的？当时是怎么考虑的呢？

周敏：我觉得是好奇心使然吧。

一开始我就读于中文系。一次偶然的机会我旁听了两节导师的课，当时他还是新华社的记者。两节课听下来我觉得新闻好有意思啊，整个人都跟着了迷一般！在我看来，能够在短期内和别人沟通，倾听别人的故事是一件特别有趣的事情。这样的想法使我对这个行业产生了强烈的好奇心和探索欲，于是就在大三大四转专业跟着导师开始学习新闻传播啦。

师小萱：好奇心对您影响很大啊，那后来真的进入这一专业之后，您做了哪些事，可以和我们分享一下吗？

周敏：后面几年做了不少的事情。

我的导师对我影响很大，他是一个实践派的新闻人。你能想象我学习新闻的课堂几乎很少是在教室，而是在田间地头、北京的四合院、国子监等地吗？导师给我们几个小时，在这么短暂的时间内，我们需要找到新闻素材还需要写成文章，否则集合的时候就别去见他。

记得有一次，我和同学在大街上转悠了好久，最终采访到了一位以前是西昌卫星发射中心的工程师，现在在雍和宫门口开店算命的老先生。这个选题冲击力特强，我们欢呼雀跃了好久！可见，压力很大，但是动力十足。经过这样的训练，久而久之，敏锐的发现力与素材的提炼能力也获得培养。

读博士期间，我基本确定自己将来是要当大学老师的，但同时我也坚信研究固然很重要，但实践能力不能丢，否则怎么教学呢？所以读书期间在一家美国杂志做了 3 年记者，最后做到了编辑。

师小萱：听说您近期发表了一篇 SCI 论文，能介绍一下最新的研究吗？

周敏：新闻传播专业的基础就是跨学科，需要不断创新。

对于一个纯文科生来说，发表一篇 SCI 文章确实很难，但是我很幸运地找到了特别棒的合作研究者，给了我莫大的支持和帮助！在此特别感谢！

最近的研究主要集中在新媒体领域，2016 年年底，我带着研究生们一起做了一个关于虚拟现实（VR）的实验，主要目的是研究人们在接触新媒体、新技术时，针对风险这个议题有何不同反应。北师大研究灾害风险、心理学院的老师们给予我无私的支持，大家一起讨论实验方案等。我也特别感谢新闻传播学院同事们，帮我联系国内最好的商家借用 VR 眼镜，领导们全方位支持青年学者的创新研究。我认为做研究就应该大胆假设，小心去求证，不同学科的合作将是以后研究的基石。

3

小师门，大智慧

师小萱：周老师，您怎样看待自己的导师身份呢？

周敏：对我来说，新生导师和研究生导师这两种角色的定位是不一样的。

作为新生导师，我每年都带两三个新生，为他们做心理疏导，让他们更快、更好地适应学校生活。作为研究生导师，我觉得师门更像是一个大家庭。每年的毕业季就是师门的聚会季节，毕业好几年的、当届毕业的、还没毕业的，大家欢聚一堂，分享生活和工作经验，今年的聚会我们一直坐到餐厅赶人为止，因为大家有聊不完的话题！哈哈！

寄语北师大

人生就像一场没有里程的马拉松比赛，只有能够忍受磨难、忍受寂寞、忍受诱惑的人，才可能获得令人敬仰的业绩。加油吧！师大人！

（王娟　彭玉婷）

扫描二维码即可阅读全文

张璐：让体验成为艺术教育的常态

推送时间：2017 年 9 月 19 日

“艺术的目的是什么？不一定每个人都成为艺术家、演奏者、创作者，但是一定要成为有情怀的人。”

——张璐

张璐，艺术与传媒学院艺术学系讲师、硕士生导师。中国少数民族音乐学会理事、中国音乐传播学会会员。主持课题：“高校艺术教育与社会公共文化服务整合资源策略研究”（全国教育科学“十三五”规划教育部青年课题）“北京国际音乐节的发展性研究”（北京社科联青年课题）等六项；出版专著：《重访南方丝绸之路——云南茶马古道音乐文化研究》《印象·民乐——中国民族民间音乐艺术探析》等；发表论文：《2012 中国艺术教育年度报告—小学篇》《2013 年中国音乐现象热点述评》《当艺术遇见科技：在交汇中走向和谐》《艺术教育保障与推进策略——瑞士艺术教育调研反思》等。

1

邂逅师大，开启音乐通识教育的新篇章

张璐从本科入学到博士毕业，都是在中央音乐学院度过的，这一待就是 11

年。幸运的是，她博士一毕业就来到了北师大艺术与传媒学院，现已任教五年。漫漫征途，她却笑谈这是一个非常简单的人生轨迹。

在这五年任教期间，张璐在教学、科研、实践等方面感触颇多。特别是在公共艺术教育方面，她提到自己做了几件值得骄傲和回味的事情。

第一件值得回味的事就是北师大艺术教育音乐体系课程的建设。2013 年，她开设了第一门全校本科生公共艺术选修课——中国民族音乐作品鉴赏。她在教学方面的心得及荣誉也都是由这门课触发的，应当说，这门课程对她来说意义非凡。每当有人问及初开这门课的原因是什么？张璐坦言，想法实在太简单，当时是考虑到自己所在的艺术学系没有本科生，只有硕士研究生、博士研究生和博士后，就想开一门纯粹的本科生课程，希望能够抓住高等音乐教育的源头，结果没想到，师大学生对于民族音乐鉴赏的热爱，使得这门课程从最初的 30 人课堂发展到现在 300～400 人的大课堂，也成为了北师大校级优质公选课。

音乐科班出身的背景使得张璐希望将西方古典音乐引进师大课堂，2014 年，她又开设了一门新生研讨课西方古典音乐的审美情趣，这门课程主要面向本科生一年级新生，选课人限是 30 人。2016 年，这门课程被评为“校级优秀示范课程”。

两门课程的成功更加坚定了张璐构建美育教学的理念。张璐认为：“古典音乐、民族音乐、流行音乐是当下三种基本音乐形态，流行音乐波及范围大，古典音乐对于儿童教育很有影响力，而民族音乐则更需要追求原生态、民族传承。”

张璐也开设了一门本科生公选课中国当代流行音乐的欣赏与思考，仍然采取新生研讨的方式，限定人数 30 人。由于年轻学生对于流行音乐的热爱，所以这门课也是异常火爆。

课程突破了传统的作品鉴赏，而是采取了“网络歌曲”“我是歌手”“我的春晚，我们的春晚”“影视歌曲”等专题性授课方式，让学生通过专题体验方式参与其中。2017 年，这门课程被评为“校级优秀示范课程”。

日积月累，张璐渐渐摸索着这三门课程的差异性及统一性。讨论式教学法、体验式教学法以及同伴式教学法都出现在这三门课程中，正是通过不断地积累、总结和反思，张璐发现，可以将它们打造成一个相对完整的音乐教育体系，从而作为北师大本科生美育课程的音乐敲门砖。由此，美育课程的构建开始起航。

第二件，张璐对于美育课程的探索与构建不仅仅停留在课堂上，她还做了与美育相关的多项研究课题，包括全国“十三五”规划教育部的青年课题——“高校艺术教育与社会公共文化服务整合资源策略研究”“北京国际音乐节的发展研究”“高校公共艺术教育”等，提升理论，反哺实践，教学与科研相互促进前行。

第三件，为了响应习近平总书记提出的“全面育人”、加强重视美育的号召，学校从2016年开始建设北京师范大学美育中心，由艺术与传媒学院胡智锋教授任主任、甄巍副院长任副主任，张璐也参与其中，做了大量的工作，主要负责撰写每年北师大美育年度报告等。

从课堂到课题研究再到美育中心，张璐认为这一切都是从与师大结缘开始的，支撑她不断前行的是矢志不渝地探索以及内心对于美育理念的坚守。

2

回归艺术本身，让体验成为艺术教育的常态

“我们的艺术教育课堂要真正的和社会公共文化服务机构相结合。大学生不仅仅要立足课堂，同时更要真正地走近社会。带领学生进剧院、博物馆、展厅等，鼓励艺术实践体验，才能让学生更有感受。”张璐动情地说。

受到瑞士访学经历的触动，张璐一直在思考这样一个问题：如何让清、北、人、师四所高校非艺术专业的学生在拥有国家大剧院、798艺术中心、美术馆、故宫博物馆等丰富资源的北京，真正了解美育和艺术教育？也许带他们去看看，让学生们在体验中接受教育可能是比较好的办法。

张璐坚持每学期带领学生进行2～3次的实践体验。2016年，张璐把哈萨克族民间艺人的演出请来北师大，带领学习民族音乐课的全部学生统一观看，学生看过之后，内心对民族音乐的感觉发生了微妙的变化。张璐认为这就是艺术教育，不用语言来表达但却有着润物细无声般的影响与推动力。

张璐讲到自己曾获“第十四届北京师范大学教师基本功大赛一等奖”时，提到了当时的参赛课程——民族器乐作品《金蛇狂舞》鉴赏。

张璐认为：“教师更多的是对学生的引导，不用告诉他这是什么，而是引导他这么听会有什么样的感觉，以后再进行艺术体验时，就会慢慢形成一种自发的通透之感。

在艺术教育中要突出艺术，而不是教育，让学生自己去体会，让他们从有一点好奇心变成一种成就感。回归艺术本真，让体验成为艺术教育的一种常态。”

3
师道传承：知人，知情，更知心

谈及学生们为何选择民族音乐的课程，张璐坦言一部分人是为了得到学分或者为以后出国 offer 做准备，但大部分学生还是出于对我国民族音乐的好奇与兴趣。

张璐结合同学们感兴趣的话题，比如民族音乐在当下的运用、民族音乐与流行音乐的跨界融合等，力求让学生主动聆听。

选课的学生们艺术素养参差不齐，但是张璐坚持：

"真正的艺术是自己的一种体验和感受，老师只是一种引导。当艺术实践体验达到一定量时，就会发生微妙的化学变化，这时的感受就是自己的艺术理解。"

对于教育，张璐也有自己的看法。用什么样的手段改变课堂，虽然这些很重要，但是她认为这些只是辅助，关键在于老师用自身的感化力、影响力能够感化学生。张璐担任了艺术传媒学院研究生班班主任，她班里的硕士和博士近 100 人，大部分学生都和她的关系比较好。她和学生们相处的一个理念就是"像好朋友一样，互相影响，互相感化。"

作为班主任的两年时间里，张璐几乎每学期都要带学生们进行班级建设活动，带他们去国家博物馆、798 感受艺术的魅力，也会参加"老北京一日游"，感受皇城巷口的京味。偶尔，班里的学生也会闹些矛盾，张璐会把发生冲突的同学叫到一起，请他们喝咖啡、调解，让他们握手言和。

张璐在每个班中选择班长和"雪绒花"使者，一起解决大家生活中遇到的问题。学生们已经进入研三，大多都要面对就业的困惑，张璐已经开始做一些就业疏导的准备了。

2015 级学硕班宋燕飞这样评价自己的老师："她像是我们学硕大家庭里的姐姐，很有亲和力，没有班主任的架子，能够事事、处处为班里同学着想。在私底下，我们都很亲切地称呼她为璐璐老师。"

当一个老师设身处地地为学生着想，真正走到学生的心里，这才是一个老师独特人格魅力的彰显。

知人，知情，更知心。作为一名普通的大学教师，张璐一直在努力着。

4
感受艺术的形式就像是‘减肥’的过程

博物馆对很多学生而言，可能更多地被理解成为思想教育基地，但在张璐看来，这里其实是一种艺术体验的最佳场所。在看不懂的展览中，我们可以通过尝试回到艺术本身，通过侧面简介了解它、触摸它，感受艺术更需要大情怀。

提起自己在德国看展的经历，张璐说：“当你认为自己看不懂的时候，你可以去看他的眼神，他的配饰，他的某一个瞬间、动作，试着去感受、了解他。这是在展现一种情怀、情愫，这也和每个人的情怀一样。如果我有这种情怀的话，我就会知道他想表达什么。情怀并不是虚的，是你自己内心的丰富、感动与理解，像你碰到一件事情时的感受力、体验感，包括你感受幸福的能力、化解内心的纠结。其实人人的能力都是不一样的，这就和艺术体验有着很直接的关联，这应该就算是情怀的一种体现吧。”

张璐认为体验确实是一个漫长的过程，“我们可以通过一种时间的积淀，自己去慢慢培养这种感受。艺术的目的是什么？不一定每个人都成为艺术家、演奏者、创作者，但是一定要成为有情怀的人。”

谈及艺术课的作用，张璐认为：“它是对人心理的约束，同时也是释放。它能让每个人变得有情感、有温度、能和人沟通、能更多地理解别人，这在你将来的工作、生活、恋爱、婚姻中都会起到一定的作用。感情的爆发、情怀的释放、格局的大小都决定了你在分享事物时的不同视角，这种成就感或许只有你自己心里知道，别人是代替不了的。如果通过课堂，能够跟着我走进国家大剧院，进行自我体验，那我的课育人效果就达到了，我也很自豪。这才是真正潜移默化的东西，需要不断坚持，不断改进的。”

张璐认为艺术教育评估体系有待完善，因为它是隐性的，分数高代表育人效果就一定好吗？400 个学生的课堂，如何评判自己教得好不好，这不是硬性的分数指标可以衡量出来的，而是个体内心的感受。就像她在课程结束时说的一番话：

“生活是很美好的，我们在关注自己学习的同时，也应该学会走出去，释放自己，重视自己内心的体验感受。你要使自己的格局、视野大一些，出去看世界才有世界观。

感受艺术的形式就像是‘减肥’的过程，总是反复而漫长的。走了一段你会发现自己很疲惫，想着还不如停下来喝咖啡、逛逛街更舒服，但回过头来马上意识到，路还是需要继续走下去才美好。”

更多事迹

张璐，2013 年，《为艺术而管理——对艺术管理的若干思考》获得“第八届全国艺术院校院（校）长高峰论坛论文评比”优秀奖；2014 年，获得“北京师范大学第十四届青年教师基本功大赛”一等奖；2015 年，获得“北京师范大学第五届多媒体教学软件设计比赛（网络课程组）”三等奖；2015 年，中国当代流行音乐的欣赏与思考获得“北京师范大学校级优秀示范课程”；2016 年，西方古典音乐的审美情趣获得“北京师范大学校级优秀示范课程”；2017 年，《教学的艺术与技术》获得北京师范大学主题征文活动“大学教师的教学反思”二等奖。

2014 年以来，担任北京师范大学艺术与传媒学院公共艺术教育中心副主任；2016 年以来，参与北京师范大学美育中心工作；2016、2017 年，担任第二十三届、二十四届北京大学生电影节副秘书长、秘书长；2017 年，瑞士日内瓦高等音乐学院访问学者（获国家留学基金委公派高级访问学者项目资助）；同年，担任北京师范大学国民艺术素养研究中心秘书长。

（王娟　田琳）

扫描二维码即可阅读全文

赵国庆："思维导图"让大脑从无序到有序

推送时间：2017 年 9 月 29 日

"思维导图上的每一个点都是新的思考的起点，这种可视化方式用'外存'补充了'内存'，弥补了大脑工作记忆的不足。"

——赵国庆

赵国庆，教育学部副教授，硕士生导师，加州大学伯克利分校访问学者，思维发展型学校联盟发起人。赵国庆在充分学习吸收国际思维教学领域已有成果的基础上，系统提出"隐性思维显性化——显性思维工具化——高效思维自动化"的思维训练框架。开设的思维训练课覆盖本科生、研究生和中小学校长、老师及学生家长，有着广泛影响。

话题源起

你会思考吗？你知道"思维导图"吗？作为一种支持学习和工作的高效工具，思维导图自问世以来就风靡全球。近年来，思维导图传入中国，在企业管理培训、中小学教育等领域逐渐普及开来。但不少人对思维导图的认识还停留在浅表层次，因而对其产生了一些误解，其作用也往往被夸大，这都导致思维导图未能发挥真正的价值。思维导图到底是什么？它有多大的作用？怎么画思维导图？教育学部赵国庆副教授在《别说你懂思维导图》一书中，用十年的研究心得揭示了思维导图的秘密。带着种种疑惑，党委宣传部小编对赵国庆进行了专访。

1
追本溯源
思维导图是高效思维工具

问：思维导图现在在一些企业和中小学课堂中被逐渐推广，一些培训班也以此为卖点。您能否介绍一下什么是思维导图，它产生的背景是什么？

答：思维导图最早是由英国心理学家东尼·博赞（TonyBuzan）于 20 世纪 60 年代发明的一种简单便捷的笔记（Notemaking&taking）工具。东尼·博赞认为，随着社会的发展，人类要思考、处理的信息越来越多，人们应对外界事务的能力也越来越显不足。一个典型的情形是学生在学校中学习越来越用功，但学习成绩可能在下降，原因之一就是他们对知识和信息的加工能力不足以应对知识本身及其复杂度的增长。在深层次上说，就是因为知识本身是有结构的，或者说是非线性的，而我们从文字或语言中获得的知识是以线性方式来表示的，这就让人在还原出知识的原本结构时遇到困难。这时，我们就需要一个可视化工具，把自己大脑里这些复杂的想法外显出来，这种外显化不仅可以促进人们的自我反思，也可以促进人与人之间的沟通。

问：相对于我们平时自觉使用的大括号、目录、树形图等可视化方式，思维导图有哪些优势？

答：思维导图是放射性思维的表达，因此也是人类思维的自然功能。它具有焦点集中、主干发散、层次分明、节点相连和使用颜色、图形、代码等基本特征，可以有效地整合多种思维方式。传统的大括号更多体现的是整体与部分的关系，比如一个事物由哪几个部分组成。而思维导图不仅能体现整体与部分的关系，还能体现顺序、层次等关系，同时也能表现出不同分支之间的关联关系。除此之外，思维导图并不特别注重它所呈现出的结果，而是更加强调思维激发和整理的过程，也就是把混乱的信息整理成有组织的信息的过程。所以，在英文中提到思维导图时很少使用“mindmap”，更多是用“mindmapping”，强调的就是构图的过程。

问：思维导图是否只是一种绘图方式，它在本质上能否激发思维的产生？

答：它能够激发人们更好地思考。我们传统的线性思考都是从 A 出发想到 B，从 B 想到 C，从 C 想到 D，每次都从一个点进行对外联想，往往想到后面的就忘了前面的内容。而思维导图上的每一个点都是新的思考的起点，这种可视化方式用“外存”补充了“内存”，弥补了大脑工作记忆的不足。

2
行之有效
“用思维发展型课堂为师生减负”

问：您在实践中成功运用思维导图的案例有哪些？

答：我们现在在全国有30所实验学校，其中包括25所小学和5所中学，这5所中学又包括4所高中和1所初中，它们都把思维导图作为思维训练体系的重要组成部分，也将之作为思维训练起步阶段的重要工具。在中小学，经过一学期的思维训练，学生们思考的广度和深度都有了较大提高。我们最早的一所思维训练实验学校是广东省佛山市顺德区的勒流中学，它从2011年开始进行思维导图教学，之后每年的高考成绩都有较大的提升。值得一提的是，勒流中学在取消周末补课的情况下，通过运用思维导图，学生的成绩依然在进步。此外，我曾经给夜大的学生讲授过思维导图，当时有一个学生酷爱思维导图并坚持使用，在求职时用思维导图制作了个人简历，并凭借它找到了很好的工作，后来也发展得很不错。

问：为什么选择中小学作为推广思维导图的场所？

答：其实思维导图的推广得最好的是在企业，因为企业应用思维导图会产生立竿见影的效果。但我觉得，思维能力的培养应该从小开始。我们看到现在中小学生的学习负担很重，如果引入思维导图等一系列思维方法，就可以帮助他们提高学习效率，减轻学习负担。所以，我提出一种思路——“用思维发展型课堂为师生减负”，这才是真正的“减负”。

问：对于高校中的学生、教师、管理人员来说，思维导图对他们有什么帮助？它有哪些社会意义？

答：帮助肯定是有的，因为思维导图适用于一切需要动脑的地方，当我们利用语言、文字无法表述清楚一件事情的时候，思维导图却可以。比如，我们平时在做一个工作计划、起草论文提纲、组织会议讨论时都可以借助思维导图。

我最开始研究思维导图主要是为了完成博士论文，后来，在研究的过程中我个人受益很多，我觉得应该把它介绍给更多的学生、家长、教师以及每一个需要它的人。思维导图帮助人们的思维从无序走向有序，对整个社会来说，不能不说是一个巨大的宝藏。

3
学以致用 隐性思维如何显性化

问：对于初学者来说，怎样绘制思维导图？

答：绘制思维导图有两个阶段。第一个阶段是思维激发阶段，也就是可以随便画，想到哪儿画到哪儿；第二个阶段是思维整理加工阶段。第一个阶段是从无思维材料到有思维材料的过程，即通过联想、想象的方式来激发思维，但这些内容是无序的、没有组织的。第二个阶段就是要从上一阶段中提炼出大纲，分门别类找到层次关系，从有“材料”的思考上升到有组织的思考。

如果我们在画思维导图时只是简单地把别人的目录誊抄一遍，那跟传统的死记硬背没有什么区别，因为目录不过是别人整理好的东西。我们要做的是把他人的东西按照自己的逻辑框架进行重构，只有这样知识才能成为自己的，才有可能为自己所用。从意义学习的角度来讲，学习就是新旧知识相结合的过程，如果没有和已有的知识进行结合，那学习就根本没有发生。

我更倾向于用计算机软件绘制思维导图，这样的话，修改和重用会非常方便。现在已经有很多功能强大的思维导图软件，如 iMindMap、MindManager 和 FreeMind 等。

问：我们应该怎样利用思维导图进行思维训练，让自己的思维得到更好发展？

答：思维训练是一项帮助人们形成高效思维模式，并在必要的时候打破已有模式形成新的思维模式的技术。我提出了思维训练的三个阶段：

第一个阶段是“隐性思维显性化”，思维导图正是一种高效的思维显性化工具。

第二个阶段是“显性思维工具化”。根据画出来的思维导图，我们可能会发现自己思考的不足和思维模式的欠缺，所以就需要建立一些思考的模式和方法，通过有形的思维工具的干预，打破已有低效或存在偏差的思维模式，塑造科学高效的思维模式。该阶段思维工具主要分为三大类：思维指引工具（焦点引导，又称注意力指引）、思维激发工具（想法的生成）和思维组织工具（结构化思维与整合）。在学会这些方法之后，人们可能会去使用，但不会下意识地、自觉地去用，所以还要进入下一阶段的训练。

第三个阶段是“高效思维自动化”，也就是我们可以不断重复地使用这些思维方法，在生活、工作、学习中不断实践，能够做到在不需要刻意选择思维工具的情况下无意识地运用这些工具，从而达到一种自动化的效果，如此，思考的质量和效率才得以提升。

问：思维导图在一些培训机构的广告宣传中不断被神化，它真实的情况是怎样的？思维导图有没有自身的局限？

答：培训机构毕竟有其商业考虑，需要通过宣传来吸引客源。思维导图是有作用的，但并不像他们宣传中的那么夸张。思维导图能帮助我们实现知识的可视化，帮助我们激发和整理思维，但它并没有给我们提供具体的可参考的思维模式。比如一个问题要从哪几个方面进行思考，思维导图解决不了这样的问题，它只能把已有的思考呈现出来。

（江竹君）

扫描二维码即可阅读全文

谢琰：言念君子　温其如玉

推送时间：2017 年 10 月 27 日

“不管从事什么专业的研究，都要干一行爱一行，但爱不是简单的爱，你要真正能把这个专业最有价值的东西、最正确的东西、最有意义的东西发掘出来。”

——谢琰

谢琰，2001 年至 2010 年就读于北京师范大学文学院。2010 年获中国古典文献学博士学位，导师为郭英德教授。现为北京师范大学文学院古代文学研究所副教授，硕士生导师。主要研究领域为唐宋文学。主讲中国古代诗词研究、中国古代文学史、中国古代文学原著精读、唐宋诗词研究、中国古代作家研究、唐诗选读、《文选》精读等研究生、本科生课程。出版学术专著 1 部，译著 1 部（合译），发表学术论文 40 余篇，获北京市第十四届哲学社会科学优秀成果奖二等奖。

1

始终保有一份温存、踏实、质朴

“从 2001 年到 2017 年，从本科、硕士、博士到最后留校任教，我在师大度过了自己人生中最青春、最理想的十七载。”说到这里，谢琰的脸上不禁泛起了幸福的微笑。在他看来，师大是一个既高明又朴实的地方，他所在的文学院，就曾出现过很多高明质朴的大师。

之所以称之为高明，是因为这些大师在自己的学问领域都作出了突出的成绩；之所以称之为质朴，是因为他们在做人方面朴实方正，同时又特别注重学问的传承，对学生充满了仁爱之心。他们不仅是教书育人的好老师，而且更是传道解惑的教育家。

谢琰的导师郭英德教授曾长期跟随启功先生治学，因此，在这样一种学问的一脉相承中，在这样一种文化的浸染熏陶中，他从本科时的懵懂一路坚持到了现在。“它能让我保持内心张扬追求的同时，又能始终保有一份温存、踏实、质朴，我想这可能是这十七载光阴带给我灵魂深处最宝贵的东西。也正是始终怀有这样的温存、踏实、质朴，在走上教师岗位后，我总是设身处地为学生着想。每当我看见他们的点滴进步，我就好像看见了当年的自己，我觉得一个优秀的教师一定要学会与学生换位思考。”

2
让学生树立文化与人格两个主心骨

在七年的教学与班级管理实践中，谢琰始终在思索教育真正的价值旨归。谢琰特别注重因材施教在教育实践中的具体运用，进而使每个学生都能寻找到真正契合自己内在需要、符合自己本质能力的成长成才道路。

“我认为自己的教育理念中最核心的就是‘树人’。我不希望自己成为学生心灵的导师、知识的教诲者，因为这样的位置对一个老师可能只是暂时的，我更注重如何让学生活得不媚俗，引导学生树立起自己的文化主心骨与人格主心骨。文化主心骨，是有民族文化立场，能不去媚别的国家的‘俗’；人格主心骨，是具备符合道德和个人发展规律的立场，不去媚别人的‘俗’。有了这两个主心骨，学生就能自己立起来，这远比我讲授文学知识、灌输价值理念有意义得多。”

他以将来是否有志于从事学术研究为依据，将学生分为两类，并对他们提出不同的教育要求。

对那些不想继续从事学术研究的同学，谢琰要求他们珍惜在校读书时光，培养一些书生气。这令我们十分不解，因为一般看来，书生气固然是一个人读书求学的内在气质，但它往往又与稚嫩、不成熟联系在一起。但谢琰认为恰恰是在一般人看来稚嫩、不成熟的书生气，对学生的人生长远发展能产生深远持久的影响，因为它会让青年学子对急功近利、心浮气躁等社会不正之风有一种自觉的警惕与抵制。

谢琰眼中的书生气有两个方面的体现，一是要保持一种读书思考的习惯，善于从古人的人生经验中汲取智慧与力量。二是要有点小保守、小迂腐。但这种保守、迂腐决不是贬义的代名词，相反，它是一个人长时间坚持读书思考的气质外化，它是一种经验智慧不断累积后的大智慧。

对那些有志于从事学术研究的学生来说，谢琰强调最多的有两点。

一是要坚定自己对文学研究纯粹的热爱，要认识到做学问的某种终极意义，切不可抱着名利心去做研究。对此，谢琰毫不客气地谈道："如果你抱着功利的心态想要达到学问以外的一些目的，那你的学问永远是下流的学问。"

谢琰以对李白的研究为例，为我们讲述了古代文学研究的终极意义所在。他说："有些意义，不存在于'有了它能怎样'，而存在于'没有它会怎样'。曾经有学生问我今天研究李白的意义，事实上这种问题本身包含着一种世俗的认知与偏见。如果我们不研究李白了，有一天中国人不知道李白为何人了，却对莎士比亚、塞万提斯、马克·吐温等外国文学家耳熟能详，即使我们拥有再多的物质财富，却也是无比可悲的，因为一个国家、一个民族的文化自信归根到底要扎根于国民的文化血脉中。"

二是一定要遵循本专业学科的研究规律，就古代文学研究而言，其核心是提升学生解读文学作品的能力。为此，谢琰在教学之余带领学生办起了唐宋文学读书会，每周末晚上固定时间与学生一起研读经典文学作品，一篇一篇读，一字一字读，参与的学生涵盖本科、硕士、博士。

文学院 2014 级汉语言文学（励耘）张思羽说："参加谢老师主持的唐宋文学读书会，是我初窥学术门径的第一步。也正是在读书会上，我开始感受到深入研读的快乐。《文选》《杜诗详注》《文心雕龙》……每个周日，我们会在谢老师的启发下就文本中的问题进行交流，从大二时懵懂地在台下听着师兄师姐们主讲和谢老师的点评、讨论，到后来主动参与到这一过程中，在古人、古书、古注之间辗转，尽管不免艰辛，却也让人感到欣喜。其中间或有缄默的沉思，有思想的锋芒与碰撞，亦有轻松活泼的戏谑和欢笑。读书会教给我的不仅是知识的拓展，还有对古代文学的敬意。"

谢琰还担任过 2010 级本科汉语言文学专业 1 班以及 2014 级古代文学硕士生的班主任。谢琰坦言自己在做班主任期间，不像其他班主任一样会经常组织一些丰富的班级活动，但谢琰对班主任工作有自己独特的看法，"我希望与每一个独立的学生个体形成默契的交流，我不擅长组织各种各样的集体活动，但是学生会多一个比他们年长几岁，比他们阅历丰富的、像兄长一样的老师。”

谢琰的一位学生告诉我们：“谢老师在初次见到我们的时候就讲，我可能不会频繁地组织你们、联系你们，但如果你们有任何问题需要我帮忙，都可以来找我，我一定竭尽全力。”在与谢琰的交流中，我们了解到，谢琰在做班主任期间，用了近一年的时间，与每一位新生进行了深入地谈话。他希望通过谈话了解每一位学生的性格特点、兴趣爱好以及对未来的设想，能对每一个学生个体产生积极的影响。

3
治学信念：用一生去发掘文学的意义

在谢琰心里，从事古代文学的研究与教学与其说是一种职业，不如说是一种治学信念。“不管从事什么专业的研究，都要干一行爱一行，但爱不是简单的爱，你要真正能把这个专业最有价值的东西、最正确的东西、最有意义的东西发掘出来。”

谢琰认为，从宏观视野看，中国古代文学的研究对于当前我国弘扬优秀传统文化具有重要意义。因为中国古代文学本身既是中国传统文化的重要组成部分，也是它的集中体现。但对研究者个人而言，真正喜欢热爱这个专业并不见得要故意拔高其特色与优势，而是应该按照这个专业固有的规律、原则、意义，认认真真、踏踏实实把其内在精神品格发扬光大。

“我常常有这样的想法，每个人能真正从自己的爱好信念出发去从事相关工作，应该是一个社会发展进步的重要标志。爱好不是简单的喜欢，而是你能真正意识到你所学的专业、你从事的工作对人类社会发展具有积极的意义。如果每一个人都能对自己的专业与职业始终保有这样一份深情的爱，每个人都把自己职业中最有价值、最有意义的地方发掘出来、发挥出来，让每一个专业、职业都往善的那一方面发展，那我们这个社会就完满了。”

研究古代文学的谢琰不仅有着诗人一般的浪漫情怀，读书人的淡雅纯净，还有着广阔的专业格局与深邃的理论视野。“虽然我是学文学专业的，但我做学生时，郭英德教授一直提醒我不要局限于自己的学科读书，所以文史哲方面的经典著作我都会涉猎阅读，一则扩充知识面，二则锻炼思维的严密与活跃。但必须指出的是，每个人都有自己的学术出身，千万不可因为涉猎其他专业的书籍而把自己的专业给抛弃掉了，比如：中文系的学生你可以借助历史学的资料、也可以借鉴哲学的方法，但不可脱离文学的、审美的本位。”

4
成为了一名“歌手”

除平时的教学科研外，谢琰还从事着一项倍受大众瞩目的工作——章黄国学公众号主编。也正是因为这一主编的身份，让谢琰竟不知不觉成为了读者心中的“歌手”，谢琰幽默地告诉我们，“歌手”的标签还闹出过不少趣事，比如有一次参加一个学术研讨会，一些老师对他说：“原来你就是谢琰，我听过你的歌，唱得真好听。”老师们似乎完全忘记了他的本业——唐宋文学研究。其实，这也从侧面反映了章黄国学公众号广泛的传播影响力。

“章黄国学”的名称来源于“章黄学派”，是以章太炎和黄侃为代表，以研究传统语言文字学为基点，兼涉经学、史学、哲学、文学等诸多层面的学术流派。作为一个有着强烈传统文化担当的青年学者，谢琰为此公众号的发展做了大量细致入微的工作。“最初，章黄国学公众号是由孟琢老师负责运营的，后来我和董婧宸老师也参与进来，共同担任主编。王宁先生是我们的学术顾问。这个公众号以传承章黄学术为特色，以传统语言文字学为核心，为社会大众提供有深度的大众国学，有趣味的青春国学，有担当的时代国学。”

章黄国学已经陆续开辟了多个栏目，比如“说文解字”，通过紧密结合社会生活热点来解诂相关文字；“国学漫谈”，通过推送章太炎、胡适、梁启超等大家的文章引导公众了解国学的定位；“名家讲坛”，通过推送叶嘉莹、郭英德等老师的文章让公众了解国学的博大精深；“新派歌诗”，通过歌唱的形式让人们体会古典诗词之美。

“新派歌诗”栏目是由谢琰一手策划的。他邀请了好几位音乐界的专业老师负责谱曲、编曲、演唱。他自己也时常弹唱，于是这才有了人们眼中的“谢歌手”。谢琰认为，传统文化知识只有与当代社会生活紧密关联，才能深入人心，才能实现创造性转化与创新性发展。比如孟琢老师策划的“孔子曰”栏目，通过幽默叙事和趣味漫画，让读者很容易进入古代的生活场景，那些原本生硬的知识马上变成了活生生的体验。目前章黄国学公众号的关注量即将突破十万，在社会与高校反响热烈。

谢琰表示，微信号现在已经到了发展的瓶颈期，在微信公众号越来越泛滥的社会背景下，章黄国学公众号面临许多新的问题与挑战。他一再表示，尽管现在团队还没有特别成熟的发展规划，但吸收新作者、开辟新栏目、提高文章质量应该是题中应有之义。

寄语北师大和青年学子

一方面我们需要开拓新学科，另一方面我也特别希望北师大能始终高度重视基础学科发展建设，这不只是因为我个人的需求，因为我处在基础学科专业领域内。更为重要的是，它是我们师大彰显自身特色的需求，是我们国家整个教育行业的需求，我想以师大这种独特的身份去强调基础学科的重要性必将会带动全社会更加关注重视基础学科，重视非功利的学科，重视人类文明的积累。

致师大
致青年学子

不管什么专业的学生，都一定要自觉地、有意识地去使自己具备一些基础的人文素养。更进一步而言，就是要努力使自己养成阅读经典人文著作的习惯。因为对人的成长而言，人文素养往往能够从根本意义、终极意义上帮你把握事物本质，做出最佳选择。其他学科或许能告诉你什么是正确的，但未必能告知你什么是善的、什么是美的。

（王娟　刘国瑞）

扫描二维码即可阅读全文

姜申：师大，请你走得慢一点

推送时间：2017 年 11 月 12 日

他曾远离故土，海外求学，兜兜转转，回到最初离开的地方，从讲台之下走到讲台之上。虚怀若谷，传承师道，以时光续写师大人特有的精神品格。

——题记

姜申，文化学博士，新闻传播学院副教授，硕士生导师。主要从事展览与展示传播、当代视觉文化与新媒体研究。参加北京师范大学第十五届“青年教师教学基本功比赛”，获得“最佳语言”“最受学生喜爱的教师”两个专项奖；荣获 2016 年北京师范大学“通鼎青年教师奖”；被评为 2016 年度北京师范大学优秀辅导员、暑期社会实践优秀指导教师。

主要事迹

学生时代先后就读于北京师范大学艺术与传媒学院、英国莱斯特大学和新西兰坎特博雷大学，归国后在清华大学做博士后研究，于 2013 年回到北师大工作。曾翻译文化学著作《21 世纪生活中的文化现象》，参与撰写《中国新媒体艺术简史》。近年来在《现代传播》《当代电影》《电影艺术》《中国人民大学学报》等杂志公开发表论文几十篇，出版《后现代怀旧——当代中国视觉文化传播》等多部著作。主持国家社会科学基金等多项课题。

1 寻找旧时的记忆：我希望她变得慢一点

“我希望她变得慢一点。”当姜申谈到想要对北师大说的一句话的时候这样说到。“小时候觉得师大很大，有很多空旷的绿地。回国后却发现，她变小了，立起了水泥森林。”听父辈们讲，科技楼这个地方在过去是一片野湖，湖里面是有鸭子的。二十世纪七十年代的时候，校门外还是一大片玉米地，现在变成了车声喧嚣的马路。看着记忆中的师大逐渐变了样子，姜申说：“我希望师大发展得更好，但是我依然想要寻找记忆中老师大的样子。”浓重的眷恋让姜申心中五味杂陈。

姜申是地道的北京人，自小受到师大学风教风的熏陶。本科时就读于北师大艺术与传媒学院，之后到英国莱斯特大学和新西兰坎特博雷大学攻读传播学和文化研究学，回到中国，在清华大学做博士后研究，关注方向投向了新媒体。2013 年，回到师大任教，从讲台下走到了讲台上。

2 师道的守望与传承：我的老师们也是这样对我的

成为教师，姜申做了和父母一样的选择。据姜申自己说，他从小就有很强的批判性思维，也可以说是一种对于学校机械式管理的叛逆。但是他并没有因此排斥教师这个职业。相反，在姜申的成长历程中，有很多教师带给他或多或少的影响。

二十世纪八十年代中期，孩童时的姜申与启功先生有过接触。他说，那时候还小，很多事情都不懂，但是看启功先生待人接物的方式，就是觉得不一样，直到现在启功先生的言行风范也还在影响着他。

第二个给他深刻印象的是罗振宇老师。在他还是一名本科学生的时候，有一门类似于影片解读的课程，由罗振宇老师教授。姜申清楚地记得，罗老师的上课风格很自由，第一堂课的时候便给了学生宽松与谅解，“我的课可以不来，我不会点名。”然而，罗老师不点名的课往往座无虚席。“后来我做了老师，也对自己的学生说，如果你有事，我的课可以不来，不点名。然后发现，第二节课，真的有学生不来……”姜申老师笑着说，“可能我的课还有待进一步提升。”说这句话的姜申很谦虚，因为我们了解的情况是：同学们对姜老师的课通常是五星好评，第一节新闻写作课上完就被圈粉的同学更是拍桌直呼：“这学期绝不翘男神的课!”

“做老师有这么几种，一种是能够用学识和气质吸引同学，另一种是能够以自身威严震慑到学生。”姜申选择了更适合自己的方式，“我愿意与同学们成为朋友”。这种教学方式也是受到了新媒体技术的启发。姜申回国后在清华学习新媒体，从事信息艺术设计。那时候，展览的浪潮已经不再是单向的了——不仅仅是用展架、展柜做单一的对外展示，而是开始走向交互设计。这种新型的媒体与受众之间的关系是浸透式、交互式的交流，比如利用手机、电灯等装置性的东西让观众沉浸其中。

“教学也应该是交互式、浸透式的”，回到师大任教，姜申便将此方法运用于教学，强化与同学们的交流互动，去理解同学们的需求，无论是生活中的，还是学习中的。就像启功先生说的：“在课堂上，可以和学生脸对着脸，但是不要心对着心。”也是因此，他更加能够站在学生的立场上考虑问题，譬如把公共课尽量安排在晚上，一方面希望学生有更多的时间去安排实习等事情，另一方面则希望他们能带着一个相对轻松的心情来上课，而不是把上课当作一件需要完成的任务。

给研究生上课，姜申要求学生将作业直接发送到他的邮箱，对于每一位学生的作业，姜申都认真详细地进行反馈，这占用了姜申大量的时间和精力。“没有很辛苦，我觉得这是很正常的，我的老师是这样对我的，我也希望这样反馈给我的学生”，姜申谦虚地说。姜申在英国莱斯特大学遇到了很多对教学尽心尽责的老师，“那时一堂课有七八十个学生，每个人都要提交一份两千多字的论文到授课教授的邮箱里，教授会一封一封地回复，写上评语，提出意见或者对话题进行延展。这其实是对学生的一种学术上的期待。”当时作为学生的姜申十分珍惜这种与老师私下交流的机会，现在他把这个方法用在自己的教学中，来与学生进行更多的讨论。

自 2013 年回到北师大任教至今，已经有四年时间了，与同学们交心，用自己的人生经验来启发处在人生迷茫期的青年是姜申身份转变为教师后的最大经验。“其实很多地方我做得真的不够，不管是学识还是时间、精力上。年轻老师的工作压力和生活压力比较大，有时候对学生照顾不周，我心里特别愧疚，就会想尽力地去弥补。”这个中秋节，他请没有买到票回家的学生们吃了一顿饭，在饭桌上，师与生之间，除了沟通学习、生活，更多的是像朋友一样谈天说地。

谈到教学工作，姜申觉得，近几年的信息发展速度之快不禁令人咋舌，不管是技术环境、理论发展还是媒介传播的表达方式，都进步太快。“课件每年都要更新补充，融入新的资讯与研究方法。把前两年的案例用在课堂上，学生立刻就会觉得索然无味。”姜申希望自己能够跟得上时代的步伐，因此一直坚持学习，不断给自己充电。

3
开启新型媒介探索：VR 技术的开发与拓展

除了日常教学和学生工作，姜申还参与了新闻传播学院举办的 VR 创作大赛的筹备工作。“2016 年被称为是‘VR 元年’。首届中国虚拟现实 VR 创作大赛‘金铎奖’颁奖典礼就是在师大京师学堂举办的。”姜申介绍说：“今年是大赛举办的第二年了。VR 创作大赛吸引了大批优秀企业和团队，以及全国各大高校学生的参与，同时我们也邀请了有一定工作经验的业内人士。”作为一个在全国范围内广受关注的赛事，VR 创作大赛对于加强我国虚拟现实技术研究和产业发展具有非凡的意义，也给学生们创造了更多的实践机会和作品展示机会。

作为一种广义的下一代通用平台，VR 技术的应用领域十分广泛，能够与制造、教育、文化、商贸、健康等各个领域融合发展。用在百度或者淘宝中，是新型购物平台或者广告平台；用在传播领域，就是新型媒介平台；用在展览当中，就是沉浸化的展示平台。而 VR 技术在课堂中的应用，使得教育教学方式有了革命性的革新和进步。对于这样一个新型交互平台，姜申充满了热情和信心。“北师大是较早开展虚拟现实技术研究的重要力量，我非常期待 VR（虚拟现实）技术与 AR（增强现实）技术的进一步结合。”

目前，北师大 VR 技术的开发与拓展项目被规划为三步。第一步是建立 VR 实验室，主要解决技术方面的问题。第二步是建立 VR 工作坊，招揽全国高校的学生来到师大，进行 VR 拍摄的实操。后期 VR 工作坊会面向新闻媒体以及纪录片的工作者，免费提供师资以及设备让他们进行为期一周的创作。第三步则是举办 VR 沙龙和研讨会，以探索更多的技术运用的可能性。现在，姜申的工作已经进行到了第三步，在已经召开的研讨会上，大家就 VR 技术的开发和广泛应用展开热烈探讨，提出了很多具有实操性的建议。同时，姜申还会邀请一些企业来师大交流，希望能够通过与企业的合作，获取更多应用信息，使 VR 技术在互动中继续向前发展。

姜申成为一名教师的时间并不长，他对教育教学的积极探索始终处于进行时。怎样教好一门课，怎样更好地与学生沟通，怎样作为新媒体的一份子带动行业技术革新？姜申时时刻刻都在思考这些问题。他觉得，自己做得还不够多、不够好，成为一名如同启功先生那样优秀的教师还有许多路要走。督促自己，始终站在学生的立场上，与他们“心贴着心”，是姜申在工作和生活中一直坚持的态度。

师大寄语

我希望师大能变得再慢一点，让她旧时的样子在我的记忆里多盘桓一些日子。

（王莹　陈宇荷）

扫描二维码即可阅读全文

韩卓：China Fresh Lab 掌门人

推送时间：2017 年 11 月 22 日

“我和师大的故事就是我和学生的故事，老师榜样的责任，让我成为更好的自己。”

——韩卓

韩卓，心理学部副教授，博士生导师。研究方向为发展心理病理学、情绪调节、情绪社会化与家庭教养方式、亲子关系等。曾在北京交通大学获得学士学位，之后于哥伦比亚大学获硕士学位，于佐治亚大学获得博士学位。从 2012 年 9 月至 2015 年 7 月，任北京师范大学助理教授，2015 年 7 月起至今，任北京师范大学副教授。2017 年 11 月到美国斯坦福大学心理学系进行为期一年的交流访问。

1
我和师大的故事就是我和学生的故事

师小萱：韩老师，您能给我们讲讲您和师大的故事吗？

韩卓：我和师大的故事可以说就是我和学生一起成长的故事。

教师这份工作，对我来说最大的收获就是我的学生们，我喜欢并且享受和他们在一起的每一堂课、每一次研讨会，这些都是我生活中的“highlights”。我们是工作中最默契的同事，也是生活中无话不谈的好朋友，在这样一起学习的过程中，我和学生们彼此都在不断成长。

我发现做了教师之后，这份职责让我时时都想要更加严格地要求自己，这非常像我们临床心理学中“reactivity”即患者自我监控时的反应现象。本来是指患者因为知道自己的行为会被记录和观察，从而会自动降低消极行为并提高积极行为的现象。对我来说就是这样，我觉得对于学生的责任使我减少了面对困难时候的惰性。在科研中会遇到很多困难，每当感到举步维艰，甚至无数次想要放弃时，一想到身边还有这么多学生可能都在观察我的反应，我的每一个行为可能都会影响他们对于将来学业、科研以及生活的态度甚至是对于未来道路的选择，我就倾向于选择坚持下去。所以，成为学生好榜样的责任，促使我更坚定地走下去。

师小萱：您是怎么跨入心理学的研究领域的呢?

韩卓：本科期间，除了学习英语专业，我还涉猎了社会学、经济学和法学等诸多学科。在众多的学科中，我发现自己对心理学等社会科学领域情有独钟。

后来，因为 GRE 的成绩比较好加上面试表现还不错，在硕士阶段我成功转换专业学习了心理学。我发现自己的英语专业背景与心理学的学习是相辅相成的，特别是对心理学英文论文的理解能力和阅读速度使我快速积累了大量的相关知识。在硕士学习阶段慢慢又发现自己对儿童发展和家庭研究更感兴趣，到了博士阶段，在我的导师们的影响下，我在自己喜欢的儿童发展领域开始了更加深入的研究。

师小萱：您能用几句话介绍一下心理学吗?

韩卓：大部分人认识心理学可能都是从弗洛伊德开始的，谈到心理学都会在脑海里浮现这样的画面：一个吸着烟斗的欧洲老头，给躺在贵妃椅上的上流社会贵妇做精神分析。

其实并不只是这样，心理学作为一门专门研究人类精神与行为的科学，研究领域宽大且分支繁杂，涉及认知、情绪、人格、行为、生物、社会、发展等许多领域。比如我正在教授的一门课程，就是其中一个分支学科，这门课叫“异常心理学”（abnormal psychology），属于临床心理学和心理病理学的领域，研究的就是人类心理和行为的异常表现。当然还有非常多的其他心理学分支领域也非常有意思。

因为心理学研究领域的广大，建议大家研究生阶段必须尽早确定研究方向，早日掌握这个方向的研究方法和前沿进展，这样才能在未来具备更强的竞争力。

2
我和我的实验室

师小萱：您可以给我们讲一讲您的实验室故事吗？

韩卓："Fresh" 是对我们目前感兴趣的研究方向的一个简单总结。

我的实验室中文名称是"家庭情绪与儿童健康实验室"，但是我还把它叫作"China Fresh Lab"，这个名字来源于我在美国时所在的实验室的名称"FRESH lab"。F 表示"Family"，R 表示"Relationship"，E 表示" Emotion"，S 表示"Stress"，H 表示"Health"，我觉得这个名字简明扼要地总结了我们目前研究的所有内容。

在我的实验室里不仅有硕士研究生和博士研究生，还有很多本科生，大家都非常棒。心理学部对青年教师发展的鼓励政策很不错，学部打破了必须要有教授职称才能指导研究生的限制，这与国外大多数院系的政策相吻合。因为一位教师可能需要非常漫长的时间和过程才能取得教授职称，在这个过程中如果可以指导研究生，那么就能最大程度地发挥教师的指导作用了。科研工作在很大程度上是需要团队力量来支撑的，硕士研究生和博士研究生作为这个团队的中坚力量，发挥着非常重要的作用。

师小萱：您可以具体谈一下对不同培养层次的学生的培养经验吗？

韩卓：就我而言，对学生们的培养是没有刻意区分开来的，心理学部的同学都特别优秀，我相信他们的能力，当然也会根据她们个人的意愿和兴趣来培养。

我特别感谢学部的导师制，让我有机会和不同年级的同学们在一起学习、工作。刚开始我带了五位新生同学，我一直都是按照他们的个性来培养他们，给他们提供机会参与科研项目，了解之后再决定自己未来的发展方向。如今，实验室里大概有二十多名学生，他们中的很多同学已经具备了一定的科研能力，大多数可以对实验数据进行分析，并且能够把研究结果与国内国外同行进行分享。

现在实验室已经毕业的同学绝大多数都选择到国外继续攻读博士研究生学位，并且还在与我们继续合作。我觉得这种合作和友谊是终身的，并且也是一代一代传承的。现在形成了一个特别有意思的循环，我把我从国外学来的知识和研究方法与同学们分享，而我的很多学生出国后，都会继续在我所在的研究领域进修，她们也会把新学到的分析方法和实验想法等与我交流，真正达到了科研交流的良性循环。因为我们每一代人的发展目标其实都是相通的，就是自己成为心理学家之后，想要继续培养下一代的心理学家，所以我特别高兴能够辅助学生走出去，这样不仅对学生自身的见识和发展有利，而且为中国心理学科发展储备了大量的优秀人才。

3
我所热爱的工作

师小萱：可以讲一下您的研究方向以及在研究过程中一些有意思的事情吗?

韩卓：我特别喜欢小朋友，当了妈妈之后，更切身体会到自己的研究对于妈妈们的意义。我目前的研究聚焦于亲子关系、家庭教养方式以及家庭情绪氛围对于儿童情绪和心理健康的影响。希望能用科学的数据和指导方式更好地帮助中国的妈妈。

师小萱：看得出来您特别喜欢教师的工作，您对教师这个职业有什么样的认识呢?

韩卓：教师需要朝夕不倦地学习，保持知识的新鲜感，才能维护自己的工作热情。

我发自内心地热爱着自己的工作，喜欢和学生在一起的每一分钟，这是我生活中最开心的时光。教师这个职业是一个让人不断成长的职业，这种成长不仅仅是学生的成长，更是教师自己的成长，它需要老师具备很多技能，比如演讲的技能、领导技能以及沟通的技能等，这必然要求老师有很强的综合能力。教师需要朝夕不倦地学习，保持知识的新鲜感，才能维护自己的工作。

师小萱：韩老师，您生活中还发生过什么让您感触较深的故事吗?

韩卓：感触最深的就是师生之间的温情。

因为各方面的原因，尤其是作为两个小婴儿的妈妈后，很多情况下我的时间似乎无法由自己决定。于是我没有完成之前和美国导师合作的论文，我给导师发邮件表达了我的歉意，因为真的拖了很久。导师的回复让我很感动，她温暖地对我说，希望我在承担自己各种身份带来的责任的同时（这些责任包括 mentoring，researching，and mothering），千万不要忽视对于自身的关爱。我深受感动的同时，也深深体会到师生关系是全球化的，它是没有国别和文化障碍的，即便彼此没有经常见面，但是这种关爱时时刻刻温暖并且激励着我。

习近平总书记“四有好老师”概括得非常好：有理想信念、有道德情操、有扎实学识、有仁爱之心。从我的经历出发，我想我会再添加一条：老师能够站在学生的角度上为学生着想，我想成为这样一位老师，延续这样的温情。

师小萱：您和您的团队有没有考虑过出版一些大众读物，将科研成果惠及到更多的人？

韩卓：这是一件非常有益且长时间以来我一直想做的事情，但是需要有严谨的数据和完整的结果的支持，才能慎重地去实践，这个过程可能需要很长时间的追踪和积累。

我们希望能够把所研究的东西和大家一步一步地分享，这是一件非常有意义的事情。如果科研成果能够联系实际，设置成完整的干预课程，可以帮助宝宝们在社会功能和情绪功能方面做得更好，有利于宝宝们的成长。

师小萱：您能谈一下您对“师范立校”的理解吗？

韩卓：我们学校历史悠久，更是具备了这样的优势，师大学生都是非常优秀的，并且在师大这种独特而浓厚的文化熏陶下，都在朝着“学为人师，行为世范”的方向而努力。我们是综合性大学，但是想要将师范教育办成我们的特色，需要几代人的共同努力，因为会一门学科和会教一门学科是完全不同的两个层次，我们可以通过比如研讨会、工作坊之类的活动，将优秀教师的一些教学经验传递交流下去，这是非常重要的。

4
我眼中的韩卓老师

王慧（心理学部学生）：我非常喜欢韩老师，常常为自己是她的学生而感到幸运。她不仅是我学习上的导师，更是我生活中非常重要的朋友。她是一位认真负责的好老师，每次看到我论文旁边密密麻麻的批注都让我非常感动，同时她也是一位时刻充满正能量的引路人，当面对无从下手的事情时，她总能够给我指出最重要的事情，帮我理清条理，让我豁然开朗，又有了重新前进的方向和动力。她总是尽自己最大的力量为我们提供帮助和支持。

杨轩（心理学部学生）：韩老师是一个充满激情和活力、高效高产的老师。韩老师的“变态心理学”课是我本科阶段最喜欢的一门课程。全英文教学对于我来说是一种挑战，但是她从来没有照本宣科，她总能用各种有趣的例子深入浅出、言简意赅地把临床诊断的方式和其他各种精神疾病谱系讲明白，同时给我们最大程度地拓展国际上最新并且最有影响力的研究。

进入韩老师的课题组让我收获良多，她一直在用研讨的方式激励每一个学生的好奇心和自主性，她认可并鼓励我们哪怕最微小的成果，最大程度激发我们潜能，让我们自豪于自己的哪怕小小的进步，并且产生更加强大的内部动力动机去学习和研究。在学习过程中教会我们注重合作和分享，对待学生就像对待其他平等的独立研究者一样，让我们去挖掘自己想探讨的模型，同时又能以最苛刻的态度去要求实验项目的每一个细节和我们的成果。

寄语青年学子

希望同学们珍惜师大美好的学习环境，珍惜身边这么多温暖和优质的四有好老师，扎实地积累知识，锻炼全方位的能力，提高心理韧性。大学生活是未来生活的起点，希望大家能始终抱着好奇心去探索未来漫长人生路的无限可能。遇到各种困难和难题的时候，不断地和外界交流获取正能量，坚持不放弃，未来一定会越来越好。

（王娟　李芳）

扫描二维码即可阅读全文

廖诗评：创新纯粹讨论式教学法的践行者

推送时间：2017 年 12 月 25 日

“教师永远不能放弃学习，要一直学习才能有底气上讲台，才能无愧于讲台下求知的学生，才能不被高速发展的社会淘汰。”

——廖诗评

廖诗评，法学院副教授。亚洲国际法学会会员、中国国际法学会理事、中国国际经济法学会理事、中国法学会世界贸易组织法研究会常务理事、中国欧洲学会欧盟法研究会理事，中国海洋法学会理事。入选中国法学创新网“新秀100”人才支持计划。荷兰海牙国际法高等研究院访问学者。荷兰阿姆斯特丹大学、比利时安特卫普大学客座教授。长期担任 JESSUP、IHL、ELSA（WTO）、ICC、Manfred－Lachs 等国际模拟法庭比赛的国内赛、区域赛和国际总决赛的评审法官。长期担任十余种国际和国内权威及核心期刊的编委会成员与匿名审稿人。长期为我国在世界贸易组织争端解决机制中的涉诉案件和与周边国家领土主权和海洋划界争端提供法律咨询意见，并曾作为中国政府代表团成员参与世界贸易组织争端解决机构听证会。主要研究领域为国际公法、国际经济法、世界贸易组织法、欧盟法、国际模拟法庭竞赛和法学教育。

1
大学讲台是我为之奋斗终身的舞台

“时间过得真是快，我来师大已有十年之久了。”被问及为何来师大教书育人时，廖诗评坐在办公桌前不无感怀地回忆起自己与师大结缘的开始。十年前廖诗评面临择业，可供选择的平台不只一个，但他毫不犹豫地选择了来北师大任教。究其原因，廖诗评强调说：“选择北师大不是因为它具备 985 高校这类的外在评价，而是在相熟的朋友口中得知，师大对育人教学的支持力度最大，做得最好。像北师大这样包容、开放的平台太难得了，我不能错过。”

而谈及面对职业选择的多样途径，为何义无反顾地选择了大学任教这一问题，廖诗评说起了自己原生家庭对自身择业观念和理想的影响。廖诗评的祖父母都是大学教授，在相关的音乐领域建树颇丰。廖诗评从小耳濡目染，对于大学教授这一行业知之甚多。如何教学，如何与学生相处，如何平衡科研与生活的比重等等方面都来源于长辈们的言传身教。“大学的环境相对单纯，我对这个环境和教师这个行业也比较熟悉，对这个职业的认同感较强，对其中存在的一些问题也可谓是从小接触到大的。在这样的基础上，我仍然喜欢也愿意将之变成终身从事的领域与行当，可以说我的择业是基于全面的判断而非盲目的选择。”

在廖诗评看来，教师这个职业有很多天然的优势。学生与老师在知识储备上存在一种天然的不对等，在师与生、教与学的关系中，学生更多的是在向老师索取，老师相对处于主导地位。而在这种索取中，授业者能够切实感受到学生们的进步，这种自豪感和奉献感便是老师对自我价值的认同感的来源之一。但从另一方面来看，学校，尤其是大学，是连接家庭和社会的桥梁，是学生步入社会前最后的避风港，相对于复杂的社会环境而言具有较强的舒适度。大学教育领域相对封闭，教师对于社会领域的感知有时存在滞后性，此时，在受学生尊敬乃至追捧的环境下，如何保持一颗善学向学的心，不断给自己充电，是每一位老师需要思考的。在廖诗评看来，教师永远不能放弃学习，要一直学习才能有底气上讲台，才能无愧于讲台下求知的学生，才能不被高速发展的社会淘汰。所以对于他个人而言，教师是一份能够让人有实现自我价值和自我定位的认同感的职业，而大学讲台也是他为之奋斗终身的舞台，因为热爱也因为责任。

2
践行纯粹讨论式教学法

廖诗评对于教学以及教学方法有自己的感知和解读。通过对多年的一线教学经验的总结与反思，廖诗评开始践行一种全新的课堂讲授方式：纯粹讨论式教学法。这种方法的创设得益于时任商务部条法司副司长、现任清华大学教授的杨国华先生长期以来的开创性努力。杨国华教授最先将这种方式运用于大学教学，并曾经来北师大做过相应的推广工作。这种教学法的提出与应用以及如今学校对其的大力推广，不仅是廖诗评个人成就感的来源，也使得在这种全新的大学讨论课堂模式下求学的学生群体受益。

谈及为何想要实施这样一种教学模式时，廖诗评谈起了自己观摩年轻教师课堂讲授时的所见所感："年轻老师走上讲台之前的专业训练可能是不够的，他们往往前一天还是学生，下一秒就需要他们迅速调整状态变成传道授业的老师。这种角色的反差是需要时间和经验去调试的，所以角色转换过程中的冲击是年轻老师毕业后上讲台时心态上最难以调试的点。最显著的问题表现就是年轻老师会习惯性地忽视学生的想法和意见，针对向学生提出来的问题和不一致意见，会通过打断学生的话、扼杀学生表达欲望等方式处理，甚至直接针对学生并不成熟的想法进行批评和评论，这就直接导致了课堂讨论难以为继。所以在我看来，大学所谓的素质教育质量一直提不上去主要问题不在学生，而是在老师。"

应用纯粹讨论式教学法的课堂上，没有传统意义上的老师依照 PPT 内容照本宣科式的讲授，而是以学生表达为主，尽量做到小班全员参与，大班轮流参与。课堂上由几名学生就阅读材料中的问题做基本阐述，再由其他同学对发言学生的观点表达作评价和反应，在此过程中，老师记录学生问题并以频率和重要度以及可供深挖度来挑出重点问题，再交由学生深入讨论。纯粹讨论式教学法课堂中，老师并不发表观点，也不做观点上的价值判断或对错引导，所有问题全部由学生同行争议、评论，最后达成一致观点。如果一堂课就某一问题未能达成一致，则在课后由那些争议双方学生自己总结争议、补充论据，准备在下一节课上进行进一步讨论。每一个讨论单元结束后，由学生对课堂讨论的问题和争议进行回顾和综述，并由专人针对每个学生提交的综述进行汇总，撰写

“综述的综述”。通过总结和反思明白讨论和争议中存在的问题和缺陷，并在学期末课程结束时，针对课程整体撰写综述，由专人汇总并撰写“综述的综述”，锻炼学生听说读写的基本功。

这种授课模式不仅使老师学会虚心倾听，也给思想体系不成熟、知识架构有欠缺的年轻学生一个充分发表观点、研究讨论的课堂环境。最重要的是，通过多年的实践和反馈，廖诗评发现，除了上述创设纯粹讨论式教学法的初衷——得以实现之外，还有意外的收获，那就是学生学会了深度沟通和表达。在日常人际交往和日后工作沟通中如何将一个问题说清楚，将主旨表达正确清楚，避免说者与听者之间的歧义与误会是一项十分必要的技能。这种课堂模式下，学生的这项技能得到了非常迅速的提升，很多同学表示，之前根本不清楚一些语句的选用会在不同的语境和思维方式下形成什么样的解读，一学期的讨论课结束，懂得了太多沟通技能技巧。

一个新的教学方法的创设与使用之初，难免会有很多不认同甚至反对的声音，纯粹讨论式教学法也是如此。很多老师质疑：本科生刚从高中进入大学，是否会不适应这种课堂讲授方式？这种零散的讨论内容是否存在课堂不成体系的问题？学生的参与度又要如何保证？诸多怀疑的声音在廖诗评看来都不是问题，不过是臆想中的困难，实际操作中这种困难是可以克服的。例如，有人质疑这种方法会引发本科生在教学方式转换中的不适应问题，但实际操作下情况恰恰相反，研究生课堂偶尔冷场，需要一定的教学技巧去调动，本科生课堂十分活跃，并不需要老师做过多的引导和激发。“实际上，任何实践中的情景都和事先的想象有巨大偏差，只有将一种新的教学模式投入课堂，在实践中不断感知问题、磨合改进，才可能对这种教学模式进行全面了解和评价，这种教学模式在实践中才能日益完善精进。”

在纯粹讨论式教学法的应用实践下，师生关系更加贴近融洽，老师学会了虚心倾听，学生也变得敢于表达观点，甚至敢于批评驳斥老师的观点。在廖诗评看来，在这样的良性互动下，大学教育的基本目的才算有可能真正实现。现如今，学校十分重视这样一种教学法，新教师入职培训都会邀请廖诗评前去分享，学校还经常以讲座、线上推广以及经验分享会等形式对其加以推广。对于廖诗评来说，这是一所敢于创新、勇于创新的包容性大学能够为老师和学生提供的最好的平台。“感恩师大的支持”，这是廖诗评由衷的感谢之语。

3
行动才是最好的老师

从教十年，廖诗评带过的学生很多，佼佼者亦不少，用廖诗评的话来说就是：“他们都基本达到了那个年龄段该有的水平。”国际法专业相对就业面较窄，主要的工作领域都集中于国家部委层面处理的事务中。可即便如此，廖诗评带的学生也在毕业后很快成为工作骨干，获得好评。究其原因，廖诗评认为这来源于求学阶段的高标准严要求：“我对研究生的要求是尽可能穷尽研究领域的既有材料，达到笔记二十万字、综述十万字的程度才能开题答辩开始写文章。唯有如此他们的研究才能具有好的问题意识，才足以写出合格的文章，也才能在相关领域有所成就。”

廖诗评还长期担任国际竞赛的指导带队老师和评审法官，这成为廖诗评接触和培养参赛学生的一个机会。在其参与的 200 多场国际竞赛中，通过赛场上的实地演练，廖诗评更为了解学生的个性、长处和优势，从学生的言语和思路方面来判断学生擅长和适应的教学方法，从而真正做到因材施教，更加具有针对性地培养学生多方面的能力和挖掘潜力。从成果上看，法学院常规参与的学科竞赛有五个，其中四个是有国际性规模的赛事。其中，国际刑事法院模拟法庭与国际人道法模拟法庭比赛北师大均曾经在中国区出线，而在被誉为“法学界的奥林匹克”的美国杰赛普国际模拟法庭比赛中，在廖诗评的指导下，北师大参赛队在 2017 年国内选拔赛中也获得了全国一等奖的成绩。法学院李滨老师指导学生参加贸仲杯模拟国际商事仲裁比赛也取得了全国一等奖的好成绩。这些不仅有利于向全国展示北师大法学院学科优势和培养成果，也有利于进一步拉近老师和学生关系，在学生培养上更具有聚焦性。

面对诸多荣誉，廖诗评却没有丝毫停滞前进的脚步。因为在他看来，自我价值的认同不在于外部评价标准或者体制性评价标准，而在于自我的内心认同。“我自己认为好的，适合做的事情，我就要全力以赴去做好，至于这件事情做好之后是否在初始目的之外还有别的附加意义，例如是否能得奖、科研成果是否符合晋升标准等，于我而言都是次要的副产品，自我内心的富足才是最要紧的。”

廖诗评的这种想法对于步入社会工作的学生影响十分大，这种信念的传承却不只在老师的言语中传递，更多情况下，廖诗评相信行动才是最好的老师。“学生会看老师对自己喜欢的事业倾注多少心血，也会看老师对一些成果的态度，进而影响他们自身。所以做了什么永远比说了什么更重要。当然我不是说言传不重要，只能说，说什么真的没有做什么重要。”在廖诗评看来，话语反应的是说话者瞬间脑海里的想法，这种想法瞬息万变，说出的话也有语境，有客套，有场面话。行为尽管也是相对主观的存在，可是相对语言来说又较为客观，所以行动在指导学生方面才是最重要的。而且廖诗评相信，现如今学生很多方面的技能不差于老师，很多学生对新技能的学习是优于老师的。在这种情况下单纯说教式教学可能会让学生产生抵触情绪，效果反而打折。所以教书育人还是行动更重要，也就是所谓的老师的示范效应。在廖诗评看来，这一点是每一位从事教育行业的人都应铭记于心的。

4
参与中国第一个国际法 NGO 的日常工作

除了大学老师的本职工作之外，廖诗评有时也会为政府处理国际法律事务提供一些咨询意见，这些事务包括反倾销争端、境外企业投资争端、东海南海海洋争端等方面。这些来源于实践的体会，成为他教学中的主要支撑之一，亦成为他从事教学创新的信心来源之一。“课堂上很多学生讨论的案件实际上都是我相对比较了解的案件，这就有利于我在课堂上能够微观地把握部分细节，分享有效资源。这对学生的帮助很大。”而面对专业中很多老师反映的科研与授课以及实际参与的实践之间脱节的这一问题，廖诗评不无感慨道：“很幸运在这一问题上我可以尝试做到三者结合，这对于我的一系列改革创新而言有很大助力。”关注实践也使得廖诗评的科研更富有创新性，使其入职的第一年便成功申请到了国家社科基金，也让廖诗评的科研和教学之路的起步较为顺利。

除了大量亲身参与的实际性案例，从 2014 年开始，廖诗评还与几位同行一起在中国国内运营中国第一个国际法的非政府组织（NGO）。这个机构注册于荷兰海牙，其宗旨和目的就是在中国区传播和实践国际法的基本理念，口号是“把中国人带到国际法的前沿，把国际法带到中国人身边”。这个组织从创立到实际运行已有三年多的时间，利用这个平台，廖诗评动员了很多世界范围内大量的国际法学生参与其中，大家互相交流学习，很多参与者和志愿者在毕业后也会用实际行动支持和反哺这个组织，无偿帮助机构为中国参赛队进行国际模拟法庭培训。目前这个组织也正在致力于将人才培养与就业挂钩，将真正优秀的人才推荐到真正合适的专业性平台和岗位上就职。在廖诗评看来，这个组织从成立到取得一些成就，本身就是一个良性处理教学与科研以及实践的关系的产物。“我的核心目的还是为了教学和人才培养。这是一位老师的初衷。”

正是得益于科研、教学和人才培养上的良性互动，相互融合贯通，廖诗评对自己现在的状态和职业发展感到十分知足。“我觉得能够将自己的智慧和积极性贡献在自己喜欢的事业上，将情感投入课堂、投入教学是一件十分幸福的事。国际法教师这个身份对我而言已经不是一份职业那么简单，而是一份值得我为之终身奋斗的事业。”

5
学生们怎么说

评价教学模式究竟能够在多大程度上发挥作用，学生作为直接参与者与最大的受众群体，成为最重要的评价主体。针对纯粹讨论式教学法的课程评价，我们采访了几位同学，看看他们是怎么说的。

师小萱：你觉得这门课程的上课方式与其他课程有何不同？

同学 A：首先，上课方式比较开放，即不像以往的老师满堂讲，也不像全部交由学生讲，就是那种老师稍微指引着，大方向不变，以免有些发言的同学把课堂主题带跑，同时，学生又能在课堂主题下，自由发挥，畅所欲言，参与度极高。所以于我而言最大的区别就在于学生主导和老师主导的不同。

同学 B：老师以不主动讲课的方式“逼迫”学生去自己查找资料自己学习，课堂上是学生不停地讨论和发言，老师在旁边起到维持话题顺畅进行和保证讨论内容不至于偏离大主题的作用。传统的中国大学课堂是老师讲、学生听，WTO 法的课堂是学生讲、学生听。课堂不再是老师体系连贯的授课，主要是我们自己在讨论中发现问题和达成共识的过程。老师扮演的角色发生了改变，从大家听着老师讲变为老师和我们一起讨论。

师小萱：你觉得教师为什么要在本课程教学中采取这种上课方式？

同学 A：法学毕竟是一门讨论性的学科，可能还是在讨论中擦出思想的火花，效果会更好。这样不仅有助于我们自主学习，提高学习兴趣，也有助于我们学会与同学老师探讨，让同学们体会到自学的重要性以及团队探讨的重要性，培养我们自主学习、表达和交流的能力。

同学 B：法律是一门实践性的学科，只了解法律知识而无法将其灵活运用到案件中，无法清晰流畅地表达自己的观点，是不能在日后胜任相应的法律工作的。但是这些实践能力是传统教学无法教授的。而讨论式教学转换了教师和学生在传统教学中的角色设定，通过让同学们自主学习、自主阅读、自主讨论的方式，提高同学们的学习、分析、表达能力，使同学们在校内获得的知识和能力能够真正满足法律工作的需要。

师小萱：你是否喜欢这门课程？

同学 A：喜欢。首先，在这门课上所学到的知识让我印象较为深刻。在以往的学习中，我所学到的知识都是书面上的，很难将其与实践相联系，也难以理解并深刻记忆。而在这门课上，我所了解的知识都是通过自主阅读理解材料、查阅相应书籍，并在课上与同学们互相讨论、深入思考获得的，这样的学习方式让我对所学的知识记忆更加深刻。其次，这门课锻炼了我阅读、分析材料的能力。在以往的课堂中，老师讲课占据了绝对的主导地位，而留给我们自主分析锻炼的机会少之又少。在这门课上，课堂的主导权属于学生，老师不对课程内容进行讲解。阅读分析材料、课上思考讨论，成为本课程必不可少的环节，这也提高了我们自主学习和分析的能力。最后，这门课能够充分调动同学们的思考和兴趣。在以往以老师为主导的课堂上，同学们无法选择自己感兴趣的话题和内容，上课的过程比较乏味，难以引起同学们学习的热情。而在这门课上，同学们可以就案件谈论自己感兴趣的话题，并对自己感兴趣的内容深入研究，高强度的讨论也使同学们的注意力高度集中，不会感到课程乏味无聊。

同学 B：一半一半。这种更加自由的上课方式会提高学生的积极性和课堂的活跃程度，也能够更好的理解问题，或提高活学活用的水平，但这种知识的获取是零散的。但是由老师讲课的方式讲解的知识点全面，可以得到更加系统和完全的知识系统。

（王娟　李安诺）

扫描二维码即可阅读全文

葛玉良：做学生成长的奠基石

推送时间：2017 年 12 月 26 日

“辅导员队伍需要专业化和职业化，要有自己的特色优势。”

——葛玉良

葛玉良，副研究员，经济与工商管理学院党委副书记，京师创新创业辅导员工作室主持人。教育部全国万名优秀创新创业导师，第三届中国“互联网 +”大学生创新创业大赛专家委员会委员，第九届、第十届全国大学生网络商务创新应用大赛全国总决赛评委，全球职业规划师（GCDF），国家高级职业指导师。研究方向为创业教育与创业就业指导。

2013&2014 年度北京高校优秀德育工作者，2013&2014 年度首都大学生思想政治教育优秀科研成果论文类二等奖，2016 年弘德辅导员奖，多次获评北京师范大学学生工作先进个人、优秀党务工作者、优秀班主任（辅导员）。主持多项市级、校级课题，在《思想理论教育导刊》《北京师范大学学报》（社会科学版）等刊物发表论文 30 余篇。指导的学生创业团队先后在“创青春”首都大学生创业大赛、中国“互联网 +”大学生创新创业大赛、全国大学生网络商务创新应用大赛中获奖。指导 18 项国家级“本科生科研训练与创新创业项目”之创业实践项目和创业训练项目。其中创业实践项目“北京趣普小伙伴科技有限公司”和“Mars 火星国际文化交流有限责任公司”先后入选第八届（2015 年）、第九届（2016 年）全国大学生创新创业年会。

作为一名德育工作者，必须有高度的使命感和责任感。葛玉良在工作上满腔热情，兢兢业业，一丝不苟。在他看来，德育工作不仅仅是一份职业，更是一项事业。他视野开阔，同时拥有细致的观察力，不仅对学生了解得细致入微，而且帮助学生发展高屋建瓴，努力将思想政治工作做到学生们的心坎里，让自己真正成为学生的知心人、引路人。

1
用付出诠释责任——敬业爱生，用爱导航

“5 +2，白加黑；两眼一睁，忙到熄灯，两眼一闭，提高警惕。这就是辅导员工作的真实写照。”谈起所从事的德育工作，葛玉良坦言，责任重大。

“教育大计，德育为本。德育工作必须放在首位。”葛玉良所在的经管学院是一个有 2000 多名学生的大院，涵盖本科、硕士、博士、MBA 和留学生等多种类型，学生德育工作任务非常繁重。然而，在葛玉良心中，学生工作事无巨细，都关系着“人”的全面发展，在学生的成才路上，辅导员就是必不可少的“灯塔”，导引着他们的成长方向。

红旗分团委、“太阳杯”足球赛冠军，“明月杯”篮球赛四连冠……鲜红的荣誉证书和明晃晃的各式奖杯摆满了经管学院办公室，而这些成绩背后，离不开葛玉良的辛勤付出。

“无论是校级的大型活动，还是学院级的各类活动，甚至只是一个讲座，葛玉良的身影都会出现其中。学生活动一般在晚上或周末举办，葛玉良参加完活动后常常很晚才能回家，但他毫无怨言。他说要陪伴我们一起成长，这是让我最感动的一句话。”经管学院本科生徐某认为，葛玉良最大的育人特点就是润物细无声。

“陪伴引导是最好的导航方式，我在和学生一起参加活动时，发现了学生们不同的特长，也认识到了他们的不足，从而加以鼓励、干预，引导他们走向全面发展的成才之路。”葛玉良认为，深入走进学生的心灵才能成为学生真正的引路人。

新生军训时，作为分党委副书记的葛玉良也随队去了军训基地，而且一待

便是10多天。“我一定要全程陪着他们，这是最好的接触新生的机会。”他说道。

在他的鼓励下，经管学院学生积极参加各类学科竞赛、文体活动，涌现了一批优秀的学生。宿增睿获得“十佳大学生”、李世刚获得宝钢奖学金，张震、刘赫等同学组成的团队荣获IMA校园管理会计案例大赛全国总冠军。

2
用奉献铸就梦想——平凡做人，悉心做事

“热爱学生、有亲和力、没有架子、做事认真”，这些是学生们认为葛玉良最突出的特点。

葛玉良从没有固定的接访时间，即使周末也经常在办公室。只要有学生找谈话，再忙葛玉良也会抽出时间解决同学的问题，工作量大的时候甚至一天能接待七八个学生。“有时间多聊，没时间少聊，但是都要去聊。”葛玉良就是这样，用心接待每个学生。

做了十多年辅导员，葛玉良认为一个班级最重要的就是凝聚力，最怕的就是散。为了增强班级凝聚力，葛玉良努力创造机会使学生们有集体的感觉。他平均每个月发起一次集体活动，或者出去郊游踏青，或者聚餐聊天，他所带的班级师生总是很快就打成一片。

葛玉良是2014级金融系的班主任。葛玉良认为，有一个愿意把自己的时间奉献给学生的班主任，对大学生来说是很幸福的事，他愿意去充当这样一个角色，做一个大学生的领路人。军训归来后，为了犒劳学生，兑现军训时的诺言，他请班上60多名学生吃自助餐。新生入学教育时他也一直陪在学生身边。就是这样一点一滴的努力与陪伴，才使葛玉良的班级有一股很强的凝聚力。

葛玉良始终认为，本科生的四年是自我定型的重要阶段，在这个时期，辅导员对学生的影响非常大。这种影响不仅体现在学生在校期间，甚至对其一生都有影响。葛玉良带过的学生至今仍和他保持着联系，他们在做人生中重要决策时仍习惯于找曾经的辅导员葛玉良商量；每逢聚会，也都会第一个找到葛玉良去参加。在他们心中，葛玉良是他们在学校里最亲的人、最铁的朋友。

在葛玉良的班主任生涯中，曾遇到这样一个学生。她的父母不幸先后辞世，家庭经济条件非常困难，她非常不放心年幼的弟弟一人在家。葛玉良多次找她谈话，与之促膝谈心，为了帮助她安心求学，还千方百计解决了她心

头大事——将弟弟接来北京工作。经过葛玉良春风化雨、循循善诱的帮助，她像蝴蝶破茧一样完成了美丽的蜕变，顺利保送研究生，硕士毕业后找到了满意的工作。

对于家庭经济困难的学生，葛玉良还积极挖掘社会资源，成功争取到山东太阳纸业公司提供资金，在学校设立了“阳光”奖助学金。

3
用创新促进共赢——创业教育，特色鲜明

当前，创新创业教育作为大学生素质教育和就业指导的创新点和突破口，已经引起全社会高度关注和各高等院校大力普及。然而，早在 2005 年，葛玉良就已经进行了超前思考、大胆实践，并取得了比较显著的成果。“辅导员队伍需要专业化和职业化，要有自己的特色优势。”谈起经管学院的德育“亮点”，葛玉良直言“创业教育”是招牌。

葛玉良是北师大首位全球职业规划师、国家职业高级指导师。他积极开展创新创业理论教学。葛玉良深知，学生的创新创业素质培养，理论教学是先导。他从 2005 年起开设公共选修课《创业学》，是北师大第一位开设这门课的教师。课程开设以来，已有 500 余名学生成功修完这门课。

“葛老师的课堂案例丰富，讲课循循善诱，条理清楚，学这个课程对我非常有用。”他指导的 2008 级本科生刘冠楠获得全国大学生职业生涯规划二等奖。此外，在他的影响和带动下，经管学院先后有 12 人次获得全球职业规划师（GCDF）、国家高级职业指导师、国家中级职业指导师、创业教育讲师等资格证书。

葛玉良还教授大三、大四学生的形势与政策课，在这门课上葛玉良主要负责职业规划的教学内容，为学生们解决职业发展问题。

在同事的眼中，葛玉良是一个“有理想、有思想、有影响”的德育带头人。在学院辅导员队伍建设上，他要求辅导员们逐步达到“做学生的朋友，做学生的引路人，做学生最亲的人”三个境界，要实现专业化、职业化，学习型、务实型、实干型、研究型、奉献型。在他的带领下，学院先后荣获学生工作先进集体、思想政治教育实效奖、优秀党建创新成果奖、心理健康教育实效奖。

谈起他的人生理想，葛玉良感慨地说：“习近平总书记在教师节同北师大师生座谈时，强调广大老师就是打造这支中华民族‘梦之队’的筑梦人！面对总

书记的要求和期望，我作为一名辅导员深感压力、差距和责任，我一定继续认真工作，努力奉献，做一名合格的筑梦人!”

（刘佳怿　朱思谕）

扫描二维码即可阅读全文

第三篇 03

院长访谈

王树荫：思政课教师当做“双一流”的精神领航者

推送时间：2017 年 07 月 05 日

师小萱语：

党委宣传部推出聆听师道之“院长访谈”：谈谈双一流的弦歌新奏，谈谈一所大学的匠心持守。

院长介绍

马克思主义学院院长　王树荫

教授、博士生导师，享受国务院政府特殊津贴，教育部高等学校思想政治理论课教学指导委员会委员、全国高校马克思主义理论学科研究会副会长、中国高等教育学会思想政治教育分会常务理事、学术委员会副主任兼秘书长；北京市教学名师、北京市首批思想政治理论课特级教授、北京市社会科学界联合会常务委员、北京市思想道德修养与法律基础课程理事会理事长、中共北京党史学会副会长、北京市研究生思想政治理论课研究会副理事长。

1
王树荫谈高校思政课的价值地位

师小萱：王院长，可否谈谈高校思想政治理论课在一流大学建设中的角色定位？

王树荫：高校思政理论课具有不可替代的重要作用！

习近平总书记在全国高校思想政治工作会议重要讲话中指出，“高校立身之本在于立德树人。只有培养出一流人才的高校，才能够成为世界一流大学。办好我国高校，办出世界一流大学，必须牢牢抓住全面提高人才培养能力这个核心点”。

思想政治理论课是社会主义大学的重要组成部分、高校意识形态建设的重要平台、大学生思想政治教育的主渠道，也是立德树人的核心课程、中心课程，在立德树人、培养一流人才进程中具有不可替代的重要作用。思想政治理论课教师要时刻牢记培养什么样的人、怎样培养人、为谁培养人这些根本性问题，为“双一流”建设培养中国特色社会主义合格建设者和可靠接班人。

2
王树荫谈“一流人才”的三项标配

师小萱：王院长，请问您心中合格的“一流人才”应具备哪些标配条件呢？

王树荫：当然是“世界眼光、中国情怀、京师风范”喽~

习近平总书记在全国高校思想政治工作会议中强调指出，大学生应该“正确认识世界和中国发展大势，正确认识中国特色和国际比较，正确认识时代责任和历史使命，正确认识远大抱负和脚踏实地”。世界一流大学的北京师范大学学生，应该具有世界眼光、中国情怀、京师风范。

由于世界历史发展进程的不断加快，经济全球化、政治多极化、文化多样化、科技信息化趋势越来越明显，这就要求学生具有“世界眼光”，能适应“四化”带来的机遇和挑战。当然，在适应“四化”的过程中不能忘了爱国主义。

要处理好全球化与爱国主义的关系，既要有世界眼光，也要立足中国社会，具有爱国主义精神，因为只有“中国的才是世界的”。“中国情怀”包括传统文化和现代化中国两个方面。对于传统文化，应该去其糟粕，取其精华，科学扬弃，为我所用。现代化中国，既是现代化又是社会主义，社会主义包括马克思主义指导、共产党的领导、中国特色社会主义的理想信念、中华民族伟大复兴的中国梦等。思想政治理论课要让学生认同中国特色社会主义理论和党的纲领、路线、方针、政策。

世界一流大学应该有其底蕴、特色、优长。就北师大而言，经过百年建设，学校具有爱国进步、诚信质朴、求真创新、为人师表的优良传统，学为人师、行为世范的校训以及致学修身、兼济天下的育人理念。优良传统、校训精神和育人理念三部分构成了“京师风范”。思想政治理论课就应该通过教育教学工作使京师风范在学生中间传承发扬。

3
打通一流人才培养与思政课建设的“任督二脉”

师小萱：就北师大建设世界一流而言，我们的思政课还需要哪些改进呢？

王树荫：讲真，“一流学生需要高水平思想政治理论课！”

习近平总书记指出，“要用好课堂教学这个主渠道，思想政治理论课要坚持在改进中加强，提升思想政治教育亲和力和针对性”，为学生一生成长奠定科学的思想基础，满足学生成长发展需求和期待。

就建设世界一流大学的目标而言，思想政治理论课要为“培养具有世界眼光、中国情怀、京师风范的优秀学生”服务。从世界眼光、中国情怀、京师风范三个维度来看，思想政治理论课在中国情怀培养上做的工作相对多一些，比如授课内容比较充分地涵盖传统文化的继承创新、现代化中国等内容。现在看，应该在世界眼光、京师风范两个方面加强和拓展。

思想政治理论课课程是由党中央和教育部规定的，不能轻易改动。但可以通过增加一些选修课、系列讲座、专题报告这样的方法来弥补。在培养世界眼光培养方面，可以针对热点、焦点、学生感兴趣的问题开设系列讲座。在养成京师风范方面，建议开设校本课程作为选修课，展现学校自身的深厚底蕴和独特优势。

4
“双一流”吹响马院改革出征号

师小萱：面对外界对思政课形象的误读，您认为马院教师应当如何发力，怎么作为？

王树荫：不是自夸哦～高水平思想政治课需要“四有”好老师！

习近平总书记在 2014 年教师节前夕来北师大调研，提到“四有”好老师要求。总书记在全国高校思想政治会议上又强调，“教师是人类灵魂的工程师，承担着神圣使命。传道者自己首先要明道、信道。高校教师要坚持教育者先受教育，努力成为先进思想文化的传播者、党执政的坚定支持者，更好担起学生健康成长指导者和引路人的责任”。

按照总书记“四有”好老师的标准，我认为建设世界一流大学，思想政治理论课教师需要坚定理想信念、拥有扎实学识、坚守道德情操。

第一是要有坚定的信仰，即马克思主义信仰、共产主义的远大理想、中国特色社会主义共同理想等。

第二是要有扎实学识。建设世界一流大学，思想政治理论课老师既要了解世界，也要了解中国；既要了解历史，也要了解现实；还要讲清楚中国和世界、历史与现实的关系。现在专业分工越来越细，每个人只能掌握某个领域的知识，而学生关注的却是整个世界，对老师抱有很大的期望。解决这个问题需要思政课老师们丰富内涵、强大自己，也可以通过整合的方法，每个老师掌握一部分知识，最后汇总整合，整体地解决问题。

第三是要有道德情操。各行各业也都有相应的要求，如医生要有医德、当官要有官德，教师当然要有师德，思想政治理论课教师应当有更高的要求，坚持正确的政治方向，以德立身、以德立学、以德施教，不断加强师德师风建设，坚持教书和育人相统一，坚持言传和身教相统一，坚持潜心问道和关注社会相统一，坚持学术自由和学术规范相统一，“围绕学生、关照学生、服务学生，不断提高学生思想水平、政治觉悟、道德品质、文化素养，让学生成为德才兼备、全面发展的人才。”

马克思主义学院将在学校党委领导下，坚持在改进中加强思想政治理论课，为贯彻落实全国高校思想政治工作会议精神，为培养一流学生，为学校早日建成世界一流大学，作出我们的努力和贡献。

寄语北师大建校 115 周年及青年学子

北京师范大学建校 115 周年了，昨天的母校有着辉煌的历史，今天的母校正在为世界一流大学而努力奋斗，明天的母校一定前程似锦，让我们共同庆祝母校生日快乐。

我们要继承和发扬母校的优良传统，也要在传承中开拓创新，为了实现世界一流、中国特色、京师风范的宏伟目标作出我们的努力和贡献。

王树荫卡片

主持马克思主义理论研究和建设工程教育部高等学校哲学社会科学重点教材编写课题“中国共产党思想政治教育史”和国家社会科学基金项目 2 项、教育部项目 5 项、北京市哲学社会科学重大与重点项目各 1 项等；出版专著、主编教材 30 部（套）、发表学术论文 130 多篇；获第十一届、十三届北京市哲学社会科学优秀成果奖一等奖（合作）、第十二届北京市哲学社会科学优秀成果奖二等奖和第六届高等学校科学研究优秀成果三等奖、第七届高等学校科学研究优秀成果一等奖（合作）。

（王娟　沈珊珊　李安诺）

扫描二维码即可阅读全文

胡智锋：高等教育要为中国在世界的腾飞助力

推送时间：2017 年 08 月 14 日

他说，高等教育要为中国在世界的腾飞助力。

他说，北师大的戏剧与影视学科要跻身世界前沿。

他说，我们要培养具有高尚人格的完整的人。

党委宣传部本期“院长访谈”，带您走近艺术与传媒学院胡智锋院长，领略传媒领军者眼中的“双一流”格局。

院长卡片

胡智锋，艺术与传媒学院院长，教授、博士生导师。长期从事影视美学、影视文化、传媒艺术、电视传播艺术、公共文化服务等领域的研究。主持国家级、省部级科研项目 30 余项，出版学术专著 20 余部，发表学术论文 400 余篇；多次获中国高校人文社科成果奖、北京市哲学社会科学成果奖。入选中组部“万人计划”第一批哲学社会科学领军人才（2014）、全国宣传文化系统“四个一批”人才（2008）、“新世纪百千万人才工程”国家级人选（2010）、全国“新闻出版行业领军人才”（2012 年）、“新中国 60 年影响中国广播电视进程的 60 位人物”（2009）、国家公共文化服务建设专家委员会委员。曾担任“五个一工程大奖”、中国新闻奖、中国广播影视大奖等国家级奖项的评委。参与数百个电视频道、栏目、大型节目的策划和主创工作。曾赴亚、非、欧、美、澳多个国家及地区进行讲学和学术交流。

院长事迹

国务院学位委员会戏剧与影视学科评议组召集人，国家一级学会——中国高等院校影视学会会长。中国传媒学术领域第一位教育部“长江学者”特聘教授（2007）。中国广播电视艺术学始创者之一，电视美学的重要奠基者，电视传播艺术学、传媒艺术学创始人。享受国务院政府特殊津贴。

1
立足战略制高点，高校“双一流”建设需高歌猛进

师小萱：胡院长，请问您怎样理解高校“双一流”建设？

胡智锋：“双一流”政策是国家的一个战略性布局，与“985”“211”“协同创新”一脉相承。

我国发展的主客观条件证明了高校建设“双一流”政策的出台有其必要性和可行性。

第一，中国特色的国情决定了我国高等教育的发展现状。我国的教育目标是培养符合国家建设以及国家战略布局需要的建设者和接班人。我国的高等教育目前主要是国家主办的，需要由国家去投资并在人财物方面进行配置，这与欧美体制不一样，也就决定了我国高等教育的发展需要进行阶段性布局。

第二，国家对高校建设提供的资金分配需要“好钢用在刀刃上”。国家专办高等教育的现状需要花纳税人的钱，所以我们国家需要将有限的财力物力人力重点投放在最有效益的优质高校。“双一流”的出台恰恰符合这种人才培养的趋势。

第三，我国的经济发展已居世界前列，但在文化影响力方面还比较弱，因此，提升文化软实力刻不容缓。面对世界的质疑，高等教育担负着重任，包括为国家提供人才支撑、科技支撑、学术支撑和文化支撑等。

高等教育要为中国在世界的腾飞助力，这要求我们必须赶超世界一流大学，在社会文化、人才培养方面有质的飞跃。近几年，我国大学的世界排名稳步提升，这证明我国创建“双一流”是卓有成效的，提升国家软实力指日可待。

2
“双一流”的北师大要经得起“阶段性监控”

师小萱：请问胡院长，您怎样看待北师大“双一流”建设？

胡智锋：北师大所取得的成就有目共睹。相当多的学科已被列入“双一流”建设重点学科，处于“一流”状态。但是我们仍然不可掉以轻心，要经得起“阶段性监控”。

“双一流”高校和学科需要通过网络平台的公示，经公共区域进行监控，实现国家事务和舆情的互动。因此，任何的高校和学科都不能因为暂时被列为“双一流”而高枕无忧，这是一个阶段性和动态性兼具的建设过程。国家会通过 3 ~4 年阶段性的检查来监控高校的各项指标。所以，高校的地位可上可下。可想而知，高校“压力很大”。

这就要求我们必须时刻保持警醒，保证自己的高水准，争取拿到更多的资源，引进更多的人才，才能不断实现自我突破，获得蒸蒸日上的发展。

3
群英荟萃抓龙头，精益求精创一流

师小萱：您对于艺术与传媒学院在“双一流”建设中的设想有哪些？

胡智锋：我们经过讨论，计划将龙头专业——戏剧与影视学科作为重点发展对象。

北师大的戏剧与影视学科排名全国第二（目前中国传媒大学居第一），在下一轮建设中，到 2020 年力争在全国达到至少并列第一；到 2030 年做到“国际知名，有世界影响”；到 21 世纪中叶让北师大戏剧与影视学科跻身世界前沿。我们力争做到这个程度，一步一步分阶段实现目标。

师小萱：在学院学科“双一流”建设过程中，您认为哪些方面还需要大家共同努力去改进呢？

胡智锋：对于我们来说，戏剧与影视学科能够进入“双一流”是一个特殊的机遇，但我们也清楚自己的不足。

第一，我们的学科历史积淀时间很短，从 1992 年创立到现在，仅有 25 年的发展历史。

第二，基础稍显单薄、系统覆盖优势先天不足。中国传媒大学、中央戏剧学院、北京电影学院等专业院校有很长的建校历史，学科发展基础较为厚重，并且有代代相传的系统连贯性，自成体系。这些有着50~60年历史积淀的院校在各自的领域又有着极强的辐射力和影响力，于是形成了在电影行业工作的多是电影学院毕业的学生、在广播电视领域工作的多是传媒大学毕业的学生这样一种大趋势。相对来看，我们起步较晚，对于这些行业的辐射力相对有限。

第三，师资队伍短缺。我校戏剧与影视专业老师不足20人，年轻老师较少，师资队伍的梯队建设仍需加强。相比其他专业院校庞大的师资队伍，我们稍显薄弱。另外，我们在硬件条件及空间方面也有不足，所以能否在下一轮评比中继续保持“一流”，我们倍感压力。

但从另一方面来看，20多个老师奠定的基础还是不错的。我们总量有限，但是高端。这种高端体现在几个代表性人物上，比如黄会林老师、于丹老师、周星老师等，这些人都在学科领域享有较大的声誉。80多岁的黄老师提出了“民族化”问题，比较有特色；于丹老师做的“文化传播”讲座，带来的社会影响力很大；周星老师是教育部戏剧与影视学科的教学指导委员会主任。多重学科前沿身份在这里汇集，对学科的发展前景是比较重要的。这些老师的社会影响力和号召力使得我们的学科优势和竞争力也是无可比拟的。

4

美育璀璨传媒路，人才培养面面观

师小萱：您如何看待2016年底召开的全国高校思想政治工作会议？

胡智锋：我比较关注的是会议中提到的核心观点——美育，因为在艺术与传媒学院，从戏剧与影视到数字媒体专业，全部都与美育相关。

这次会议将美育提升到了非常重要的高度，证明了新时期我们对于这个问题认识的深化。“加强美育，通过美育来推动高校思政工作”体现了非常重要的动向。

我们可以通过强化美育来培育学生积极健康的人生观、价值观。这是一条创新性的思路，更深层次地凸显了艺术教育体系的重要性。

如何通过美育渗透专业教育，传播健康的主流价值观，以及培育正能量的专业人士，是我们未来应该考虑的问题。

师小萱：您认为我们应该培养什么样的人才来适应国家的需求？

胡智锋：对于我们戏剧与影视学科来说，我们需要培养四种类型的人才。

第一类，在国际上有影响力的人才。需要在全球化交流剧增的形势下，具备在戏剧与影视方面的国际视野和国际化交流的能力。

第二类，复合型人才。懂创作的同时通学术、会艺术、懂技术，能生产又能传播，还要懂得管理运营。随着戏剧与影视文学的市场化，它会成为一种特殊类型的复合项目，这就要求我们培养的人不仅仅只有一种能力，而是全方位开花，多方面精通。特别是需要培养高端组织管理运行的人才。

第三类，高端的应用型人才。我们力求培养每个方面最优秀的专业人士，比如在某个领域顶级的导演、编剧、摄影、表演人员等。

第四类，师范性人才。我们要培养面向中小学、高校的戏剧与影视课程师资，使其可以教授艺术综合以及戏剧与影视课程等。这主要是考虑到我们的学生毕业后多在电影戏剧行业机构任职，去中小学执教的较少。

5
师者之道：培养具有高尚人格的完整的人

师小萱：能否请您谈谈对“四有”好老师的体会呢？

胡智锋：我来北师大工作的时间不长，就结合在高校工作三十多年的教育经历来分享一下自己对“四有”好老师的体会吧。

老师对于学生不仅仅是知识的教育，更多的是人格方面的教育。因为人才是整体的，而不是局部的。所有的知识都只是一个切口，除了专业知识以外，更重要的是人格。所以，培养具有高尚人格的完整的人对于我们教育者来说非常重要。

在我的教育生涯中，首先关注的就是“尊重”，包括表面的礼仪和背后的言论。这就需要师生的相互尊重，不得为了利益的摩擦妄自非议，学会尊重是解决矛盾的有效途径。

第二是团结。不能因为不同团体利益矛盾影响团结，不得搬弄是非，时刻谨记我们是一个相互团结的大团体。因为在我们学院，一个专业方向可能会有很多导师，我们需要的是相互配合、相互支持，沟通和配合是团结的重要体现。

第三是“三实”。真实做人，不弄虚作假，知错改错。踏实做事，不虎头蛇尾。扎实做学问，勤于思考。同时，这也是我对学生的期望，“尊重、团结、真实做人，踏实做事，扎实做学问”。

寄语北师大建校 115 周年及青年学子

北京师范大学 115 岁了，祝我们共有的精神家园——北师大生日快乐！回望历史，我们为北师大 115 年取得的辉煌成就感到骄傲；展望未来，我们对北师大创建世界一流大学的宏伟目标充满期待！

“学为人师，行为世范”是北师大给我们的精神寄语，也是对世界、对祖国的庄严承诺，我希望在师大冲进世界一流的进程中，我们每一个师大人都牢牢记住校训，为创建世界一流、中国特色、京师风范的一流大学和一流学科做出我们独特而重要的贡献。

祝福北师大！

（王娟　马赛男　田琳）

扫描二维码即可阅读全文

李增沪：把握发展机遇，建设世界一流数学学科

推送时间：2017 年 09 月 26 日

“一流大学就是包含一定数量一流学科的大学，一流学科应该具有一流的师资队伍、一流的教学质量、一流的科学研究、一流的学术声誉、一流的社会服务。”

——李增沪

李增沪，数学科学学院院长、数学与复杂系统教育部重点实验室主任、国家杰出青年科学基金获得者、教育部长江学者特聘教授、Fellow of Institute of Mathematical Statistics（美国）、数学专著丛书 *De Gruyter Studies in Mathematics* 和 *World Scientific Series on Probability Theory and Its Applications* 编委、人民教育出版社新版《普通高中课程标准教科书·数学》主编等。

1

把握机遇，发扬传统，建设世界一流数学学科

师小萱：日前，教育部、财政部、国家发展改革委印发《关于公布世界一流大学和一流学科建设高校及建设学科名单的通知》，您认为什么样的高校才称

得上是世界一流高校?

李增沪：建设世界一流大学和一流学科是国家根据我国现阶段社会和科技发展需求作出的重大战略决策。学科是大学的要素，是队伍建设、人才培养、科学研究、社会服务的平台。简单地说，一流大学就是包含一定数量一流学科的大学，一流学科应该具有一流的师资队伍、一流的教学质量、一流的科学研究、一流的学术声誉、一流的社会服务。

师小萱：数学是我校最早建立的学科之一，能否谈谈数学学科在我校双一流建设中的角色和发展思路?

李增沪：数学是科学技术的基础和工具。现代社会的发展对于很多行业人员的数学素养提出了越来越高的要求。多年来，在各种人才社会需求排行榜中，具备良好数学素养的人才一直是最受欢迎的群体之一。

我校数学学科有深厚的学术积淀，主要学科指标的国际排名在我校各学科中也相对较高。在自身建设发展的同时，数学科学学院还承担着多个部、院、系的大量公共数学课程的艰巨的教学任务，对我校多个学科群的人才培养和学科建设具有重要的支撑作用。

此外，数学是基础教育的关键课程之一，我校的教师教育特色也对数学学科提出了更高的要求。因此，为了实现我校世界一流大学的建设目标，将数学学科的总体水平提升到世界一流学科前列具有重要的意义。数学学科发展的基本思路是以世界一流为目标，以学科建设为核心，以人才培养为基础，以科学研究为引领，以教师教育为特色，注重文化传承与创新，更大限度地服务于国家和社会。

师小萱：您提到数学学科有深厚的学术积淀，能否介绍一下学科的优势?

李增沪：我们的数学学科师资队伍精干而高效，目前有80余位教师，成员中2人当选中国科学院院士，1人当选第三世界科学院院士，1人应邀在国际数学家大会担任45分钟报告人，1人当选美国数学会会士，1人当选国际数理统计学会会士，多人担任国际数学刊物或数学丛书的主编或编委。

研究成果受到众多一流学者的引用，有若干项成果被国际同行用学科成员的姓氏命名，例如，Chen's coupling、Cheng's coloring 等。数学学科自2000年以来出版英文学术著作22部，其中多部由施普林格出版社、美国数学会等知名出版社或学术机构出版。根据基本科学指标（ESI）数据，按照最近10年发表的论文的被引用次数，目前我校数学学科在全球数学教学和科研机构中排在第80位。依据USNEWS排名，我校数学学科列全球第30位。

经过长期的积累，数学学科在分析、代数、几何与拓扑、概率论、微分方程、计算数学、模糊控制、生物数学、数学教育等方向具备了良好的基础。

数学学科的建设和发展凝聚了几代人的艰苦努力。概率论团队的发展是具有代表性的例子，该团队经历了四代人，2002 年开始获得国家自然科学基金创新研究群体项目 3 期的连续资助。欧洲数学会刊物 *Zentralblatt für Mathematik* 和美国数学会刊物 *Mathematical Reviews* 在对学科带头人陈木法院士的专著进行评论时多次提到他领导的“School”。

2016 年 5 月美国数学家 D. Khoshnevisan 和 E. Waymire 对陈院士进行了访谈，话题涉及个人成长、科学研究、国际交流等。部分访谈内容于 2017 年 6 月在美国数学会会刊 *Notices of the American Mathematical Society* 发表。概率论研究群体 2006 年获得“全国五一劳动奖状”“首都劳动奖状”和“北京市教育创新工程优秀教育集体”称号。

数学学科形成了严谨朴实、勤奋敬业、团结协作的优良传统。为了继承学科传统，弘扬学科文化，学院组织编写出版了“北京师范大学数学科学学院史料丛书”6 部，“北京师范大学数学家文库”14 部，“北京师范大学数学教师纪念文集”4 册，深受我院广大师生的喜爱。通过宣传学科的传统和文化，增强了师生的自豪感和凝聚力。在这方面，李仲来教授做了大量的工作。

师小萱：数学学科在社会服务方面开展和参与的情况怎么样?

李增沪：数学学科的广大师生一直以很强的社会责任感，积极投身于社会进步和教育发展的事业。

王梓坤先生 1984 年提出“尊师重教”的倡议，并与我校部分教授建议设立教师节，此举在提高社会对教育事业的重视方面发挥了重要作用。数学学科 1943 届毕业生霍懋征在小学讲台上辛勤耕耘几十年，被两任国务院总理誉为“国宝老师”和“把爱献给教育的人”。

数学学科成员主编了两套普通高中课程标准实验数学教科书，分别由人民教育出版社和北京师范大学出版社出版。两套教材在全国的总使用率达 80% 以上，在数学基础教育中发挥了重要性作用。受中国数学会委托，我校主编了《数学通报》教育核心期刊，该刊创办于 1936 年，是基础教育研究的重要平台。

我校数学学科多年来在科学普及、文化传承等方面也付出了很大努力，取得了良好的社会效果。王梓坤院士的科普著作《科学发现纵横谈》近年来多次再版或重印，影响非常广泛。陈木法院士的《网络引领教育的新变革》系列讲座在引起了巨大反响。他的文章《迈好科学研究的第一步》经国际贝努利统计概率学会前任理事长推荐，被译成英文，2016 年 11 月在该学会会刊 *Bernoulli News* 发表。

师小萱：数学学科当前面临着哪些机遇和挑战？怎样把握机遇和应对挑战？

李增沪：当前的社会环境为世界一流大学和一流学科的建设创造了有利条件和机遇。数学学科是现代科学技术的基础。正如国务院总理李克强在视察北京大学数学科学学院时的讲话中所强调的，数学是自然科学的皇冠，是其他科学研究的主要工具，数学研究需要一批人静下心来把“冷板凳”坐热。所以说，当前的社会需求和国家战略为数学学科提供了重大发展机遇。

不仅如此，长期以来国家出台了一系列人才项目和优惠政策，吸引海外优秀人才回国。目前，优秀留学生回国发展成为当前的趋势，这使我们的学科发展处于有才可引的良好局面。从学校层面上来看，我校当前正在人才引进机制、考核制度等多方面的进行改革，旨在为学科发展提供制度保障，这对数学学科也是良好的机遇。

我校数学学科在今后的发展中也面临着很多的挑战，其中最为严峻的是人才竞争方面的压力。近年来很多大学进行了人事制度改革，加大了人才引进的力度，国内人才的竞争不断加剧。我们要给予足够的重视，积极应对这种情况，努力提高服务和管理水平，不断改善学术环境，搞好学科队伍建设，有些问题需要从学校的层面上考虑。

2
一流大学的教师，应当具有国际视野和创新能力

师小萱：您认为世界一流大学的教师应当具备哪些素质？如何才能打造一支国际一流的师资队伍？

李增沪：好教师应该做到有理想信念、有道德情操、有扎实知识、有仁爱之心，一流大学的教师还应当具有国际视野和创新能力。

我们要建设世界一流大学和世界一流学科。一流的师资队伍需要吸引世界各地的优秀学者，一流的教学质量需要借鉴世界最先进的教育经验，一流的科研成果在国际比较和交流中判断，一流的学术声誉是指在国际同行中的声誉，这些都需要我们的教师具有良好的国际视野。国际视野和科研创新能力是互相促进、互为前提的。数学学科的教师具有严谨朴实、勤奋敬业、团结协作、奋发向上的优良传统，这些也是非常重要的品质。

在师资队伍建设方面，我们希望以人事制度改革为突破口，借鉴世界一流学科的经验，结合本学科的实际情况，建立更为合理的人才聘用和组织管理

模式。

首先需要做的是稳定队伍，扭转人才流失的趋势。根据学校有关决议，我们已经开始实施学科特聘岗位制度，希望稳定现有优秀师资，吸引更多优秀人才加盟。在此基础上，我们希望逐步形成以特聘岗位、教学岗位和科研岗位为主体的师资队伍，在人事制度方面与国际接轨，优化师资队伍结构，加速师资队伍的现代化。希望通过合理的制度，为中青年人才创造更优越的成长环境，增强学科的发展后劲和国际竞争力。充分利用国内外优秀人才资源，有步骤地遴选和培养年轻学者，培养造就新一代的学科带头人和学术骨干。

我们必须加大对于优秀人才的引进力度，促进学科整体实力的提升。可以采取更加灵活多样的人才引进方式，包括以中短期等形式引进高端人才，通过专门的科研岗位吸引优秀青年人才，利用短期聘用、学术兼职、访问交流、合作研究等方式，提高引才和引智的效率。

师小萱：您谈到学科成员应该具有良好的国际视野，如何扩大学科成员的国际视野？如何提升学科整体水平呢？

李增沪：国际交流与合作是扩大国际视野的重要途径，也是一流学科建设的重要内容。

我们将集中现有力量，在科学研究和人才培养两个方面，通过多种渠道加强与国际一流学科的交流与合作，扩大学科成员的国际视野，提升学科的国际显示度和影响力。具体地讲，要继续努力加强与国际一流学科团队的联系，扩大科学研究的国际协作，在此基础上构建国际协作联合研究群体。继续扩大人员交流，定期邀请各个领域的一流数学家，来访进行学术交流，包括联合主办各种国际会议。此外，创造条件让更多的教师出国访问，与一流数学家进行交流合作，培养造就本学科具有重要国际影响的专家。

学科水平的提升要从实际情况出发。限于目前的师资规模，我们不宜同时全面铺开。我们将在扩大国际交流与合作的前提下，保持和发展现有特色和优势，不断凝练和发展新的研究方向，及时把科研优势转化为学科优势，逐步扩大我们的优势范围，不断将学科水平推向新的高度。从这个意义上讲，科学研究对于我们学科的发展建设具有引领作用。

我们会长期组织各类系列学术活动，包括“京师数学大讲坛”“京师数学教育论坛”“京师数学青年论坛”等，努力打造“京师数学”品牌，扩大学科在国内外的影响。

师小萱：学院在管理方面有哪些体会？如何营造良好的学术环境，以保证“双一流”建设的顺利进行呢？

李增沪：管理的目的是服务于教学、科研等工作，保证各项工作的顺利进行。规章制度是管理的形式之一，合理的制度比领导个人的智慧更加可靠。

有些人不喜欢制度的约束，认为那样缺乏自由度，不利于个人能力的发挥。事实上，制度目的是避免管理的随意性，提高管理工作效率，并不是要限制学术自由。以制度规则为依据，才能保证管理的科学性、公正性和持续性。这几年以来，针对管理工作中的问题，我们通过认真调查和分析，制定了多种规章制度，内容涉及委员会章程、行政与财务管理、固定资产管理、考核与奖励原则等多个方面。事实证明，这些规章制度是及时和有效的，对于改善学院的氛围发挥了很大作用。

规章制度的一个重要组成部分是学术评价体系。我们需要认真研究和不断改进评价体系，营造更加良好的学术氛围和环境。可以探索将考核评价与学术研讨相结合，定期举办各种内部交流活动，给各类成果更多展示的机会，增强学术评价的透明度，形成优秀人才健康、快速成长的环境条件。按照国际上通行的做法，对于学科成员的综合评价至少应该包括教学、科研和服务三个方面，各个方面都很重要。很多例子证明，成功的数学家不只科研出色，也是优秀的教师，也有很好的学术组织和协调能力。

我们有相当多的教师治学非常严谨、工作非常勤奋。有些教师晚上在办公室工作到十点半或十一点以后，很多教师寒暑假期间还在组织讨论班或学术活动。不可否认，学科成员在工作热情、学术水平、集体观念等方面的确存在差别，所以适当的激励措施是需要的。

我们的措施要让实实在在的成绩说话，鼓励那些踏实肯干、辛勤工作的人，让那些教学认真、科研努力、服务热心、成绩突出的人成为大家尊重和学习的榜样，继续营造勤奋努力、积极向上、团结协作的良好氛围。根据当前的队伍现状，还应该考虑到不同成员的特长，让更多的成员有施展个人才华的机会。

在今后的实践中，我们需要不断改进和完善现有的规章制度，不断提高管理水平和效率，在管理方面与国际接轨。要实现这个目标，同时还要与学校的管理措施保持顺畅的对接，这是一个非常值得研究的课题。

3
多管齐下培养国际一流人才

师小萱：数学学科为国家和社会培养了大批的创新人才，如何才能培养出国际一流的人才，是否可以与我们分享一下成功的经验？

李增沪：数学学科已授予博士学位 387 人，硕士学位 1041 人，毕业生中有 2 人当选中国科学院院士，1 人当选第三世界科学院院士，1 人当选美国数学会会士，3 人当选国际数理统计学会会士。数学学科在教师培养方面也做出了突出的贡献，培养了大批中小学教学骨干。根据不完全统计，本学科毕业生中至少有 156 位中小学数学特级教师。

完备的课程和教材体系是人才培养的重要保障。数学学科多年来形成了健全的本科生和研究生培养体系。数学学科目前本科生有 3 个类别，包括基础理科拔尖学生培养计划班、基础科学人才培养基地班和免费师范生班。研究生招生专业数量多，学科主干方向覆盖广，有 30 多个研究生招生方向。

作为数学学科课程体系的支撑，学院组织编写出版了“数学及应用数学专业课程系列教材”“数学学科硕士研究生课程系列教材”“公共课大学数学系列教材”和“数学教育主干课程系列教材”等 4 个系列的 70 余部教材。这些教材在本科生和研究生培养中发挥了重要作用，受到国内外数学同行的欢迎和好评。

（王娟）

扫描二维码即可阅读全文

刘嘉："双一流"建设贵精不贵多

推送时间：2017 年 11 月 01 日

"大学里能力培养已经不是奢侈品，而是一种必需品。大学对一流人才的培养一定要把基于知识的教育变为基于能力的教育，变为基于素质的教育。"

——刘嘉

院长介绍

刘嘉，心理学部部长，教授，博士生导师。北京大学学士、硕士，美国麻省理工学院博士。国家杰出青年基金获得者、中科院百人计划入选者、美国富布莱特研究学者、教育部长江学者特聘教授、科技部中青年科技创新领军人才、享受政府特殊津贴。现任北京师范大学心理学部部长、中芬联合学习创新研究院院长、中国人才学会超常人才专业委员会会长。

人物事迹

长期从事心理学领域的教学和科研工作。

在科研上，采用行为学、遗传学和脑成像等多种技术手段，以视觉智能为切入点，探讨人类智能的本质。部分成果获中华全国归国华侨联合会中国侨界贡献奖（创新人才）。

在教学上，主持国家自然科学基金委《面向创新型人才的心理学本科实验/实践教学条件的建设》《心理学本科生科研创新能力的培养》等国家基础科学人才培养基金，获批国家级心理学虚拟仿真实验教学中心。

在社会服务上，担任国务院侨办华文教育工作专家指导委员会委员、《中国大百科全书（心理学卷）》副主编、《心理科学》副主编；中国人才研究会超常人才专业委员会会长、中国心理学会普心与实心专业委员会副主任、中国心理学会国际学术交流工作委员会副主任等职。担任江苏卫视《最强大脑》科学总顾问，全程为该节目设计挑战项目并提供科学解释。

1
一流大学不仅要有大楼大师，还要有大方向

师小萱：在您心中世界一流高校应该具备哪些条件呢？

刘嘉：坚持自己的办学理念与立足点是目前中国高校跻身世界一流必须具备的。

关于这个问题，我们可以从一个很著名的故事开始谈起。哈佛大学和麻省理工都是大家公认的世界一流大学，大家经常可以在各种排行榜中看到它们名列前茅，但是从它们自身的历史发展中，我们可以看到一个非常有趣的现象。麻省理工发现当时哈佛没有工科，所以试图通过在哈佛旁边建立一个以工科见长的学校，然后卖给哈佛赚一笔钱。可是，当学校建设完善以后，哈佛却以自身专注文理教育为借口拒绝了麻省理工。从这件事情上来看，哈佛作为世界一流大学有一个独特的理念，那就是它十分清楚自己的发展方向和发展理念，而不是泛泛的综合发展。

由此可见，大学并不是越大越全越综合越好。一流的大学之所以成为一流大学，最重要的事情之一就是它始终坚持自己的理念，坚持自己的办学传统。回过头来看中国的大学，兼并现象很常见，各个大学都想要追求文理工医的全面发展。这样的办学方式违背了世界一流大学发展的理念和初衷。坚持自己的办学理念，坚持自己的立足点，是目前中国高校跻身世界一流必须具备的条件。

清华大学梅贻琦校长说过，大学之大不在于有大楼，而在于有大师。在我个人看来，从现代大学来看，一所一流大学不仅要有大楼和大师，最重要的是一定要有大方向。有自己发展的大方向和大理念，坚定不移地走好自己的道路的大学才能成为世界一流大学。

北师大若想成为世界一流大学，走的路径就绝不能是全套的什么学科都有的发展模式。北师大有很多发展得非常好的学科，可是纵观这 115 周年的历史，北师大最核心的便是教育，教育立校。走好自己的传承，走出自己的理念，把 115 年的历史发展下去才是北师大最应该做的事情。把自己最擅长的做好，把有历史传承的办学理念和优势发挥好，把教育做到极致，北师大离世界一流大学的目标就并不遥远。

2
一流的学科不仅要有大方向，还要抓住机遇直面挑战

师小萱：心理学科是北师大的优势学科，您认为在“双一流”建设中怎样能最大限度地发挥好这些优势呢？

刘嘉：“交叉”二字应该是北师大心理学最为核心的一个特征和优势。专注和抓好这个特征是未来心理学发展的一个大方向。

心理学在北师大是有非常悠久的发展历史。从这 115 年的发展来看，北师大的心理学出现了两个非常明显的特点。

第一个特点叫作文理协同。关于心理学，很多人经常问的一个问题便是心理学到底是文科还是理科。北师大心理学的独特之处便是一半是文科一半是理科。心理学是一个关于人的科学。人本身就具有两种属性，自然属性和社会属性。与之相对应，心理学的研究也就包含了理科和文科的两种特性。

北师大心理学的第二个显著特点是理实交融。北师大的心理学科发展一直致力于研究一流的理论，解决实际存在的棘手问题。理论指导实践，实践发现新问题，提出新的理论要求。理论研究与实际应用螺旋推进的过程就是心理学不断向前发展的过程，二者缺一不可。

北师大心理学是交叉性很强的学科。“交叉”二字是北师大心理学最为核心的一个特征和优势。专注和抓好这个特征是未来心理学发展的一个大方向。

师小萱：您认为北师大心理学科在学校“双一流”建设过程中扮演了一个

什么样的角色呢?

刘嘉：心理学有着理解人、提升人、保护人的作用，这实际上是能够为北师大的教育立校做出巨大贡献的。

北师大立校之本在于教育。潜心做好教育是北师大跻身世界一流的根本。而教育的对象就是人，有人就有心理学。做教育首先一步就是要了解人，了解之后才能因材施教。如何去了解，那就需要心理学这样一门关于人的科学来发挥作用。北师大建设教育珠峰的过程中，心理学是不可或缺的一部分，至少发挥着三个不可替代的作用。

心理学的首要作用是理解人。龙生九子各有不同，心理学能做的就是最大程度上挖掘一个人的性格特点和长技短板，让每一个人都能发挥自己的潜能，做自己擅长的事。所以心理学在教育方面第一个需要做的就是理解人。用科学的方法研究清楚人，以便为日后的教育和个人发展打下前期基础。

心理学的第二个作用在于提升人。了解清楚一个人的潜能之后，心理学接下来需要做的就是，运用有效的教育方法提升人。通过科学的探索和试验对比，发现最适合大脑的学习方式，让人以最适合的方式将新知识快速融会贯通，这就是心理学提升人的作用。

心理学的第三个作用则是保护人。现在有很多让人诟病的教育方法，比如填鸭式教育、高强度教学等，不仅对人的发展没有帮助，反而会影响人的创造性和潜能的发挥。这种负面的摧毁性的教育方法对人造成的伤害是不可估量的。心理学可以在这种情况下保护人的大脑，让大家能够得到休息，不至于耗尽资源。另外一些小孩子生下来会有一些障碍，比如阅读障碍等。这种情况下，心理学也是一种有效的改善途径，保护他的其他潜能，提升其教育效果，这实际上也是一种保护。所以心理学实际上是能够为北师大的教育立校做出巨大贡献的学科。

3
一流人才不仅要有远大理想，还要有实干能力

师小萱：您对于一流大学所应具备的人才的看法是什么？您心中的一流人才应该具备哪些特质呢?

刘嘉：一流的人才一定要具备远大的理想抱负和实干的能力。

我见过很多非常优秀的人才，高考状元、奥赛金牌获得者等。观察这些人日后的发展路径，会发现很多在我们眼中的学神最后变成了默默无名的普通人，泯然众人了。他们对社会的贡献和影响力实际上是随着时间的增长呈下滑趋势的。所以心理学十分关注这样一个问题：到底是什么样的因素最后会帮助一个人成才？以北师大为例，北师大集天下英才，它招上来的苗子是十分优秀的。可是有多少人最后成为了他所从事行业的霸主呢？

在我看来，一个一流的人才一定要具备以下两个因素：

其一是应该有远大的理想和抱负。从心理学三种幸福感这一小知识出发的话，一流人才应该是追求社会幸福感，而不是单纯的物质或精神幸福。只有树立起远大的理想信念，才能真正为社会做出贡献，从满足社会需求方面获得内心的幸福。

其二是实干的能力。好高骛远、纸上谈兵并不能让一个聪明的人成为一流的人才，只有付出行动，做出改变，才能真正成为富国利民的一流人才。实际上这也是解决现在大学生们焦虑症和空心病的良方。迈出那一步，世界都会变得不同。

所以，一流的人才一定要同时具备远大理想和实干能力，二者缺一不可。

师小萱：那您认为在一流人才培养上会遭遇什么样的困难，又有什么样的解决措施呢？

刘嘉：没了高考限制的大学，能力培养已经不是奢侈品，而是一种必需品。大学对一流人才的培养一定要把基于知识的教育变为基于能力的教育，变为基于素质的教育。

从教育者的角度来讲，大学教师目前的教学方式方法与高中老师并没有较大的区别，只是在授课内容上更为深刻和前沿。而大学究竟应该教授什么，我认为成绩再也不是衡量大学生的唯一标准了。大学绝不是高中的延续，更多的是连接高中纯粹知识性学习、步入社会进行实际操作的一个重要桥梁。没了高考限制的大学，能力培养已经不是奢侈品，而是一种必需品。所以大学最重要的是对人能力的培养。

以能力为导向，学生需要什么样的能力，大学就应该提供相应的学习平台，并以此鼓励学生们去做 risk taking。大学里的危险动作是有安全带的，有老师做后盾，探索一些大问题，做一些创新而不必在意失败。这样有重大意义和价值的东西才是培养一流学生的关键。能力是关键，分数是次要的。看得长远一点才能更好地应对步入社会之后的种种情况。这才是真正的大学教育，也才是真正的一流人才培养，而不是单纯追求成绩单上的数字。

我认为，大学对一流人才的培养首先就要打破这种情况，把基于知识的教育变为基于能力的教育，变为基于素质的教育。

能力教育是培养学生们批判性思维、创造性思维、发现解决问题的能力和创新能力。

素质教育主要是通过与学生的互动，培养学生的自主思考能力和沟通技巧等。这也就是我们常说的 4 个 c：critical thinking、creative thinking ability、communication、collaboration。能力与素质的培养是大学一流人才教育的重中之重。

4
一流教师不仅要做思想传播者，还要做社会基因传递者

师小萱：您认为教师在一流人才培养过程中应该具备哪些素质？就北师大来说，又应如何打造一支高素质的教师队伍呢？

刘嘉：教师是思想的传播者，是社会基因的传递者。而北师大教师队伍未来的发展一定要做到在立足中国本土的情况下学习国外先进教育经验。

作为教师一定要清楚自己的目的是什么。教师不仅是一种职业，还是一名传播者，有着其自身的特殊使命。传播者担任着重要的角色，没有传播者就不会有进化。教师作为社会知识和经验的思想传播人，传播着一个社会的基因，播种着一个社会的火种。教师一定要意识到这种不同于一般职业身份的角色、责任和价值，有这种意识教师才能承担起这份崇高的责任。

针对北师大来说，我觉得至少有两个方面的事情值得我们去努力。

第一，是要向国外一流大学学习教学的方式方法。现代大学教育还落后西方。要善于与国外一流大学学习交流，不能闭门造车。在我看来象牙塔实际上是个贬义词，孤芳自赏是最不可行的，一定要学习世界一流大学的先进教学教育形式和内容等。

第二，一定要扎根中国大地办教育，立足本土，以中国实际问题为导向来进行教师教学工作。大学教育走进社会，走向实践，这样培养出来的学生才是真正能解决中国问题的有用人才。

寄语北师大和青年学子

敢为天下先。北师大应争做标杆做模范做创新做突破。校名中的 Normal 绝不是平庸，而应是模范。

大学生要勇于走出舒适区，走进无人区。不要怕未知，挑战和失败。不要浪费大学的宝贵时间和这个宝贵的时代，砥砺前行。

（王娟　李安诺）

扫描二维码即可阅读全文

狄增如：打造系统科学的“延安”，引领学科发展

推送时间：2017 年 11 月 27 日

“只有培养一流的人才，才能当得起世界一流的称号。”

——狄增如

院长介绍

狄增如，系统科学学院院长，教授，博士生导师，国务院学位委员会系统科学学科评议组召集人，中国系统工程学会副理事长。曾于 1995 - 1996 年赴比利时布鲁塞尔自由大学 Solvay 国际物理化学研究所、2000 - 2001 年赴美国加州大学洛杉矶分校医学院进行合作科研。目前关注的研究领域为复杂性研究，特别是复杂系统个体之间局域的相互作用与宏观层次上复杂行为的关系。具体的研究方向包括复杂网络、Multi - agent 系统的集体行为，生物系统中组织和结构的涌现等。

1

理论基础成就未来发展
交叉研究呈现学术特色

师小萱：2017 年 9 月教育部公布了世界“一流大学”和“一流学科”建设

名单，您认为“双一流”高校应该具备的条件是什么？

狄增如：教育部的“双一流”建设规划是为了让我国整体教育体系，特别是让高等教育能够引领世界潮流。我们要建设的是世界一流高校和世界一流学科，而高校的责任和义务就是要创造知识，传播人类文明，双一流高校就应该在这两个方面具有成为世界一流的基础和动力。希望通过“双一流”建设，我国高等院校在未来的二三十年里能进入世界一流行列。

师小萱：在北师大的“双一流”建设中，您认为系统科学学院的学科优势在哪？它该如何弘扬优势？

狄增如：北师大是以文理基础学科和教师教育为优势和特色的高校，两个重要学科群——人文学科和基础理学都已成为北师大“双一流”建设方案中的重要建设内容。

在基础理学中，系统科学学科是非常具有特色和优势的一门学科。系统科学学科能被列入“一流学科”建设规划，一方面取决于学科本身特点，另一方面取决于北师大良好扎实的建设基础。从 1990 年在方福康教授领导下设立系统科学一级学科开始，北师大就是国内学科评议组召集人单位，一直在引领学科发展。从已建设的基础来看，北师大在系统科学的基础理论方面有独特优势和特色。这得到国内同行的高度认可，把北师大说成是系统科学的“延安”。在扎实的基础理论研究基础上，北师大的系统科学学科还充分发挥本身交叉融合的特点，在重要前沿研究方向上与心理学、脑科学、全球变化等都紧密联合。

我认为，系统科学学科未来建设的方向仍将是重视基础理论的研究，并在相关学科的交叉研究中，发挥系统科学的特色和优势。

师小萱：系统科学学科是 1990 年建立的，而学院是 2013 年才建立的。您能大概介绍系统科学学科在短时间内发展这么好的原因？

狄增如：这得益于北师大在系统科学学科核心科学问题和基本理论研究上的学术优势和研究特色。

事实上，北师大系统科学学科与国际学术发展一脉相承。20 世纪 80 年代初，北师大四位教师，包括北师大系统科学学科创建者方福康教授，先后师从比利时布鲁塞尔学派创始人、诺贝尔奖获得者普利高津教授，获得博士学位，学成回国后在北师大从事基本理论经济系统、生物系统等研究，建立了系统理论本科专业，成为北师大建设系统科学学科的良好基础。

为了适应 20 世纪 80 年代国际系统科学发展的潮流，在钱学森院士、方福康教授等老一辈专家学者的共同推动下，理学一级学科于 1990 年正式设立，北师大成为首批博士点授权单位，而后又拥有系统科学领域全国唯一的重点学科。

近年来，在各领域的交叉研究上，也取得一系列成果。系统科学学科在学科评估中一直名列前茅，学术声誉也在全国排名第一。

师小萱：在学校“双一流”建设过程中，系统科学学科的具体规划是什么？

狄增如：我们要在学校“双一流”建设方案总体框架之下做好系统科学学科的发展规划。

2013 年建立系统科学学院时，凝练学术方向就成为学院学科建设的一项重要任务。通过全院教师的讨论和交流，我们希望把学术方向聚焦在群体决策行为及其神经机制等方面，这一学术方向即涉及复杂系统群体行为的关键科学问题，又能够发挥与心理学、脑科学等学科交叉合作的基础与优势，还可以为北师大在大数据分析和人工智能的发展奠定重要基础。

在围绕群体行为基础理论研究的基础上，一方面，与脑科学、社会治理等领域开展交叉研究；另一方面，与数据分析和人工智能自然联系，在认识大脑基础之上来发展人工智能。我们会围绕这一领域，从人才培养、科学研究、服务社会等各个方面开展工作。

2
学科建设应注重内涵好哒
不简单追求规模

师小萱：您觉得在“双一流”建设中会遇到的机遇和挑战是什么？

狄增如：“双一流”建设对于北京师范大学，对于学校相关的“一流学科”都是重要的发展机遇，对于系统科学学科尤其如此。

系统科学学科目前的建设队伍规模不大，远远不能适应学术发展和国家建设的要求。进入一流学科建设行列，我相信整个学科团体的建设力量会有较大的发展。我们在学科建设中关注的重要问题是，在发展规模的同时必须提升质量，并保持北师大学科建设的优势和特色。因为，我们所有的工作，一定是为了建设学科，而不是简单地“铺摊子”。对于北师大来说，我们的学校就是规模有限的情况下，完成了国家高等教育和国家发展的很多核心和关键任务。作为学校特色学科之一的系统科学，我相信我们在团队建设方面会做得更好。

3
培养“厚基础、宽口径、好高适应性”的国际化人才

师小萱：一流大学也需要培养一流的人才，在您心中，一流人才的素质和条件是什么？

狄增如：我们“学为人师、行为世范”的校训精神，一直潜移默化地蕴含在我们人才培养的方方面面。我希望北师大在继续秉承办学宗旨的基础上，培养有扎实学识、勤奋上进精神的创新型人才。系统科学学科也希望在人才培养方面为北师大、为师范教育特色和教师教育做出自己的贡献。

师小萱：系统学科一直与国际学术前沿保持一致，人才培养是否也有国际化考量？

狄增如：21 世纪，我们需要的是能适应未来各种挑战的人才。“厚基础、宽口径、高适应性”的人才是我们今后在人才培养方面努力的方向。无论对本科生还是研究生，我们始终的要求是在学术上提高自己。而国际化是高水平人才培养的基础和体现。在研究生培养工作中，我们注重利用各种途径和机会提升学生培养的国际化水平，包括联合培养、短期访问交流等。目前，我们正跟美国亚利桑那州立大学和波士顿大学协商建设研究生国际培养基地，联合建设北师大系统科学学院海外培养研究基地，让研究生有在高水平学术平台上锻炼成长的机会。

师小萱：学习系统科学学科，对个人的帮助是什么？

狄增如：系统科学学科的发展是建立在整个学术发展潮流基础之上的，体现了未来的学术发展方向。

20 世纪的科技发展，其方法论基础是还原论，试图通过了解单元把握整体，通过分析问题解决问题。但进入 21 世纪以来，摆在我们面前的核心科学问题，包括学术前沿和社会实践的各个领域，都具有整体性和综合性的特点，只有超越还原论，才能真正地认识问题和解决问题。

学习系统科学学科，强调在还原的基础上着重系统考量，这不仅对科学的认识生命、认知、全球变化等具有重要的学术意义，也是应对全球变化、环境、能源等实际挑战的必由之路。因此，在加强系统科学科学研究和人才培养的同时，我们也努力将系统科学的学术发展服务社会，服务我国新时代的社会经济发展需求。

系统科学学院已有四门课程进入学校司局级干部培训班，我们希望通过培

训，让每一位管理者对系统科学的思想和方法都有一定了解，帮助大家在未来管理的方方面面的社会实践中，拥有高屋建瓴、整体的、系统的观点。

4
东方优秀传统文化在系统科学发展中作用显著

师小萱：您觉得如何从中国的传统文化里吸取营养，以及如何将其与现代科技结合起来？

狄增如：科学技术的进步，方法论层面上指导是基础和前提。没有在哲学上、方法论上有独特的地方，就很难走出已有的框架和体系。我们充满智慧的东方优秀文化，一定会成为未来系统科学学科发展的重要思想来源。

国际上复杂性研究的高端学者从不讳言东方文化对他们的启发和引领作用，很多学术著作和前言里都提到了阴阳、太极等概念对他们学术思想的启发和影响。从这个意义上来讲，我们确实应该在今后的学科建设中，让东方文化传统成为未来学术发展中强有力的武器。许多有文化底蕴的老先生，经常提醒我们在教育学生学习系统科学、组织团队开展学术研究时，一定不要忘记学习优秀传统文化和思想，相信一定可以从中吸取系统科学学科发展的重要智慧。

未来的学术和方方面面的竞争，没有特点、优势就很难创造出引领世界的成绩。进入系统科学领域，需要我们将优秀传统文化与现代科技相结合，用独特东方文化与思想优势来开展相应研究。否则大家人云亦云，就很难成为学术发展的引领者。

师小萱：中医的发展是否和系统科学密切相关？

狄增如：系统性问题和中医是具有相关性的。

首先，中医具有典型的东方文化的系统性、整体性的特点；其次，目前生命和医学的热点研究领域，包括系统生物学和网络生理学，其“整体性、系统性”理念本来就是中医生命观和健康观的体现。

系统生物学的诉求是超越还原论的思想，从系统的、整体的层面去认识生命本身；而网络生理学则强调的是，具体到人体的健康，我们除了关注人体器官本身，还应关注器官之间的关联。

网络生理学是美国波士顿大学复杂系统研究团队创立的新领域，他们所推广、发展网络生理学的观点和方向，引用了大量的中医关于人体健康的观点和结论，从系统科学强调关联的角度是认识生命和人体，一定是未来健康和医学的一个重要方向。

师小萱：这样的话，是不是对老师的要求就特别高？

狄增如：我们希望通过系统科学学科的思想、方法、优势，能够为各学术领域的核心科学问题贡献成果。我们要求老师能通过具体系统的研究，提炼关于一般的复杂系统的核心的概念和方法，发展系统科学学科的基本理论。我们将之称为“一定要进得去，还要出得来”，“进得去”是要能够解决具体系统的学术问题，有经济的、大脑的、认知的、社会管理的方方面面的问题，“出得来”是需要从具体领域的问题中提炼一般的概念和方法。

寄语北师大

我在北师大学习工作 30 多年，特别喜欢北师大朴实、勤勉的学风，这已经形成了北师大学术研究和人才培养的传统。我希望北师大在未来的发展中不忘初心、砥砺前行，继续坚持综合性、研究型、教师教育领先的基本定位。北师大未来建设的基本要求应该包括京师风范、中国特色、世界一流，我相信，在老师和同学们的共同努力之下，北京师范大学一定会成为世界一流高校。

寄语北师大青年

北师大给大家提供了一个很好的平台。我希望年轻人能珍惜机会，在北师大建设“双一流”的历程当中，既为北师大的建设做出贡献，又不断充实和发展自己。

我希望今天在北师大工作和学习的年轻人，将来能够成为社会的栋梁，引领世界学术和社会变革，真正体现师大“双一流”建设的结果。我相信，未来一流的高校，一定是通过一流的人才培养来体现的。因为学校方方面面的工作，核心还是围绕着人才的培养。只有培养一流的人才，才能配得上世界一流的称号。

（王娟　周明婷）

扫描二维码即可阅读全文

第四篇 04

书记面对面

刘娟：以语言为桥梁，讲好“中国故事”

推送时间：2017 年 10 月 17 日

“在外语教学的过程中，一定要注意语言教学的规律，关注相应国家的文化。语言是文化的载体，要把语言知识和文化知识紧密结合起来。在跨文化交际中，语言错误有时不可怕，文化错误却是致命的。”

——刘娟

书记卡片

刘娟，外国语言文学学院教授、博士生导师、分党委书记。教育部区域和国别研究基地俄罗斯研究中心主任、教育部高等学校教学指导委员会俄语专业教学指导分委员会委员、中国俄语教学研究会常务理事、中国俄罗斯东欧中亚学会常务理事、教育部基础教育课程教材专家工作委员会委员。2013 年入选教育部“新世纪优秀人才支持计划”。2017 年获得北京市高校优秀共产党员称号。

1
与师大结缘，与俄语相伴

师小萱：刘老师，您是怎么和俄语结缘的呢？

刘娟：机缘巧合下初识，后来经过一定时间的学习和了解，发现一种新的文化展现在了眼前。

我中学是学英语的，但是因为对于英语语言学习了解不深，放弃了保送南开大学英国语言文学系的资格，后来服从志愿分配，就来到北京师范大学学习俄语。刚开始觉得学习很困难，后来经过一定时间的学习和了解就慢慢喜欢上了俄语，发现一种新的文化展现在了眼前。之后到莫斯科大学读了五年的博士，就彻底喜欢上了俄语。

师小萱：您在国外学习和工作过很长时间，为什么最后选择回师大成为一名老师呢？

刘娟：老师这个职业是非常神圣的，肩负着巨大的责任，让我拥有很强的荣誉感和使命感。

1986 年秋季，我考入北京师范大学，从东门进来就看到主楼上挂着的横幅，上边写着“北京师范大学是培养人民教师的摇篮”，从那个时候我和教育结下了不解之缘。1990 年毕业时，我被保送研究生，通过考试获得了公派留学去莫斯科攻读博士学位的资格。

1996 年我进入北京大学外国语言文学博士后流动站，1996—1998 年间，我同时在北京大学和北京师范大学兼课，在这个过程中，接触了很多学生，越发觉得老师这个职业是非常神圣的，肩负着巨大的责任，让我拥有很强的荣誉感和使命感。师大的环境、老师和师大对于教师的重视也都给我留下了深刻的印象，虽然之后有很多高薪工作邀请，但我还是选择进入北京师范大学任教，因为我觉得不能辜负国家、学校和老师对我的培养，所以最后坚定地走在了教师的工作岗位上。

师小萱：您是如何达到如今的科研成就的呢？

刘娟：投入大量心血、有扎实的知识积累和储备，正确处理好教学和科研的关系。

和全校所有老师一样，要想达到教学科研兼顾，这个确实很难处理。

首先，肯定要投入大量的心血，这个是毋庸置疑的。

第二，要有扎实的知识积累和储备。

第三，更重要的一点就是要处理好教学和科研的关系。要通过科研指导教学，围绕在教学中发现的问题做研究，做到一举两得，从事的研究一定服务于教学，研究成果才能更好地转化成教学成果，指导自己的教学，同时使自己的学生受益。

第四，结合工作需要，拓展研究领域。负责俄罗斯研究中心工作之后，我发现中心研究领域与我的研究领域比较遥远，为了推动中心的工作，与多方合作的过程中，我在不断地调整自己的研究领域。2013 年，我们和俄罗斯的高校学者完成了一部在俄罗斯出版的关于金砖国家发展前景研究的书籍，同时 2016 年也完成了一部国外出版的文集。学术方向虽然是稳定的，但是要有一定的扩展。

师小萱：您觉得，在“一带一路”建设中您做出了哪些贡献呢?

刘娟：我们和俄罗斯研究中心的老师以及外文学院的老师们共同开展了一些工作。

俄罗斯研究中心从 2012 年成立到现在开展了大量的工作，具体体现在“一带一路”工作中的几个方面：在科学研究方面，出版相关著作；实证研究方面，写相关咨询报告；在促进中俄人文交流方面、学校涉俄活动等，我们能够提供技术层面的支持，并且做好组织和安排；对外合作方面，中心充当了桥梁的作用。我们既把俄罗斯好的经验吸纳进来，同时也要向外介绍北京师范大学，充当使者的角色，更好地讲好“中国故事”。

师小萱：您现在和俄罗斯方面相关的高校和研究机构互动多吗?

刘娟：主要是参加学术会议，参与高校和研究机构相关合作，完成一些咨政报告。

每年双方都会互邀参加一些学术会议，到相关的高校和研究机构谈合作，围绕“一带一路”的项目课题中撰写相关的咨政报告。

如果对俄罗斯文化感兴趣，我建议可以首先读一些对于俄罗斯的介绍，要对这个国家有大概了解，进一步读一下俄罗斯的名著，有机会接触一些俄罗斯的留学生，同时也可以去俄罗斯旅游一下。

师小萱：您科研和教学工作很多，同时也做了管理工作，您是如何协调好各方面的工作关系呢?

刘娟：保证时间上的付出，离不开身边各位老师的支持，保持整个团队的快乐氛围。

首先是保证时间上的付出。其次要做好各项事情的规划，做好安排。再次，离不开各位老师的协作支持和帮助。我的每一项工作都有老师和同学的帮助，而且要让整个团队都很快乐，人累、心累但是精神不能累。

师小萱：学校强调“师范立校”，您是怎么理解的呢？

刘娟：要处理好综合性、研究型、教师教育三者的关系，做好系统研究和顶层设计，对老师提出了更高的要求。

这个问题我思考了一段时间，它是一个很大的命题。

首先，我觉得应该处理好“综合性”“研究型”“突出教师教育特色”这三者之间的关系。“综合性”和“研究型”要服务于“教师教育特色”。我们学校要做“教师教育”的“排头兵”，任务是很艰巨的。

第二，要有系统研究和顶层设计。要有教师教育发展特色的五年或者十年规划，明确培养目标，找准发力点，这是我们需要思考的。

第三，对老师自身要有一定要求。国内外形势在不断变化，时代对老师教学理念创新的要求越来越高，尤其是最近金砖国家首脑论坛的召开，使教师们深受鼓舞，老师们需要思考现在所提的教师教育的理念以及我们旧的理念是否需要调整的问题。在这个过程中挑战最大的就是老师，因为学生需要引导和塑造，老师应该站在更高的层面来看待未来教师应该是什么样，老师需要不断地吸取养分，才能培养出未来需要的老师。

2
对学生牢记甘为人梯之责，对家人常怀感恩之心

师小萱：您有什么经验和心得送给青年老师呢？

刘娟：青年教师要有终身学习的观念，热爱本职工作，甘为人梯，对学生的教育要做到点石成金、春风化雨。

第一，要有一颗热爱本职工作的心。因为热爱，才能全心全意。

第二，要有甘为人梯、乐于奉献的精神和思想准备。学生的培养离不开老师无私的付出，这就要求老师对于学生的培养要心有大爱，作为一个老师不能狭隘，其实对学生的付出也是对老师自身价值的肯定。

再次，学识学养的储备也是非常重要的。青年教师因为刚刚步入岗位缺乏经验，终身学习的观念暂时不是很强烈，这个需要青年教师特别关注。“给学生一杯水，老师得有一桶水。”随着学生数量的增加，老师的知识不断输出，如果不能为他们提供充足的信息量，彼此很难沟通交流，更不能对他们进行指导和教育。时代发展对于老师的要求是综合的、多元的，所以老师们要有终身学习

的观念，要不断开阔视野，提高思考问题的高度。

第四，教师应该有点石成金的能力和春风化雨的水平，对学生的教育做到潜移默化。

师小萱：您当了五年的教学副院长，从管理者的角度有什么成熟的经验给青年教师的呢？

刘娟：关注语言教学的特点，因材施教，高校思想政治工作要全方位、全过程。

首先，外语教学的过程中，一定要注意语言教学的规律，关注相应国家的文化。语言是文化的载体，要把语言知识和文化知识紧密结合起来。在跨文化交际过程中，语言错误有时不可怕，文化错误却是致命的。

其次，因材施教是非常重要的，教师要关注每一个学生。

第三，高校思想政治工作需要全方位、全过程。这个是需要在未来教学工作中高度关注的，人民教师承担着对学生进行思想道德教育的责任。教师在政治上要有高度的政治觉悟，所教的东西不仅在技术上负责任，而且牢记自己立德树人的责任。学生道德品质的培养不仅是思政课的义务，也不仅是辅导员和班主任的工作，更是每个教师义不容辞的责任。这不仅是对我们的要求，也是一种新的教学理念，把专业学习和人才培养有机结合在一起。

师小萱：作为一名优秀的女性研究者，您对女性青年教师有什么想说的呢？

刘娟：需要家人的支持，一定要在自己有时间和能力的时候回馈家人，常怀感恩之心。

女性研究者需要兼顾家庭和工作，确实非常困难。比较幸运的是，先生和女儿都非常支持我的工作，没有家庭支持，工作是很难开展的。从某种意义上讲，家人的支持减轻了我身体和精神上的负担，情绪上的波动都能在家里得到理解和抚慰。所以，我们一定要在自己有时间和能力的时候回馈家人，常怀感恩之心。

3
严慈相济，益生益国

师小萱：您平时对学生有什么要求呢？

刘娟：在日常生活中，我和学生是朋友，关心他们的生活，但是我也要求学生必须要有严谨的学术态度和学术品质，这是非常重要的。

师小萱：您是否也遇到了刚开始不喜欢俄语，后来慢慢喜欢上俄语的学生呢?

刘娟：沟通很重要，国家建设“一带一路”倡议的推行以及国外交流活动推动了他们观念的转变。

几乎每年都有这样的学生，第一次见面都会表达畏难情绪，我就用自己经历和他们沟通。但是最近几年指导的新生对于专业的学习还是比较坚定的，这可能和老师们的共同努力有关。而且学校非常支持我们的工作，为学生创造了许多交流学习的机会。另一个重要的原因可能就是国家建设“一带一路”倡议的推行，同学们亲眼目睹了国家对于俄语人才的需求，中国与俄罗斯、中亚国家经济、政治、文化各个领域合作的加强，也给了他们学习的信心。这些都从各个方面推动了孩子们转变观念，更加坚定了他们学习俄语的信念。

师小萱：这么多年来，有没有学生给您留下深刻的印象，发生一些有趣的小故事?

刘娟：老师一定要帮助学生，不仅对学生本身有帮助，对国家发展也是非常有益的。

本科生里有一个女生给我的印象比较深刻，她平时学习对自己要求很严格，在校期间成绩也非常优秀，后来我帮助她考取北京航空航天大学研究生。入学后，她自己也非常努力。北京航空航天大学和俄罗斯航空航天领域的高校有合作，她在工作中被外方校长赏识，拿到了全额奖学金的深造机会，回国后进入航天航空部门工作。所以，作为一名老师一定力所能及地帮助学生，因为不仅对学生本身有帮助，同时对国家的发展也是非常有益的。

师小萱：您平日工作很忙，学生有约不上您的时候吗?

刘娟：只要学生约，一定要见学生。

只要学生约我，即便当时时间不允许，我也会调整时间，只要约一定会有安排，对学生托付的事情一定要完成。

师小萱：学生除了有俄语方面的学习要求，还有其他语言学习的要求吗?

刘娟：语言是相通的，在学习外国语言的同时，一定要学好本国的语言。

学习外语的人，往往都会有中文退化的问题。老师也经常和学生强调这个问题，要求学生上相关的人文经典课程，介绍给学生一些好的书籍。而且，通过长期的观察，我发现即使大学学习外语会对他们造成一定影响，如果学生基础教育扎实、语文水平高，造成的影响也不会很大。

学生眼中的刘娟老师

许子博：硕士毕业生，2017 年考入外交部

刘老师不仅是我们尊敬的老师，也是我崇拜的前辈，佩服的领导，更是我心中情商和智商双高的偶像，我总是很讶异于她怎么能做到如此完美。初见她就觉得很亲切，她上课时总会讲起自己身边的小故事，用幽默的方式化难为易，每一节课都充满了欢声笑语，和她在一起我们总会忘记她是我们学院的书记。

刘老师也是一个充满正能量、热爱生活的人。虽然工作很忙，但是总是能看到她做用自己俄语名字命名的索非亚饼，欣赏各种各样的艺术展览，在花海中拍照，陪老母亲游山玩水……繁忙的工作、沉甸甸的责任、生活的柴米油盐都没有暗淡她对生活每一个细节的爱。她更是学生们的伯乐，根据学生的特点和需要，为学生们提供相应的锻炼机会。她的帮助不仅是及时的，甚至在我们还没开口的时候，老师就已经体察到了我们的需要。在我心里她不仅是一个好老师和好领导，更是一个特别善良美丽的女人。

王燕：博士毕业生，现在河南大学工作

刘老师在我求学生涯中真正可称得上亦师亦友称姐道妹的好“闺蜜”般的存在。

她是纯学术人，安安静静地在自己喜欢的学术领域潜心科研并做出了令人羡慕的成绩；她是位优秀的博士生导师，善于技巧性地引领她的学生在科研的道路上不断攀登；她是位极富领导力的领导，总能游刃有余并完美地处理各项手头事务；她还是一位亲切的姐姐，她的言语总能像冬日暖阳般温暖到你的心灵深处；她更是一个深谙生活真谛的娴静小女人，有深爱自己的爱人，有文静且满腹才情的乖女。她早已成为我心目中的航灯，引领着我在科研和工作的道路上扬帆远航！

对学校和青年学子的寄语

我对学校未来的发展充满了憧憬。“双一流”建设恰逢其时，北京师范大学拥有坚实的基础，各级领导目光长远，老师们坚守岗位无私付出，这些都为学校的未来发展奠定了很好的基础。所以我希望北京师范大学能够在国内保持地位的同时，在国际上知名度进一步提升，为国家未来发展培养越来越多的人才

和建设者。

今年是北京师范大学 115 年校庆，我特别骄傲地想对学生说，能够在拥有 115 年历史的学校学习，真是人生的一件幸事。希望同学们珍惜这个机会，牢记“学为人师，行为世范”的校训，既要学好自己的知识，也要做社会公序良俗的典范。

更多事迹

出版专著 1 部、合著 1 部、教材 1 部、工具书 1 部，发表论文 30 余篇，完成咨询报告多篇。独立完成教育部留学回国人员科研启动基金项目 1 项、中央高校基本科研业务费专项资金重点项目 2 项、教育部人文社会科学研究项目 1 项、教育部普通高中学科课程标准（俄语学科）实施现状调研项目 1 项、教育部普通高中俄语课程标准修订项目 1 项、教育部普通高中俄语课程标准测试项目 1 项、国家本科教学工程项目 1 项、北京市共建项目 1 项、校级教改项目多项。正在主持教育部指向性课题 1 项。讲授的主要课程包括：高级综合俄语、俄语视听说、汉译俄、俄语阅读、俄语写作、语言文化学、俄语修辞学等。

（王娟　李芳）

扫描二维码即可阅读全文

王立军：新时代赋予我们新的历史使命

推送时间：2017 年 10 月 30 日

“习近平总书记在十九大开幕式上的讲话对北师大、北师大文学院的发展都具有重要的指导意义。北师大正处在一流大学建设的关键时期，文学院也在加紧一流学科建设的步伐，肩负中国语言文学和语言学两个一流学科的建设重任。面对新时代、新方位和新使命，如何将十九大报告的精神落实到“双一流”建设当中是至关重要的。”

——王立军

书记卡片

王立军，文学院分党委书记、教授、博士生导师，汉字研究与现代应用实验室主任，教育部重点研究基地民俗典籍文字研究中心副主任。兼任教育部语言文字标准委员会汉字分技术委员会秘书长、国家语委语言文字标准审定委员会委员、北京市语委专家委员会委员、北京语言文字协会会长、国家《通用规范汉字表》专家工作组核心成员、国家社科基金重大项目首席专家。曾任河南师范大学中文系副主任、西藏大学文学院党委书记兼副院长（援藏）、安阳市教育局副局长（负责河南安阳中国文字博物馆的筹建工作）。曾获教育部“新世纪优秀人才”、宝钢优秀教师、北京市教学名师等荣誉称号。

1
新时代，新方位

师小萱：王老师，请问您怎么看待十九大报告提到“新时代”“新方位”呢?

王立军：我们要在十九大精神的指导下，回顾总结我们过去的发展历程，重新审视“双一流”建设方案以及“十三五规划”，确定新方位，找准新起点，站在新的高度展望我们未来的发展之路。

习近平总书记在十九大报告中所作出的一系列新论断，是文学院未来发展的重要依据。报告中提到的“新时代”和“新方位”，是两个非常关键的概念，对学校的发展具有重要的指导意义。

党的十九大从国家层面确定了我们国家发展的新的历史方位，从我们学校和学院的层面来看，我们此前已经制定了“十三五规划”以及“双一流”建设方案，现在我们要在十九大精神的指导下，认真总结我们过去的发展历程，重新审视“双一流”建设方案以及“十三五规划”，确定新方位，找准新起点，站在新的高度，展望我们未来的发展之路。

只有定位准确，找准起点，未来的发展才能更科学，更高效。特别是像中文专业这样的传统人文学科，与社会发展的关系十分密切，对国家的发展更应该有清醒的认识，更应该准确把握时代的脉搏，要在保持传统优势的基础上，明确定位，做出更加科学合理的发展规划。

2
新目标，新征程

师小萱：您觉得我们国家未来发展的“新目标”“新征程”对学校和学院的发展有什么意义呢?

王立军：“双一流”建设规划应该与国家的总体发展规划高度一致，既然国家已经有了明确的“时间表”，我们就应该与国家保持同步，修订我们的“双一流”建设方案，对时间节点进行微调，从而使学校和学院的发展融入国家发展的洪流之中。

富强、民主、文明、和谐、美丽的社会主义现代化强国，是十九大提出的新时代中国特色社会主义发展的“新目标”，我们党将领导全国人民朝着这一“新目标”开启“新征程”。

从全面建成小康社会到基本实现现代化，再到全面建成社会主义现代化强国，这种分两步走的现代化强国“时间表”的战略安排，体现了习近平总书记的高瞻远瞩和精心运筹。

第一个阶段是从2020年到2035年，目标是全面建成小康社会的基础上奋斗十五年基本实现社会主义现代化。

第二个阶段是从2035到本世纪中叶，目标是在基本实现社会主义现代化的基础上，再奋斗十五年，把我国建设成“富强、民主、文明、和谐、美丽”的社会主义现代化强国。

这个发展路线图让我们对国家未来的发展步伐有了清晰的认识。

“新目标”“新征程”对我们学校的“双一流“建设具有直接的指导意义。在此前我们制订的“双一流”建设方案中，近期目标是到2020年，中期目标是到2030年，远期目标是到2050年，这三个时间节点与十九大的两步走“时间表”相比，在中间点上有5年的时间差。

“双一流”建设规划应该与国家的总体发展规划高度一致，既然国家已经有了明确的“时间表”，我们就应该与国家保持同步，修订我们的“双一流”建设方案，对时间节点进行微调，从而使学校和学院的发展融入国家发展的洪流之中。

3
新思想，新理念

师小萱：您认为“新思想”“新理念”的“新”应该体现在学校和学科发展的哪些方面呢？

王立军：作为中文学科，要强调坚持走中国道路，要真正从中国语言和文学的本体出发，去总结本民族的语言理论和文艺思想，既不是盲目模仿古代、也不是一味崇拜国外，要在创新理念的引领下，在继承和借鉴的基础上谋求发展，走出一条真正属于自己的特色之路。

十九大对党章进行了修订，明确把习近平新时代中国特色社会主义思想写进党章，这表明，我们党近年来在理论建设方面取得了重大突破。习近平新时代中国特色社会主义思想是我们党近年来取得的重大的理论创新成果，作为这一新思想的重要组成部分，习近平总书记特别强调要坚持“创新、协调、绿色、开放、共享”的发展理念。这种新的理念是非常契合高等教育未来发展思路的。

近年来，我们国家一直在强调创新驱动，强调建设创新型国家，强调创新是引领国家发展的重要动力。高校作为以人才培养、科学研究、服务社会为主要任务的机构，创新就是生命和灵魂，没有创新就没有生存空间，固步自封就必然会落后。不管对于学校还是学院来说，如果没有危机感，不能时刻保持昂扬进取的姿态，就会为社会所淘汰。

作为人文学科的中文专业如何创新，确实是一个值得认真思考的问题。文学院是研究中国语言文学的，其创新思路和理工科一定会有差异。如何找到符合中国特色、符合学校特点、符合学科性质的创新之路，需要全体师生深入讨论。作为中文学科，要强调坚持走中国道路，要真正从中国语言和文学的本体出发，去总结本民族的语言理论和文艺思想，既不是盲目模仿古代、也不是一味崇拜国外，要在创新理念的引领下，在继承和借鉴的基础上谋求发展，走出一条真正属于自己的特色之路。

我们要有这样的创新意识，中文专业研究的内容是中国所特有的，像对甲骨文这样重要且独一无二的文化遗产的研究，是很少有世界经验可以借鉴的。如何传承这些古老文化并使之在当代发挥作用，我们只能自己摸索和探究，踏踏实实地从材料出发去总结和建构。这是文学院师生义不容辞的职责，也是时代赋予的历史使命。

4
青年强则国家强

师小萱：习近平总书记提到的“青年强则国家强”对于人才队伍建设有什么启示呢?

王立军：在学校和学院的“双一流”建设过程中，一定要把人才队伍建设工作放在突出的位置。要充分认识青年人才队伍储备的重要性，要有明确的思路和长远的规划，科学布局人才梯队，配足配强青年力量。青年是学校学院可持续发展的保障，没有优秀的后继人才队伍，就不可能有持久的高水平发展。

习近平总书记在十九大报告中特别强调了青年一代对未来国家发展的重要作用，他指出：“中国梦是我们这一代的，更是青年一代的，中华民族伟大复兴的中国梦终将在一代代青年的接力奋斗中变为现实。“这就启示我们，在学校和学院的“双一流”建设过程中，一定要把人才队伍建设工作放在突出的位置。

要充分认识青年人才队伍储备的重要性，要有明确的思路和长远的规划，科学布局人才梯队，配足配强青年力量。青年是学校学院可持续发展的保障，没有优秀的后继人才队伍，就不可能有持久的高水平发展。

从文学院内部的情况来看，大部分二级学科的人才布局是比较合理的，但仍然有部分二级学科面临着一些人才危机。要解决这个问题，需要学校加大人才引进和政策改革力度，更多地了解学院的人才队伍现状和需求，给学院更大的自主权，为学院人才队伍建设提供更多的方便和支持。

学院要想长远发展，必须解决人才储备的问题。现在学科建设靠单打独斗的时代已经过去，团队合作的优势越来越大凸显出来。所以，合理布局人才队伍，加快培养创新团队，应该作为学院一项最重要的工作去落实。

5
文化自信和学术自信

师小萱：您能从中文专业的角度谈一下我们的“文化自信”吗？

王立军：中国传统文化内容丰富，历史悠长，建设社会主义文化一定要从传统文化中汲取给养，而要想做到这一点，就必须很好地运用中国语言文字与文学这些文化载体。所以，作为中国语言文字和文学的研究者，我们要有充分的文化自信和学术自信，只有这样，才能为我们的研究提供更持久的力量。

一个国家，一个民族，要想屹立于世界民族之林，就必须有自信。习近平总书记在十九大报告中特别强调：“文化自信是一个国家、一个民族发展中更基本、更深沉、更持久的力量”“文化是一个国家、一个民族的灵魂，文化兴则国运兴，文化强则民族强，没有高度的文化自信，没有文化的繁荣兴盛，就没有中华民族伟大复兴”。由此可见，习近平总书记把文化自信和文化复兴提到了民族复兴的重要高度。

作为中文专业的教师，我们的研究对象就是中华文化的重要元素。中国的语言和文学都是中华文化的核心内容，语言是一切文化的载体，文字又是语言的书写符号，研究中国传统文化离不开中国的语言文字和文学。

“中国特色社会主义文化，源自于中华民族五千多年文明历史所孕育的中华优秀传统文化。中国传统文化内容丰富，历史悠长，建设社会主义文化一定要从传统文化中汲取给养，而要想做到这一点，就必须很好地运用中国语言文字与文学这些文化载体。”

作为中国语言文字和文学的研究者，我们要有充分的文化自信和学术自信，只有这样，才能为我们的研究提供更持久的力量。

文化自信和学术自信在另一个层面，就是要真正认识到中国文化的价值所在，不能盲目媚外。特别是在“双一流”建设的重任面前，中文专业应该认真思考究竟应该如何建设“双一流”？怎么才算真正的“世界一流”？是否能够直接用西方的标准来衡量？

我们认为，在世界一流建设目标的确定上，我们要树立民族自信，要更多地强调我们自己的话语权。我们要虚心向西方学习，但也不能盲目追随，要充分认识中文学科的独特性，认识到这种具有鲜明民族特色的学科与西方同类学科之间的差异，通过认真的研究去制定符合中文学科特点、具有中国特色的世界一流学科标准，真正体现出我们的文化自信和学术自信。

6
实现高等教育的内涵式发展

师小萱：请问您怎样理解“高等教育的内涵式发展”呢？

王立军：内涵式发展就是练好内功，扎实稳步地推进自身建设。“双一流”不是表面文章做出来的，而是靠大家齐心协力踏踏实实干出来的。

习近平总书记在报告中专门提到了“双一流”建设的问题：“加快一流大学和一流学科建设，实现高等教育内涵式发展。”虽然只有一句，却点中了要害，抓住了关键。内涵式发展就是要练好内功，扎实稳步地推进自身建设。“双一流”不是表面文章做出来的，而是靠大家齐心协力踏踏实实干出来的。

学院的首要任务是要把自己的学科发展好，而且要强调均衡发展，只让某一个学科“一枝独秀”不是健康的发展模式。这就需要我们认真做好顶层设计，按照学校的“构筑高原，打造高峰，突出主峰”的宏观布局，有针对性地制定学科发展方案，让强的更强，弱的变强，真正做到全面发展，齐头并进，快速步入世界一流和国际前沿的行列。

正如习近平总书记所说：“行百里者半九十。中华民族伟大复兴，绝不是轻轻松松、敲锣打鼓就能实现的。”我们的目标是明确的，理想是美好的，要想实现伟大梦想，就必须付出艰巨的劳动。全体师生应该做好这样的思想准备，牢牢抓住“双一流”建设所带来的历史机遇，在十九大精神的鼓舞下努力创新、砥砺前行，为实现中华民族“从站起来、富起来再到强起来的伟大飞跃”做出更大的贡献。

更多事迹

主要从事汉语言文字学的教学和研究。主要讲授汉字学、汉字学史、《说文》学、文献阅读、古代汉语、传统语言文字学方法论等研究生及本科生课程，主讲国家精品视频课程“中国语言文学课程导论”，参与讲授国家精品课程“古代汉语”。所主持的高校教改项目“汉语言文学专业研修式教学模式探索与实践”曾获北京市优秀教学成果一等奖、教育部优秀教学成果二等奖。

曾主持国家社科基金重大项目“基于国际化、标准化的古籍印刷通用字字形规范研究”、国家社科基金青年项目“宋金房山石经字形整理与研究”、教育部基地重大项目“民国以来碑刻文献电子典藏与属性描述”、《汉碑文字通释》、国家语委项目重点项目“汉语文本简繁转换的规范化研究”“《规范汉字表》对应繁体字、异体字字形整理与研究”、国家博士后基金项目“雕版印刷字形研究”，担任国家社会科学基金重大项目“新时期语言文字规范化问题研究”“《通用规范汉字表》8105 字形音义源流研究”子课题主持人，另外还参与新闻出版总署重大课题“中华大字符集创建工程”、国家科技支撑计划课题“汉字构形演化数字化技术与系统”等多项重大项目。其研究成果曾荣获教育部高校科研成果二等奖、北京市哲社优秀成果一等奖等多种奖项。

（王娟　李芳）

扫描二维码即可阅读全文

郭家宏：在新的历史起点上，重现师大辉煌

推送时间：2017 年 11 月 06 日

“习近平总书记对于社会矛盾转变的重大论断是十八大以来习总书记治国理政新理念、新思想、新战略的高度概括，可以说是马克思主义中国化的最新成就。”

——郭家宏

书记卡片

郭家宏，历史学院分党委书记，教授、博士生导师。中国英国史研究会理事，主要从事英国史、英帝国与英联邦史、欧洲一体化研究。1988 年，河南大学历史系毕业，1991 年，苏州大学历史系毕业，1999 年，南京大学历史系毕业，先后获历史学学士、硕士、博士学位。曾在意大利东方大学东方系（2002. 7－8），英国剑桥大学人口与社会结构小组（2005. 9－2006. 9），以色列特拉维夫大学（2010. 1），美国哈佛大学历史系（2014. 9－2015. 9）访学。

1
新时代、新使命、新思想、新征程

师小萱：在习近平总书记十九大报告中，有很多新提法、新观点。结合历史学院，您对此有何看法？

郭家宏：党的十九大是党和国家政治生活中的一件大事，是我们全面建成小康社会、中国特色社会主义进入新时代召开的重大会议。我觉得总书记的报告博大精深、大气磅礴、实事求是、振奋人心，是指引我们取得新时代中国特色社会主义建设伟大胜利的行动纲领、政治宣言，也是我们今后的行动指南。

对我们大家来说，印象深刻的是习近平总书记对于社会矛盾转变的重大论断。

大家小时候在课堂上背诵的社会矛盾是“人民日益增长的物质文化需要同落后的社会生产力之间的矛盾”。但改革开放以来，生产力不断发展，这一矛盾已经转变了。我国社会生产力已经不算落后了，比如基础设施方面，我们的高铁是世界一流。我曾到过美国，我觉得美国的基础设施建设就远不如国内。所以关于社会矛盾转变的这一判断是非常正确的，有利于下一阶段党和国家发展政策的制定。

我认为这一论断是十八大以来习近平总书记治国理新理念、新思想、新战略的高度概括，可以说是马克思主义中国化的最新成果。

师小萱：十九大召开后，历史学院举办了相关系列活动，请您详细介绍一下吧。

郭家宏：自十九大召开以来，历史学院的师生掀起了学习十九大报告的热潮。

大会当天，历史学院分党委组织全院师生一起观看了开幕式，并召开“学习十九大精神座谈会，建设世界一流学科”座谈会。

下一阶段，我们通过组织师生深入研读十九大报告原文，组织教师撰写系列理论文章，举办系列讲座、专题研讨等活动，深刻领会报告精神。

十九大精神必须要走进课堂。历史学院分党委要求每位党员领导作一次党课，给学生宣讲十九大报告精神，把报告内容学深学透。学好报告精神后，更重要的是要落实到行动中去。

2
不忘初心，砥砺前行

师小萱：郭书记，历史学院党建工作做得有声有色，有什么经验跟我们分享吗？

郭家宏：历史学院多年来非常重视党建工作。十八大以后，历史学院分党委在完善制度、真抓落实的基础上不断创新党建工作。

贯彻“党要管党，从严治党”，结合党章贯彻落实一系列制度。坚持党政工作责任制，例如党政联席会、政务公开、领导班子民主生活会制度、理论中心组学习制度等。首先从制度上真抓落实。

重视二级党校建设。开展了一系列针对青年教师、学生党员、入党积极分子等的培训课程。历史学院二级党校是北师大成立比较早的，从 1997 年到现在，经过 20 年的发展已经形成了较为科学、系统的课程结构。培训内容包括马克思主义经典著作研读、学习习近平总书记重要讲话、介绍入党基础知识等。讲座培训活动一般是一个学期举办 3 ~4 次，各个支部也会有自己的学习活动。

我们多次邀请学院老师和来自中央党校等国家机关单位的干部到校作讲座，比如邀请郑师渠教授做关于历史虚无主义的讲座。9 月 26 日，我们邀请了原国家环保部政策法规司司长、人事司司长，现中国生态文明建设研究与促进会执行副会长李庆瑞做了题为“生态文明与绿色发展”的专题讲座。10 月 16 号，十九大召开前夕，我们邀请了中国社会科学院当代中国研究所研究员王巧荣来校做了题为“习近平外交思想与实践”的专题讲座。总的来说，这些培训结合历史专业，又紧贴实际，比较受学生欢迎。

师小萱：历史学院党建工作的创新主要体现在哪些方面呢？

郭家宏：学生党建的创新主要体现在党员实践和组织方面。学生党支部举办了“讲好中国故事”活动，和 40 个实践小组一起与北京多所中小学校展开共建，走进学校讲好中国故事，弘扬中华优秀传统文化。“讲好中国故事”是将传统文化知识以喜闻乐道的形式传授给社会大众，同时学生也在这个过程中树立了文化自信。

我们先后到昌平区政法大学附属学校、北京师范大学附属实验小学等开展讲座。现在已经开展了 60 余场，社会反响还不错。这个活动也获得了 2016 年北京师范大学党建创新奖和大学生思想政治教育工作实效奖。

还有一些结合历史学院自身学科特点的品牌活动，像“首都大学生家史征文大赛”也在潜移默化中提升学生的思政素养。

师小萱：十九大召开后，历史学院进一步加强学院党建工作的计划有什么呢？

郭家宏：二级党校建设依然是工作重点。继续加强入党积极分子的培训教育，将“两学一做”学习教育常态化、制度化。

要大力开展党员意识教育，明确党支部的职责和定位。基层党组织建设也是不能放松的，特别是教师党支部的建设工作。继续支持离退休支部开展活动，尤其是和学生支部的共建活动，现在确定的活动有“听老党员解读十九大报告”和“发现身边的榜样”。

3
站在发展的十字路口，机遇和挑战并存

师小萱：十九大报告中提到了“双一流”建设，这对历史学院建设“双一流”有什么启发吗?

郭家宏：我特别注意到了报告中提到要推动世界一流大学建设，实现高等教育内涵式发展。在20世纪高等教育跨越式发展中，我们已经做到了精英教育向大众教育普及，但我们的质量和国外的名校相比还有很大的差距。虽然之前的“985”“211”建设确实对高等教育的发展起到了一定作用，但也给学校贴上了标签，给一些高校带来了不好的影响，比如产生了就业歧视，影响了部分同学就业。

现在国家提出“双一流”建设是我们高等教育向世界迈进的重要政策，我相信经过若干年的建设会有一批学校进入世界一流行列。最新发布的US News排名中，清北都进入了前100名。清华、北大是无法复制的，所以我们北师大的“双一流”建设更不能离开我们的特点，应该结合我们师范教育、文史见长的特色。

从历史学院来说，中国历史是历史学院的传统学科。学院大师云集、频出国家干部，有百年积淀，历史悠久，在全国高校学科排名中也是名列前茅。我们取得了一些成绩，也遇到了挑战。

建设一流学科需要一流人才。在人才引进问题上，北师大不占优势，特别文科更不占优势，很难满足优秀人才的薪资要求，这是我们还需要努力的地方。所以从具体建设上看，一是我们要积极接触各单位，加强人才引进。二是喝水不忘挖井人，一定要重新挖掘现有教师的工作积极性和科研热情。不能“找了女婿，忘了儿子”。

相比其他学科，我们“短小精悍”，仅靠六十多人就取得了三个一级学科、一个一流学科的好成绩，人均效益可以说是全国第一！正因学术名声是他们创造的，所以学院不能让他们心寒。如何建立人才激励长效机制是我们现在正在思考的问题。

习近平总书记在报告中还特别强调了要弘扬中华民族优秀文化，要有“文化自信”。现在历史学院也进入了“双一流”建设，因此具体怎么样弘扬中华优秀传统文化，做到文化的全面复兴，在这一点上我们大有可为。我们要依据习近平总书记的讲话精神，早日把历史学院建设成世界一流的历史学院。

4
我看北师大这五年

师小萱：新的五年就要开始了，您对过去五年和未来五年有什么想法吗？

郭家宏：过去五年，北师大取得了一些成就，例如顺利进入“双一流”行列、11 个学科进入一流学科行列。新校区建设如火如荼，更是培养了一大批优秀的学生。但是跟兄弟院校相比，我们是落后的。比如中国人民大学，过去我们是同一个水平的，但这些年来我们的硬件、软件建设水平较他们就落后了一些。这次巡视整改也指出了我们的问题，我相信新的领导班子组建之后，北师大未来五年结合“双一流”建设以及学校提出的“一体两翼”，昌平校区、珠海校区的建设，肯定能让北师大重现过去的辉煌！

师范教育不能丢。过去一段时间，我们一直在学校定位上摇摆不定，是师范类大学还是综合性大学。不过现在可以肯定的是，我们的教师教育不能丢。因为我们和其他一些老牌综合性大学没法比，所以更要强调学校师范教育的排头兵角色！特别是十九大报告中提出教育优先发展政策，这个政策对于北师大来说是非常利好的，我们可以充分利用国家的政策来大力发展教师教育。加之，我们本身的教师教育学科在全国都是名列前茅，实力很强，所以在这一方面我们是能够大有作为的。

最后，我相信未来五年北师大一定会取得更辉煌的成就！

（王娟　夏丹婷）

扫描二维码即可阅读全文

张润枝：正是天高云淡时，马院扬帆再起航

推送时间：2017 年 11 月 13 日

“在当前及今后的工作中，最主要的是要结合学校建设世界一流大学的发展目标，打造坚强有力的基层党组织，引导师生坚定理想信念，潜心研究马克思主义理论，努力建设一流学院、一流学科、一流思政课，为师大’双一流’建设贡献力量。”

——张润枝

人物卡片

张润枝，马克思主义学院分党委书记，教授，博士生导师，中国高等教育学会思想政治教育分会学术委员会委员。主要研究方向为思想政治教育、党的建设。曾获北京市教学名师奖，入选教育部全国高校优秀中青年思想政治理论课教师择优资助计划、全国思想政治教育中青年杰出人才支持计划，获评全国高校思想政治理论课教师 2015 年度影响力人物。

1
学习十九大精神：新时代中国特色社会主义“新”在何处

师小萱：张老师，最近党的十九次代表大会刚刚闭幕，大家都在争先恐后地学习党的十九大精神，能不能和我们分享一下您的一些学习心得呢？

张润枝：党的十九大的胜利召开是当前党和国家政治生活的一件大事，大会是在全面建成小康社会决胜阶段、中国特色社会主义进入新时代的关键时期召开的一次十分重要的大会。我自己在仔细研读了报告全文以后，一个总的体会就是：习近平总书记的报告立意高远、思想深刻、内容丰富，提出了一系列极富创见性的新思想、新论断，是新时代中国特色社会主义的开篇之作。

师小萱：张老师，您认为应该如何理解和把握“中国特色社会主义新时代”这一科学论断呢？

张润枝：我认为可以从以下几个方面理解：

1. 新时代基于新成就。十八大以来，我们党解决了许多长期想解决而没有解决的难题，办成了许多过去想办而没有办成的大事，推动党和国家事业发生历史性变革，这是进入新时代的起点和基础。

2. 新时代生发新判断。我国社会主要矛盾已经转化为人民日益增长的美好生活需要和不平衡不充分的发展之间的矛盾，这一新概括体现了党对社会发展阶段、新的时代特点的深刻把握。

3. 新时代确立新理论。新时代中国特色社会主义思想是马克思主义中国化的最新成果，为全党全国人民提供了行动指南。

4. 新时代开启新征程。报告指出，从十九大到二十大，是“两个一百年”奋斗目标的历史交汇期，我们将开启全面建设社会主义现代化国家新征程，向全国人民做出了未来国家前景的预期和展望。

5. 新时代提出新要求。报告从“四个伟大”论述了中国共产党在新时代的新使命，强调全面推进党的政治建设、思想建设、组织建设、作风建设、纪律建设，对党的建设目标有了新的更加全面的阐释。

师小萱：张老师，报告中习近平总书记指出，中国共产党人的初心和使命就是为中国人民谋幸福，为中华民族谋复兴，您如何认识中国共产党在新时代下所肩负的使命呢？

张润枝：习近平总书记说，进入新的时代，“我们比历史上任何时期都更接近、更有信心和能力实现中华民族伟大复兴的目标，全党必须付出更为艰巨、更为艰苦的努力。”报告以“四个伟大”阐释了新的历史条件下中国共产党应当肩负的使命与责任。强调，实现民族复兴的伟大梦想，必须进行具有许多新的历史特点的伟大斗争，必须推进党的建设新的伟大工程，必须推进中国特色社会主义的伟大事业。并且特别指出，其中其决定作用的是党的建设伟大工程。

报告用了最大的篇幅，全面论述了党的建设新要求，强调坚定不移全面从严治党，不断提高党的执政能力和领导水平，指出要全面推进党的政治建设、思想建设、组织建设、作风建设、纪律建设，把制度建设贯穿其中，深入推进反腐败斗争，不断提高党的建设质量，把党建设成为始终走在时代前列、人民衷心拥护、勇于自我革命、经得起各种风浪考验、朝气蓬勃的马克思主义执政党。这是对党的建设目标新的更加全面的阐释，向全党提出了明确的要求，以确保党始终成为中国特色社会主义事业的坚强领导核心，确保中国特色社会主义进入新时代，我们党有新气象、新作为。

2
宣传十九大精神：马院义不容辞的责任与担当

师小萱：张老师，当前及今后一段时间的工作中，马院会围绕学习党的十九大精神开展哪些工作呢？

张润枝：对于马克思主义学院来讲，宣传好党的十九大精神是我们义不容辞的责任与应有的担当。理论宣传的前提是我们自己必须把十九大精神学深学透，理论不彻底就无法说服人。

开幕式当天上午，我们就组织全体师生集体观看了直播，第一时间聆听学习了总书记的报告，并在随后举行座谈会，第一时间学习报告精神，交流心得体会。目前为止，各教师分支部、各学生分支部都各自进行学习十九大精神座谈会、报告会，十九大精神知识竞答等。下一步，学院将组织师生深入研究十九大在理论方面的重大创新，深刻认识十九大依据新时代作出的每一个重要论断，找准理论的热点、重点、难点，进行有针对性的理论学习，如组织支部书记讲党课、师生理论沙龙、十九大精神研讨会、十九大精神进课堂等。

师小萱：那么，张老师，除了我们自身的理论学习外，马院有没有发挥自己的理论研究优势去做一些理论宣传工作呢？

张润枝：当然是有的。早在十九大开幕前，我们的理论研究宣传工作就已经陆续开始了，我们一些老师已在主流媒体发表了不少理论文章，对党的十八大以来以习近平总书记为核心的党中央治国理政的新思想新理念新战略进行不同层面的研究探讨，为做好眼下十九大的理论研究宣传工作奠定了一定的基础。十九大召开后，马院的老师们又及时撰写理论文章，对报告中的新思想、新论断进行深入探讨。据不完全统计，目前马院教师在光明日报、光明网、人民论坛网等各大主流媒体发表十九大精神解读文章已有 10 余篇。另外，我院多名教师参加了学校十九大精神理论宣讲团，赵朝峰老师还被选为北京高校学习贯彻党的十九大精神宣讲团成员。老师们已经在校内外进行了多场宣讲，受到广泛好评。同时，以学院研究生为主体的“求索学社宣讲团”，也将在校内外开展宣讲活动。7 名学生参加了北京市组织的十九大精神博士生宣讲团。

师小萱：张老师，您能不能具体给我们介绍一下求索学社宣讲团的情况呢？

张润枝：求索学社是马克思主义学院的一个学生理论社团，2016 年曾获得全国大学生百佳理论学习社团称号。2001 年 7 月 1 日求索学社宣讲团正式成立，主要由我们的硕士、博士研究生组成，聘请学院教师对宣讲内容、方式进行指导，积极面向各兄弟院系以及社区基层单位宣传党的理论方针政策。从“学习党章党规，坚定理想信念”到“学习习近平总书记系列重要讲话”，从“培育和践行社会主义核心价值观”到“习近平的治国理政思想”等等，紧扣时代脉搏，坚持用理论的魅力感染群众。

党的十九大胜利召开后，宣讲团又及时组织十九大精神宣讲，围绕《新时代党员的根本遵循——党章》《认识新时代，勇做新青年》《新时代青年与社会主义核心价值观》等主题进行宣讲，硕士生冯楠楠参加了市委教育工委组织的“90 后大学生眼中的十九大”人民网线上直播宣讲展示活动。

师小萱：张老师，马院承担着全校的思想政治理论课教学任务，您能介绍一下学院是怎样推进十九大精神进课堂的吗？

张润枝：十九大报告明确了新的历史方位，给全党和全国人民绘制了蓝图、明确了方向，提出了目标。这要求高校思想政治理论课着力推进十九大精神进课堂，进学生头脑，引导青年学生将自身的发展与新的时代结合起来，坚定“四个自信”，在以习近平同志为核心的党中央领导下，为夺取新时代中国特色社会主义伟大胜利、实现中华民族伟大复兴的中国梦而不懈奋斗。

学院积极推进十九大精神进课堂工作。一方面，各门课主讲教师都在第一时间将十九大精神带到课堂，与学生学习、讨论，并邀请相关专家进入课堂为学生深入解读十九大精神；另一方面，学院充分利用现代化信息手段，通过各门课程的微信平台及时推送十九大精神学习素材。如思想道德修养与法律基础课微信平台“木铎思享”在十九大开幕前后创作了“数说十九大”系列图文作品，包括《大数据带你了解中国共产党历次全国代表大会》《数说中国共产党十九次全国代表大会开幕式》《数说改革开放以来历次党代会报告的变化》等，运用学生所喜闻乐见的图文形式将学习生动化、具体化，与学生线上线下互动交流。

3
落实十九大精神：抓好基层党建，助力“双一流”建设

师小萱：张老师，为贯彻落实党的十九大精神，马院分党委在接下来的工作中会有哪些规划呢？

张润枝：十九大报告明确指出，要把基层党组织建设成为宣传党的主张、贯彻党的决定、领导基层治理、团结动员群众、推动改革发展的坚强战斗堡垒。我想在当前及今后的工作中，最主要的是要结合学校建设世界一流大学的发展目标，打造坚强有力的基层党组织，引导师生坚定理想信念，潜心研究马克思主义理论，努力建设一流学院，一流学科、一流思政课，为师大“双一流”建设贡献力量。

分党委将立足学院整体工作，与行政班子一起对学院发展做好长远规划，特别是全国重点马克思主义学院建设规划，协调统筹各方面资源，打造国内一流的马克思主义理论研究教育宣传和师资培养基地；我们将着力加强支部建设，配齐配强支部书记，加强支部书记的培训，努力提升基层支部的组织力和政治引领能力，坚决防止基层党组织出现“宽、松、软”的弊病；我们将进一步规范和创新党组织活动形式，严格党内政治生活，根据教师、学生、离退休支部的不同特点设计工作内容，突出政治功能，按照十九大的要求，发挥支部直接教育党员、管理党员、监督党员和组织群众、宣传群众、凝聚群众、服务群众的职责，引导党员发挥先锋模范作用。我们将着力加强师德建设，通过多种学习、培训活动，引导教师遵守师德规范，爱岗敬业，争做“四有好老师”。

在青年教师和学生党员的培养上，马克思主义学院特别注重发挥离退休党员传帮带的作用。学院有一大批参加过革命斗争、理想信念坚定、对党忠诚、终生乐教的老教师，他们身上的人格魅力不会因其退休而褪色，相反，经过岁月的沉淀而愈发闪耀。我们组织学生采访离退休老教师，编辑离退休教师访谈

录，组织学院关心下一代工作委员会，就是要让年轻师生从老教师们身上汲取做人与治学的坚强力量。

师小萱：张老师，立德树人是高校的根本任务，那么马院将如何在立德树人的实践中贯彻落实党的十九大精神呢？

张润枝：习近平总书记在党的十九大报告中强调："要全面贯彻党的教育方针，落实立德树人根本任务，发展素质教育，推进教育公平，培养德智体美全面发展的社会主义建设者和接班人。"无论是马院自身的马克思主义理论人才培养也好，还是思想政治理论课也好，都必须把立德树人、培养合格的社会主义接班人这一根本任务与目标贯穿育人与教学的全过程，这是具有根本性、前提性的不可动摇的原则。学院始终突出政治引导，注重培养学院研究生的马克思主义学科气质，注重教师师德建设，涌现出一批模范尊重师德规范、教学效果突出、深受学生欢迎的好老师。

师小萱：张老师，您能否结合人才培养、思政课教学等给我们具体介绍一下？

张润枝：就人才培养而言，马院坚持以培养具有马克思主义理论素养的高质量研究生为育人宗旨，始终把党建和思想政治工作挺在前头，注重加强对学生的思想引导，提升学生的学科自信，使学生"在马读马，在马言马，在马信马"，培养真正能懂马列的、知马列的、信马列的、言马列的理论人才。我们重视学生马克思主义理论基础课程的设置与考核，坚持过程性思维培养学生、通过各种途径拓提升学生学术能力，注重学生社会实践能力的锻炼。2008 年以来我们共培养硕士生 461 人，博士生 147 人，学生就业率 100%，大多数学生进入了党政机关、高等学校、国有大中型企业，以及各省市重点中学工作。

就思政课教学而言，多年来马院做出了很好的成绩，在全国具有十分重要的影响，全国学科评估中排名第六，先后获批了北京高校中国特色社会主义理论研究协同创新中心、全国重点马克思主义学院等重要称号。在我看来，取得这些成就的原因首先得益于我们拥有一支非常优秀的老中青结合的师资队伍。我们的老教师非常令人敬佩，他们对思政课怀有极高的热情与责任心，对教学投入大量心血。比如姜威老师虽然已经退休，但依然坚持为学生讲授中国近现代史纲要课。他的包里永远背着教材、教案、学生名单，这件事对他很重要，走到哪儿背到哪儿。姜老师有深厚的学养，丰富的教学经验，深刻的理论思考，他的课堂贯穿历史、现实与理论，引导学生透过历史看规律，又通过规律认识现实，收到师生的高度评价。

在老教师的影响和带动下，近年来我们的中青年教师成长很快，学院拥有 3

人获批北京市教学名师，4 人入选全国高校思想政治理论课年度影响力标兵人物和影响力人物，2 人入选教育部思想政治理论课择优资助计划人选、1 人入选教育部思想政治教育中青年杰出人才支持计划。2 人主持北京市思政课名师工作室，获批北京高校思政课特级教授 4 人，特级教师 4 人，教育部思政课教学标兵、教学能手 2 人。已经建成了一支在全国思想政治理论课教学中具有重要影响力的教师队伍。

学院教师注重对教学内容和教学方法的研究。近年来编写了一大批思政课教学指导用书，如《本科思想政治理论课系列教案》（4 本），《思想政治理论课教学文库》（7 本），《思想政治理论课教学研究案例》（4 本）等，受到广泛好评。在教学方法上，充分利用现代化信息手段，各门课程建立移动课堂，拓展思想政治理论课教学的时空维度。“木铎思享”等思政课微信平台在全国产生了较大的影响；我们还通过举办学生午餐会、教学活动月、研究性学习等方式，丰富教学形式，如已举办两届的“思享杯”课程大赛和演说大赛，受到了师生的一直好评，教育部网站给予了专门报道。今后我们将深入贯彻十九大精神，坚持立德树人，按照“四有好老师”的标准，打造高素质的教师队伍，支持教师深耕教学内容，丰富教学形式，努力提高教学的亲和力和针对性，增强学生思想政治理论课的获得感。

（王娟　刘国瑞）

扫描二维码即可阅读全文

卢忠林：聚焦发展，团结一致共奋进

推送时间：2017 年 11 月 23 日

“化学学院把学习、贯彻、落实十九大精神与学院的人才培养、科学研究及社会服务工作紧密结合起来，做好学院未来发展。”

——卢忠林

书记卡片

卢忠林，化学学院分党委书记，教授，博士生导师。曾留学德国、瑞士和加拿大。2008 年入选教育部“新世纪优秀人才支持计划”，2009 年教育部双语示范课程项目主持人，2015 年获得“宝钢优秀教师奖”，2016 年获得北京师范大学优秀分党委书记称号，2017 年获得北京市高等学校教学名师奖。教学方面一直主讲本科生“基础有机化学（双语）”，“生活化学实验及原理（优质通识课）”等课程，负责博士生学位基础课程“化学前沿与逃战”。研究方向为生物有机和化学生物学，包括非病毒基因载体设计和超分子仿生组装，主持国家自然科学基金面上项目三项。已在 J. Am. Chem. Soc.，Chem. Rev.，Angew. Chem. Int. Ed，Org. Let.，Org. Biomol. Chem. 等期刊发表论文 100 多篇，他引 2000 多次。在工业废水处理和药物标准品制备方面有较为丰富的经验。

1
聚焦十九大：发自内心的学习，发自内心的贯彻

师小萱：作为化学学院的分党委书记，您对十九大报告中的一些新观点新思想是如何看待的呢？十九大之后，化学学院在学习十九大精神，贯彻落实十九大要求方面都展开了哪些活动呢？

卢忠林：对于此次中共十九大的召开，学院十分重视。会议当天，师生共聚学院，观看了九点到十一点多的电视直播。报告中不仅对十八大以来砥砺奋进的五年作了系统总结，更重要的是对中国未来的发展做了非常好的规划。生动翔实的发展前景描绘给人以极强的紧迫感和奋战干劲儿，鼓舞人心。

十九大开幕的当天下午，化学学院便组织学院分党委成员学习报告，随后召开包括全体支部书记的扩大会议，就十九大报告和会议精神进行学习和工作布置，同时召开了多次以学习十九大精神为主题的座谈会。全院教师和学生党员们一致认为党的十九大报告进一步指明了党和国家事业的前进方向，是我们党团结带领全国各族人民在新时代坚持和发展中国特色社会主义的政治宣言和行动纲领，是一份具有思想性、启发性的工作指南。

我们要做的，就是把学习、贯彻、落实十九大精神与学院的人才培养、科学研究及社会服务工作紧密结合起来，做好学院未来发展。我们还邀请了党的十九大代表、中国科学院理化技术研究所所长、我校87届化学系校友张丽萍教授作了题为“责任成就梦想——学习党的十九大精神专题报告”的报告。党代表对会议的直观感受和发自内心的思考以及工作上的创新精神对化学学院师生的思想认识来说是一次激励和提升。

2
聚焦党建：团结一致共奋斗

师小萱：过去五年不仅是党的十八大到十九大跃进的五年，也是学校十二次党代会到十三次党代会跃进的五年。化学学院这五年党建工作成就与亮点有哪些呢？

卢忠林：从2013年接任化学学院分党委书记以来，我们的工作成效主要有以下几个层面：

1. 党政配合，凝聚人心共奋斗。学院党政十分团结，行政在党建经费、场

地建设、活动参与等方面积极支持分党委工作；分党委在师生党建、师德学风、学院和谐稳定方面努力工作，为学院和学科快速发展提供坚强的政治保证、思想保证和组织保证。

2. 集思广益，三会配合保民主。四年来，每年年终党政领导述职大会后学院会组织研讨会，让教师们积极为学院工作建言献策。从 2009 年开始，每年的二级教代会是学院发扬民主、加强沟通的重要渠道。每年学院的暑期工作研讨会上，党政联席会议成员包括工会主席、实验中心主任，就自己分工向大家介绍一年来有关工作，广大教师热烈讨论、积极交流。在会上我们也邀请校内外知名专家和职能部处人员作报告，提高认识，凝聚发展。

3. 健全机制，制度保障促发展。有章可循、有法可依，大到一个国家小到一个学院，都是工作顺利进行的基本保障。十八大以来，学院在党建思政、消防安全、工会团学各方面规章制度建设不断完善，定期的党政联席会议、分党委会议、教授委员会会议等把关学院和学科发展方向。

4. 师生融合，围绕中心抓党建。我们开展以结对子的方式促进师生党支部共建和分党委委员进学生支部的党建活动，有关活动为师生交流乃至跨专业共享提供了更便利的平台，创造了新的途径和条件；而以党建政治为主题，引导师生树立正确的价值观和政治理念，对科研的深入开展和学生的科研创新培养也十分重要。结对子的活动方式也较为多样，可以是一起理论学习，也可以一起交流参观，老师作报告，学生做演示实验等。

3
聚焦“双一流”：遗憾背后的砥砺奋进

师小萱：您对“双一流”建设有什么样的看法和解读呢？

卢忠林：化学虽没能进入学校一流学科建设行列，但这并不影响我们对学科建设的宏伟规划和努力。化学学科发展注重以下几点：

教学方面。学院十分重视教学和人才培养，化学学院建设有七个教学团队，以团队力量加强配合，将教学工作落到实处。学院一直大力支持化学教育工作，保障作为师范院校化学教育的排头兵地位。2014 年学院获得国家级教学二等奖。

杰出人才队伍建设。化学学院有三名院士、两位长江学者、两位国家千人计划、两位国家万人计划、十位杰出青年、一位国家级教学名师，四位北京市高等教育教学名师，三位优青，五位青年千人以及很多踏实奋斗在教学与科研第一线的教师。杰出的人才队伍为学院快速可持续发展做出了贡献，也为诸多成绩的取得奠定了基础。引进人才和培养人才这两方面不仅是以前工作的重点，也会是以后工作的中心。

平台建设。科研平台对化学学科发展至关重要。令人高兴的是近几年化学学院的发展势头十分良好。2014 年放射性药物教育部重点实验室顺利通过评估，同年国家级虚拟仿真化学实验教学中心成立，2016 年北京市能量转化与储存材料重点实验室被评为优秀，同时我们拥有实力雄厚的理论与计算光化学重点实验室和国家级化学实验教学示范中心。这些平台的建设和发展为北师大化学学院的科学研究、人才培养以及社会服务奠定了坚实基础，为未来发展提供了有利保障。

科研成果。近几年化学学院科研成果不仅在数量上显著增加，更重要的是质量上的提升。方维海院士领头的理论化学近年取得大量喜人成就，受到国内外的关注；能量储存和转化材料、超分子、仿生化学等领域贡献在国际上暂露头角。综合全面的质量提升是真正意义上的学科发展。

社会服务。一方面是科普服务，学院依托两个实验教学中心成立科普园地，给北京市中小学生进行科普教育，获得好评。另一方面是成果转化，学院在感光材料、能量储存和能量转化材料、放射性药物成果转化等方面成绩突出。科学普及、科研成果转化，体现了科学研究的社会价值，也是化学学院致力于服务国家创新发展战略的一点努力。

4
聚焦发展：以五年为期的展望

师小萱：北师大十三次党代会召开在即，您对学院未来五年的发展有何想法?

卢忠林：化学学院过去五年的发展，呈现一种全方位的良好态势，这得益于全院师生的共同奋斗。但成绩已经是过去式，未来学院如何发展，向哪里努力才是如今最重要的事情。我觉得未来化学学院的发展要聚焦以下几个方面：

一是党建方面。学院党建工作要立足国家大背景要求，增强四个意识、四个自信和四个服务建设，尤其是四个意识。以四个意识建设为根本，将四个自信融于其中，潜移默化，最终转化为四个服务的行动，以高校服务社会是未来五年学院党建工作的基本要求。

学院党建要跟紧国家大形势，无论是科研教学还是学生培养，都要将党建与学科建设相勾连，将党建工作落到实处。过去的传统优势不能丢失，而未来五年我们要更加以党建活动与学科紧密联系为契机大力调动师生积极性，促进学科更迅速地发展。

二是科研团队和教学团队建设。团队建设是我们的特色，也是我们未来努力的方向和追求。以强有力的带头人和有梯度的人才组建科研与教学团队，是未来五年学院深入拓展的关键所在。

三是加强科研成果转换。实验室的科研创新要转化为成果，成果进一步转化为技术和产品，只有我们走出去将科研成果不断转化，才能增强国际竞争力，才能真正为国家和社会服务。未来五年，这一理念需要时刻烙印在化学学院每一位师生心中。

于我个人而言，只有以身作则才能带领好学院发展。学院领导干部大多是双肩挑，教学科研与党建一个都不能拉下。优秀分党委和优秀分党委书记的当选是学校对过去工作的肯定，而只有热心于这份工作，热爱这份工作，才能有担当有脊梁把学院工作做好。

（王娟　李安诺）

扫描二维码即可阅读全文

梁迎修：发展和完善中国特色社会主义法治理论是义不容辞的责任和使命

推送时间：2017 年 12 月 04 日

“党的十九大报告为中国的法治建设和法学理论研究指明了方向，发展中国特色社会主义法治理论，应是当下中国的法学研究工作者的一项重要使命。”

——梁迎修

个人卡片

梁迎修，法学院党总支书记，教授、博士生导师。兼任北京市法学会法理学研究会副会长、北京市法学会影视娱乐法研究会副会长，中国行为法学会行为法学基础理论研究会副会长。1994—2001 年期间就读于中国政法大学，先后获得法学学士和法学硕士学位；2001—2004 年就读于北京大学法学院，获得法学博士学位；2004 年至今任教于北京师范大学法学院；2009 年 9 月—2010 年 9 月期间获国家留学基金委资助在美国康奈尔大学法学院访学一年。

主要研究领域包括法理学、法社会学、法律方法论、法制现代化、司法改革、信访法治化等学术领域。代表作有《法官自由裁量权》《英美法系法律方法研究》《法学方法论问题研究》和译著《不确定状态下的裁判：法律解释的制度理论》等学术著作 4 部，在《法学研究》《政法论坛》等学术刊物发表文章数十篇，主持国家自然科学基金项目 3 项，司法部、教育部和中国法学会部级科研项目 3 项。

1

提炼法治的本土经验，发展法治的中国理论

师小萱：梁老师，作为一名高校法学专业的教师，您对十九大报告中关于全面推进依法治国的论述有哪些方面的感触呢?

梁迎修：党的十九大报告进一步指明了党和国家事业的前进方向，是我们党团结带领全国各族人民在新时代坚持和发展中国特色社会主义的政治宣言和行动纲领。作为一名高校法学专业的教师，十九大报告中关于全面推进依法治国的论述让我感触很深。

十九大报告中指出，“坚定不移走中国特色社会主义法治道路，完善以宪法为核心的中国特色社会主义法律体系，建设中国特色社会主义法治体系，建设社会主义法治国家，发展中国特色社会主义法治理论。”这为中国的法治建设和法学理论研究指明了方向，发展中国特色社会主义法治理论，应是当下中国的法学研究工作者的一项重要使命。

自近代以来，中国的法律现代化走的是一条追仿型的发展道路，借助大规模的法律移植，我们得以快速地学习西方的先进经验，在较短时间内推动了中国法律制度的完善和进步。长时间的追赶和模仿使得我们的法治实践和法治理论都深受西方法律文化的巨大影响，而且在强势的西方法律文明面前缺乏应有的话语权。随着中国法治建设的逐步深入，我们日益发现，一方面中国的法治实践往往无法在西方的法治理论框架中做出有说服力的解释，而且中国法治建设的成功经验经常难以得到西方主流理论的足够重视和公正评价。如果这种局面不能得到改变，我们的法治理论就难以实现对西方理论的突破和创新，同时也无法为中国的法治实践提供有力的智力支持。

在过去的数十年间，中国在法治建设领域取得了一系列重大成就。法治领域的不断进步为中国经济的腾飞和社会进步提供有力的保障。在此过程中，中国的法治建设也开始逐步由模仿和追赶转向自主和创新。随着中国模式的优势不断得到实践证明，我们有理由和底气变得更加自信。评价中国的法治道路、理论、制度和文化，不应该以是否契合西方模式为标准，而应该以是否能够有

效解决中国问题为标准，中国是一个有影响力的世界大国，能够解决中国问题的成功经验本身就具有普遍意义。

作为法学研究工作者，应当加强对法治的基础理论和和复杂现实的深入研究。在继续甄别和借鉴世界上优秀法治文明成果的同时，应当投入更多的精力来关注中国本土的法治实践，对中国特色社会主义法治实践的规律和经验进行科学的理论提炼，不断发展和完善中国特色社会主义法治理论，用正确的法治理论来指导我国的法治实践和培养法治人才。我们应该对中国的历史文化、体制机制和国情的特殊性和复杂性有深刻的认识，同时对中国自身的优势和经验有高度的自信和底气。通过不断地提炼法治的本土经验，逐步发展和完善法治的中国理论，努力提升社会公众对法治的中国道路、中国理论、中国制度和中国文化的认同和自信。

2
发挥党建引领作用，促进学院全面发展

师小萱：您认为十九大报告中提到的“新目标”和“新征程”对我们学校发展会产生什么样的影响呢？

梁迎修：十九大的主题就是“高举中国特色社会主义伟大旗帜，决胜全面建成小康社会”。习近平总书记在报告当中提出了我们国家未来发展的“新目标”和“新征程”，我们要在这样目标的推动下开始新的征程。

总书记在报告中提到，从十九大到二十大，是“两个一百年”奋斗目标的历史交汇期。从2020年到本世纪中叶可以分两个阶段来安排，把我国建设成富强民主文明和谐美丽的社会主义现代化强国。第一个阶段是从2020年到2035年，第二个阶段是从2035到本世纪中叶，第一个阶段目标是全面建成小康社会的基础上奋斗十五年基本实现社会主义现代化，第二个阶段目标是在基本实现社会主义现代化的基础上，再奋斗十五年，把我国建设成富强、民主、文明、和谐、美丽的社会主义现代化强国。

“两个一百年”发展目标让我们对国家未来发展有了清晰的认识，“双一流”建设和国家的发展目标的关系是非常密切的。我们制定的“双一流”建设近期目标是到2020年，中期目标是到2030年，远期目标是到2050年。既然国家有明确的阶段性发展规划，我们就可以和国家同步，修订我们的“双一流”建设方案调整阶段。“新目标”“新征程”，对我们学校“双一流”建设有直接的指导意义，有利于学校和学院的发展融入国家发展的洪流中。

师小萱：您对学校以及法学院在未来“双一流”建设中有什么展望呢？

梁迎修：建设世界一流大学和一流学科，是党中央和国务院作出的重大战略决策，亦是中国高等教育领域继“211 工程”“985 工程”之后的又一国家战略，有利于提升中国高等教育综合实力和国际竞争力，为实现“两个一百年”奋斗目标和中华民族伟大复兴的中国梦提供有力支撑。

北师大根据国家“四个全面”战略布局和“双一流”建设总体部署，坚持以国家重大战略需求为导向，以中国特色、世界一流为核心，以立德树人为根本，制定了“铸就主峰、营建高峰、构筑高原”的世界一流大学建设策略。通过实施主峰计划，倾心铸就教师教育“珠穆朗玛峰”；通过实施高峰计划，全面营建十一个世界一流学科；通过实施高原计划，着力构建六大学科群。在北师大的双一流建设规划中，法学学科属于六大学科群中的国家治理与社会发展学科群。

自 2005 年成立刑事法律科学研究院，2006 年成立法学院以来的十余年间，在学校的大力支持下，在全体师生的共同努力下，北师大法学学科实现了跨越式发展，目前已经跻身于国内法学院的第一梯队。在 2014 年的 QS 法学学科排行榜上位居全球第 101 ~ 150 名区间内，高居中国大陆地区高校前 5 名；2017 年的 QS 法学学科排行榜上位居全球第 151 ~ 200 名区间内，仍居于中国大陆地区高校前 8 名。当然，同国内的北京大学、清华大学等高校的法学学科相比仍有不小差距，仍然存在法学二级学科发展不均衡、办学特色不明显等不足。

法学院在未来发展中，将致力于加强与教育学、心理学、环境科学等学校优势学科的合作，推进法学与其他学科的交叉学科研究；同时顺应社会发展趋势，开辟对法学新兴领域的研究，如互联网法律治理、人工智能与法律发展等领域的研究。我们将继续坚持高起点、研究型、国际化的发展战略，致力于将法学院建成国内一流、国际知名的法学教学科研机构，为学校的“双一流”建设，为国家的法治事业进步作出应有贡献。

3

立德树人，德法兼修，培养高素质法治人才

师小萱：您认为法学专业的老师如何开展思政教育工作会比较有成效呢？

梁迎修：思想政治工作在人才培养中承担着重要作用。2016 年 12 月 7 日，习近平总书记在全国高校思想政治工作会议上的重要讲话中强调，高校思想政治工作关系高校培养什么样的人、如何培养人以及为谁培养人这个根本问题。

要坚持把立德树人作为中心环节，把思想政治工作贯穿教育教学全过程，实现全程育人、全方位育人，努力开创我国高等教育事业发展新局面。2017 年5 月3 日，习近平总书记在中国政法大学考察时的重要讲话中指出，中国特色社会主义法治道路坚持依法治国与以德治国相结合。

在法学教育中，也应当坚持立德树人，德法兼修。不但要提高学生的法学知识水平，还应该致力于提高学生的思想道德素养。作为高校法学专业的教师，自身应当成为有理想信念、有道德情操、有扎实学识和有仁爱之心的四有好老师，带头践行社会主义核心价值观，多用正能量鼓舞激励学生，培养出德才兼备的高素质法治人才。

师小萱：法学院未来对于师资队伍建设有什么计划呢？

梁迎修：大学的竞争其实就是人才的竞争。人才问题始终是高校改革与发展的核心问题和头等大事，谁拥有了人才，谁就可能在竞争中取胜。法学院的学科发展前景在很大程度上取决于师资队伍的水平和竞争力。

2006 年法学院成立以来，不断加强师资队伍建设，引进了许多青年才俊，因此师资队伍整体上比较年轻，迄今为止只有一位教工退休。但是我们经过仔细分析师资队伍结构以后，发现在大约三到五年以后，法学院每年都将会有数名教师退休。因此法学院从现在开始将会进一步加大人才引进和青年教师培养支持力度，加强师资队伍的梯队建设，为法学学科的长远发展奠定良好的师资基础。

（王娟　李芳）

扫描二维码即可阅读全文

唐仲伟：依规治院，建设一流数学学科

推送时间：2017 年 12 月 11 日

“作为一名共产党员，作为党的一名基层干部，就要永远怀着‘为人民服务’这个初心，正如习近平总书记在十九大报告中提到的‘不忘初心，牢记使命’，只要我们努力用共产党员的标准要求自己，就能够客服一切困难，完成我们的工作。作为学院分党委书记，更要有坚定的信念，勇于担当，承担起应有的责任。”

——唐仲伟

书记卡片

唐仲伟，数学科学学院分党委书记、教授、博士生导师。2004 年 7 月从中国科学院数学与系统科学院获得博士学位，毕业后在北京师范大学数学科学学院工作至今。2007 年 9 月 30 日 –2009 年 10 月 1 日，作为洪堡学者在德国吉森大学访问两年。在本科生教学方面，主要承担数学科学学院《数学分析》的教学工作。在研究生教学方面，承担《偏微分方程》及《临界点理论及应用》的教学工作；在科研方面主要从事非线性分析及在偏微分方程中的应用的研究工作，比如薛定谔方程的稳态解的研究等。

1
学习十九大精神，数科院一直在路上

师小萱：唐老师，您有哪些十九大报告学习心得体会与我们分享呢？

唐仲伟：2017 年 10 月 18－24 日，中国共产党第十九次全国代表大会在北京召开，这是党的一次非常重要的会议。而大会传递出的十九大精神将是我们今后一段时期的行动指南，也是我们今后认真学习并深入贯彻落实工作的精神指南。

10 月 18 日上午开幕式上习近平总书记作完十九大报告后，我就详细翻阅了根据录音资料整理的报告内容，也重点关注了新华社和人民日报关于十九大报告的解读。通过认真学习十九大报告，并经过数学科学学院分党委理论中心组的充分座谈研讨，我们认为十九大报告可以说是一篇非常“接地气”的报告。报告全文三万多字，囊括了中国发展过程中需要注意到的方方面面的事情。作为大学老师我们格外关注了报告中关于教育的规划设计，从教育角度来讲，报告里提到了建设世界一流大学、建设世界一流学科，也提到了基础教育、继续教育等方面。对于我们从事教育工作的党员们来讲，报告中提到教育优先发展这一点让我们感到非常振奋。

从宏观上讲，报告里提到了中国正处在新的历史方位上并提出中国特色社会主义进入了新时代。这些年，随着国家经济的腾飞，综合国力的提升，每一位中国人都随着国家的砥砺前进而自我成长着，可以说我们在切身感受着国家的诸多变化，最直接的感受无外乎是基于物质财富增长后衍生出的对丰富的精神世界的追求。党在这样一个特殊的历史节点提出社会主要矛盾发生变化并用“新时代”来命名这一新的历史时期，确实是一个非常重大的论断，也令我们感到非常鼓舞。而十九大报告中提出的习近平新时代中国特色社会主义思想，是中国特色社会主义理论体系在新时代下的指导思想，这将是我们今后理论学习的主要内容。我们需要在学习座谈会上深刻领会习近平新时代中国特色社会主义思想提到的“八个明确”和“十四个坚持”，尤其是其中放在首位的“党领导一切”，这对于我们以后的诸多工作都具有重大的理论指导意义。

在十九大开幕的当天，数学科学学院分党委组织学院师生代表共同观看开幕式直播，学院理论学习中心组也在开幕式结束后就十九大报告内容召开专题会议和全体教师大会，以期通过多种方式和渠道全方位多角度地学习十九大报告中的精神。学院随后还开展了多种形式的党建学习活动，进一步组织师生深入学习十九大报告内容，加深对十九大报告的认识和理解。

2
强化学院党建，要坚持依规治院

师小萱：作为学院分党委书记，对于学院的党建工作有什么经验可以分享吗？

唐仲伟：数学科学学院目前的党建工作主要是集中在深入贯彻落实党中央“两学一做”学习教育活动常态化制度化建设要求，并在学校党委的领导和指导下密切结合十九大精神的学习教育活动来开展。

2016 年学院分党委换届，我开始担任学院分党委书记。此时正值全国范围内深入开展“两学一做”学习教育活动的重要时期。我们结合学校党委的部署安排，经常性地开展党性学习教育活动。通过合理的党支部活动计划规划，力争保质保量地完成每个月一次的党支部活动。学院分党委共有 270 多名党员，一个离退休党支部、三个在职教工党支部、三个博士生党支部、三个硕士生党支部和一个本科生党支部。在学院分党委指导下，各支部切实开展了一系列扎实有效的活动。特别是 2017 年以来，学院分党委秉持教师党支部每月至少组织一次活动的党建原则，在每月初由组织委员督促检查各党支部上月活动开展情况，切实严抓党内政治生活建设工作。

师小萱：您是如何将党建工作与思想政治教育、人才培养工作相结合的呢？

唐仲伟：学院分党委作为党的基层组织的重要部分和党建工作的抓手，首要任务是抓党建。但是从学院自身发展的角度来讲，学院分党委并不只是作为只抓党建的组织存在。十九大报告里明确指出：党领导一切。国家和学校也提倡“一岗双责”，这就意味着一个岗位上有两个责任人，学院分党委书记要参与学院各方面的管理工作中去。在学院的管理上，我们学院严格贯彻执行党政联席会制度、“三重一大”制度，在院长和书记共同协商的前提之下，召开学院党政联席会议，集体讨论学院事宜。

而将这种工作责任意识落实到具体党建工作上讲，首先就是按照党中央的要求，依据习近平总书记在高校思想政治工作会议中对于“立德树人”的要求来严格规范学院的教师的一言一行。2014 年以来，学校在师德建设方面也出台了一系列的规章制度，对于师德红线等多方面的内容做出了较之前更加详细的规定，这对于老师们来说是非常有益的。通过学校、学院层层引导，许多老师对一些具体细节和规范有了更加细致的了解，对老师们的科研和教学以及社会服务方面帮助很大。另外，我们学院也始终坚持每月组织一次组织生活会，定期组织民主生活会，进行批评与自我批评。通过每年制定行之有效的组织生活计划并通过支部活动切实落实，极大地提高了学院党员教师的党性修养和德育水平，在学院老师心中树立起努力争做“四有”好老师的职业信念。

实际上，数科院分党委不仅承担着指导各个党支部的组织生活的工作责任，也发挥重要的传递中枢作用和承上启下的作用。将党中央、学校党委的相关党建工作精神和要求传达到各党支部、全体教师，同时将各个党支部的信息汇总处理完提交到学校，形成上通下达的党建政治生态，是学院党建工作的特色，也是以分党委这样一个党建工作主抓组织来统筹学院思想政治建设工作和人才培养工作的有效实践。

师小萱：您感觉党政联席会议制度在数学科学学院的发展过程中发挥了什么作用呢？

唐仲伟：党政联席会议制度是一个学院发展非常重要的制度。国家讲要依法治国，学院也要依规治院。从制度设计和具体实践成效上看，这个制度杜绝了院长、书记一把手说了算的弊端。自 2004 年学院成立以来，我们学院就已经有了党政联席会议制度，那时还称为院务会制度。学院所有的重大事项都在党政联席会议集体讨论决定，涉及到教师利益问题的事项还会召开党政联席扩大会议共同讨论决定。例如涉及教学方面的问题，会召集党政联席会成员与教学委员会成员一起召开扩大会议；涉及学科建设方面，会召集各教研室主任参会。这使得学院工作决策具有极强的民主性和科学性，贯彻落实中也很少走弯路。

师小萱：您觉得作为一个学院的分党委书记，都需要哪些基本的素质和能力呢？

唐仲伟：在我看来，“四个意识”是必不可少的基本素质。以民主意识发扬民主作风；以学习意识不断加强党性锻炼，不断提高政治觉悟和政治能力；以服务意识做乐于奉献、甘于奉献的公仆；以责任意识做勇于担当、不畏不惧的领头人。

分党委书记以及分党委每一位成员都在管理工作上投入了大量的时间与精力，很多琐碎工作的处理都离不开学院分党委成员的共同努力。而当学院出现任何紧急事宜时，院长和书记都必须顶上来，因为我们是第一责任人。在管理方面，我不仅是学院分党委书记，而且还兼任学院副院长一职；在培养学生方面，我还一直在带博士生和硕士生，给研究生开讨论班；在教学方面，我担任《数学分析》这门重要的数学专业基础专业课教学工作，通常这门课一讲就是连续三学期。大量的科研、教学和行政工作压在身上，如果没有上述的“四个意识”，如果没有一颗为人民服务的初心，我想是很难做好工作的。

所以在我看来，作为一名共产党员，作为党的一名基层干部，就要永远怀着“为人民服务”这个初心，正如习近平总书记在十九大报告中提到的“不忘初心，牢记使命”，只要我们努力用共产党员的标准要求自己，就能够客服一切困难，完成我们的工作。作为学院分党委书记，更要有坚定的信念，用于担当，承担起应有的责任。

3
体现师范特色，需要重视数学学科

师小萱：您也参加了北师大第十三次党代会，作为党代表您如何解读十三次党代会报告呢？

唐仲伟：11 月 25 日到 26 日，中国共产党北京师范大学第十三次党员代表大会胜利召开，本次党员代表大会是在全校师生深入学习贯彻落实党的十九大精神的重要时刻、加快推进学校“双一流”建设的关键时期召开的一次十分重要的会议。程建平书记指出，本次会议深入分析了学校面临的新机遇和新挑战，进一步明确了建设“综合性、研究型、教师教育领先的世界一流大学”的办学定位，提出了“三步走”的战略构想和四个“始终坚持”的办学方略。会议确定了未来五年乃至更长一段时间内的发展目标和重点任务，并对深入推进学校全面从严治党进行了部署。在此背景下，数学科学学院分党委将紧跟学校党委的步伐，深入贯彻落实党的十九大精神、全面推进数学一流学科的建设，为学院事业的稳步推进提供坚强的政治和组织保证。

师小萱：习近平总书记在十九大报告里谈到了“双一流”建设，北师大第十三次党代会报告也多次提及，针对这样一个高频热词您能结合数科院具体谈谈“双一流”建设吗？

唐仲伟：习近平总书记在报告里明确指出要建设世界一流大学、建设世界一流学科。就数学学科而言，全国有 10 余所大学进入双一流行列，北师大数学是其中之一。数学科学学院紧紧抓住战略发展机遇期，撰写了“双一流”建设方案，综合我们的优势和不足，大力开展“双一流”建设工作。

从优势方面来讲，数学学科有着悠久的发展历史，从 1915 年到 2017 年，北师大数学经过了 102 年的发展历程。20 世纪八九十年代的时候，全系教职工共有 160 名左右，一大批数学学科的领军人物齐聚师大，那时师大在国内数学界的地位可以说非常之高。数科学科百年来培养了一代又一代的学科优秀人才，其中不乏数学大家，目前在世界各地的科研岗位上发光发热。

从“双一流”建设来看，国家投入充足的经费支持学科发展。而数学学科发展需要的更多是人员上的有效交流。因此我们在学科建设经费使用上将近三分之一的经费用在访问学者项目上。未来我们将会把这个项目继续做下去，并会加大这个项目的支持力度。这样一来可以最大限度的吸引国内外优秀的数学同行来北师大访问，我们学院更多的教师也能走上国际舞台进行学术交流。数学学科发展依赖于人员的交流，"人"是最宝贵的"财富"。

从中央对于北师大的巡视反馈以及北师大十三次党代会上提到的"教师教育领先"的发展方位来看，国家和学校都非常重视教师教育。我们要把师范特色体现出来，就必须要重视数学学科的发展。数学是一个传统学科，师范学科里数学占据着非常重要的地位，这样一个传统学科应该得到足够的重视。

从学院自身发展的角度来看，我们有这样一个感悟：目前，我们这 80 多人的教职工队伍是高效而精干的。即使其中一些优秀人才离开了学院，但是我们的世界排名依然能保持着一个较高的水准，这都得益于所有在职教师兢兢业业地工作。实际上尽管我们体量很小，我们依旧很好的承担起了学校安排的各项教学任务和科研任务，二者齐头并进，形成良性互动发展态势。

对于一流学科的建设，数科院有优势，也存在一些不足。近年来，国内各单位对数学人才、尤其是高端人才的争夺越发激烈，借此机会，我也表达一个愿望，那就是希望学校能给予我们数学学科更大的支持。

目前，学校已针对数学科学学院的人才流失问题特批了特聘岗位制度，一定程度上缓解了数科院的"燃眉之急"。但未来数学科学学院的发展，仍然有赖于学校层面的大力扶持和帮助。兄弟高校中，北大、清华、南开、浙大、人大等学校先后建立国际数学中心或类似的数学研究机构。一般此类机构具有单独的人才准入指标、单独的管理体系，并且可以向全球聘请短期和长期的数学专家。从学科发展的长久之计来看，北师大数学科学学院还需要学校在这些方面给予大力支持。尤其希望学校在"双一流"建设的关键时期，从人才管理、薪酬待遇等方面考虑到数学学科本身的特点给予更大的支持，为学校冲击世界一流大学提供保障。

（王娟　郭文杰）

扫描二维码即可阅读全文

张琦：开启新时代，踏上脱贫攻坚的新征程

推送时间：2017 年 12 月 18 日

“十九大报告中除了提出了继续坚持精准扶贫、精准脱贫外，还提出了三个比较具体的新要求和新方略：注重扶贫同扶志、扶智相结合；坚持大扶贫格局，深入实施东西部扶贫协作；重点攻克深度贫困地区的脱贫任务，要把深度贫困地区和深度贫困人口作为脱贫攻坚的坚中之坚，这是脱贫攻坚的重点方向和思路。”

——张琦

书记卡片

张琦，经济与资源管理研究院党总支书记，教授，博士生导师，北京师范大学中国扶贫研究院院长；北京师范大学经济与资源管理研究院中国城乡土地交易与流转研究所所长；北京师范大学学位评定委员会经济学分会委员，北京师范大学经济与资源管理研究院学术委员。1993 获得中国社会科学院研究生院经济学博士学位，研究方向为区域及城市经济发展、土地及房地产市场政策、

“三农”问题及扶贫开发；资本市场运营及企业改制。兼任国土资源部中国土地矿产法律中心专家咨询委员会委员，UNDP扶贫研究项目技术支持专家，中国国外农业经济学会常务理事，中国国土经济学会理事，中国自然资源学会政策专业委员会副主任。获北京师范大学第二届“最受研究生欢迎的十佳教师”。

1
学习十九大：新时代、新征程、新任务、新方略

师小萱：张老师，结合您的工作，可以谈谈您对习近平总书记在十九大所作报告的理解吗？

张琦：报告中除了提出了继续坚持精准扶贫、精准脱贫外，还提出了三个比较具体的新要求和新方略，这是脱贫攻坚的重点方向和思路。

其一，注重扶贫同扶志、扶智相结合。贫困地区可持续发展依赖于贫困人口、贫困地区的内生动力，也就是自我发展的渴望和能力，发展的渴望就是“志”、能力就是“智”。物质扶贫是基础，而精神扶贫更重要且更长远。

其二，坚持大扶贫格局，深入实施东西部扶贫协作。大扶贫格局就是要建立国家、市场和社会融合的扶贫新格局。扶贫脱贫是全社会的责任，人人都有扶贫脱贫的担当，这里的社会帮扶主要指一些像恒大、碧桂园等一些企业也参与到扶贫脱贫中来。东西部扶贫协作是指通过东部支持西部，发达地区支持贫困地区，这是中国特色扶贫开发机制的重要组织部分，充分体现了社会主义国家的政治优势和制度优势。

其三，重点攻克深度贫困地区的脱贫任务，要把深度贫困地区和深度贫困人口作为脱贫攻坚的坚中之坚。这里深度贫困地区和人口，从国家层面主要是指“三区”“三州”和三类人群。“三区”指的是西藏、新疆南疆四地州和四省藏区；“三州”是指甘肃的临夏州、四川的凉山州和云南的怒江州；三类人群指的是三个贫困群体，包括：因病致贫人群、因灾和市场行情变化以后返贫的人员及贫困老人和妇女儿童等脆弱群体。我们在调研中经常去这样一些地区，比如前几年去大凉山，那个地方是不通公路的，到那个地方就需要走，有时候一个上午只能走访一户到两户人，一些地理条件极其恶劣的地方，实在是太穷了。

师小萱：对于新时代下的精准扶贫，您觉得它还有什么样的历史使命呢？

张琦：新时代下的主要矛盾决定了新任务，精准扶贫对于解决中国贫困地区和发达地区的平衡发展、充分发展依然具有重要理论指导意义，它已经成为

中国推动实现 2030 年可持续发展目标议程和面临引领构建人类命运共同体的新任务和新期待。历史已经将中国扶贫脱贫与世界扶贫脱贫相联结，新期待已经将精准扶贫理论和智慧结晶列入了世界扶贫的理论宝库。新期待预示着新责任和新担当，预示着精准扶贫理论和实践创新任重道远。因此，从消除绝对贫困向缓解和减轻相对贫困转变，从主要解决农村贫困向主要解决城乡贫困相融合方向转变，从主要解决国内贫困转变为开始在解决国内贫困的同时，逐步加大构建世界和人类命运共同体的担当和责任。

师小萱：如果让您用几句话或者几个词来概括十九大报告，您有什么看法吗？

张琦：从扶贫来说，扶贫改革有了新的目标和新的任务，同时也踏上了新的征程。我大概用这样的几句话来概括党的十九大报告所开启的新时代，引领我们踏上的新征程：这是全面改革深化持续释放活力的新征程；这又是与时俱进，创新发展方式的新征程；这也是进一步走向世界更高层次、更开放型的新征程；这还是以人民为中心，迈向美好生活的新征程；这更是推动构建新型国际关系、构建人类命运共同体的新征程。

2
研习“五大发展理念”：创新、协调、绿色、开放、共享

师小萱：张老师，刚才您从扶贫脱贫的专业角度解读了十九大报告，还可以介绍一下经资院近些年服务国家的其他研究项目吗？

张琦：经济与资源管理研究院成立于 2001 年 6 月 1 日，围绕“面向国家重大需求的新型智库”目标定位，积极开展以经济学为特色和支撑的交叉学科研究，在以前市场经济研究和绿色经济发展研究基础上，目前主要有三个领域：一是基于真实进步指数（GPI）的区域创新发展与绿色发展；二是扶贫与共享发展；三是新兴市场研究。迄今，依托研究院已建成 15 个国内外科研合作机构，如：联合国工业发展组织—联合国环境规划署绿色产业平台中国办公室、城市绿色科技战略研究北京市重点实验室、创新发展研究院、中国扶贫研究中心等。学院通过科研带动教学，进而又通过科研为国家重大的改革需求提供政策性建议。

2015 年以来的明显明变化就是，研究院各项工作跃上新台阶，一方面，研究领域进一步拓展拓宽，研究包含了创新创业研究系列研究成果、真实进步指

数研究系列研究成果、中国绿色减贫研究系列成果等多个包含五大发展理念的创新性专项专题研究；另一方面，在保持原有理论研究和政策研究基础上，更加注重提升成果的应用型研究如服务实践的能力研究，首都科技创新发展指数研究，绿色企业标准评价研究、科技创新应用研究等等，并取得了丰硕研究成果。

2005—2010 年，为争取我国争取市场经济地位开展市场经济研究，每年撰写一部《中国市场经济发展报告》，为国家决策和对外贸易谈判提供了基础性资料。从 2010 开始，连续 6 年出版《中国绿色发展指数研究报告》，其中《2015 中国绿色发展指数报告》还出现在 2016 年习近平总书记新年献词视频中办公桌上。与此同时，设在我院的联合国工业发展组织—联合国环境规划署绿色产业平台中国办公室还成功举办中国绿色发展论坛，编制的《首都科技创新发展指数》《亚太城市绿色发展报告》等凸显北师大国际学术影响，为传播中国城市绿色发展经验做出了积极贡献。

师小萱：张老师，您作为北师大中国扶贫研究院的院长，能给我们介绍一下你们为服务国家扶贫脱贫攻坚战所作的努力吗？

张琦：好的。我们是从 2005 年左右就开始作扶贫研究了，并参与了国务院扶贫办多项委托项目。学校非常支持和重视，2011 年就批准成立中国扶贫研究中心，适应国家脱贫攻坚战的战略需求，2017 年研究批准更名为现在的中国扶贫研究院。近 6 年来，我们主要做了这几方面工作：一是承担国家扶贫脱贫重大政策需求项目如国家“十三五”规划前期研究重大课题“十三五完善扶贫脱贫机制研究”，获国务院扶贫办主任批示为制定十三五脱贫规划和目标任务的重要参考；二是连续 3 年承担完成了国务院扶贫办中国扶贫发展中心委托的《集中连片特殊困难地区区域发展与扶贫攻坚规划实施效果监测》任务；三是首次提出“绿色减贫”的新理念，首次构建了中国绿色减贫指数，连续出版《中国绿色减贫指数报告 2014》和《中国绿色减贫指数报告 2016》等，在绿色减贫研究方面积累不少成果积累，成为北师大绿色减贫标志性成果，在国内外产生了一定影响；四是在扶贫脱贫研究基础上，首次构建了“中国共享发展指数”，出版了《中国共享发展指数报告 2016》等报告，也属于开创性探索；五是积极开展贫困县考核、监测和第三方评估理论和政策研究，并直接参与了国家贫困县退出的第三方评估工作；六是开展国土资源促进扶贫脱贫研究，围绕土地制度改革、国土资源促进扶贫开发工作，承担了国土资源部委托的多项课题；七是我们先后还承担了国家社科基金重点项目《精准扶贫精准脱贫机制、路径和创新模式研究》和教育部重大攻关项目《贫困治理效果评估机制研究》等。据不完全统计，几年来主持的扶贫脱贫研究项目有 50 多项。

当然，我们还开展了组织大学生暑期扶贫调研等其他各类关于扶贫研究与实践的相关工作。比如我们连续四年组织开展“大学生看扶贫”“我为扶贫出主意”“关注脱贫攻坚积极参与精准脱贫”“精准扶贫新问题、新矛盾和新对策”等活动，每年都要率领科研人员和研究生深入我国农村贫困地区、民族地区、革命老区等实地进行调研，将科研与人才培养深度结合起来，努力为国家脱贫攻坚贡献自己智慧，为学校“双一流”建设做出自己应有贡献。

3
做好经资党建：把满足师生需求融入到思想政治工作中去

师小萱：作为经资院的党总支书记，对于开展学习十九大系列活动，经资院有什么具体安排吗？

张琦：在十九大开幕的当天，党总支组织学院领导班子成员、教师员工代表、学生党员骨干等集体收看十九大开幕式直播，学院各学术平台、科研团队等机构也采取多种方式各自组织收听收看，认真学习领会十九大报告精神。10 月 25 号，经资院党总支举行召开党总支理论学习中心组学习十九大报告专题讲座，邀请了我院名誉院长、著名经济学家、享受国务院特殊津贴专家李晓西教授为大家进行十九大报告专题讲座。

同时，我们还举办了乡村振兴研讨会，邀请一些专门研究乡村和土地制度改革的专家，共同讨论乡村振兴的相关问题，并针对十九大进行了解读。另外，我们还开展了一些研究项目，比如习近平扶贫思想等学术研讨会。关成华教授、李晓西教授、胡必亮教授等还将为研究院全体教职员工和研究生进行十九大报告解读的专题讲座，从经资院自身研究的创新、协调、绿色、开放、共享等领域展开深入的解读。另外，我们还准备邀请学校十九大宣讲团成员、国务院扶贫办专家等进一步解读十九大报告，结合北京师范大学第十三次党代会召开，广泛地学习宣传和落实十九大及学校党代会的精神，为建设综合性、研究型、教师教育领先的中国特色世界一流大学而努力奋斗。

师小萱：您还可以给我们详细介绍一下经资院的党建工作吗？

张琦：经资院党组织早先是学校党委直属的党支部，后来慢慢发展成立了党总支，现在分为学生支部和教师支部，共有党员 80 多名。学院有非常健全的党政联席会议制度，事关学院发展的大小事宜都会通过党政联席会议一一解决。

在思想政治工作方面，我们有很多经验丰富的老师，李晓西教授曾任国务院研究室宏观经济研究司司长，是我院成立之初的直属党支部书记，关成华教授曾担任过北京市昌平区委书记，积累了很丰厚的党建和思想政治工作的经验。在支部建设方面，研究院将会进一步加强党建工作，准备在每个研究平台上都建立支部，在现有的学生党支部基础上按照年级细化支部的管理，强化党建和思想政治工作。

从学院自身特色方面，我们的研究和党和国家的政策是密切相关的，如果不了解最新的政策，是没办法搞经济学研究的。像我研究扶贫这一块，如果不去研究政策新的变化和新的提法，这是不行的，因此，我院的研究都自觉地将学习贯彻落实党路线方针政策与科学研究密切结合起来了。

在学生工作方面，我们这么多年从来没有发生过什么大的问题，建立了学院分管学生工作的负责人、导师、班主任、学生事务助理、党支部、研究生会、班长等多层次的学生管理服务机制，在学生日常管理、学业培育、科研能力提升、政治思想进步、学生就业、心理健康、综合素质和能力提升等方面也建立了很完备制度，让学生能够获得全面发展和综合素质的提高。

思想政治工作除了自身要不断学习党的政策文件，更重要的是要深入了解学生和教工的需求。我们院优良传统就是学生和老师经常在一起开展科研工作，联系非常紧密，所以对学生了解的也相对比较充分。前年我们有个学生答辩完突发脑溢血，学院展开了多种帮助，不仅组织老师学生捐款，还精心安排了学生陪护，还积极妥善地解决该生的相关问题，这让学生们倍感温暖。之后在关成华院长的倡导下，研究院设立了由老师、校友募资的基金项目，专门用于资助在求学过程中出现困难的学生。也正是通过这样一系列的实际行动，关注老师和学生的需求，研究院师生才能够团结一心、积极向上，相信，未来也必将取得更加辉煌的成绩，为学校第十三次党代会确定新目标贡献我们自己的力量。

在群众社团与统战工作方面，首先，我院高度重视基层党组织对群众社团工作的统筹指导。2015 年以前，院总支书记兼任工会主席，2015 年以后，院总支书记不再兼任工会主席，工会主席就一直参加学院党政联席会，切实反映和维护广大教职工的权益，也能及时传达学校、学院的相关会议精神和指示。其次，我院高度重视统战工作。一方面，近年来，我院党员发展工作稳步推进，平均每年发展 4 ~5 名学生党员，2015 年前后，还发展了 1 名教工党员；另一方面，院总支鼓励并关注民主党派和无党派人士发挥其在参政议政过程中的作用，积极服务学院、学校、社会与国家发展。为此，每年院总支书记主持召开院党外人士座谈会，加强沟通与交流，听取他们的意见和建议。

（王娟　郭文杰）

扫描二维码即可阅读全文

于海波：新时代呼唤新担当

推送时间：2017 年 12 月 27 日

“党的十九大确实是一次具有划时代意义的大会，在党和国家的事业发展过程中有着举足轻重的作用。这次会议对过去的五年做了系统的总结，作出了中国特色社会主义进入新时代的论断，并对接下来一个阶段的奋斗目标作了明确的规划。这次会议是在关键时刻召开的一次大会，高瞻远瞩，布局宏大，标志着新时代的到来，大会的开幕式和会议结束后的学习讨论，都让我深受会议精神的鼓舞和感染，我们今后的工作也有了更加清晰的目标和方向。”

——于海波

书记卡片

于海波，政府管理学院分党委书记、教授、博士生导师，北京师范大学学位委员会管理学分会副主席、北京师范大学学位委员会公共管理硕士评审组副组长。兼任国家自然科学基金管理学部、国务院学位办评审专家，同时担任《心理学报》《管理评论》《心理科学》*Journal of Career Development* 等核心期刊审稿专家。研究方向为组织行为学与人力资源管理，主持或参与包括国家自然科学基金、国家社科基金、中共中央组组部项目和人力资源与社会保障部项目在内的科研项目二十余项，发表核心论文五十余篇，先后主持政府和企事业单位委托管理咨询服务项目 40 多项，主编或参编教材近二十部。

1
政管学院学习十九大进行时

习近平总书记强调，学习十九大精神要在学懂弄通做实上下功夫。对此，政管学院如何贯彻落实十九大精神呢？

于海波：根据学校党委的统一部署和要求，政府管理学院分党委结合自身情况做出了周密的安排，主要通过线下学习、线上学习、具体实践等三种途径让党员同志们切实有所感悟，有所启发。

线下学习是政管学院分党委进行日常学习的重要方式。在十九大开幕式当天，学院分党委组织全体党员同志在主楼会议室集体观看开幕式。在习近平总书记作报告的三个多小时里，每每到关键时刻、精彩之处，总能赢得会场同志们的阵阵掌声和喝彩。比如，报告里提到 2050 年要建成富强民主文明和谐美丽的社会主义现代化强国时，同志们心潮澎湃，热血沸腾。这说明报告深入人心，说到大家的心坎里去了。

十九大闭幕后，政管学院又进行了多次学习活动。各教职工支部、学生支部纷纷召开专题学习座谈会，畅谈十九大的体会与感想。通过总结发现，教师党员们都充满了对未来的激情和憧憬，对报告的学习很热情。同时，教师同志们表示十九大报告对于教育的定位更加明确，“双一流”建设在报告中被提及，充分证明了党中央对于高等教育的重视程度，要结合专业进行内涵建设，实现内涵发展。

学生党员们认为自己生活的时代是一个无比接近中华民族伟大复兴的时代，在这样的时代里能够在大学读书求学是最大的幸福。作为青年一代，经历了中国由富起来到强起来的伟大过程，感觉十分自豪。党的 96 年历程就是不断砥砺前行、坚韧不屈带领中国人民向前进的过程。

目前，政府管理学院依托二级党校已经制定了十九大精神的学习培训计划和考核标准，正在实施过程中。二级党校邀请党的十九大代表、金砖国家等相关领域的专家学者对学员进行专题讲授，深化学习。

学院分党委理论学习中心组也专门进行了专题学习，中心组成员认为十九大报告与社会科学相关专业结合很紧密，大大拓展了学科的研究范围和研究深度。新时代新思想新征程，要不断加强学习，才能为新时代的中国发展做出更大的贡献。

在长期的基层党建探索过程中，政管学院将党性教育和“互联网 +”相结合，顺应了新时代的大潮流。各支部建立微信群，直接将自己的学习感悟和心得体会发送至微信群，与支部成员相互交流，拓展了学习的渠道。同时，教工第一党支部推出了喜闻乐见、便于传播的学习模式。即将教师党员的感想和红色歌曲相结合，做成微视频，发送链接至微信群，形式新颖，效果明显。除此之外，教工第一党支部还开辟了“每日一学”专栏，每天发送一条小知识，从不同侧面和不同角度进行学习教育活动。这一项目已经坚持了一年多，学院还会根据党员同志们的需求继续做下去。

实践出真知，在实践中学习，在实践中感受祖国的发展变化是另外一种方式。政管学院组织教工党员和学生党员集体前往北京展览馆参观“砥砺奋进的五年”大型展览。在参观的过程中，党员同志们表示，虽然身处大变革大发展的时代，参观展览后还是感觉很震撼。军队、科技、经济、社会等各方面取得了长足的进展，发展活力十足，国家也慢慢由富变强。

2
新时代　新主题　新使命　新思想　新战略

党的十九大报告作出了中国特色社会主义进入新时代的重大论断，请问您是如何理解“新时代”的？

于海波：通过不同形式的学习活动，我认为十九大的报告内容有五个“新”，我结合学习情况谈一下自己的体会。

首先是新时代。十九大报告指出从十九大到二十大，是“两个一百年”的历史交汇期，既要实现全面建成小康社会的奋斗目标，又要开启全面建成社会主义现代化强国的奋斗目标。这是一个全新的时代，身处这个时代的每个人都可以乘势而上，大有作为。

当然，社会主要矛盾的变化也是一个新的亮点。经历了近四十年的改革开放，社会主要矛盾由人民日益增长的物质文化需要同落后的生产之间的矛盾变为人民日益增长的美好生活需要和不平衡不充分的发展之间的矛盾。对于学院来讲，我们需要做的就是探索如何让人才培养更好地满足学生的发展需求，如何使学生能够在学校学习过程中得到全面充分的发展，就是通过我们教育工作的充分协调发展，满足社会和学生对高质量教育的需要。

新的时代呼唤新的历史使命。当代中国人民最伟大的梦想就是实现中华民族的伟大复兴。我认为，对于学者而言，最重要的就是坚定文化自信，扩大中华文化的影响力。20 世纪初，许多著名学者都谈到 21 世纪是中华文化复兴的时代。对于今天的时代而言，文化和我们生活息息相通，通过各种形式的文化传播活动，展现文化张力和中华文化的魅力是十分迫切的。

十九大新修订的党章将习近平新时代中国特色社会主义思想写入党章，作为党的指导思想，顺应了人民的呼声和实践发展的需要。习近平总书记的系列讲话大致勾勒了新一届中央领导集体治国理政的内涵，包括经济建设、政治建设、文化建设、社会建设、生态建设等方方面面的内容。在以习近平同志为核心的党中央的坚强领导下，过去的五年成效显著，实现了全方位的变革。在新思想的指引下，中国的发展必将有更大更多的成就。作为一名党员，很高兴看到马克思主义同中国具体实践相结合的新理论的形成，在 21 世纪的今天散发着光芒，我们需要深刻领会精神实质，并在具体工作中加以贯彻实施。

新时代需要新思想，也呼唤新战略。在新一届常委记者见面会上，习近平总书记指出：2018 年是改革开放四十周年，2019 年是建国七十周年，2020 年是全面建成小康社会的年份，2021 年是建党一百周年。每年都有不同的工作重点，十九大报告规划得很清楚。新时代的三步走战略从全面建成小康社会到基本实现现代化再到建成社会主义现代化强国，都需要一步一个脚印，踏踏实实走下去。

3
教育实践活动常态化

党中央提出要将“两学一做”教育实践活动常态化，政管学院是如何推进基层党建工作的呢？

于海波：在全体党员同志的不懈努力下，学院的党建工作取得了相当不错的成效，非常感谢同志们的辛苦付出。总结起来，主要有四个层次的内容：

最重要的是加强整体谋划，建立了党政联席会议制度，党政领导班子相互配合，无缝对接。以学习为切入点，以人才培养一体化为目标，师生党建工作相结合，与社会学院、全球院、统计学院、信科院等互联互动。

同时，在党建工作中，政管学院也非常注重组织建设，二级党校是不可或缺的一环。学院分党委的二级党校有严密的组织建构、固定的人员组成。在建设过程中，我们建立了精细化的党员思想政治管理制度，学习考核制度，加强把关和考察，宁愿指标用不完，也要保证合格的同志进入党组织。

制度建设也是基层党建工作的重要组成部分。政管学院最大的亮点就在于学生参与到制度建设全过程中。学生通过申请主持参与的科研课题研究和总结规律，形成学院制度；同时将学代会的相关建议加以整合，建立学生满意、合理科学的管理制度。

政管学院有三个一级学科，分别是公共管理、信息管理和政治学。在思想建设中，学院各学科发挥专业优势，学院教师从专业角度、用比较的视角来讲解国家社会发展的巨大变迁，以感受社会主义制度的优越性，珍惜今天来之不易的生活。同时，学院加大对外交流力度，国际交流后的学生在比较中通过经验分享的方式讲述中国的伟大与辉煌。

4
政管学院学习十九大进行时

过去的五年是党和国家发展中极不平凡的五年，学院肯定也有了很大的发展，主要表现在哪些方面呢?

于海波：政管学院将党建、教学与科研紧密结合，取得了较好的成效，可以用三个“越来越”加以概括。首先是学科布局越来越优化，我们建立了本、硕、博一体化的人才培养体系，学科交叉布局特色凸显，优势显现。第二是人才培养理念和模式越来越清晰，具有更加明显的自身特色，我们的人才培养理念是“培养具有国际视野和家国情怀的、跨学科、创新性、研究型卓越管理人才”。学院逐步探索和建立了“一个中心六个支柱”的人才培养模式：以人力资本、社会资本、心理资本的3C培养目标为中心，培养全面发展的人；同时，建立了六个支柱来支撑和落实3C的培养目标：通识教育+专业教育+交叉学科的课程体系、四位一体的学生科学研究体系、京师COGs的实验体系、基于3C的校外实践基地、国内外校内外全方位的学生交流体系、学生全过程参与的学生管理体系。学院在学生国际化和创新创业实验室等方面给予了很大的资金支持和保障。最后就是科学研究越来越深入。人文社会科学的重要目的就是要回答重大的社会实践问题，政府管理学院以三大学科为支撑，对地方政府治理能力现代化、政府信息大数据、“一带一路”和金砖国家建设等问题进逐步行了深入研究。

5
回首过去　展望未来

北京师范大学马上要召开第十三次党代会了，过去的五年您有什么感触，接下来的五年有什么期待？

于海波：我是怀着情怀和热情来到师大的，我觉得我与师大很有缘。过去的五年很不平凡，习近平总书记考察北师大并提出“四有好老师”的要求，已经为广大教师所接受，自觉成为践行者、传播者。过去五年感触颇深，师大在人才培养和人类知识创新上一如既往地坚持内涵发展、在各类排行榜上都很靠前，这就证明了师大的学科实力和综合实力。同时，师大的毕业生都很优秀，现在社会上的许多创新创业项目的发起人都是师大培养的学生，这说明社会对于师大毕业生的认可度很高。此外，交叉学科和优势学科建设、新校区的推进都取得了重大进展。

前不久，北师大进入教育部公布的“双一流”大学建设行列，我对师大未来的发展很有信心。个人认为，需要坚持内涵式发展，才能最终建成世界一流大学。一流大学需要一流学科的支撑，师大需要坚守学科的高精尖发展思路，进一步向深挖掘，扩大学校的影响力和知名度。强化国际交流与合作，向外辐射传播中华文化，培养高质量人才，吸引具有国际视野的教师。作为综合型研究型大学，必须扎根本国特色，吸取国外优秀大学办学成果。将教学、科研、社会服务、文化传承、国际交流加以整合利用，切实践行“学为人师、行为世范”的校训精神，早日建成具有京师风范、中国特色、世界一流的著名学府。

（王娟　赵世杰）

扫描二维码即可阅读全文